流　苏

韩　飞　著

中国出版集团公司
華文出版社

图书在版编目（CIP）数据

流苏 / 韩飞著. -- 北京：华文出版社，2023.2
ISBN 978-7-5075-5566-0

Ⅰ. ①流… Ⅱ. ①韩… Ⅲ. ①长篇小说 – 中国 – 当代
Ⅳ. ①I247.5

中国版本图书馆CIP数据核字（2021）第268849号

流　苏

作　　者：韩　飞
责任编辑：雷　平
出版发行：华文出版社
地　　址：北京市西城区广外大街305号8区2号楼
邮政编码：100055
网　　址：http://www.hwcbs.cn
电　　话：编辑部010-58336277　发行部010-58336202
　　　　　总编室010-58336239
经　　销：新华书店
印　　刷：济南普林达印务有限公司
开　　本：880 × 1230　1/16
印　　张：22
字　　数：315千字
版　　次：2023年12月第1版
印　　次：2023年12月第1次印刷
标准书号：ISBN 978-7-5075-5566-0
定　　价：57.00元

可怜的树 可怜的人

在人教版小学语文四年级上册中有一篇题为《去年的树》的课文——

一棵树和一只鸟儿是好朋友。鸟儿站在树枝上，天天给树唱歌。树呢，天天听着鸟儿唱。

日子一天天过去，寒冷的冬天就要来到了。鸟儿必须离开树，飞到很远很远的地方去。

树对鸟儿说："再见了，小鸟！明年春天请你再回来，还唱歌给我听。"

鸟儿说："好的，我明年一定回来，给你唱歌。请等着我吧！"鸟儿说完，向南方飞去了。

春天又来了。原野上、森林里的雪都融化了。鸟儿又回到这里，找她的好朋友——树来了。

可是，树，不见了，只剩下树根留在那里。

……

说不清为什么，每次读到这篇课文，我的心总是沉甸甸的。

在我的家乡泰莱山脉北麓的几个村庄里，也有一些可怜的树。流苏树就是其中的一种。流苏树，别名花木、萝卜丝花、油根子、牛荆子、四月雪，木樨科，国家二级保护植物。在我幼年的时候，流苏树在重峦叠嶂的深山里随处可见：初夏满树白花，如覆霜盖雪，清丽宜人；深秋满树蓝果，如同晶莹的宝石点缀着萧瑟的秋景。最壮观的还是落花的瞬间：一阵风吹过，簌簌落下，像没有翅膀的天使，久久徘徊，不愿离去。一种没人欣赏的美丽在人迹罕至的大山深处绽放，凋零。像精致的爱情，慢慢展开，然后结束。无声无息，像一场烟花，绚烂过后，徒留一地的叹息与苍凉。让人不由自主地想起那句伤感的诗：最是人间留不住，朱颜辞镜花辞树。

大概是因为“血缘”相近吧，流苏树能够嫁接桂花，而山里其他的木质化植物嫁接却不能成活。因着这个特点，山里流苏树被城里那些所谓搞“盆景艺术”的商贾大量收购，而为了赚取些许小利的个别乡民，就不惜疯狂刨挖。没几年工夫，那里的流苏树就很难见到了。大的大价钱、中的中价钱、小的小价钱，甚至很小的也被刨走了。为了寻访正在消失的流苏树，我走过很多村庄，其中石匣村——那个最适合流苏树生长的大村，到前年为止就只剩下一位于姓村民后院的一棵了，而且还是一棵不开花的雄性树种。为了让这棵树开花，这位于兄想尽办法，最后灵光一现，竟然一枝一枝地嫁接了开花的流苏……然而，去年流苏盛开的季节，我再去拜访那一树美丽的流苏的时候，那棵树已经被于兄以三万元的价格卖到了远方……

我常常在梦里见到那棵流苏树，有时候梦见它开花，有时梦见它在一缸泥土中叹息，甚至我也曾经梦见它早已枯死，像《去年的树》中写的那样，被切成细条条儿，做成火柴，运到村子里卖掉了……

正所谓：“成也萧何，败也萧何。”流苏树嫁接桂花的这个“本事”既成就了它，也毁灭了它。说不清是该称颂还是诅咒。它们被卖到城里，嫁接上桂花，不再寓居山中，就像前几年农村的女孩想嫁到城里一样，只是不知树木会不会如此势利？离开土生土长的山涧泥土，过起盆盆罐罐的生活，与被关在笼里的鸟雀有何区别？

与这些可怜的树极其相似的是，那里也还有一群被大山困厄着的可怜女人。年轻的时候，她们几乎无一例外地都做过色彩斑斓的梦。但是，世事沧桑，随着年龄增长，她们为丈夫活、为儿女活、为家庭活……狭小的世界里唯独没有了自己的空间。本书中写的张流苏、王迎春、王石榴等，正是那群山里女人的代表。

思绪随着远去的流苏飘飞浮沉，丝丝缕缕地穿过遥远的时光，不时将我拉回游离般的梦境。我知道：生命是一个渐行渐远的过程。朝霞与落日，只是一转身；花开与花谢，也只是一瞬间。也许枯树代表的不是死亡，而是生命的延续，因为有一种精神的萌芽叫作希望。蓓蕾消逝了，鲜花却争奇斗艳；种子消逝了，大树却果实累累；积雪消逝了，江河却奔腾不息。消逝不是死亡，它是另一种新生；消逝不是毁灭，它是另一种存在；消逝不是朽腐，它是另一种传承。

流苏在消逝中。蓦然回首，有一种涅槃的气息氤氲而来，我知道，那是一种精神的召唤。

所以，写下这本书。

韩飞于小泉城明水

1

人们常用“生机盎然”“姹紫嫣红”形容春的希望和多姿多彩，然而油根子峪的春天却是灰蒙蒙的冬的延续：灰蒙蒙的天，灰蒙蒙的地，灰蒙蒙的山峦冈陵，灰蒙蒙的麻雀住在灰蒙蒙的屋檐下，望着大人和孩子的灰蒙蒙的脸……有一位著名作家写过一本著名的书，题目是《早晨从中午开始》。极其相似的，油根子峪的春天好像是从夏天开始的：从农历十月开始，树叶凋零殆尽，视觉上进入灰蒙蒙、光秃秃的冬天。一直到来年的四月油根子花吐蕾绽放，紧接着燕子来了，不知名的各种鸟儿开始啼唱了，然后眨眼间便是骄阳似火的夏季。总之，油根子峪的春天总是来得很迟，油根子峪的春天又总是去得很急。正是因其短暂所以格外珍贵，每逢到了草长莺飞的季节，在老屋里猫了一冬的老人们就像是蛰伏了一个季节好不容易盼到惊蛰的虫子，纷纷提着马扎，呼朋引伴地去享受街头巷尾的阳光，在大自然不可违背的光阴流转中进入又一轮崭新的开始。应该说，这时的油根子峪是充满生机和诗意的，而这个季节的油根子峪人也是轻盈而快乐的。

张流苏家的喜事就是在这样的季节降临的：四月初十那天，张流苏的儿媳妇在县城医院里诞下一个男婴。

从刚刚转过年来，张流苏的婆婆就有一种特别的预感，老是觉得喜鹊站在家门口那棵硕大的油根子树的光秃秃的枝丫上不肯走。她不止一次地对着张流苏和张流苏的兄弟媳妇高虹说：“听听啊，喜鹊报喜了，咱家又要喜事临门了。”张流苏知道老太太盼重孙心切，明明什么也没听见，也随声附和："是啊是啊，喜鹊叫了，金贵媳妇要生孩子了，肯定是个男孩吧？！"她的话让老太太的好心情锦上添花。高虹就不同了，她是老太太的小儿子王留住从外地娶回来的媳妇。自从十年前留住在煤井上一次透水事故中丧生，她的脑筋一直不太灵醒，说话也语无伦次，不知轻重。她常常真诚地向老太太揭露真相："哪有啊？我怎么什么也没听见？"她还不止一次地跑到大门口去证实自己的正确，并不厌其烦地说给老太太听，惹得老太太老大不高兴，忍不住给她一个白眼："疯疯癫癫的，知道个啥？"

似乎是为了顺应老太太不知多少年的隆重期待，一个盼望中的新生命终于在这个美丽而宝贵的季节诞生了，使老太太久悬的心落到了实处。

从孩子降生的那天起，老太太就盘算着让儿子王拴住和张流苏摆一场体体面面的喜酒，让亲朋好友都来乐和乐和。偏偏好事多磨，孩子生来体弱，刚刚出院就伤了风，吓得老太太天天为他揪着心；到了第十八天又不明不白地发高烧，灌了好多药也不见好，还是回到县医院一检查，才知道是脐带感染。虽然不是什么大病，却足以让老太太六神无主地烧香拜佛了好一阵子。这样折腾了几次，老太太服气了，她断然决定：喜酒等到来年春天孩子一周岁的时候再办。就这样，盼星星盼月亮，好不容易过了一年，终于又是一个春天了。

人逢喜事精神爽，一点也不假，如果说春天的到来让油根子峪的老人精神抖擞的话，那么，王老太太的心情则应验了一句歇后语：老太太开手扶拖拉机——抖上加抖。这个春天，这个七十多岁的老太太拄着拐杖走遍了油根子峪的大街小巷，把菊花一样重重叠叠的笑容里蕴含着的说不出的深情带给了她见到的每一个人："金贵屋里的给咱添重孙了，四月初十咱家办喜酒，到时候可一定要来吃席呀。"多数人听了都要迎合着说几句恭喜吉庆之类的话，但是总也有少数年轻的、从外村嫁到油根子峪的小媳妇不知趣地觍着脸冷不丁地说一句："金贵是谁？我不认识啊。"她们说的是真话，因为金贵从初中开始住校，离开油根子峪少说也有十多年了，参加工作后被安排到县城的服装厂，工资不多，活络不少，天天都在忙，确实很少回油根子峪来。可是老太太却很不高兴，常常沉下脸，很不是滋味地责怪人家："怎就不知道呢？金贵是我的长孙啊。"

当然，这些受责怪的人大概并不知道，其实老太太的不是滋味还有另一层原因：金贵本来是老太太的女儿王石榴的儿子，是老太太主张过继给了自己的儿子王拴住和张流苏一家。虽然她一直觉得这件事做得顺理成章且理直气壮，但潜意识里却又总是担心自己的孙子在别人的眼里不那么名正言顺。

他们家是十里八乡有名的中医世家，到王拴住的父亲，治病救人的技艺已经传了三代。他们不仅医术高明而且以德行医，在油根子峪村的父老乡亲中，很是受人尊重。唯一令人遗憾的是王家的男丁世代不旺，直到王拴住的父亲这一辈，已经是四代单传了。所以，因为生下了王拴住、王留住兄弟俩，老太太很是风光了几年。王拴住和张流苏结婚的时候，王拴住的父亲已经去世，王拴住刚刚独立行医不久，张流苏至今记得当年乡亲们给他们挂的大红帐子上写着明黄明黄的大字，当时正在读书的小兄弟王留住还兴致勃勃一字一板地念给王老太太听："油根子峪第四代中医传人新婚大吉。"

那时实在没想到，他们的婚姻并不那么吉庆。先是总也不生育，虽然前前后后不过一年多，王老太太那个愁啊，见了谁家的孩子都要抱来哄哄。后来总算开始生了，又先后生下两个闺女，让盼孙子盼红了眼的王老太太整天不住地摇头叹息。生大女儿时已经快要初秋了，家里种了许多南瓜，长得又多又壮，张流苏经常梦见南瓜，满山满坡满峪的南瓜，一个个特大特圆特亮，老太太说："干脆就叫南瓜吧，南瓜先开花后结果，下一胎肯定会生个大胖小子。"生第二个孩子的时候，张流苏也盼着生个儿子让老太太高兴高兴，可是天不遂人愿，第二胎还是闺女。当时，国家已经倡导"一对夫妇一个孩"，眼看着生儿子的希望破灭了，老太太的脸阴沉了几天，说："儿子一个就够，偏偏就来了俩丫头，叫多儿吧。"后来，不知道老太太怎么茅塞顿开，把女儿王石榴的大儿子金贵过继给了媳妇张流苏。张流苏心里虽然不怎么痛快，却也不愿让老太太作难，又加上丈夫王拴住是一个无可无不可的好好先生，也就听之任之了。

想起这段往事，老太太是要多不快乐就有多不快乐。那些年轻的小媳妇们怎会知道自己无意中戳到了老太太的痛处了呢？好在跟这么大的泼天喜事相比，这点不快乐实在不足以影响老太太的好心情。所以，一眨巴眼的工夫，老太太就又眉飞色舞了，尤其是面对张流苏，更是有一种大功告成的成就感："拴住屋里的，"她总是这样称呼张流苏，"你总算熬出头喽！"

家有喜事，张流苏应该也很高兴，只是她太忙了，忙得有些顾不上。在油根子峪，张流苏是最忙的人：王拴住是医生，几乎天天不着家；她一个人耕种着五口人的土地，又有培植桂花的手艺；还要照顾婆婆和生病的兄弟媳妇。说来话长，不知道从什么年代起，这一代山区的先人学会了用油根子嫁接桂花，树形好，花的香味格外足，花期也长。所以，多少年了，种植桂花、在女儿出嫁的时候陪嫁桂花树，早已成为附近十里八乡的风俗。早先的时候，油根子峪漫山遍野都是油根子，大家你一棵我一棵忙不迭地往家里移栽，然后请人嫁接上桂花……时日久了，油根子花已经变得比桂花还金贵，于是，张流苏这位嫁接高手，又忙着培植油根子树……总之，她一年到头忙活着，什么样的天气都有属于她的工作。俗话说："一年之计在于春。"一块又一块的土地等着她耕耘、播种，早先种下的油根子树苗还等着她翻土、上肥。自从媳妇生下孙子，她又去县城看了两趟，就更忙不过来了，常常是顾了这头、落了那头。

"拴住屋里的，悠着点吧，这地里的活，没个干完。"每次她下地的时候，婆婆都这样说。她嘴上答应着，但是一到了地里，就又忘了。她从去年秋天就下决心今春要多种棉花。为了等时令种棉花，原本可以种小麦的土地都闲置着，整整一面山坡的八九块梯田至今光秃秃的。这些年，粮食价格低，每年节余的那点粮食除去种子、农药的投资，几乎赚不到几个钱。看到左邻右舍种棉花效益好，她也曾动过心思。可是，棉花费工多，她上有八十多岁的婆婆，中间还有一个常年有病的兄弟媳妇，丈夫也帮不上手，思前想后，只得作罢。没承想，家里花销实在是捉襟见肘。王拴住虽然行医，但是被人称作"冷面菩萨"的他也很少正儿八经地给家里拿过钱。又赶上孩子们上学、娶亲，接二连三而来的饥荒竟是有增无减。眼看着老太太预想的喜期临近，办一场生日酒按十桌计算少说也得上千元钱。于是她横下心要把所有的空地都种上棉花，为了这个愿望，她忙得不可开交。

时间就这样一天天溜了过去，眼看过完了三月，进入四月，距离老太太扳着指头数算的好日子也就不远了。可是看着儿子媳妇各忙各的，怎么也看不出办喜事的动静，老太太再也沉不住气了。这天中午，张流苏刚从坡地回来，老太太已经在大门前的油根子树下晾上一碗开水等她了。

“这么晚了，才回来。”老太太坐在小马扎上两手扶着拐棍说，“这几年，打从留住没了，留住屋里的又这样……”老太太指指不远处的高虹，稍微顿了顿，“你是吃苦了。”

“我年纪轻轻的，干点庄稼活，有啥？”张流苏赶忙说，“你想吃点啥，我先做饭？”

“不忙，你先喘口气歇歇。”

张流苏拄着锄头坐在油根子树下。在坡里不觉得怎样，一坐下，浑身就像散了架一样，肚子也开始咕噜噜地叫唤，嗓子也觉得渴了。她端过老太太为她准备的凉开水咕嘟咕嘟一口气灌下去，这才喘了口气。

“坡地里的那些农活没有做完的时候，你也真是的，这些个农活，还不够你忙活的？还要养什么油根子树？树有树命，人有人运，就是因为你好养油根子，漫山遍野哪里有棵油根子苗、哪里有棵油根子树你都知道，哪棵油根子落下几个果子也能找到，咱家你移栽过来的这棵大油根子树才不开花不结果，要不，这么大的树一年能收多少种子啊。听妈的话，悠着点吧，啊？”过了一小会儿，老太太慢悠悠地说。

“我从小喜欢那些花花草草，累不着……”张流苏说。

“流苏姐，你干吗每次上坡都偷偷地去？总也不带我！怕我帮倒忙不是？留住都说我能干得很，坡里的庄稼活我早都学会了。真是小看人！”高虹不知从哪里冒了出来。“你看院子里那些油根子树，一大缸一大缸的多沉啊，是谁给你搬出来的？还不是我！要不是我，它们恐怕还躲在屋里见不到太阳呢！”

油根子长得慢，四五年的时间才能长成树形，为了多收获一些种子，张流苏就在自己家养了几盆。近年来，油根子渐渐长大了，花盆里长不开，就把它们移到了土缸里。冬天怕冻坏了它们，就搬到房间里；春天天气转暖，再把它们搬出来。张流苏做这些事的时候，高虹总是乐于帮忙。

“我和你嫂子说正事呢，啥事都有你打岔的份儿。”老太太不高兴了。

“不是不带你，咱妈这么大岁数了，总是需要人照顾。你不愿意在家陪妈？”张流苏哄她。

高虹没说话，伸伸舌头到一边去了。

做了这么多年的婆媳了，张流苏理解老太太的心思，她端着喝光了水的那只大碗，像是自言自语，也像是对老太太说：“我刚才在路上还琢磨呢，耀宗的喜酒也该着手办了，只是这天气一日暖过一日的，买些鸡鸭鱼肉的，买得早了怕坏，就是不坏也不新鲜了。今天下午我就去找马厨子，和他商量商量，让他给咱列个单子，办起来也好心中有个数。”说完了，温存地看着老太太。

“妈知道你心里有数，这么多年，啥事你都做得有板有眼的。只是看你忙得紧，提醒你一声。到时候咱也雇个戏匣子可好？”这几年，村里也有了VCD（激光压缩视盘）了，谁家办喜事，搬回家，再在屋顶接上几只大喇叭一唱，全村在哪个角落都能听到。

“正是呢，那样更喜相。”张流苏附和。但是说完了，她的心里却觉得虚空，再租个戏匣子，最少也得再加二百块钱。

“好！租戏匣子好，我从高雁那里借片子，不知王长海从哪儿倒腾的，净好片子，可好听了。”一说戏匣子，高虹就想起了妹妹，说着立马就想去。

张流苏站起来拦住了她：“我饿了，咱先做饭，吃完饭你带我一块去，行吧？”一边说着，一边搂过她的肩膀哄着她进屋去了。

转眼就是四月初十。为了让儿媳妇高兴，头一天张流苏还专门到山上采了一大把野花，插到水瓶里，顿时满屋里都是香气。

真是不遂人意得很，这天早晨起来，天就阴沉着脸，还七零八落地下了几个雨点，狂风卷着沙尘袭击着树木、房屋，发出呜呜的声响，还不时夹杂着一两个闷雷，让人惊惧不安。

这样的天气，王老太太尤其感到心烦意乱，她一遍又一遍地挪动小脚出去看天，心里怅怅的，嘴里也不住地嘟囔："天怎么会是这样？怎么碰上一个这样的天？"然后埋怨几句，"金贵也是，怎么就不能早一天回来？"

"这可怎么好啊？许多亲戚朋友住得远，还得翻山越岭的，还能来吧？"张流苏也很焦虑。

"没事儿。"马厨子带着他的徒弟天一亮就过来了，他坐在院子里一边听徒弟梆梆梆地切菜，一边胸有成竹地说，"没听人说'早上下雨一天晴'吗？一会儿就好。"

还真叫他说着了。渐渐地，风停了，灰暗的天空慢慢地亮了起来。到吃早饭的时候，就隐约可以看见太阳的影子了。

"拴住屋里的，放喇叭吧，天晴了！"老太太脸上的明媚如三月的阳光。

喇叭放在大门的门楼上面，VCD 却在屋里，曲曲折折串了一院子的线。张流苏拿了一盘磁带放进去，不一会儿，喇叭里响起了高亢的抒情歌曲：《草原上升起不落的太阳》。高虹兴奋地随着乐曲扭动身子，摆来摆去。

"就不能分个忙闲？"老太太厌恶地皱起了眉头，可是高虹根本就没有注意到。

"妹子，帮我洗洗抹布。"张流苏正里里外外地忙碌着。

"这首歌我会唱，真的，真的，那时候我们都唱。"高虹说完，开始小声哼哼。

一曲终了，高虹刚要安静下来，喇叭里又响起了《敖包相会》。

"你知道吗？这首歌留住唱得最好了。流苏姐，你听过留住唱歌吗？"

高虹兴奋地朝张流苏走去，正好撞在老太太身上，老太太站不稳，幸亏张流苏眼尖，赶快过来搀扶，才没有摔在地上，怀里抱着的花花绿绿的婴儿衣服却被高虹带出去老远。

"真是我的克星，这个丧门媳妇。"老太太指着高虹的手都要发抖了。一扭脸，看见高虹一边拾起小衣服一件件在身上比画着，一边随着乐曲摇摆。老太太气得直哆嗦，"快，快，快把喇叭关上，看把这个疯老婆兴奋的。"

“拧小一点吧？！花钱雇喇叭，不就是图个热闹吗？”张流苏跟老太太商量，“石榴该来了，金贵家三口人也该来了，亲戚都快来了，你到大门口等人吧，家里这些小事情我来做就行。”

“谁说我没来？戏匣子这么响，想不来在家也沉不住气。”说话的工夫石榴进了院子，还没进屋，就一眼看见了张流苏，忍不住叫道，“穿得那么时髦，谁还认得出你？！”

张流苏总是觉得家里不富裕，舍不得买衣服，就习惯了穿女儿不穿的衣服，常常不管红的绿的，摸着啥样的就顺手穿到身上。今天家里有喜事，老太太又一再叮嘱她打扮得喜相点，她穿的不知哪个女儿搁家里的红色腈纶毛衣，领口处还用黄绒线提着几朵野菊花，下身穿一条牛仔裤，脚上一双旧旅游鞋，一看就是二十世纪八十年代的产品。听见石榴揶揄她，自己打量打量也有些不像话，不禁自我解嘲道："四十多岁了还有孬好？孩子们留在家里的破衣裳，赶明儿你也穿一件？”

“我拿啥跟你比呀？你是有福之人不在憨傻。你又有福又有人缘，自己不会生儿子，可年纪轻轻的还就抱上了孙子，还哄得一家老小都高兴。”石榴酸溜溜地说。

“你家金宝媳妇不是也快了？别羡慕别人，这头前脚后的，你也就抱孙子了。”老太太觉得石榴说话难听，忙在女儿和媳妇之间打哈哈。

“真是哪壶不开提哪壶。看着她那个大肚子，我就怄得吃不下饭。”王石榴说。

“算算也到时候了。”张流苏也想起了这回事，可是她还是没有明白过来，“生小孩是好事啊，你怎么还吃不下饭呢？”

“她那个大肚子笨得简直像个鸭子，难道没晃到过你眼前来？”王石榴反问张流苏。

“我见过她，不过三五天前吧，早上我去种棉花，正遇见她到街上换豆腐，她还问用不用金宝给我帮忙来着。她的肚子……”张流苏有些摸不着头脑，“快生的人谁的肚子不是像鸭子一样？”

“不一样，当然不一样！”王石榴斩钉截铁地说，“生男孩的人，肚子再大她也轻巧，生闺女的……你难道就从来没有留意过自己怀孕那会子的肚子？每次都一样，笨拙得简直像狗熊，咱妈还不让说。一看你那肚子，心里就知道完了，又是个劈叉妮子！那个准啊。”王石榴大发感慨。

张流苏不言语了。听石榴这样说，她的心里很不舒服。但是转念一想，她又说道：“现在不同于咱那个时候了。生下男孩只能要一个，要是生个女孩就可以再要一个，计划生育了孩子那么金贵，先头生个姑娘也不错啊！”

“你就好像不生活在这个地球上，难道金宝媳妇没告诉你这一胎她怀了俩？”

自从老太太做主把王石榴的大儿子金贵过继给了张流苏，本来就有些任性的王石榴面对张流苏常常一副居高临下的语气，俨然救世主的姿态。张流苏不说话，悄无声息地出了屋。高虹没有注意到张流苏的情绪变化，这个话题带给她很高的兴致：“笨拙得像狗熊？我怎么没在意？”她嘟囔着，想重新打量打量嫂子，这才发现嫂子已经出去了。她赶紧去找嫂子，嘴里还反复重复着自己的疑问。到了她和嫂子共住的屋里，她看见嫂子又要换上那身常年不变的藏蓝色土布对襟褂子，赶紧抓住她，“流苏姐，那身衣服好看啊，红的好看，怎么又换了呢？怕咱妈不高兴？没事儿，石榴姐说得不对，咱妈又没嫌你！”高虹是个性情爽快的人，病了以后更是口无遮拦。张流苏见她又上了脾气，也就听话不换了：“行，听你的，不换就不换吧，我听你的。不过今天家里待客，你可要好好地帮我啊！”说完，她就带着高虹到院里刷刷碗、洗洗碟地忙这忙那了。

“五十岁了，说话总是欠思量。”过道里只剩了王石榴和她的母亲，王老太太忍不住说。

“我就喜欢说实话，实话都不好听。想听好听的不如听戏哩，打开电视就有，想听多久就唱多久。”王石榴不服气，指指张流苏租来的VCD，“买个这样的戏匣子也行。”

对于从旧社会走过来的七十八岁的王老太太来说，她的见闻和经历足以写一本厚重的书了，可是近年来却越过越糊涂了，她怎么想也想不明白媳妇张流苏和女儿王石榴这笔账该怎么算清楚。女儿自不必说肯定不是坏人，媳妇张流苏也是远近闻名的厚道人、贤德人，如今四十好几的年纪了，在油根子峪这样的纯山区村庄，一个人种着七八亩责任田，又要侍候老的，又要照顾病的，都说这要是一个壮劳力都得累趴下，可她从来没有着过急、发过火。老太太经常纳闷地想：这么个好人怎么就不能生个儿子呢？在油根子峪，老人们自古就说做了坏事的女人才断子绝孙呢。幸好早年自己当机立断，把女儿王石榴的儿子过继给了媳妇，为此，女儿常常居功，而媳妇呢，却似乎并没有感恩戴德。不管怎么说，现在，过继的儿子也早已生儿子了，按说老太太应该没有什么心事了，可是，女儿的儿子又要生产了，还是双胞胎，万一要是两个姑娘……这个问题在老太太的心里同样是一桩心事。可是看着女儿满脸心事的样子，又忍不住安慰她："身子笨重的生丫头是不假，在咱油根子峪自古就有这样的说法。可是金宝媳妇不一样，她怀了俩，别管丫头小子，她的身子不都得格外笨？"

王石榴没有说话，老太太的话她不是没有想过，只是她的心里太怕了，越怕越觉得儿媳妇的体型状态与兄弟媳妇当年极其相似，越是觉得相似，心里就越懊恼。母亲的话让她稍稍感到一些安慰，她怔了怔，张了张嘴，却没说什么，紧跟着到院子里和张流苏一起忙了起来。但是她心头的阴影仍然围绕着她，也困扰着她，使她不时地叹口气。

"嘀嘀——"一阵汽车喇叭响，一家人忙不迭地赶到大门口，一辆红色的出租车停在门口，果然是主角来了。金贵媳妇抱着裹了厚厚棉被的孩子，下了车，就被高虹抢过来了，吓得老太太紧张地喊："拴住屋里的，你快抢过来呀，她脑筋不灵醒，要再有个闪失，可怎么得了？"

张流苏和王石榴簇拥着抱着孩子的高虹进去了。金贵媳妇搀扶着老太太。老太太不拄拐杖了，赶紧将右手中的拐杖递到左手里，用自己苍老的右手掌去拉金贵媳妇的手："好孩子，想死奶奶了，可别走了，啊？"

汽车喇叭又响了两声，眼看着汽车要从胡同里倒回去了，金贵媳妇忽然想起了什么，急匆匆地跑过去，从车窗里伸进头去说："师傅，王金贵跟你说好了没有？下午三点钟你还来这里接我。”

不知司机说了什么，金贵媳妇高高兴兴地跑过来了。

“你们今天还要走？耀宗好不容易回来了，怎么立马就走？金贵呢？他为什么没来？”

“他呀，厂里又接了一批新活儿，白天晚上的加班呢。厂里有了活儿干，我也要上岗了，下午就回去吧！”金贵媳妇又搀起老太太的胳膊。

“你也要上岗？耀宗怎么办呢？”得知孙子媳妇很快就要回去，老太太喜庆的脸上飘过几缕失望。

“厂里只要发工资，孩子还不好说？送厂里托儿所也行，请个保姆也行。”金贵媳妇顺口答道。说完似乎也注意到老太太的失望，她又补充说，“奶奶，金贵想你得很，我也想你，你跟我一块去城里住几天吧？”

“去城里？打从你妈嫁到咱家，我们娘俩就没分开过，只有和她住一块，我心里才踏实。我老了，哪儿也不去了。”老太太幽幽地说。

说话的工夫，娘俩进了家。张流苏刚把耀宗从高虹手里哄过来，孩子看着她身上的花衣裳好玩，伸出小手就要抓她领口上的小黄花，抓几下抓不住就咯咯地笑。石榴也想抱抱孩子，可是孩子看着她毫无色泽的灰布大襟褂子和严肃的脸竟然哭了，紧拽着张流苏的毛衣不肯过来。王石榴的心里酸溜溜的懊恼极了：“不抱了，让我抱也懒得抱了。”

“你看这孩子，天庭饱满多么富贵；大头大脸多么厚成！”老太太抚摸着孩子的小脸。可是孩子摇摆着小脑袋不让摸。

“真是个小毒种，除了他奶奶，六亲不认！”王石榴非常不满，把奶奶两个字格外加重了语气。

“别这样说，你不也是他奶奶？现在不会喊，长大了，自然喊你奶奶！”老太太安慰王石榴。

“奶奶和奶奶可不一样，流苏是真奶奶，我这个亲奶奶倒成了假奶奶了。”王石榴语气冷冷地说，“金贵这个王八羔子也是吃了黑豆变了心了，心里只有她这个好妈，哪里还有我？”金贵虽然是石榴生的，但是年纪不大就跟张流苏一起生活，感情上自然跟张流苏亲近些。一想起这些事，王石榴就气不打一处来，当然，她的心里是怨媳妇的，和天下所有的母亲一样，总觉得儿子没有问题，往往都是被媳妇教唆坏了。所以，说这话的时候，她的眼睛直盯着金贵媳妇。金贵媳妇也觉察到了，红了一下脸，溜一边去了。

"你也别多心，孩子心里有谁没有谁还能写在脸上？"张流苏安慰她说，见她没吱声就又补充道，"孩子们都忙，金贵工作的那个单位又不好，整天加班加点地忙活还挣不了几个钱，不过是蛤蟆逮苍蝇——刚供嘴，就是有孝顺的心，也没有那个力啊。别想歪了，想歪了就是自己跟自己过不去，只要咱心里有他们就行了。"

说话的工夫，客人陆陆续续来了。第一个来的是高虹的妹妹高雁，还领着她的儿子小宝。紧接着，王大伟的媳妇王迎春领着她的小女儿胜男来了，王石榴的儿媳妇高淑芳也挺着大肚子来了。一看到她，高虹想起了刚才那句话，一个劲地抚摸着她的大肚子问："你妈说你的肚子笨得像狗熊，我咋看不出来？"羞得高淑芳恨不能钻到地缝里。高雁见情形不妙，把高虹拉到一旁假装问长问短地打掩护。时间不长，一个又一个的农村妇女穿着过节才穿的衣服，挎着竹篮来了，竹篮里盛着花花绿绿的衣服或各式各样的花布。许多人还领着孩子，孩子也穿得格外整齐，一个个羞答答地扯着大人的衣角，低着头，眼睛却不时地瞟着桌上的糖果瓜子。

张流苏的母亲也从十几里地以外的桂花峪赶来了，亲戚见面，自然免不了嘘寒问暖。张流苏觉得母亲赶路赶累了，趁着还没开席的工夫，扶她到房间里躺一会儿。张流苏说："妈，你这么大岁数了，干什么还跑这么远的路赶来啊，真不知道心疼自己。"母亲说："流苏啊，你看你忙得连回娘家的空都没有了。我不到油根子峪来，啥时候能见到你？"张流苏说："快了，等多儿念完了大学，就不用忙了，我把妈接过来，天天陪着。"母亲摇摇头："你呀，恐怕这辈子都没有不用忙的时候了。"忽然她又想起一件事，说，"你还记得关东吗？他回来了。""关东？咋会不记得。他还好吗？"母亲说："好，发达了，在杏花峪水库附近盖了一山的房子……这孩子，还挺有良心的，一到桂花峪就去家里看我，还问你来着。"母亲的絮絮叨叨让张流苏的眼前浮现出一个人的影子：桂花峪同住一条街上的一位兄弟，曾经同张流苏一起念书，一起漫山遍野找油根子树，张流苏家门前这棵大油根子树就是他从自家土屋顶上移下来的。记得移树的时候，他还反复叮嘱张流苏要好好照料，好让它早一天开出美丽的花……

老太太抱着耀宗和亲友说些家长里短，大家都不可避免地逗逗孩子，说一些吉祥的话，幸福的笑容堆在脸上重重叠叠的像花一样灿烂。张流苏则谦和周到地招待着，不时给客人添点茶。“不喝了，不喝了。”许多人一边端起茶碗咕嘟咕嘟喝光了，一边谦虚道。然后张流苏再抓些瓜子糖果分给孩子，有的孩子干净利落地接过来装进口袋，有的吃上一两粒，等眼睛的余光证实自己确实已经摆脱了张流苏的视线，才一点一点装进口袋。还有的孩子任凭张流苏磨破了嘴皮子也不肯张开小手去接，越是把小手藏得坚决，但是口袋却裸露着，张流苏只好将糖果给孩子装进去。过了一会儿，高雁的小脚婆婆，也唱着周姑子小调来了，惹得大家起哄，这个说：“大妈，你唱一段可好？现成的戏匣子！”那个说：“来，让耀宗他妈给你抹抹胭脂。你看耀宗他妈随身带着胭脂包呢！”油根子峪人习惯把时尚女人的化妆包叫作胭脂包。高雁婆婆就说：“也别看不起我，从小就会的戏，要不是老了，还真能唱一出！”大家七嘴八舌的，热闹极了。

接近晌午，厨师做好了饭菜，院子里一溜十来张桌子上摆满了佳肴。“开席喽！”厨师招呼一声，大家都争着让着坐到板凳上。

“这鬼天气，不阴不阳的，还挺热！”大家正要吃饭，院子里闯进一位少女，脸热得红红的，挎着一只编织袋，里面装了满满一篮子书。

“多儿！”高虹一见少女，兴奋得喊出了声。

张流苏赶忙接过女儿的编织袋：“见了大妈大婶、大姑大姨的也不知道打招呼，都十八了，越大越没规矩。”

“想呢，可就是不知道先招呼谁好。”多儿做个鬼脸，坐到婶子高虹和高雁中间，一边说着一边开始吃饭，“可饿死我了，大家一块吃呀。”

“就知道吃，好像上辈子是饿死鬼托生的。”老太太斥责她。多儿做个鬼脸，继续吃。

“你姐姐呢？不是一块来的？”张流苏看见小女儿，想起了大女儿，以为就在后面，来到大门口，等了一会儿不见人，回到席上问多儿。

“姐姐怎么会来？她教的毕业班，就要考试了。”多儿嘴里含着饭说。

“毕业班怎么了？”老太太很不满意，嗔怪她，“怎么会不来？今天耀宗过生日，这么大个事，亲戚朋友都来了，她怎能不来？”

“咱乐咱的，他们忙他们的，在外面待长了，对家里这一套不习惯，没的笑话咱们，大伟就常这样说。”说这话的是大伟的媳妇王迎春。

“是呀，咱乐咱的，都别生分，没外人，快吃呀。”张流苏找到了台阶。

“多儿毕业了？”高雁问。

“毕业了。总算念完了。”

“考上了？”

“还没考呢。不过快了。学校给我们放三天假让我们全方位地放松，我本想在学校睡三天觉呢，学校又都让回家。还是回家好呀，回家有好吃的。”多儿又塞一口菜。忽然，一转眼，她看到了抱着孩子的嫂子，接着看到了多时不见的姥姥，赶忙跑过去，“咦，姥姥！嫂子！还有耀宗……你们什么时候来的？”她抢过耀宗转了好几圈。

“多儿肯定能考上。”“多儿就带着那个长出息的样。”……大家纷纷祝福她。

“又是一个女秀才。”高雁赞叹道。

“拴住婶，你真行。我常说，像你这样忍苦受累把孩子一个一个送出去，才是真本事呢。”王迎春说。

“你也送啊，这几年你和大伟可是攒下钱了。送个孩子还不容易？”

“想着了。大妞已经到镇上念书了，胜男今年也该上一年级了，我常给她们讲呢。”王迎春指指坐在身边的孩子。

“哪里来的花香气？”多儿抽抽鼻子使劲闻闻，同时四处张望着。她发现了插在瓶子中的野花，“赤粒子花！我好几年没见了！”说着，扑了过去。

“别动，”张流苏就近抢了过去，“这是给你嫂子的，你想要，到山上去采，满山遍野都是，多得很。”

多儿不高兴地噘起了嘴，王石榴则非常不屑地撇撇嘴。

王迎春说：“看见这些花，我想起一件事来，我看见你家的桂花就羡慕得了不得，你抽空也给我培植一棵，行不行？”

“什么大不了的事，当然行！”张流苏爽快地答应。

“也给我一棵。”“我也要。”大家你一言我一语。

“干脆，你教给我们嫁接的方法，免得大家都找你要。”王迎春想出一个主意。

“我倒是觉得，油根子越来越少，这样下去，往后再想嫁接桂花找不到本也没法子了。所以啊，多培植几棵油根子树是正经事。”张流苏提醒大家。

“算了吧，咱油根子峪自古就是闺女出嫁陪送桂花，不为别的，图个吉祥。你倒是喜欢油根子树，一结婚就在门前栽下这棵大油根子树，”王石榴指着门口的油根子树抢白道，“怎么样，不光不开花不结果，你连个儿子也没生出来！”

大家安静下来，金贵媳妇看了王石榴一眼，撇撇嘴将头扭到一边。

王迎春插话了：“还真不一定，我结婚的时候娘家陪送的大桂花树得两个壮劳力抬，我不也生了两个闺女？！”

高雁也想起了一件事，问道：“流苏姐，还有一件事，农时节令我总也记不清，都说数九天种蓖麻，今年是耽误了，现在想种还行吗？”

“现在种？现在种还能结蓖麻？白日做梦罢了，这是成心浪费种子？！”高雁婆婆唠叨。

“你别说，说不定还真行。”张流苏看看耀宗，认真地说，“耀宗出生的时候，忙里忙外的，忘了数九天种蓖麻的事了。我一看来不及了，就把种子放在儿子家的冰箱里几天，结果种下不到一个星期，就出苗了，蓖麻长得还挺好。”张流苏看着高雁说，“你家不是有冰箱吗？你也试试吧。”

大家正聊得火热，敲锣打鼓地进来一帮人，为首的是村支书，一进门就亮开了铜钟一样的好嗓子："老太太，祝贺您了，我代表咱油根子峪村，祝贺您四世同堂。"紧跟着，从他身后闪出两个人，抬着一块匾，匾上包着红绸子，支书亲自揭开，是一块红棕色的木牌子上面刻着金色的隶书：四世同堂。

张流苏赶快招呼："大伙快坐下喝酒啊。"

"拴住哥没在家？"支书梭巡了一圈。

"他？打从当了医生，我们都当他是卖给卫生室了！"说这话的时候，老太太脸上仍旧带着幸福的笑，"这都几十年的老黄历了，你还不知道他？"

支书径直走到张流苏身边："大妹妹，我有件事求你，你可千万不要推脱啊。"

一院子人把目光投向张流苏，张流苏也吃惊不小："我？我能做什么啊？"

"这几年，各级领导都重视'招商引资'，咱村里缺乏人才也缺乏信息，总是完不成招商任务。前几天我去县上开会，一位领导给我支招，说是开发杏花峪的那个大老板杨关东就是你娘家村里的，我回来一打听，还是你的发小？！"支书拍打着额头，"这下可有指望了，你呀，带我去找找杨老板，让他到咱村里来投个资啥的，我给你记功发奖！"

张流苏看看支书，看看娘家妈，又看看自己的婆婆，没吱声。

王老太太着急了："拴住屋里的，你还有这么好的亲戚？村里这么大的事，你赶快答应啊！"

"就是啊，咱这个小山村，要是杨老板帮助咱发展好了，谁会忘了你？！"支书进一步敦促。

张流苏沉吟："他十六七岁就出门了，这么多年不见，说不定连我的名字都记不起来了。"

多儿过来了："那个叔叔是不是叫杨关东？真巧啊，刚才我就是坐他的车来的。"

张流苏："你？坐他的车？怎么可能？他老早就出门了，连你姐姐都没见过他。"

多儿接着说："真的，早上我来的时候，坐公共汽车到了镇驻地，正愁这么远的路怎么走到家呢，一位叔叔开着一辆锃亮锃亮的汽车停在我身边，打量着我，问我认识不认识张流苏，我问他是谁，他说他叫杨关东，是你的同学，正好他要到杏花峪，于是顺路就把我捎过来了。”

支书高兴了：“这下好了，真是天助我也！”

“这回，咱村里可要起大变化喽！”一个起了头，全院的人附和着，宴席就在这样的气氛中进入了高潮。

2

坐席好比演戏，热闹完了就是谢幕。送走了一拨一拨的客人，又送走了金贵的老婆孩子，看看家里再没有外人了，张流苏累得一屁股蹲到门槛上半天起不来。满目望去，家里就剩下一大堆乱七八糟的活计了：杯盘碗盏需要清理，桌椅板凳需要挨门挨户送还，早晨刚刚挂上的喇叭还要爬上屋脊解下来……满地都是垃圾，家里每个角落都充斥着油烟的馊臭气，深吸一口气让人作呕。心累了一个春天，好不容易了却了一个大心愿，老太太卸下了心事，早就回屋休息了。好在王石榴没有走，里里外外帮她收拾着，只是对满院子借来的家伙不熟悉，啥事都要请教张流苏。高虹也不闲着，跟在石榴屁股后面啥都伸手干，又总是干得不对劲，让石榴懊恼得不行："你还是歇歇吧，坐到你流苏姐身边去！"高虹听话住了手，可她哪里坐得住？一会儿就又打开了VCD，音量大得震天响。多儿猫在屋里，越是临考了越是觉得不会的东西多，本想再看会儿书，可是实在看不下去了，她把书扔在八仙桌上，到院子里帮忙。

"没有金刚钻，就别揽瓷器活儿！"多儿看见妈妈累成这样，一边收拾一边忍不住嘟囔。"我姐说得好，你不是你自己，就像油根子树为桂花生，你这一辈子等于是给别人活的。"

"南瓜挺忙吗？"听女儿这样说，张流苏想起了好久不见的大女儿。

"忙当然是忙，可是就算不忙她也未必愿意来。"多儿一边收拾，一边幽幽地说。

“肯定是忙，不忙她还能不来？”张流苏像是问多儿，也像自言自语。

“她说她不愿见到你，不光是不愿见你，即便是一想起你，想起你过的日子就觉得窒息。”

“窒息？”张流苏下意识地重复了一遍。

“我也觉得你做事情就是死要面子活受罪。就像是今天办喜酒，办给谁看呢？嫂子忙得住不下，哥哥忙得回不来；大家伙儿还得放下手头上的活来捧场，惊人动马的劳民又伤财；你呢，花钱买忙累……这是不是脱裤子放屁——多此一举？”一张口，多儿的不满就再也憋不住。

“多儿，你看我像不像电影里那个‘卖花姑娘’？”高虹出现在多儿面前，不知从哪里找到了那瓶赤粒子花，拿出几支举在胸前让多儿看。

“快放在瓶子里，拿出来很快就蔫了。”张流苏条件反射般大声说。高虹从来没见过张流苏这么着急地大声说话，几乎是吓了一跳，反而把花藏到身后。花瓣被衣服蹭落在地上，张流苏心疼地走过来一瓣一瓣拾在手里捧着。

“嫂子都走了，你还给谁留着？”多儿不解。她找到那瓶花都抽出来全部交给高虹道，“婶子，爱咋玩咋玩，都是你的了。”

“刚才你不是喜欢的和看西洋景似的，怎么一眨眼就不要了？”张流苏也不理解，“真是孩子心性。”

“是啊，也就是嫂子不要的东西你才想到我。”多儿说。

“你妈就是会做，要说媳妇没有闺女亲，谁会信啊？偏偏你妈做出来就让人觉得和真的一样。所以，在油根子峪落得个好名声。”王石榴插话了。

张流苏愣在那里。太阳高高地挂在西天上，圆圆的，红红的，正从她的视野里一点一点往下落，像极了她的心绪。要说她从心里爱过继来的儿子和媳妇胜过自己的亲生女儿，连她自己也不这样认为。可是，她的性格却让她做出这样的选择。从小，家里有好吃的，她会想到金贵和高虹的儿子金福，然后才是自己的女儿。反之，要是家里的杂活儿干不过来，她却会首先想到自己的女儿，然后才是金贵、金福。习惯成自然。眼见多儿生自己的气，她难过；王石榴数落自己，她也难过。但是，她又想不清自己错在哪儿。

一阵急促的脚步声“啪唧啪唧”由远及近传来，还没等到门口就喊开了："姥姥，舅妈——淑芳快不行了，怎么办？”王石榴的儿子金宝来了，一进门，他就发现了王石榴，“妈，你在这里！我到处找你找不见，急死人了！”

“要生了？”王石榴、张流苏几乎是异口同声地说。听到金宝的话，老太太也从屋里出来了。

“病了？找大哥去呀，都说大哥看病看得好！”高虹想起了王拴住。

“去了，他也不在卫生室，不知去谁家出诊了。”金宝说。

“他在家也不济事呀，他又不会接生。”张流苏说，“上医院吧，上医院保险啊。”

“怎么去啊？八九十来里路呢，偏偏我的摩托车又扎带了。”金宝一脸懊恼。

“她这时候哪还能坐摩托车？”老太太说。

“我倒是想着蹲下来背她，可是这么大的肚子怎么背啊？”

金宝的话让老太太笑了，老太太说："雇辆拖拉机吧？”

“我们那里的人都骑马，咱不是有驴吗？让你媳妇骑驴吧。”高虹想出了好主意。

“骑驴是骑不了，拖拉机又太颠，套上地排车吧，地排车最好了。”张流苏也想出了主意。

金宝想不出别的好办法，就去南屋里套驴车。张流苏和王石榴赶忙去帮忙，高虹也跟着掺和。三下五除二地就套好了，王石榴立马坐到车上。

“让流苏陪你们一块去吧？”老太太问她。

“不用了，这回我是真奶奶！”王石榴说着头也不回地跟着金宝走了。

都说“自古华山一条路”，这句话要是用来形容油根子峪真是再贴切不过了。油根子峪村地处泰莱山脉北麓，它四面环山，在村庄里不论从哪个角度看，满眼望去都是山，除了山，还是山，连梯田都是一摞一摞地码在山腰。一座又一座的山头就像葫芦一样把村庄严严实实地包裹起来，全村两百多户千把口人就生活在葫芦的底部。满目望去除了山，还是山，只有山间唯一的一条盘山路，勉强才能通过拖拉机一类的交通工具，把村庄与外面的世界连接起来。金宝媳妇已经开始了生产前的阵痛，她觉得那种疼痛的感觉很奇妙，和所有病痛都不一样，就像潮涌一样一浪又一浪的。每次一痛心一吊，就像听到孩子在说：我要出来，我要出来。每次疼痛过后，她就双手不停地抚摸着肚子，心里对孩子说：宝贝，耐心点，妈妈和你在一起呢。可是，等到疼痛再起，她就一切都顾不得了，嗷嗷叫着在车上滚来滚去。陪她坐在车上的王石榴用小腿和脚挡住她说："不能打滚，压坏了孩子。"她的心里很是有点不耐烦，不时告诫儿媳妇，"生孩子还有不疼的？谁不是从这条道上过来的？所以祖祖辈辈的老人都说'养儿方知父母恩'哪。"王石榴的话充满了教训的意味，但是金宝两口子都已经听不到心里去了。尤其是金宝，媳妇的哭喊让他心里瘆得慌，额头上不住地冒冷汗。他不停地挥动鞭子，让毛驴跑得快一些。

离开油根子峪村不远，就是一段陡峭的盘山路，毛驴拉着载了王石榴和金宝媳妇的地排车走得越来越吃力，任凭金宝抽着鞭子"驾——驾——"地催赶，就是上不去。王石榴见状，有心下车来减轻点重量，可是一低头，正好看见这一阵淑芳的肚子不痛，正在温情万种地抚摸着肚子，她心里就有说不出的厌嫌。按照她的想法，要么媳妇下车，要么都不下。于是，她装作什么都不在意，依旧安安稳稳地坐在颠簸的车上。后来，车实在走不动了，金宝拉住车辕使劲帮忙往前拽也无济于事，车子不仅不能前进，还有一股后退的劲头。金宝忍不住说："妈，你下来帮帮我吧？"王石榴看看儿媳妇的号叫又起，心里总是觉得这一次阵痛来得格外早，但也不好说什么，无可奈何地下了车。

盘山路一步一重天，山顶就是上坡和下坡的分水岭。地排车沿着盘山路上到山顶，接着就是下坡路了，车速一下子变得快了起来，一不留神就蹿出几丈远。金宝想起了母亲，回头看看还不见人影，好像还没有到达山顶，他想止住驴车，可是那驴却跑出野性来了，怎么喝止也不肯停下。眼看着自己都快跟不上了，看看媳妇又疼得可怜，只好冲着来路喊了一句：“妈，我先走一步了，你沉住气吧。”然后顺势跳上车，伴随着吱嘎吱嘎的响声走了。

等到王石榴来到山顶，小驴车已经走远不见影了，她敞开喉咙喊了好几声，除了自己的回声什么也没听见，不由得骂了起来：“忘恩负义的王八羔子，真就把我晾在这里了？”她重重地坐在地上，早春的石头仍是冰凉冰凉的，她马上又站了起来，心里恨恨地想：都说“长尾巴狼长尾巴狼，娶了媳妇忘了娘”，金宝这孬种还不如长尾巴狼呢。山上的风裹挟着初春的凉意袭击着她，她打了好几个冷战。她真想跺跺脚回家，可是看看回家的路已经比去医院的路远了好几倍了，天也快黑下来了，她又从心里怵头，只好硬着头皮朝医院走去。

晚上，天阴了，七零八落地滴了些小雨点。多儿躺在奶奶的炕上看书，奶奶坐在炕沿上愣神。时间仿佛在这里静止了。

“多儿，奶奶问问你，”不知道过了多久，老太太说，她见多儿没反应，就又补充说，“别念书了。”

“听着呢。”

“今天你见到耀宗高兴吗？”

“这小家伙，拽着我的辫子使劲扯，可有劲了。”多儿想起了白天的事，说完了又接着看书。

“你嫂子又要上岗了，要把耀宗送托儿所。他这么小，上幼儿园能行吗？人家小孩肯定欺负他。”

“怕欺负就自己看。”多儿的眼睛始终没离开课本。

“自己看？那多好。可是谁出得去呢？家里这情形，你妈离不开，你婶有病，”老太太摇了摇头，“多儿，依我看，你别念了。”老太太见多儿没应声，就推推多儿胳臂。

“不行！再过两天就要高考了，还有好多东西我不会呢，你别打扰我。”

多儿动动身子，坐得离奶奶远了一些。

“别念了。我是说你别去念书了。考大学有啥好的？你去帮你哥看孩子吧。”

这回多儿抬起了眼，愣愣地看着奶奶的脸，像是打量一个不认识的人。

“念了十一年书了，要在过去，一个秀才还念不了这么多书呢。你老爷爷、爷爷不过念个四五年，你爸念的算多的，也不过七年呢。咱村里谁家让闺女念这么多书？咱又穷，哪有钱上大学？再说，上了有啥好的？南瓜是从初中走的，走了就不回来了。奶奶心里常想她呢。”

“为啥不回来？”

“为啥？妮子家人大心大，离得又远。”

“金贵、金福不也好长时间不回来吗？”

“可是他们心里惦记着呀，就是没空……”

“你怎么知道……”说了半句话，多儿觉得奶奶不可救药，就打住了，她转了个话题问，“你知道姐姐为啥不愿回来？”

“你说为啥？”

“你对我们不好，你的心里呀，存了一种重男轻女的臭思想。”多儿比画着奶奶的肚子说。

“我还能对你们不好？我的亲孙女。”

“那……你对哥哥姐姐一样疼吗？”

“一样，当然一样，手心手背都是肉不是？”

“那么，我要是金福，你还让我不念书去给金贵看孩子吗？你说实话。”

“你这丫头，咋有这想头，你又不是金福，”老太太一时想不出怎么回答，嗔怪地说，“金福是个男人，男人还会看孩子？”

“男人就不能看孩子？就像厨师，农村都是女人做饭，可是城里那些知名的、有成就的厨师，大多数都是男人。男人要是锻炼锻炼看孩子，挡不住比女人看得还好。”

“挡不住？不是挡不住，是挡住了，”老太太摇摇头，加重了语气，“从古到今，哪有男人看孩子的？肯定挡住了。”

"挡住了？！不要紧，挡住了使使劲就过去了。"多儿觉得奶奶固执得可笑又可气，说完了，也不看奶奶的脸，钻到被单下睡了。

雨，一阵接一阵地下着，时而细细地斜斜地零零星星地漫天飘舞，时而粗粗地直直地噼噼啪啪打在地上，时紧时慢，时急时缓，时疏时骤。雨从早晨起来就开始下，整整下了一天，临近傍晚了还没有停下来，山峦冈陵、村村户户、树木庄稼全都笼罩在雨幕中。

镇中心卫生院长长的病房走廊里，窗子紧紧关闭着，一丝风也没有，空气非常沉闷。年过半百的王石榴穿一件灰色的粗布便衣，纽扣严严实实地一直扣到脖子，汗迹在衣服上一点一点扩展，衣服也贴在身上，但她全然不觉。头发稀稀落落的有点卷，却被一丝不苟地梳到了脑后，绾成一个小小的圆圆的纂，在脑后耷拉着。她坐在走廊的连椅上，左胳膊挎一个小包袱，包了棉被、尿布等新生儿用品，右手提一只竹篮，里面盛着鸡蛋、红糖等各种产妇食物，用红的绿的黄的方便兜严严实实地包裹着。

不远处，金宝正凭窗而立，望着窗外无穷无尽无休无止的雨点发呆。长长的头发乱蓬蓬的，显然已经好几天没有梳理过了。大概因为缺觉的缘故，他的眼睛红红的，布满血丝，但是非常有神，闪着希望的光。

走廊上很静，从产房里传来的呻吟声与外面的风雨声掺杂在一起，听来让人感到压抑和沉闷。在金宝听来，这声音格外刺耳。他望了一眼依旧闭着门的产房，在走廊间踱了几步，迟疑一下，在紧挨着产房门的墙角边蹲了下来，重重地叹了一口气，紧接着掏出一根烟，点着了。

"你去病房里躺一会儿，熬了这么长时间，就是铁人也该熬坏了。"望着疲惫的儿子，王石榴心疼了，她把包袱和竹篮放在连椅上，走过来蹲在儿子身边。

金宝没有反应。

王石榴轻轻推一把儿子："你去躺一会儿，我守着呢，生了我喊你。"

"该是快了吧？从昨天下午就开始疼，一天一夜了，怎么还没生下来？"金宝没有接母亲的话，自言自语着。

“就是屙摊屎也有快有慢不是？才一天一夜你就沉不住气了？三天三夜生不下来的还有呢！”王石榴对儿子的态度非常不满。

“三天三夜？天哪，怎么受得了？”

“母鸡下蛋，女人生崽。再简单不过了，怎么就受不了了？当年我生你金贵哥的时候，正赶上你爸带学生去县城考试，就我一个人在家……到生你那会儿，正赶上秋收，早上起来还挑了好几担高粱，没到晌午就生了。不是都好好的？”王石榴絮絮叨叨着，顿了顿又补充道，“现在可倒好，这些媳妇都被男人宠坏了，怀个孩子就像中个举似的，一个个娇贵得不得了，横也不行，竖也不行，生孩子反倒难了。”

“淑芳可是怀了俩呢，生两个肯定比一个还要难。”

“三个五个都一样。没见过别的，难道没见过小猪小狗？一个理儿！”王石榴说。

金宝不说话了。

走廊里响起急促的脚步声。一位庄稼汉子抱着腆着大肚子呻吟的妻子在四五个女人的簇拥下奔向产房。每个人的头发都湿漉漉的，身上还淋淋漓漓地滴着水。

王石榴母子闪到了一边。

“静一点，静一点！”护士出来制止，同时把陪人挡在了门外。

走廊里一下子拥挤起来。王石榴和她们小声交流着，很快找到了共同语言，渐渐地熟悉起来。

“哇——哇——哇——”不久，产房里传出婴儿的啼哭声，先是所有的人都竖起了耳朵，紧接着，几乎是同时，所有的人都奔向产房。

“家属呢？请带着小被子随我进来。”护士推开门，从门缝间伸出头。

“小子，还是丫头？”所有的人都关心着同一个问题，异口同声地问，几乎分辨不出是谁的声音。

“是男孩，八斤八两。”护士回答。

王石榴和后来的一位年长妇女同时挎着包袱走上前去。

“来一个人就行，只进来一个人，其余的人在门外等着。”护士提醒道，把众人挡在了门外。

“哪一家的？”王石榴问。

“刘，刘……”护士思索着，她一下子想不起产妇的名字，解释说，“就是后来刚刚进去的那位。”

年长妇女随护士走进产房，王石榴又坐回到连椅上，金宝仍旧凭窗观雨。

人群躁动起来。

“老奎，还真有你的，干活儿不咋样，这个倒挺有本事！头胎就是个小子！”

“老奎，怎么喂的你老婆，长了这么大个胖孩子？”

“八斤八两！老奎媳妇真有两下子，亏她生得出来！”

“老奎，有儿子了，得好好当爹了，以后可不能三日打鱼两日晒网的不知干啥了，干活儿也不许再偷懒了。”说这话的那位年长妇女是老奎的妈。

大家你一言我一语地议论着，黑黑的粗粗的满脸络腮胡子的老奎则嘿嘿地笑着。

“静一静，静一静！不许在这里喧哗，产妇和婴儿都需要安静。请到外面去讲话，”护士又出来了，她非常严厉地制止着，等到走廊里重新安静下来，护士在人群中扫了一眼，说，“高淑芳！高淑芳的家属在不在？”

“在！怎么样了？”金宝像陀螺一样非常迅速地转过身，王石榴也站了起来。

“你是高淑芳的什么人？”护士看了看金宝，又看了看王石榴。

“我是她丈夫，这是我母亲，”金宝指指王石榴，着急地问，“生了吗？情况怎样？”

“不怎么样！宫口不开，宫缩不强，疼了一天一夜了，我们怀疑胎儿宫内窘迫，再耗下去大人孩子都有危险。”

“那、那怎么办？”

“医生建议手术！”

“那就赶快吧？！”

“剖宫产虽然是常见的手术，但它潜伏着许多危险因素，比如说可能引起婴儿窒息，也可能引发产妇大出血等各种疾病，都可能危及生命。你们商量一下，同意的话进来签个手术协议。”

“有多少保险系数？很危险吗？”金宝急于知道答案。

“一般情况下没事，不过也不排除其他可能。”

“到底是男孩，还是女孩？”金宝低头不语，王石榴插话了。

“还不知道。快做决定，不能再等了。”

“手术吧，不用想了。”金宝说。

“等等，”眼看着金宝就要跟随护士进产房，王石榴想起了什么，跟在儿子的后面，“要是危险的话，是保大人，还是保孩子？”

“一般不会有事，这种手术多了。”

“万一呢？”

“当然保大人。”

“如果是小子呢？我是说……”

“不分性别，救人还分性别？”

“你看能不……能不能这样，要是丫头就救大人，要是小子……”

没等她说完，金宝已经随着护士进了产房。

老奎媳妇出来了，老奎抱着媳妇，老奎的母亲抱着孩子，被其他女人簇拥着住进了病房。只剩下王石榴心神不宁地站在走廊里。

雨，渐渐小了，像是柔软的丝线一样，落在脸上让人舒爽。

“哎呀，油根子花开了！”正在院子里淋雨的高虹咋呼道，“昨天我看的时候，还是丁丁点点的小骨朵，才两天的工夫，就开得这么好了？！”高虹围着一大缸一大缸的油根子树惊喜万分。

张流苏定睛观察她栽在土缸里的油根子树，陷入了沉思。在儿时的记忆中，在十里八村的山上，这是多么普通的一种植物啊，春天时节，满山望去，琼枝玉树，一片素洁，朝着那一堆“白雪”走去，逐渐感到香气袭人。就是那时，她的被乡亲们称作“乡村园艺师”的父亲告诉她这种树的学名叫“流苏”，就和她的名字一样。当时她还很纳闷，这么素雅的一种小花为什么有这样一个古怪的名字，当她走到近前，细观花形，枝枝簇簇的白色连成串串，每一朵花实际上是一个花团，而真正的一朵朵小花，皆长成细长如唢呐般模样，极似装饰用的白色小穗穗。于是恍然，这不是“流苏”又是什么？她猜想：这或许就是古人命名的缘由吧。张流苏记得父亲的书上曾记载流苏“香溢十里”。她忽然想到，“雪却输梅一段香”的诗句实在应该改作“流苏胜雪十里芳”方才确切。只可惜，它常常只能当作嫁接桂花的砧木……谁也搞不清楚，它为什么能够嫁接桂花，而山上其他的树木嫁接却不能成活。因着这个特点，被城里那些所谓搞盆景“艺术”的商贾大量收购，而为了赚取些许小利的个别乡民，就不惜疯狂刨挖。没用几年工夫，山上的油根子树就很难见到了。大的大价钱，小的小价钱，甚至很小的也全被刨走。正所谓:“成也萧何,败也萧何。”油根子树的这个“本事”既成就了它，也毁灭了它。说不清是该称颂还是诅咒。卖到城里，嫁接上桂花，不再隅居山中，就像前几年农村的女儿想嫁到城里一样，只不知树木会不会如此势利？张流苏忽然很伤感和悲哀：这些可怜的树，离开土生土长的山涧泥土，过起盆盆罐罐的生活，与被关在笼里的鸟雀有何区别？但是啊，为了它们不会遭到破坏，只能把它们种在责任田里，栽到盆里。

一阵风吹过，高处落下几个粗大的雨点，好几朵花簌簌落下，像没有翅膀的天使，久久徘徊，不愿离去；也像一场烟花，开过了，徒留一地的叹息与苍凉。

高虹从地上拾起一朵花感叹：“流苏姐，油根子花真漂亮啊。”

张流苏说：“是啊，我小的时候，好多村里漫山遍野都是油根子树，一到春天，满山遍野都是花，你说有多漂亮？”

高虹想象不出来，她揣测：“那不就成了仙境了吗？”想到这里，她又有了疑问，“这么漂亮的白花，为什么名字却这么土呢？‘油根子’是谁给它起的名字？”

“‘油根子’是它的俗称，它还有一个好听的学名。”张流苏意味深长地说。

"好听的……那它叫什么？"

"它的学名叫……流苏。"张流苏沉闷下来，但高虹一个劲儿地追问，实在被缠不过，只好说出来。

"流苏？！这不是你的名字吗？怎么会是花的名字？"高虹又拾起一朵流苏花，吃惊极了。

"是啊，我父亲就是比着这种花给我起的名字。"张流苏解释道，"那时候，他是我们那一带的园艺高手，尤其喜欢流苏花。"

"这花叫'流苏花'，那么这树就是'流苏树'了？"高虹很兴奋，仿佛洞悉了一个了不起的秘密。她捧着流苏花，从院里跑到大门口，又仔细端详那棵大树，"这棵树怎么没有花呢？这么大一棵树，要是开一树这样的花，该有多么漂亮啊！"

张流苏没说话。她想起了往昔，想起了杨关东家残颓的庭院。那些年，村里的流苏渐渐长成了桂花，只有这一株，静静地生长在杨关东家那堵苔藓密布、刻满忧伤的土墙之上。不知是哪一代人种在土墙上的，或许它比老屋还要早，也或许它天生天养？张流苏从记事起就看见它，春来绿意盎然，秋来落叶萧萧，无人问津。但是，不知道为什么，从来没见它开花。那时候她还小，她曾经固执地认为它是有所期待。后来，杨关东离开家乡的那天，把它从屋顶上移到了土缸里。她结婚了，把这株树也带到油根子峪来，把它栽植在大门口。多少年了，她不断地浇水、施肥，盼着它也开一树的花。如今，几十年过去了，张流苏的执着与等待却没能让它开出一朵花。它成为春天唯一的沉默，用空空的叹息叩击着岁月的断壁残垣。

"流苏姐，你让它开花啊。"高虹在张流苏眼前摇晃手里的花。

张流苏苦笑着摇头："我查过资料，这种树有的雌雄异株。"

高虹听不明白："别管一株两株，油根子都能变成桂花，你让它开花还不容易？"

葫芦镇中心卫生院长长的走廊里，时间仿佛静止了。不知道过了多久，产房里终于响起婴儿的啼哭声，还没等护士出来，金宝三步并作两步闯了进去。

王石榴也挎着包袱走了过去。

“只能进一个人。”护士出来了，她接过王石榴的包袱把王石榴挡在门外。

“啥孩子？”王石榴迫不及待地问。她忽而觉得自己问得不确切，没等护士说话，接着问道，“小子，还是丫头？”

“女孩。一个四斤一两，一个四斤三两，两个加一块还不如刚才那一个沉，得好好养活，不过精神不错……”

“我的老天啊，我的亲娘啊——”没等护士说完，王石榴扯开嗓子哭了起来。

“你……”护士大吃一惊，不知自己说错了什么，她疑惑不解地望着王石榴。

“我的老天啊，我的亲娘啊，你可让我绝了根咧——”

“去去去，一边哭去，在产房待了这么多年了，啥样的人都见过，比你老的，比你小的，还没见过你这样的人，真是差劲。一边哭去！”护士弄明白了王石榴哭的原因，非常气愤，忍不住呵斥她。

产床上，金宝握着高淑芳的手，望着襁褓中正在吸氧的一双女儿，不由得露出甜蜜的笑容，长长地舒了一口气。

“好媳妇，你咋这么能？别人生一个，你生俩，还都好得不行。咱给她们取个名，一个叫‘凤凰’，一个叫‘牡丹’，可好？”

“‘凤凰’‘牡丹’？”高淑芳声音里透着一股倦意。

“是的，‘凤凰’‘牡丹’，都是最好的。”金宝认真地说。

高淑芳不说话了。她想看看女儿，但是女儿的位置太低，看不到。她使劲伸伸头，还是看不到。最后只好躺到床上，疲倦地闭上了眼睛。听到王石榴的哭声，她皱皱眉头，睁开眼睛，把手从金宝的手中抽出来，哆哆嗦嗦地指着门外，说不出话。金宝又把妻子的手放到被单下，用双手比画着妻子的耳朵做了个捂耳朵的动作：“歇歇吧，啥也别管，‘凤凰’‘牡丹’

都有了，计较那么多干吗？偷着乐去吧。”高淑芳想了想，闭上了眼睛。

王石榴提着竹篮哭着往外走，在路过老奎媳妇病房的地方被几个女人拦住了。

“闺女有啥不好的？我倒是有儿子，不好好干活儿，啥本事也没有，挣不了钱来，我不是还得靠闺女养活着？饶是这样，还得提心吊胆地为他担心。”老奎妈看了老奎一眼，宽慰王石榴。

王石榴止不住地哭，众人像是观看西洋景一样看着王石榴。

金宝出来了，忍不住埋怨母亲：“啥年代了，你咋这样？又没人逼你来，来了就这样丢人现眼？”

“逼就来吗？早知道俩丫头片子，请我也不来！”说着，王石榴往外走。

金宝觉得自己话重了，一把把她拉回楼道间：“下雨呢，你上哪儿去？”

王石榴还要往外走，金宝拉住她说：“你也学学我舅妈，你看人家也生了两个女孩……”

“我拿啥比她？当年我要不把金贵过继给她，她会这么好？”

“她收养了我哥有啥好处了？上学、找工作、娶媳妇……她家的债不都是这么欠下的？”

“抱上孙子了不是？你还替她委屈呢！有本事你也生个儿子，给我欠账我也心甘情愿，没本事啥话也别说！”她说着，挎着竹篮闯进雨幕中。

天黑下来了，家家户户亮起了灯。光线从玻璃窗透射出来，照着星星点点的雨滴像是一枚枚银针从夜幕中滑落。坑坑洼洼的小路上到处荡漾着水湾子，在灯光的影射下明晃晃的像一面镜子。王拴住在卫生室里忙碌了一个下午，背起药箱，蹚着深深浅浅的水湾回到家。

饭菜早已准备好了。在正屋的八仙桌上，摆放着一盘一碗，盘中黄黄的像是炒鸡蛋，旁边一条粗布包袱上，放着煎饼馒头。老太太坐在上首的八仙椅上，脸望着门外一动不动。地中央一张小矮桌上，盛着一碗汤，却没有盘子，张流苏和高虹坐在旁边。

“妈，先吃饭吧，吃了饭再说，不行我上医院看看？”张流苏说。

“早没去，这么晚了，黑灯瞎火的，还下着雨，七八里路，你一个女人家的……”老太太站起身，走到门口瞅瞅，“等拴住回来再说吧。”然后又坐回到椅子上说，“拴住咋也还不回来？”

“没准儿谁家里有病人把他找去了，还下着雨，也许回不来了，不放心的话，等会儿我去医院看看吧。”

“对，对，对，去医院看看吧，我好几年没去过镇上了。你害怕，正好我跟你做伴！”没等老太太说话，高虹抢着说。

“净瞎掺和！你还去？啥也不明白，吃了干粮，瞎了咸菜。”老太太厌烦地看了她一眼。

高虹不说话了。

“咋还不吃饭？”王拴住回来了，把药箱放到八仙桌的一角，顺势坐到下首椅子上。

“我和妈正着急呢，金宝媳妇生孩子，去了一天了，也没个信儿……”张流苏说。

“不是下雨吗？家里又没电话，怎么捎信儿？”王拴住洗洗手，拿起一个馒头，“吃饭吧。”

“也不知生了没？真让人挂心。”老太太没有拿筷子，张流苏和高虹也坐着没动。

“生就生了，没生就再等等，早一天晚一天有啥？”王拴住很不以为意。

“先头检查着说是俩……”老太太看着王拴住。

“俩也没事，还有一胎四个的呢，四小龙、四小凤。报上登的，国家还帮着养呢。”王拴住一边吃饭一边说。

“就怕是……”老太太试探着说。

“没啥怕的，现在医学发达得很，大不了剖宫产，这算小手术，在医院里普通得很。”王拴住打断了母亲的话，慢条斯理地说。

“就怕是俩闺女，要是一块生俩闺女，金宝不就绝户了？石榴也就没盼头了。”老太太幽幽地说。

谁也没说话。

“这还不像你那时候，那时候你连着生闺女，不是还有你弟弟留住不是？留住屋里的娶到咱家来，就这么点功劳，不几年她就生了金福。现在留住去了，可娘还有盼头……”说着，老太太指指高虹，擦擦眼角，继续说，“再说，石榴也算听话，娘说让她把金贵给你，她就乖乖抱过来了。现在金贵也有儿子了。咱们啥心事也没有了，石榴就不行了，金贵给了咱，金宝要是绝户了，上哪儿过继儿子去？只能等金福娶了媳妇……”

“这年代了，还有啥想不开的？她要实在想不通，就让金贵再改回去，我觉得没啥。”王拴住并不看母亲。

“你咋能这样说？就是石榴她也不能这样想！哪能到这份儿上？金宝才二十岁的小伙子，哪里就没个机会了？娘八十岁的人了，过个啥劲儿？盼的不就是个人吗？”听了儿子的话，老太太着急了，她不再双手抱着拐杖，而是一手拄着，在地上梆梆地敲着。

王拴住沉默了。

“金福要娶媳妇了？我咋还不知道？”高虹插话。

“安心吃你的饭是正经，呆呆傻傻的，谁说话都要插嘴。”老太太不高兴了。

高虹乖乖地拿起馒头。王拴住细嚼慢咽地吃饭，脸上木木的没有表情。张流苏呆呆地坐着，脸上阴郁得几乎能拧出泪水，手中拿着煎饼，却一口都没吃。

“不说了，等会儿你去医院看看，你屋里的要去，黑灯瞎火的，女人家的让人不放心。”老太太看着王拴住。

“不行，村东头桐婶子病得厉害，还不知道能不能熬过今夜，一家子手忙脚乱的，都说好了，我得去看看。明天吧，明天再去。”王拴住慢条斯理地说着，喝完了最后一口汤，放下饭碗，背起药箱，走了。

“也该当去，老了，我这一辈的人越来越少咧。”望着儿子的背影，老太太感慨道。

就在这时，王拴住家的门“咣当”一声开了，王石榴像是刚从水里捞出来的一样踉踉跄跄地闯了进来。快到门口了踩在一洼水上没收住脚，滑倒在地上，挎着的竹篮摔出去老远，红糖、鸡蛋都蹦出来了。

“咋都拿回来了？孩子……”老太太着急地问。

“果然生了一对丫头片子……”王石榴抽抽噎噎地说。

张流苏看着王石榴没说出话。

“孩子好好的？你咋……咋把东西都带回来了呢？吃不上饭咋下奶水？金宝能顾得过来吗？”老太太指责女儿。

“爱怎么的就怎么的吧，反正我是不管了。”

“怎么能不管呢，闺女也是孩子不是？再说了，不看别人还得看金宝不是？”老太太很着急。

“还是我去看看吧。”张流苏说着，提起刚才收拾起来的竹篮就往外走。

“你倒换换衣服呀。”老太太提醒说。

“晚上了，也没人看，就这样吧。”张流苏沉不住气，急匆匆地闯进黑黑的雨幕中。

医院的病房里，凤凰和牡丹甜甜地睡着了。

经过了一昼夜的折腾，高淑芳也疲倦地进入了梦乡。不知道过了多久，麻药渐渐地退下去了，高淑芳开始感到剧烈的疼痛，额头上渗出一大滴一大滴的汗珠，牙齿咬得咯嘣嘣响。不一会儿，又感到渴得要命，嗓子干得要冒烟。她极力地忍着，攥着金宝的手在他的手上留下了深深的掐痕。

凤凰和牡丹先后醒了，继而“哇哇”哭起来。高淑芳看了一眼，松开了攥着金宝的手。金宝只好抱起孩子。刚刚抱起来时孩子知趣地住了声，时间一长就不灵了，闭着眼睛比着赛哭。金宝不知如何是好，抱抱凤凰，又抱抱牡丹，哪一个也舍不得放下，又无法同时抱着两个，汗水一滴一滴地落在孩子身上。孩子仍旧只是哭。

隔壁老奎的母亲过来了：“孩子好好的不会哭，看看尿了没？”一边说一边打开孩子的小被子，果然不错，凤凰和牡丹每人屙了一泡屎，黑黑的，给她们换上干净尿布后，很快就安静了。

金宝感激地看着老奎的母亲笑笑。

雨悄悄地停了。清爽的空气弥漫着整个夏季的夜晚，把油根子峪村的人们带进了甜美的梦乡。王拴住家里，灯依旧亮着，高虹早就睡着了，老太太和王石榴坐在小矮桌的旁边，一边做着虎头鞋、小肚兜等婴儿服饰，一边轻轻巧巧地说着体己话。王石榴的脸上虽然仍是“多云间阴”，而眉眼间已经露出平和的信息。

“妈，咱也睡吧？不早了呢。”

“我说的那些你可记住了？”老太太一边收拾杂物一边问。

王石榴低着头没吱声。

“不管咋说，丫头小子都是咱的孩子不是？媳妇也是咱的孩子不是？所以，咱得疼她，做人，这是起码的道理。”

“我都懂，就是一想起辛辛苦苦过了一辈子，连个后代都没有，末了啥都得留给外人，心里就堵得慌。”

“这个我还不知道？娘是过来人了！不是说了吗？还有机会，你看村西头小豆子，不是第三胎才见着小子的面吗？花几个钱不要紧，咱也让金宝超生一个，不就都好了？”

王石榴点点头，不作声了。

天快亮了，娘俩熄了灯，和衣躺在高虹身边。

“渴……”病房里，高淑芳迷迷糊糊地喊着，嘴唇干得起了一层皮。

“好媳妇，再忍一忍吧，医生不让喝水，就当是为了我，不，就当是为了咱的凤凰、牡丹，再忍一忍，将来我和孩子都会报答你。”

高淑芳闭着眼睛想笑一笑，嘴巴干瘪得朝一边裂开，样子很辛酸，金宝的眼睛湿润了。

不知什么时候，凤凰醒了，先是骨碌碌地转着黑眼珠打量着这个陌生的世界，不久，便号啕大哭起来，并且哭声很快感染了牡丹。这一对孪生姐妹亮着响亮的小喉咙，此起彼伏地表演着哭戏。声音非常响，在静谧的夜里听来甚至有点恐怖。

金宝学着老奎母亲的样子笨手笨脚地给孩子换尿布，好不容易抽出来了，却发现洁洁净净的一点污浊都没有，手忙脚乱地不知如何才好，额头上又渗出了汗珠。

高淑芳睁开了憔悴的眼睛。孩子一直不停地哭着，她挣扎着想坐起身，动一动，却感到撕心裂肺般的疼，热汗涔涔冒了一身。

“孩子怎么哭了？快抱起来啊。”张流苏来了。

“舅妈！”金宝惊喜地叫道。高淑芳再也忍不住控制了一天的眼泪，抽抽噎噎地哭了。

张流苏抱起凤凰，倒上一杯水，用小勺舀了放到孩子嘴唇边，孩子张开小嘴贪婪地吸吮着。金宝也学着舅妈的样子抱起了牡丹。时间不长，孩子喝饱了水，先后睡着了。

“女人都要从这条门槛上跨过，熬过去这几天，也就好了。”张流苏说。

高淑芳抽抽噎噎地说不出话。

“不能哭，抽抽噎噎的，看把奶水抽上去了，孩子怎么喂？”

“听见舅妈说了吗，不能哭。”金宝趁机帮腔。

“知道你委屈，当妈了，得学的心胸宽敞一些。”

“舅妈……”高淑芳不哭了，但一时还说不出话，“马上二十一世纪了，我还有这样的遭遇，几十年前，姥姥那么讨厌女孩，你是怎么熬过来的？”

“没觉得怎样，”张流苏稍稍沉默了一会儿，“你姥姥心眼好，虽然不喜欢女孩，对人很好，伺候月子很精心，山里的女人，过去坐月子哪有不落下点病的？我就没有。连着生了两个孩子，一点儿病也没落下。这都是你姥姥的功劳。”

“你听听，你妈五十岁的人，还不如姥姥这个旧社会老太太。”高淑芳小声嘟囔着，白了金宝一眼。

金宝低下了头。

3

夏日的骄阳，火辣辣地炙烤着大地。

夏日的山村，一切都懒洋洋的。狗儿蜷缩在阴暗的旮旯里伸着长长的舌头不住地叹气，树荫下的老人和妇女不停地摇晃着手中的蒲扇。只有不知疲倦的孩子，扛着长长的竹竿，到处寻找那些有气无力地叫着的知了。

夏日的田野，就像一幅以绿色为基调的立体的水墨画：地瓜拖着碧绿碧绿的枝蔓把焦渴的土地遮掩得密不透风；枝叶婆娑的棉花已经开出黄的、红的花朵，引得蜜蜂和蝴蝶在中间飞舞着；一大片一大片挺拔的玉米，腰系红樱，排成整齐的队列，好像英武的卫士，守望着即将来临的收获季节。

连日的忙碌，张流苏的责任田已经荒芜得不成样子。于是，多儿结束高考一回到家，张流苏就把女儿带到了自家的责任田里。

山坡上，梯田里，生长着茂盛的棉花。层层叠叠的梯田，静的棉花和动的昆虫组成一幅意趣横生的田园画卷。张流苏的责任田和别人家的不同，地里到处都有一些油根子苗，小的刚钻出地皮，大一点的甚至开始稀稀落落地挂了几个小果，点缀在肥硕的叶片之间，意趣盎然。地角堰边，还栽种着一些朴实的花花草草，开着各式各样的小花。

棉田里，张流苏正在为棉花捉虫，女儿多儿背着重重的喷雾器，单薄的身材佝偻着，好像一只带壳的蜗牛。

经过一上午的劳作，多儿的脸晒得绯红绯红的，头顶上那顶洋布草帽早已被汗湿透，泥土沾到上面，泛出一圈一圈的黄斑。这位十八岁的少女，刚刚结束了高考回到家，对这些农活儿一时还不适应，显得有些笨手笨脚。一阵风吹来，农药零零星星地落到脸上，凉凉的令人舒爽，她使劲喘口气，农药的气味扑鼻而来，呛得她不停地咳嗽，紧接着眼睛开始涩涩地疼。用手揉揉眼睛，草帽掉了，落在身后一株棉花上，又飘到一棵油根子上，多儿一提帽子，帽带子把相邻的几株油根子都连根拔起。张流苏心疼了："多儿，小心点……"

"这些庄稼还不够你累的，种什么油根子？"多儿放下喷雾器，悻悻地坐到土地上，一边揉揉眼睛，一边埋怨母亲，"人家很多人养花是为了赚钱，你可倒好，东找一棵，西找一棵，找到了就栽到地里，偶尔捡到一粒种子也像得了宝贝一样，种到地里，到头来还不是嫁接成桂花送给婶子大娘？有啥效益了？"

张流苏小心翼翼地把那几棵油根子重新栽进地里，说："快啊，多儿，给我把水提过来。"多儿浇上水，张流苏又找了几根枯树枝，薅了几把葎草给这几棵受伤的油根子做了遮阳伞，嘴里唠叨着，"可别把它们晒死喽。"

多儿感慨万千："妈啊，我怎么觉得你对这些油根子比对自己都好，你记得给它们支遮阳伞，你自己的草帽丢了都不知道。"

张流苏下意识地摸摸头顶，这才发现自己的帽子也不知道啥时候已经不在了。多儿替她把帽子捡过来戴在头上。张流苏将帽子正了正道："人都恋旧，你是没见过，早些年满山满峪都是白色的花，人藏在树底下，等一阵风吹过，纤小的花瓣簌簌落下，落在身上就像飞舞的天使……"

"再好看也不能还原了，"多儿打断了母亲，"你是不出门不知天下事，报纸杂志上经常发一些这样的消息，千年古树砍了，千年牌坊拆了……就是明水的百脉泉，被古人写进书里去盛赞'西则趵突为魁，东则百脉为冠'，近年来不也时常干涸？现在都讲究经济效益了，谁还注意生态？就像你，就是别的啥活也不干，一千年也栽不上满山的油根子！"

"是啊，是啊，种子太少了。要是咱家门前那棵树也能开花结果就好了。那样，一年少说也能育出一千棵树苗……"

"妈，你还真是老了，想的法子怎么都这么笨？"多儿笑话母亲，"你要真想养油根子，改天我进城的时候去电脑上查一查，看看哪里卖种子，我们买上一麻包，成苗了，再买一麻包……就怕你把满地里种上油根子，没有地方种庄稼喽。”

“这个法子我不是没想过，一是外地的种子不一定适应咱这里的环境，谁也不知道咱这里的油根子到底和外地的有没有区别。你想啊，咱县里多少村庄，上千个，为什么就是咱附近这几个村盛产油根子？移到别处，即便是嫁接了桂花，也没有在咱这里长得好。二是……”

“不一定。你的说法只能证明咱这里特别适合油根子生长，并不能证明别处的油根子不适合在这里生长。要知道适应不适应，你得试一试才知道。”

“试一试？我说的第二条就是试一试的问题，你想想，多少钱才能买来这么贵重的种子？”

“钱？钱确实是大问题。”多儿的声调顿时低了下来，不过她很快就想起了好主意，“咱可以引资啊。哎，对了，妈，支书让你找杨老板投资的事你净推脱‘过两天’，你到底想不想去啊？”多儿又想起这件事。

“想，也不想。”张流苏说得模棱两可，望着多儿迷惑的目光，她解释说，“给村里引资是好事，可是，我怕他作难。”

“嗨，你真是愚蠢。现在做老板的，哪有你想的那么傻？我敢说，那位关东叔叔之所以能发展成大老板，别说是你，哪里该投资哪里不该投资，他连县长、市长的面子都不一定给！”

“这么多年不见了，谁知道他……变成啥样了？”张流苏沉吟着，站起身背起喷雾器。随着喷雾器的摇杆一上一下地运动，雾化的农药均匀地喷洒到叶面上，发出嗞嗞的声响，把母女俩的情绪又带回到现实中来。这一刻，多儿对田间的农活儿感到说不出的厌恶：“妈，咱回家吧。”

“再干一会儿，桶里的水约莫还能兑两喷雾器农药。”张流苏头也不抬地问，“几点了？”

多儿看看手表，手表差不多指着十点四十。她不无夸张地说：“快十二点了，都晌午了，你看坡里的人都快走光了。”

“不能和人家比，咱家有老人、有病人，琐碎事多，出来得晚。再说，饭都是现成的，馒头也蒸了，饭、汤也烧好了，回家看你奶奶吃啥做点菜就好吃饭了，不耽误时间，早一点晚一点没啥。”

“可是……天太热了，得四十摄氏度了，不信你摊勺沫子试试，准能烤成煎饼。再不走，会中暑的。”

“妈习惯了，不碍事的，嫌热你先走吧。”

“先走，先走！动不动就‘你先走’，谁跟你干活你都这样说，都让你惯坏了脾气！”

“疯丫头，我惯坏了谁的脾气？”张流苏忍不住笑了。

“都惯坏了，金贵哥、金福哥，还有……爸爸！小时候，我跟着你和爸爸下坡，经常听你这样说。结果呢，爸爸回到家就睡大觉，还得等你回到家做好饭再喊他起来吃。现在更好，无论忙闲，他都不插手了。”

“你奶奶喜欢男孩，你爸……他从小受宠，娇生惯养的，下了学就跟着你爷爷学医，干不惯农活儿。再说了，当个乡村医生不容易，没白天没黑夜的，谁还指望着他种地？”

“不容易？风刮不着，雨淋不着，太阳还晒不着。东家请一场，西家吃一顿，地是你种着，家是你管着，娘是你伺候着，兄弟媳妇你照顾着……一点责任都没有，连奶奶都说他有福气，怎么不容易了？难道比你还不容易？”对张流苏的话，多儿觉得不理解。

“我？”张流苏无可奈何地笑了，“我习惯了。”喷雾器里的农药打完了，她走到水桶边，放下喷雾器，顺势坐到了多儿身边，摘下草帽当作蒲扇，为女儿和自己扇风。

风徐徐地吹着，多儿冷静了不少，她看着母亲斑白的两鬓，不由得想起了母亲含辛茹苦的岁月，既心疼又沉重。她抢过母亲的草帽，替母亲扇风。

“妈，你干了一辈子农活儿，快五十的人了，咋就不能改革改革呢。中午热的时候少干点，早走一会儿，早晨傍晚多干点……”

“傻孩子，你奶奶七十多岁了，婶子又头脑不大清楚，家里那么多事，能早得了吗？再说，这灭虫和灭荒一个样，晌午特出活，毒太阳里一遍能顶没太阳时三五遍。”

"可是，咋就不能换换脑筋种点省心的庄稼？地瓜、玉米、高粱，啥不比棉花省心？偏偏七八亩地全种了棉花，又得除草，又得灭虫，又得拿芽子，又得摘花……一遍又一遍，何时得点闲空？"一提起庄稼，多儿刚刚冷静的心又焦躁起来。

"棉花就没有好处？我看你是念书念呆了。你金贵哥结婚时借了你姑妈和你姥姥家的棉花，到现在三四年了还没得还呢！金福也大了，不定哪天也要娶媳妇，不攒点棉花咋办？还有你天天惦记着上大学，没钱拿啥念？这七八亩地的棉花收好了，来三千块钱蛮有把握呢！"

一说到上大学，多儿来劲了："唉，对了，妈，今年我要考不上本科，再复习一年吧，啊？"

"本科是啥，考别的不行吗？"

"啥年代了，本科生都不好找工作，专科、中专的更是白念。我从小有两个理想，小时候想当作家，现在呢，我决定当一名律师，仗义执言……"

"律师？"

"对，像丽达那样的女律师，你还记得咱村里演的电影《流浪者》吗？"多儿看张流苏没反应，又补充说，"里面有两个人，男的叫拉兹，女的叫丽达。丽达你还记得吗？"

张流苏点点头，又摇摇头。

"丽达你都忘了？你曾经给我讲过的那位正直、善良、智慧的女律师。"张流苏的样子让多儿感到遗憾。

"听妈的话，当医生吧，回来接你爸的班……"

"当医生有什么好？像爸爸，连老婆孩子都养活不起，动不动'感冒发烧，解热去疼片一包'。他的职业在我眼里没有美感。"

"当医生多好，人吃五谷杂粮，没有不头疼脑热的，当医生受人尊重。从打年轻那时，你奶奶就盼着金贵、金福不管是谁跟着你爸干医生，好在咱油根子峪一代一代传下去。金贵是学文的，说是不行；金福不学文，考了半天，只考了个卖药的活儿，天天都东跑西颠的。我整天想，家里就你小了，也别管学文学武了，要学就跟你爸学医吧。再说了，也去了你奶奶一块心病，多好啊。”

“你咋啥也是替奶奶想，你是为奶奶活还是为自己？”

“也不光是为你奶奶，妈也快老了，心里头想你们，想得闷得慌……”

“决不。”

多儿吐出这两个字，母女俩陷入了沉默。过了一会儿，几乎是同时，母女俩一起去背喷雾器，多儿手快，把喷雾器背到了身上，张流苏默契地帮她托了一把，转身拿虫子。

天闷热得紧，一点风丝也没有，吊死虫们从油根子树上拖着长长短短的丝线在半空间悬着，长的几乎挨到老太太的头顶，但她毫无感觉。她在树下安了一张小桌子，端来针线笸箩，戴上老花镜，坐在小椅子上，一丝不苟地绣着肚兜，拿着一块红布，用各色丝线一点一点地在上面绣老虎、蝎子、蛇等小动物图案。

院子里，留住媳妇高虹哼着谁也听不懂的小调，把一床床被单晾上取下，取下又晾上，一遍一遍，不厌其烦。

“留住屋里的，别忙活了，过来歇歇吧。”王老太太的老花镜已经快要滑到鼻尖上，她低着头，并不放下手中的活计，从老花镜的上框瞄了一眼，不无调侃地说。

留住媳妇高虹抱着一抱红的、绿的被单走了过来，不知为什么，她有点畏惧老太太。

“妈，你喊我做啥？”她怯怯地问。

“大热的天，你抱着这些被单做啥？”

“不是被单，是留住给我裁的新衣服。好看不？”留住媳妇不免有点喜形于色。但是可以很清楚地看出来，眼神里透出掩饰不住的呆傻。

“好，好，快挂到晾衣绳上，还没晒干呢。回头我给你讲留住小时候的故事。”

高虹乖乖地走了，不一会儿，又乖乖地回来了。她果真把被单又晾上了，还搬了个小凳子，中规中矩地坐在老太太对面。她的脖子上，紧紧地系着一条红纱巾，看上去很破旧，许多地方抽了丝，但系得很整齐。她两只手下意识地捏着纱巾一个角，沉默了半天，终于开口了。

“妈，那年，地震那年，你说晚上很晚了，留住没回来，他去做啥了？”

“你说呢？”

“不是去救五保户刘奶奶了吗？他还领着两三个红小兵。”

老太太叹口气。

“救出来了吗？”

“你说呢？”

“当然救出来了，留住背着刘奶奶，奶奶个子高。留住太小，背不起来，他就和那几个红小兵架着，像老鼠搬家似的，把奶奶搬到了场院里。”

“讲了一千遍了，啥都知道了，都记住了，还问。”王老太太仍旧低着头绣她的花肚兜，但是声音已经有些哽咽。

“那么，刘奶奶已经救出来了，留住咋还不回来？”

老太太没吱声，但是眼泪已经溢出眼睑，一滴一滴落在手中的花肚兜上。

“你说留住干啥去了，咋还不回来？”

“他不回来了，他死了，去救你那个淹在井下的死鬼兄弟……”

老太太终于哭出了声。

“没有，他没死。”高虹自言自语。

老太太放下手中的肚兜找手绢擦眼泪。

高虹一把将它抢在手里说：“绣的啥？真好看，教教我吧！”看着看着，她发现了一点什么，“咦，怎么还绣蛇呢？留住最怕蛇了，金福的肚兜上他从不让绣蛇。”

说着，她从笸箩里找出剪刀，三下五除二把上面的蛇剪了下来。

等老太太明白过来，赶快去抢时，上面已经剪出了一个不规则的洞。

俗话说，夏天像孩儿脸，说变就变。一点儿不假，刚才还骄阳似火，一点风都没有，热得人喘不过气来，转眼间便乌云四合。一阵风吹来，吹掉了多儿的草帽，凉爽得令人一时不好适应。

“不好，怕是要下雨了，快回家吧。”张流苏抬头看着天，催促女儿。

多儿不吱声。

“听话，多儿，一下雨家里就乱成一团糟了，你快帮着去收拾院子。”张流苏过来抢喷雾器。

“你呢？”

“我把这箱药打完马上就走。”

“还不是被雨水冲掉？打了也白打。”

“雨万一要是下不起来呢？这些药兑了水，不打就瞎了！”

多儿果真走了。

走在回家的山路上，多儿还想着刚才和母亲的谈话，心情就像乌云密布的天空一样阴郁。油根子峪是一个环境相对封闭、观念相对落后的地方。生活在那里的一代又一代的妇女勤劳、质朴、善良，两千多年以来重男轻女的风俗，男尊女卑的训语，在那里父传子，兄诏弟；历代反动统治阶级炮制和鼓吹的“三纲五常”“三从四德”之类的封建纲常伦理，更是紧紧地禁锢着她们的心灵，长期以来不知蒙受了多少苦难，蒙受了多少的凌辱！多儿从小听的故事里有她们屈辱的泪水和痛苦的挣扎，在她不谙世事的眼睛里有她们呆滞的目光和忧伤的背影……嘎嘎响的独轮车弓起了她们的脊背，高高的庄稼柴草担子压弯了她们的腰；家务、儿女、落后生活的沉重压力荒芜、沧桑了她们原本生机勃勃的青春。“这些人，哼，简直都是开不出自己花的油根子！”在十八岁的多儿的心上，她们的形象就这样定格了。

在她童年的记忆中，衣服永远是母亲在如豆的煤油灯下织成的没有色泽的土布，玩具永远是黄泥巴和黄泥巴塑成的梦想。“闺女蛋子、妮子家的，吃了饭都瞎了，上学啥用？”她听到最多的是奶奶的指责，然后是母亲永远没有火气的声音：“让她们念吧，在家也帮不上多大忙，家里的活儿我一个人就能料理得了。”说这话时，母亲时常是笑着，有点谄媚地笑着，而笑容的后面却是无论如何也掩饰不了的几乎能拧出泪水的阴郁。多儿最生气的就是每当这时候，父亲总是不肯多说一句话，总是机械地捧着厚厚的医典，眼皮都不眨一眨，活似一具木偶，从他的脸上永远看不出喜怒哀乐。就是为了报答母亲，她和姐姐一样，认真学习，自强不息地上进，也就是在这孜孜以求的努力中，她从琐碎的生活中放飞了自己的梦想。记得那时候，当她充满神秘地告诉母亲自己的理想是当一名女法官或者女律师的时候，母亲的眼里晶亮晶亮的，像有泪花闪动，停下正在织布的手，反复地说：“好，好，只要努力学习，总会有出息的，你们赶上了好时候喽。”当时自己多大，十岁还是九岁？多儿不记得了。现在，她不明白，母亲为什么变卦了呢，竟然还要她学医，像父亲一样。

凭什么？多儿恨恨地想。

为此，她感到委屈。

就这样一路走一路想着。

天越阴越黑，乌云翻滚，雨点眼看就要落下来了。

张流苏的家坐落在油根子峪村的中间，青砖青瓦，有点类似于北京的四合院，北屋是正房，老太太居住；东厢房住着王拴住一家；西厢房是弟弟王留住的房子，因为弟弟去世，兄弟媳妇又有病，常年和嫂子张流苏住在一起，所以西厢房常年关闭着，门上的铁锁已经锈迹斑斑。东南大门西南圈，大门和东厢房之间是厨房，都是油根子峪最规矩的建筑规划。正南面还有一间房，本来是祖上行医抓药的所在，中华人民共和国成立初期“土改”那会子村里建起了卫生室，从张流苏的公爹那一代就搬到那里去给人看病了。从此，这间小屋就一直闲置着。后来张流苏和王拴住结了婚，弟弟王留住也结了婚，孩子们多了，先后在这里住过，再后来，孩子们都先后参加工作走了，小屋又重新闲置下来。这几年，张流苏觉得地里体力活儿多，一个人支撑不下来，就买了一头小毛驴，支起了一架食槽，很自然地在这间房里安了家。不过，废弃的药捣子、药碾子还顽固地蹲在墙角，展示一段久远得几乎生了锈的历史。大门有过道，门前那株不开花的油根子树已经高过门楼，枝叶婆娑，显示着蓬勃的生机和活力。门外两侧有上马石。门楼不高，上面稀稀落落地长着几株小树，令人感到悠久和旷远。大约因为多年的风蚀雨侵，四周的墙泥已经斑斑驳驳，在阴沉的天气中显得格外晦暗、阴森，但还足以显示出曾经有过的显赫和巍峨。

匆匆往家走的行人从这里路过，瞟一眼这娘俩都要劝一句："就要下雨了，还不快回家？"

高虹抬头望望天："真的要下了，我得快去给留住送雨衣。"一边嘟念着，一边从院子里拿出一床被单，披在头上往街上跑。

"快截住她，快截住她。"老太太朝街口喊。

对面走过两个人，听着老太太的喊声，很快就明白了怎么回事，他们拉住了她。

"拉我做啥？下雨了，我去给留住送雨衣！"

老太太挪动她的小脚，咕咚咕咚走过来，拉住留住媳妇哄骗她说："先回家做饭吧，他饿了，一回来就饿，自己带着雨衣呢，不用送，你还是回家做饭吧。"

听了老太太的话，高虹顺从地回家了。老太太仍旧坐回到过道里愣神。

厨房里，留住媳妇在土灶里烧火。她拿来一把柴火放在土灶里，又拿来一把放在土灶里，柴火太多，火渐渐地灭了，只剩下滚滚浓烟。她低下头吹火，火着了，火星飞起来，落在她脚下的乱柴上，慢慢烧着了，越烧越旺，在她的四周蔓延。

王老太太正愣愣地坐在油根子树下，看着剪了洞的肚兜出神。

雨点开始稀稀落落地往下落，打在油根子树上，啪哒啪哒地响，但是她浑然不觉。不知道过了多久，多儿跑回来了，上气不接下气地："奶奶，快搬进去，雨下起来了。"

她帮老太太搬小桌子，一转身，看见院子里浓烟滚滚，火光四射，不由吃了一惊："奶奶，谁在厨房里？"紧接着她又想起了什么，"我婶子呢？"

"失火了，快来救火啊。"老太太一下子惊醒过来，但随即又瘫坐在地上。

柴堆舔着红红的火舌把整个厨房都变成了火海，很快，烧着了门框，烧着了门板。高虹蜷缩在旮旯里，望着大火傻笑。

多儿披着浸透了水的被单冲进火里往外拉婶子，她却扳住土灶不出来。张流苏回来了，娘俩合伙才把留住媳妇拖了出来。

火，越烧越大，烧着了油桶里的油，火团像是发疯的火龙呼啸着，还不时发出噼里啪啦的响声。一阵北风吹来，又把火种吹向大门，门楼着火了。男女老少来了，挑着水桶，扛着扫帚，大家七手八脚扑火。但是，刚刚进入夏季，经历了一场春旱，村里的水井没有多少水，小雨又淋得人睁不开眼。火一旦成势，很快蔓延开了。

“这棵树怕是保不住了！”乡亲的惋惜声提醒了张流苏，她抱来一床棉被，在水缸里浸了水，蒙在树冠上。

“我看你也是傻了，这床新棉被，不比油根子树金贵？！”老太太埋怨道。但是她全然不顾，又抱来一床。救火的人越来越多，好不容易火灭了，厨房、大门都烧坏了，房顶的小瓦虽然还在，但是，从里面看，檩条房梁到处都焦了，黑黑的，触目惊心。再看油根子树，棉被早已烧没了，在靠近门楼的那一侧，枝枝杈杈已经变成烧火棍，高傲地举在半空中。张流苏找来砍刀和剪子爬到树上仔细修剪，黏黏的汁液从刀伤处渗出，像是树的眼泪。

“你看剪成这样子多么难看啊，就像是秃尾巴鹌鹑。还不如趁这个机会，给它嫁接上桂花呢。”多儿想起了好主意。

张流苏从树上下来：“要是接桂花，还用等到今天？几十年前就接了。”

“不接桂花接油根子也行啊，总比这样光秃秃的好看。”多儿又有了主意。

“油根子接油根子？！”张流苏从来没想过同一种树也可以嫁接，她摇头，“没听说过。”

“油根子怎么就不能接油根子？你接接试试，没准接了还能开花呢！”多儿不服气。

张流苏不说话了，她忽然觉得多儿的想法很有创意。她从缸里的油根子树上剪了许多接穗，满树上实验着。

王拴住听到消息从卫生室回到家的时候，雨已经停了，家里也已经恢复了平静。老太太灰头土脸地坐在变成了废墟的大门口，看到儿子回来，老太太感到说不出的委屈，刚刚收敛的情绪又找到了发泄口，不由得悲从中来："拴住，你还回来啊。这个家哪还像个家？日子怎么过啊？"老太太边哭边数落。

王拴住虽然不清楚事情原委，但看到院子里的情形，也大概明白了。他一边把老太太抱到炕上，一边问："怎么回事？妈，你慢慢说。"

"怎么回事？你们一个个出家无家，我一个土埋到脖子的老太太，照顾一个身强力壮的疯媳妇，咋就这么放心？"

老太太正数落着，媳妇张流苏端着姜糖水进来了。"妈，淋了一场雨，受了一场惊，喝碗姜糖水暖暖身子。"她看着婆婆慢慢喝完了，接过碗又道，"妈，把饭给您端这里来吃，还是您……"

"端过来吧。"王拴住替母亲做主。

"不吃了。"说完，她便躺在床上。张流苏给婆婆盖上被单，随王拴住回到自己屋里。

"多儿，饭热了没有？端进屋里来吧。"张流苏冲厨房喊。

王拴住闷闷地坐了一会儿，沉沉地叹口气："流苏，你回来得挺晚吗？"

"嗯。农药兑了水，不打完怕瞎了。"

"以后再早点吧，妈年纪大了。"

没等王拴住说完，多儿端着饭进来了："这事与早回来晚回来没有关系。婶子有病，谁料得准她哪一天的哪个时辰犯病？"多儿看了一眼躺在炕上的婶子，心里感到说不出的沉重。

一家人陷入沉默。

王拴住看了一下兄弟媳妇的伤。虽然张流苏已经给她换了衣服，但还是掩饰不住烟熏火燎的痕迹，头发烤焦了，黄黄的卷曲着，零零落落地起了几个水疱，那条她总也不肯解下来的红纱巾烧了好几个黑洞。拴住转身问媳妇："她身上没事吧？"

"还好。只有几个水疱。"

"领她去卫生室处理处理？"

高虹醒了，坚决不去卫生室，一家人正嚷嚷着。高虹的妹妹高雁来了，手里提着一瓶敌敌畏道："我家蚊子多，我去代销店里买了瓶敌敌畏，在街上听说家里失火了，是不是我姐姐又闯祸了？"

她一进门就满院里东张西望，进了屋，看到姐姐，又心疼又凄凉，不由得落下泪来："姐，你又咋了？"

张流苏简单地向高雁介绍了一些情况。

"不愿去卫生室就不去吧，"王拴住首先妥协，"先给她吃点消炎药，等会儿随我去拿支京万红来再抹抹也行。"

可是留住媳妇药也不肯吃，闭着嘴，说什么也不吃。

"你们暗害我，合伙暗害我。趁着留住不在家就来暗害我？"她的眼里满是恐惧，看到高雁手里拿着农药，有点惊慌，"高雁你也暗害我？忘了小时候我疼你了？"

她的妹妹高雁流着眼泪，"不吃药才会死呀。"

"不忙在一时，慢慢劝她吧。"见一家子僵持不下，王拴住又妥协了。

"拴住哥，她还能好吧？"高雁问。

"没大碍，实在吃不上药就打几针，夏天出汗多，容易感染……"

"不，我是说她这个神志不清……还能好吗？"高雁见王拴住没明白过来，急急地打断了他。

"你姐这个病……怎么说呢？"他顿了顿，坐在八仙椅上，目光从门口掠过，定定地望着院子，望着树上的雨点落到水洼里，溅起层层涟漪，"从中医角度讲，这叫痰迷心窍，就好比她的大脑被迷住了，运转遇到了一定障碍，需要克服这个障碍，具体到……"

"怎么才能搬掉这个障碍呢？"高雁瞪着眼睛穷追不舍。

"这得她自己控制自己，克制自己，努力回到现实中来……过去也曾看过精神科医生，效果不明显，关键在于怎样唤醒她，关键在于她自己……"

"那么，如果反复地帮她回忆，反复地给她讲，能管用吗？"

“也许吧，那也得她配合，要是她油盐不进，给她讲也是对牛弹琴啊。眼下最要紧的还得先把她的伤治好，烧伤、烫伤都很棘手，治疗不及时，啥危险都有。”王拴住说，“多儿随我到卫生室去给你婶子拿支京万红来！”王拴住起身要走。

“我不去。就像非洲难民一样，怎么出得了门？”多儿动也不动。

“还是我去吧。”张流苏知道女儿要面子，“也好我顺便买点东西。”

“听说家里失火了？”从卫生室出来，迎面碰见石榴急急忙忙地在街上走，遇到张流苏，劈头就问，“真的假的？”

“是啊，多亏大家伙儿救得及时。”

“为啥起火？肯定是没看好留住媳妇。我说你想种棉花都想得入迷了，咱妈还嫌我说话难听。”王石榴说完了就走。

“你怎么不过去看看？”张流苏很纳闷。

“火都灭了我还看啥？”王石榴头也不回。

“这几天没得闲去你家，淑芳娘仨还好吧？”张流苏继续问道。

“你放心吧，孬不了。”王石榴已经离开很远了。

张流苏望着她的背影渐渐远了，才又回家。

经过在医院那一番折腾，王石榴始终是恹恹的。她没有文化，也没受过任何有形的教育，从小生活在母亲的影响中，她不爱思考，母亲的行为就是她做事的标准。经过半个世纪的熏染，母亲重男轻女的思想在她的脑海里形成了一个阴影，她从不去想女孩为什么不好，却天经地义地认定了女孩就是不好。她从不去想张流苏培育金贵耗费了多少心血，她觉得她把金贵给了张流苏，这是一种恩情。她害怕儿媳妇生女孩，偏偏还一气生下两个……凤凰和牡丹的降生对她无疑是一个重沉的打击。“完了，还有啥奔头？”她常常这样颓废地说。母亲出主意说是可以超生一个，她虽然觉得可行，但毕竟是水中月、镜中花，最多不过是一张空头支票，令她感到遥不可及。于是，她像一只没头的苍蝇不知道何去何从。

张流苏回到家的时候，高虹已经被妹妹高雁和多儿哄着吃了药，躺在床上渐渐地睡着了。脸上的伤惹得好几个苍蝇飞来飞去的，高雁打了几下打不准，就坐在床前的凳子上为姐姐驱赶。

张流苏一进门，多儿就着急了："咋才回来？我刚刚还和小姨说，就是造药，也用不了这么长时间！奶奶吵了两回了，嫌没人管她。"

"我在街上遇到你姑妈了，说了几句话……"张流苏抬起了头，又觉得没有什么好说的，于是责备多儿，"你不是人吗？就不能管管她？"

"不成！得等你。她说饿了，要吃饭，我给她端去，她嫌菜咸；她要小便，我扶她下床，她说害冷，要在屋里方便，拿便盆来，她又不用……"多儿数落着。

张流苏正要给留住媳妇抹京万红，听多儿一说，赶紧将京万红交给高雁。到了婆婆屋里。老太太蒙着被单，她喊了两声妈，见老太太没应声，转身要走。

"你干啥去啦？下雨也不着家。"老太太发话了。

"妈，你没睡着？"张流苏转身来到老太太炕前，"我去给高虹拿了点药。你想吃点啥？"

"我先尿尿。"老太太身子在被单下动了动，将头扭到了一边，"又提这丧门媳妇做啥，真是个扫帚星，不把这一家人克光了不算完。"

张流苏一只手抱起婆婆的屁股，一只手把一只洗得干干净净的棕色塑料盆放到下面。她怕老太太的话让高雁听见，就赶紧打断她："妈，你想吃点啥？"

"多会儿也改不了这个毛病，回回都是别人尿尿你说吃饭。"

张流苏把尿倒进厕所，洗了手，再回到婆婆屋里："这么长的天，总得吃点东西吧？"

老太太朝她摆摆手，开始闭目养神。

高雁一丝不苟地给姐姐的脸抹药。姐姐睡得很香，不知道梦见什么喜庆的事了，不时地嘻嘻笑着。不一会儿，又抽抽噎噎地哭，非常伤心的样子，惹得高雁也掉下泪来。眼泪一滴一滴地落到姐姐脸上，有一滴正好落在伤口上，姐姐哆嗦一下，嘴里喊着："疼。"

张流苏回到自己屋里："高雁，还是我来吧？"

"不用，就快好了！"高雁说。

于是，张流苏开始清洗上午弄脏了的衣物：老太太的衣服，留住媳妇的衣服、被单，还有自己被淋湿了的衣服。

多儿坐在椅子上，头歪在靠背上睡着了。

屋里很沉闷。张流苏思量着说点子什么，张了张嘴，却没想起来。

"你看见石榴姐了？我好久没见她了。"还是高雁首先问道，"她咋这么固执，听说一见金宝媳妇生下两个女孩，在医院里就号啕大哭。是真是假？"

"这还有假？我姑妈这人，唉！生了两个孙女，就好像是世界末日到了一样。"多儿醒了，觉得对高雁和张流苏谈论的话题挺了解，忍不住插嘴道。她眼都没睁，说完了换个姿势继续睡觉。

"到底为什么？"

"咋说呢，谁还没个脑筋转不过弯的时候。"

听张流苏的语气，高雁知道她不愿说了，也就不问了，专心致志地给姐姐抹药。

"怎么是转不过弯来？说得轻描淡写。"多儿对母亲的态度暧昧非常不满，她坐起身子，"雁姨，你不知道，就是因为……"多儿觉得这件事不好用一句话表述，"总之，就是重男轻女的臭思想，封建、愚昧！"多儿恨恨不平。

高雁若有所思地点了点头。

"这些人，简直是生活在另外一个世界里，思想一直停留在秦始皇他老奶奶那个年代，简直愚不可及，不可救药。"多儿毕竟书生意气，一提此事，便怒不可遏。

"也不能这样想，一代一代的都是吃过苦头，从遭遇中总结出来的经验。

你奶奶常说，她嫁进王家门才十六，虚岁十六啊，就推生做熟的，掌管一大家子人的吃饭穿衣，受苦受累的，谁都夸她能干。就因为连着生了三个丫头，全家人谁也不给她点好脸色，你爷爷更是……人又忙，不忙也不回家，你奶奶买根头绳的钱也不给，还动不动就撺掇着写休书。直到三十多岁生下你爸，才……”

“才怎样了？”多儿赶着问。

“才过得像个人家了。”张流苏慢条斯理地说。

“你自己也是这样的吧，从过继了金贵才过得像人家？！”

她们三个只顾嚷嚷，老太太终于沉不住气了，忍不住喊起来，见她们听不见，声音越喊越高：“你们干啥了，吱吱哟哟的？拴柱屋里的，拴柱屋里的——”

“哎——就来。”张流苏答应着去了。她给多儿留下一句话，“得分跟谁比，你爸性情好，要是比奶奶的话，我不是强多了？”

4

每个人的惰性往往都是不可避免的，犹如流水，在不经意中随着日月的交替缓缓滑动，渐渐地形成惯性，再也不想为什么前行，也不想前行要做什么。但是，灾难就好比流水中的暗礁，一旦在滑动中撞上了，就不可避免地要痛，要改变自己从前保持的惯性。

高雁就是这样。她和哥哥高天跟随姐姐从遥远的西域高原来到油根子峪已经好多年了，油根子峪的热情接纳了她的真诚。先头住在姐姐家，那时候虽然不富裕，但王留住像亲哥哥一样，张流苏亲切得就像姐姐，还有喜欢热闹的王老太太，使她的生活单纯而快乐。后来这片封闭而厚重的土地滋生了她的爱情，她爱上了热情爽朗却贫穷的王长海，虽然高虹极力反对，但是，爱情之花毕竟不可阻挡地绽放了。再后来，哥哥在煤井下丧生，姐夫留住也没了，她痛断肝肠，哭得天昏地暗。但是，王长海无微不至的呵护，孕育新生命的责任感，以及随之而来的为人母的喜悦，都冲淡和减缓了她的痛楚。抚育孩子的艰辛，锅碗瓢盆的琐碎，生活就是这样平淡无奇，她几乎说不出自己在这些年中任何一个有意义的细节。客观地说，对于高虹的痛苦和呆傻，她从未忘记过，但是，十年来她从来没有想过要改变什么，这同样也很真实。然而，高虹点的这把火带来的灾难像河流中的一个暗礁，必定要给靠惯性前进的生活带来始料不及的影响。

这天下午，她给姐姐抹完了烧伤膏出来，情绪就乱糟糟的。她既心疼姐姐的遭遇，又怀念过去的朝朝暮暮，继而联想起一连串的不幸……想着想着，不由得流下了眼泪。从张流苏的家到自己的家要穿过一条小街，然后走过另一条胡同，她一路走一路想，一路想一路哭，连坐在门口的婆婆都没注意到，就这样照直进了大门。

对于高雁，婆婆是又爱又烦。长海爹去世早，早些年，一个妇道人家带着几个其貌不扬的孩子，谁都看不起。眼看着儿子大了，全村里到处托媒人说媳妇，谁家的姑娘也说不来，家里又穷，难为得她哭一场泪一场。真是天无绝人之路，高雁这个俊得像画上的美人一样、惹得油根子峪但凡像点样子的小伙子都惦记着的姑娘竟然就相中了自己家，嫁给比她大了好几岁的王长海。一想起这事，婆婆就忍不住唱段周姑子戏，看到高雁时，觉得连她的脚丫子都可亲可爱。但是，高雁又不是她心中贤淑媳妇的样子，她率真、直爽、活跃，尤其是在王长海面前，常常抑制不住自己的情绪，有时候当着婆婆的面就忍不住拉住他的手。在油根子峪，即便是到了王长海和高雁恋爱的那个时代，自由恋爱的例子也是少而又少。所以，每每看到这些，婆婆从心底里觉得厌嫌。

大地收走了最后一抹夕阳的余晖，天渐渐地暗下来了。

王长海骑着摩托回到油根子峪的时候，已经是家家炊烟袅袅了。到自家要经过母亲的家门口，一拐进胡同，就看见母亲坐在自家门口，就远远地下了摩托车。

“妈，怎么不进去？小宝他妈不在家？”

“她能到哪儿去？在家哭呢！”母亲做了个模仿哭的动作。

“哭？发生什么事了？她为什么哭？”他不免有些着急。

“好家好院的，能有什么事发生？听说今天她那个疯姐姐放了一把火，把拴住家给烧了，可能去看了，一路哭着就进了家。”越说声音越小，说到最后，站起来，走到王长海跟前，神秘兮兮地说，“不能让她常去看那个疯姐姐。长海，不是娘说你，你不能跟高雁没上没下的，女人是地男人是天，这男人啥时候也是在女人头顶上……”

这套理论不知从哪里学来的，她常常提起，可是王长海偏偏对这些不感兴趣。他已经习惯了高雁的依恋，习惯了每天一回家高雁做好了饭菜，只等他一喊“雁子”她就跑出来，要是儿子不在家她还会从身后抱住自己……他听不进妈的唠叨，他只听见雁子哭了，心急如焚地推着车就要进家。“妈，你来家一块儿吃饭？”

“不了，我还有个事跟你说……”

王长海只好停住了，将身子倚靠着摩托车，听母亲说事。

“长海，按说呢，你们给钱花、给粮吃……”

“妈，你就直接说吧。”

“我有这么点想法，我想找点事做。”

“找点事做？做啥事？连地都不让你种了，你还……这么着吧，你想做事就和小宝他妈到农田里帮帮忙，孬好也是五六亩地了，够她忙活的，要缺钱，找我。”说着，从裤兜里摸出几张纸币递给母亲。

老太太着急了，说：“不是这么说，给小宝他妈帮忙，还有你哥嫂呢，他们也有地，我帮不帮？帮，我帮不过来，不帮，他们又说我偏心眼儿……再说了，在咱村，谁家不是男人挣钱老婆种地？小宝他妈累不着，她只要少去看那个疯姐姐，闲空多的是。”

母亲说完，看看儿子的脸。

王长海没有意识到，他在琢磨母亲的事：“干点啥呢？要不跟我到建筑工地上去烧烧水？”

“不成，这么大岁数了，还能抛家舍业的东跑西颠？我想放牛，你给我买群牛行不？”

“放牛？”

“就是。年轻时，我和你爹就羡慕人家有牛，咱家穷，孩子又多，穷得恨不能连媳妇都讨不起，哪还有闲钱买那个？你爹直到死都闭不上眼。好不容易熬到现在，你哥哥、姐姐、妹妹都成家立业了，你还当了老板，这十里八村跟着你干活的得十几号人了吧？”

“我算啥老板？不过是负责联系个活儿啥的，我和他们一块干呢！”王长海拍拍摩托车上的瓦刀，“可别这样跟人说，免得让人笑掉了大牙。”

长海妈没说话，但是固执站在那里没有要离开的意思。

“你想放牛，这事跟我哥说了没？”王长海急于回家，又问娘。

“说不说的都一样。你哥常说，你当老板，挣钱容易，他不一样。力气活儿他多干点，这掏钱的事，自然得你张罗。再说，你也不是不知道，你嫂子那个犟驴脾气，你哥哪能做得了主？”

“管不了媳妇说管不了媳妇的话，扯那些没用的做啥？”王长海最不服哥哥的就是这一点，所以，一听这话就烦。“妈，不是我不孝顺，你要的牛没法买。你不知道外面的形势，给你说你也不明白，首先是活儿不好找，都兴招标投标了，咱们这些民间作坊似的小建筑队根本就傍不上边，好不容易找个活儿，工价还压得特别低。这些还都不算难，最难的是要账。现在干的活儿到春节能发下工钱就不错，一年两年不给的也有，成死账的也有……你想放牛，一头两头放不着，要买个七八头，得万把块钱，我一年还挣不了这么多钱呢！再说……”

“你为啥赚得少？别人带工人干活儿，拖着赖着的不给工人钱，自己多捞一分是一分，你可好，说给多少就给多少，少了自己的也不少工人的。为什么都愿意跟你干？傻心眼呗！”不等儿子说完，她插嘴道。

“你听我把话说完，”王长海打断母亲的话，“再说，你放牛总得有间房子当牛圈才行，你就住着三间屋，你是和牛住一块了，还是让牛风吹日晒雨淋雪冻的在外面？”

长海他妈听儿子前头那些话越听越没指望，本来都要讪讪地回家了。可是听到最后，没想到峰回路转，于是她赶忙说：“咱钱少买不起牛，买群羊也行呵，十来只就能放，千把块钱蛮够了，放羊我同样高兴。”

“可是你往哪儿放？羊就更得有个圈了。”

“白天我撵它们上山，这晚上……晚上，放在你家里，你新盖了这么多房子，北屋你住，东耳房小宝住，西耳房还空着呢，里面那些粮食搬到小宝屋里。我的羊不就有地方养了？就放你家里。到时候我喂饱饮足，知道你累得慌，又疼媳妇，啥也不用你操心。”

“放我家里？那我得跟小宝他妈说一声。”

“小宝他妈心肠好着呢，她哪会不同意？”

听王长海这样说，老太太放心了。于是，她攥着儿子刚给的钱，欢欢喜喜地回家去了。

王长海推车进了家，尽管母亲已经告诉他雁子今天不高兴了，他还是习惯性地喊着“雁子”，连着喊了好几遍没有回音，放下车就赶紧进屋了。

屋里黑咕隆咚的，长海拉亮电灯，看到高雁正坐在椅子上，她已经不哭了，神情木木的像是一尊雕像。也不知流了多少泪，胸前的衣襟湿了一大片。长海走上前，喊了一声“雁子”，摇了摇她，她一下子扑到长海的怀里：“海哥，我姐姐……”就又哽咽了。长海把她的头抱在自己的胸前：“别哭了，你不说我也都知道了，娘告诉我了。”

高雁止住了哭声，但是，长海明显能感觉到她仍然在流泪，她的眼泪落在自己的胸膛上，热乎乎的。“雁子，别哭，你想想，世界上有哭能解决的问题吗？要是有，我也陪你哭，让跟着我干活儿的工人都来帮咱哭。可是能解决问题吗？”他使劲抱她一下接着说，“咱全力帮助他们，我不是会盖房吗？塌了房子，我帮忙盖；你姐受伤，咱给她买药！听见了？啊？”

“海哥，你真的这么想？你不记恨她当年不让我嫁你？”高雁抬起头看着王长海。

“你真傻。我有了你就够了，还会记恨谁？记恨谁干啥呢？”王长海说这话的时候，自己都有些感动了。

这天晚上，王拴住家里同样不宁静。

经过了那场雨与火的洗礼，虽然没有造成什么不可挽回的损失，王老太太却有点心力交瘁，傍晚时分便开始发烧、咳嗽。王拴住一会儿把脉，一会儿量体温；张流苏一会儿熬药，一会儿送饭。最忙的还要算是高虹，疼痛已经退去，她又恢复了活跃，每个人的工作她都好奇，都想参与，跟着张流苏进进出出。

“婶，你安静会儿吧，奶奶病了，你知道不？”多儿负责照看高虹，但她实在不舍得放下心仪已久的那些法制小说和杂志。

“知道，我们得好好照顾她。”高虹一边回答多儿的话，一边又要随张流苏去给老太太送东西。

“婶，你过来，我问问你，什么是好好照顾？”看见高虹出了屋，多儿才一手拿着小说，一只手把她拉回屋里。

“你这孩子，拉我做啥？我得去照顾你奶奶。再不去，你叔可要生气了，他常说你奶奶一个人孤儿寡母的拉扯个家庭不容易，要好好孝顺她。你有啥事回头再说吧。我先去看看。”说着又往外走。

“婶，你的脸还疼吗？别出去了，再不听话长一脸疙瘩，叔叔更生气，说不定还不要你了呢，快坐在这儿，听话。”多儿放下书指着身边的一个小凳子。

“傻多儿，你这就不懂了吧？”一听多儿谈王留住的话题，高虹还真的听话地坐下了，眉飞色舞的，每一个细胞里都蕴含着幸福的笑。“留住他可不是那样的人，你知道不？他喜欢心灵美，我们刚认识那阵子，他就常说我很漂亮，但心灵比外表更美。”说着这话，高虹笑了，两只手摆弄着脖子间那条烧了好几个黑窟窿的红纱巾。

毕竟是多儿聪明，她很快就总结出使高虹静下来的妙招。于是，她又拾起书，一边看，一边有一搭无一搭地和她对话："叔叔为什么说你心灵美了？"

“心灵美，就是心灵美啊。那时候，留住在军营里当兵，是炊事班的上士，我在一个村里放羊。你见都没见过，那里啊，天瓦蓝瓦蓝的，地碧绿碧绿的，羊群雪白雪白的。当时我围了一条红围巾在羊群中间，正好留住去给部队采购……见了我，他就买了我的羊，当时光顾看我了，就多数了一只羊，多给了我三十几块钱，回到家里我一算账不对，就去部队上去找他，几百里路呢，你不知道有多难找，又不知道他的名字……”

高虹顿了顿，她已经沉浸在回忆中了。可是，多儿没有注意到，她正津津有味地读她的小说，只是机械地跟婶子对话，什么时候感觉到婶子不说话了，她就随意地补充一句。

“叔叔心灵美吗？”

“那当然，你不知道留住小时候救五保户老太太？你奶奶常跟我说。邻里邻居，谁家有事他都帮忙，大伙感激他呢！有时候家里没人，人家种了菜隔着院墙就能给扔进来，为什么？留住对人好……”

高虹絮絮叨叨地给多儿讲过去的事，越讲越兴奋，逐渐地影响到了多儿看书的注意力。于是，多儿一边看书，一边无意地念出声来：“当初我和你结婚的时候，我没想到短短几个月会变成今天这种样子，当初我以为是个……幸福美满的结局，为什么我们总是争吵……”

可是高虹不知道这些，她以为多儿在谈她和留住的事，于是着急地分辩说：“不，不，我们从不争吵，你刚才说什么？是的……是个幸福美满的结局。”

她的急切引起多儿的注意，把多儿从小说拉回到现实中来，多儿看了一眼婶子，问道：“你知道叔叔哪儿去了？”

“去前线了，越南正打仗呢，留住说真没良心，中国对越南那么好，越南还侵略，他一门心思地想去参战呢！”

多儿和婶子东扯西扯的时候，张流苏正在给王老太太喂稀饭，王拴住去卫生室去给母亲拿药了。张流苏一手扶老太太半躺着，一手喂老太太喝稀饭，喝了一口，老太太一阵咳嗽，摆摆手：“不喝了，给我冲个鸡蛋吧！”

张流苏一时倒不过手，就冲屋里喊：“多儿，冲个鸡蛋进来。”

多儿磕破了鸡蛋，高虹赶忙拿筷子帮着搅，多儿一边看书，一边倒上开水，高虹拿过一个食盐袋子，舀了一勺倒进去，说道：“多加点糖。”

多儿端着鸡蛋进了奶奶屋里：“奶奶，好点了没有？”

老太太点点头，就着多儿手里喝了一口，刚刚咽下去，紧接着，咸得她噗的一声全吐了上来，一边咳嗽一边指着多儿，喘不过气来。

折腾了大半夜，临近天明，张流苏才合上了眼。睡梦中，她梦见了自己那一大片梯田，开着密密麻麻的白花花的棉花，她去采摘时，一朵朵棉花又变成了小姑娘，站在枝头跟她捉迷藏：“过来啊，过来摘啊。”棉花姑娘朝她招手，她过去，却又变成了一山的流苏树，开着洁白的花，恰似五月飞雪。她陶醉了，漫山遍野地跑啊，看啊，笑啊。

老太太早就醒了，想要叫她，听着她发出均匀的呼吸，又忍住了。睁着眼望着屋顶愣神。她想想过去，想想现在，想想不幸去世的心爱的留住，想想高虹，然后想想拴住，想想张流苏，再想想王石榴，也想想王金贵、王金福和王石榴家的儿子金宝以及她的双胞胎女儿……所有的人都在她的眼前像演电影一样晃来晃去，演了一遍又一遍。张流苏睡梦中正在找她的棉花呢，“你们都到哪儿去了？别走啊。”她的梦呓让老太太回到现实来。老太太重重地叹了口气，挣扎着坐起来，又下了床，拄上拐杖出去了。

王拴住的卫生室在村庄外围，就在油根子峪通往外界的那条唯一的山路边。这场火，以及劫后家中的一切，也使他心潮翻滚。这天早晨，天刚微微亮，他还没起床，就听到母亲在卫生室门外喊他的小名。这在他的从医生涯中是绝无仅有的，由于受传统观念的影响，母亲很少到他的卫生室里来。所以，一听到母亲的声音，他就预感到一定有重要的事情要和自己商量。

“妈，你怎么一个人出来了？好些了？流苏他们呢？”他开了门，把母亲搀到里面。卫生室坐南朝北有三间，西面是药房，东面是一分为二，一半是宿舍，一半是治疗室，正间摆着一张八仙桌，他习惯性地让母亲往上首椅子上坐。

“趁着她们还都睡觉，妈跟你商量点事。”老太太已经坐到了椅子上，但仍然双手抱着拐杖。

王拴住没吭声，认真地听母亲说话。

可是老太太又没说话。王拴住就习惯性地将老太太的手放在脉枕上面，按住了她的脉搏。老太太把手抽出来，仍旧抱着拐杖：“这场火把妈的心都烤焦了。”

“多亏救得及时。”王拴住坐到母亲的下手。

“房子毁了，门楼也塌了。”老太太仍旧絮絮叨叨。

“幸好主房安然无恙，高虹那点伤也没大碍。”

“可是，总不能让它这样啊，总得着手修修啊。”

“是啊，是该修葺一下。”

娘俩一来一往地对答着，老太太说什么，王拴住都顺口应着。这倒不是他故意应付老太太，而是从小形成的性格缺陷，他只会看病，没有培养起应对复杂生活的能力。

门外传来有人由远走近的声音，一位村民来买药，老太太做出一副慈祥的笑脸。等人一走出门，马上板起脸来继续说：“我是寻思着，从我过门时，咱家的大门在油根子峪就是最好的，这些旧房子打从你爹那一代就没有修盖过，你看咱油根子峪多少人都盖上二层门楼了？看风水的人也说，门楼太矮，家宅闭气。家宅闭气了，人住着诸事不顺，人心不遂。要不咱趁着修理房子也盖个二层门楼？”老太太侧身看了看王拴住。

老太太的主意让王拴住非常烦恼。大家眼里，他是一个无可无不可的人，但是骨子里他又有着一种常人少有的固执。娘说的风水理论他根本不信。再说，他从一出生就肩负起继承家族事业的光荣使命，结婚前生活是养尊处优，成年后遇上张流苏这样一个媳妇，与他举案齐眉，他衣来伸手饭来张口，自己也觉得除了给人看病好像没有任何能做的事情了。所以，娘的想法让他犯难。但是五十年形成的性格，他又不善于说“不”，于是，他问：“这事你给流苏说了吗？”

“你是一家之主，说不说的，这些个大事，不得你张罗？”听了儿子的话，老太太着急了，她不再双手抱着拐杖，而是一手拄着，在地上梆梆地敲着。说完了，老太太起身要走。王拴住要搀扶母亲，母亲极力拨开他的手，颤巍巍地走了。

太阳已经出来了，从木窗棂里斜斜地射进来，照在张流苏的脸上，她翻个身，想继续睡，但是，想起了病中的婆婆，一下子惊醒过来。可是，婆婆已经不见了，张流苏一骨碌爬下炕来，到东厢房里看了看，也没有婆婆的影子，多儿和高虹还在睡，她着急了使劲推搡多儿：“你奶奶呢？见到你奶奶了没有？”

多儿睁开眼，吃了一惊：“你怎么不早叫我？我不是告诉你了，今天同学和我约好了，要去百脉泉玩，听说百脉泉好得不得了，外国人都来参观，我们在县城念了三年书，竟是一次也没去过。”多儿还在絮絮叨叨地抱怨，张流苏却早就走了。因为老太太生病，昨晚就和老太太睡在一个炕上，竟然还把老太太丢了，张流苏慌了。老太太没有串门的习惯，就是王石榴家也很少去，她出了门，真是想不出老太太能到哪儿去。一条胡同一条胡同地找，见人就问，却还是没有踪影。她忽然想起一件事：老太太是不是上厕所了？一想到这儿，她更慌了，因为油根子峪人建造的厕所，都是传统的大粪坑似的，很深，她唯恐老太太一不小心掉下去，那可就真的危险了。她急急忙忙走过一条青石板铺成的小路，又转过一条鹅卵石铺成的小街，刚刚转进自家胡同，就和急匆匆往外跑的多儿撞了个满怀。娘俩发现是对方，都很诧异，多儿说：“大清早的你慌啥？”张流苏说：“你不在家看着婶子，要做啥去？”两个人都把早上的对话忘了。多儿很不耐烦地说：“告诉你一百遍了，我今天不是要跟同学一起逛百脉泉吗？”张流苏说：“多么忙也忙不着你啊。”进行这番对话的时候，两个人谁也没有停下脚步。甚至根本听不清对方说的是啥。走出老远了，张流苏想起多儿似乎说了一句：“我今天不回来，晚了就住同学家。好不容易同学聚会，啥时候回来你别管我。”她想阻止她，回头看看多儿已经又拐过一条胡同了，自己还挂牵着老太太的行踪，就继续赶自己的路。到了大门口，她才发现老太太正抱着拐杖坐着马扎仰望着门前高大的油根子树出神呢。

“哎哟，我的妈哎，可找到你了！”终于找见了老太太，张流苏一下子蹲到地上。

老太太好像不明白张流苏的意思，一味地絮絮叨叨：“这人呢，真是不搁混。这棵树，你从娘家移来的时候，也不过胳膊粗细，现在用胳膊抱都抱不过来了。还有这个门楼，我年轻的时候，那是何等的威武……”一提起这些，老太太仿佛回到了过去的时光。

老太太的感慨，张流苏听得懂。她知道，时间，这位神奇的魔术师就是这样一点一点在每一座建筑物、每一个人、每一棵树上悄悄地留下岁月的痕迹。就好比人老了越发眷恋金色的童年，王老太太越来越离不开门楼和门前的树。心静的时候，她坐在门前一丝不苟地做活计；烦闷了，她望着树的枝枝杈杈愣神。这里已经成了她的一种精神寄托。她把所有的不幸说给树听，说给门楼听。丈夫去世的时候，她才三十九岁，大儿子王拴住还没成亲。小儿子王留住还穿着开裆裤呢，真不记得是怎么熬过来的了。好不容易盼着拴住和流苏成了亲，留住也大了，可以松口气了，谁知道又总生不来个孙子。偏又逢上计划生育，那一阵子王老太急得头晕目眩。后来，把外孙金贵过继来当了孙子，随后留住领来一个漂亮媳妇，又很快地生了儿子金福，老太太才算又心满意足了一回。那几年，老太太那个乐呀，天天合不拢嘴。那时，她做梦也不会想到自己心爱的儿子，那个生龙活虎一般的王留住会一下子消失了……那年，煤井上了水，本来留住那天没下井，说是结婚纪念日，破天荒地歇一个班，去县城给媳妇买纱巾。回来听说煤井上了水，留住的小舅子和其他四名矿工被困在了井下，留住媳妇就晕过去了，留住二话没说，就往井下冲，多少人劝都劝不住，这一去就再也没上来。于是等留住媳妇醒来的时候，就不仅没了兄弟，连丈夫也没了，她搂着丈夫刚刚买给她的红纱巾哭一会儿，笑一会儿；笑一会儿，哭一会儿，然后就疯疯傻傻的了。最可怜的是王老太太，她不吃不喝地过了七八天，又愣愣地在门楼下发了几天呆，谁劝也不理会，最后敞开嗓子号啕大哭了一场，才逐渐恢复了理智。每每谈起人生，谈起生活，她常说的一句话就是："这人，就是属槐啷当的，骨骨节节……"这话倒是不假，等金贵娶了个远近闻名的俊媳妇，村里人谁见谁夸的时候，老太太就乐呵呵地说："家有梧桐树，还愁引不来金凤凰？"没过多久，金贵媳妇就生了儿子耀宗，老太太真的是了无心事了。没想到王石榴和她的双胞胎孙女儿又让她心焦了好几天，更没料到的是阴雨天家里还着了这场大火……随着老太太的唠叨，张流苏似乎又回到了往昔，她认真听着，想知道婆婆又有了一些什么样的新感悟。

高雁来了。张流苏从地上起来，给她拿了一个小马扎，自己也坐了一个。寒暄了几句，高雁从裤兜里掏出一叠人民币给张流苏："流苏姐，这是五百块钱，这些年我们没帮上什么忙，长海说给我姐买药就别再花你们的钱了。"老太太很是感慨："长海真是个有情有义的好孩子。"高雁说："长海还说他会盖房子，等你们修理房子的时候他来帮忙。”张流苏不愿要高雁的钱，高雁不依："你不收不是让我没脸吗？我姐病了这些年，拖累你十年了，我一天也没照管她，现在小宝大了……”

正嚷嚷着，不知什么时候，高虹出来了，指着梧桐树上大声喊："毛毛虫！快掉到你身上了，看我消灭它。”说着在老太太头顶上跳了几跳要去捉虫子。

老太太不说话了，叹口气，摆摆手，又摇摇头。

高雁看看姐姐，她的脸上涂着黑乎乎的膏药，头发茬挲着，脸也没洗，伤心地说："姐，你安生一会儿吧，啊？！”然后转身对张流苏说，"今天我就收拾房子，搭个铺把她接过去，我也对姐姐尽尽心。”

离开这里高雁径直回到家。她下定了要接姐姐同住的决心，她想用亲情融化姐姐早已凝固了的思维。

傍晚，王长海回到家的时候，母亲又坐在自家门口了。他这才想起昨天答应母亲的事情，因为高雁心情不好，就没跟高雁提起。“妈，昨天我没来得及跟高雁说，等会儿我就告诉她。”

“要是她不同意呢？”长海妈追问。

“孝敬老人的事她能不同意？”长海反问。

长海妈哼着周姑子小调走了。长海进了家门："雁子——”

但是，仍然像昨天一样，高雁既没有答应也没有出来。从西耳房里还不时地传来一两声乒乒乓乓的奇怪动静。王长海支下车架，循着声音走了过去，推开门，高雁正忙得不亦乐乎呢。屋里原来的一些杂物，已经整齐地摞放在西北角，靠近东墙的地方，摆了两根长条凳，高雁一条一条地在上面排木板，看样子像是要搭一张床。看看她的脸，一道灰一道泥，头发已汗湿得打了绺，衣服也已湿透，轮廓分明地贴到了身上，非常狼狈。

“你在干什么？”王长海感到非常惊奇。

“我……”高雁一抬头，发现了长海，这才意识到天已经晚了，“快帮帮我，我要搭个铺，把姐姐接到咱家来，拴住哥说她说不定还能好。”

“接咱家来？她一个病人，天知道她会做出啥事？白天都各忙各的，她一人在家你放心？”

“不，不让她一个在家。我白天夜里的一步也不离她，干啥也带着她，拴住哥说，她现在好比是思维凝固在一个地方，转不动了，要是有人天天给她讲，给她说，说不定能让她好过来。”

“扯淡！十年了，咋没好过来？他王拴住要有这本事也不用在咱油根子峪混了。他让她到咱家来，纯粹是推卸包袱。不就是因为你姐姐给他家放了一把火吗？亏王拴住想得出来。”

“不是拴住哥让我接姐姐，是……”高雁知道王长海误会了，她想解释，但不知从哪儿说起一愣神间，儿子小宝咕咚咕咚地从街上跑进来，扛着长长的竹竿，竖在墙角，一边大声喊：“妈，我饿了。”

小宝见没有反应，又喊了一遍。走到父母身边，见他们正在为了不知什么事争执，再四下里瞅瞅，家里到处没有吃饭的样子，不免有些着急。

“妈，我饿了，咋还不吃饭？”

“嗯，先做饭，吃了饭再说。”王长海顺坡下驴。

高虹开始择菜做饭，看她一丝不苟的样子小宝沉不住气了。

“不吃了，啥时候才能做好？我们还约好了晚饭后去山上林子里去摸知了猴呢。”小宝摸起桌上的手电筒就要往外走。

“站住，不吃饭又要到哪儿去？”王长海拦住了儿子。

“都说好了，傍黑天就摸知了猴去。”

“知了猴，知了猴，人都快成泥猴了。作业做完了没？十岁了，光知道玩。”

“早做完了，就剩一篇作文。”小宝眨着狡黠的眼睛。

“剩一篇作文就叫做完了？”

“这不怪我，作文题目是回忆暑假生活。暑假还没过完怎么能回忆？”小宝又要往外走。

“吃完饭再说。”

“啥时候才能吃上饭？”小宝不耐烦地瞟了高雁一眼。

“想吃饭还不容易？”王长海说着话，将儿子逮的知了倒进小盆，倒上热水一一烫死，然后炖上锅打开煤气灶，倒上油开始煎知了，锅里嗞嗞啦啦地响着。“快去拿煎饼，卷上知了，不就马上吃饭？”

一会儿工夫，菜也烧好了，一家三口围到了餐桌前。

“爸，你煎的知了不熟。”小宝嘴里含着饭说。

“不熟？啥样叫不熟？你看这皮都快焦了，还能不熟？再说了，你说不熟，里面有血吗？”王长海有点强词夺理。

小宝举着咬了一半的一只知了，认真地看：“没有。没有血，那就是熟了？”

“当然熟了！”王长海一边和儿子开玩笑，一边偷眼望望高雁。他本想调节调节气氛哄媳妇高兴点，可是，爷儿俩的对话她根本没听到心里去。她端着碗，眼睛却望着不知什么地方愣神，眼神里透着说不尽的忧郁，连儿子咕咚咕咚地往外跑都没引起她的注意。

“我去了，别找我，等会儿我自己回来。”小宝放下饭碗，边说边跑了。

“唉！”儿子走后，王长海，重重地叹了口气，他习惯于每天晚上喝盅酒自斟自饮。他喝口酒，吃了个知了，对妻子说，“我不是不愿让高虹姐到咱家来，你娘家远，也没几个亲人了……要是她没这病……她成年在这我也没二话，不就多双筷子多个碗吗？这年头粮食又不缺。”

“可是，要不是有病，让她住这里干啥，人家也不缺粮食。”高雁毫无表情，她木木地端着碗，却很长时间没有吃下一口。

“你这人，怎么钻死牛角？事情总是看着容易做着难，料不准哪天出点事，你吃不了兜着走。”

“雁子……你仔细想想，这不是件容易事，你见拴住嫂子没有？从前多么美丽，咱油根子峪找不出第二个她那么端庄的女人，这几年老得多快，为什么？还不是自从你姐有了病，晚上陪她睡，哪天睡过安稳觉，白天又要忙地里活儿，累死累活的。即便就是这样，寸步不离，今天不是还让她放了一把火吗？烧轻烧重暂且不论，这个糟心……唉。”王长海咕嘟一声将大半杯酒一口喝了下去。

“我就想一件事，张流苏作为她大伯嫂，能陪她十年，我是她亲妹妹，论关系比流苏姐还近一层呢，我怎么就不能？”高雁说着这话，哽咽了。

“能，能，能，你当然能。”王长海又倒上大半杯酒一气喝下去，“床都搭好了，你当然能，”王长海红着眼睛喷着酒气，“但是，住那座屋不行，我已经答应了妈，她要买群羊，晚上就圈在这里。”

一听这话，高雁既羞愧，又委屈，哽咽了好久，才鼻涕一把泪一把对王长海哭诉：“原来如此。你昨天晚上那些话都是哄我玩的？我还以为你多么高尚！”

“昨天晚上？昨天晚上你也没说要把她搬过来啊！”长海也着急了。

“我明白了，你在记恨她！亏你好记性，小宝都十岁了，你还记恨着她当年不让我嫁给你那事。”

“扯淡，当初又不是看不上我，是看不上我家里穷嘛，那是客观现实，她怕你跟着我受罪，这是为你好，我才没那么糊涂呢。再说了，她现在那样，活得还有点人样吗？我还和她计较这些？”

“她怎么没人样了？谁能保证自己一辈子不生病。什么是没人样，再没人样也是小宝姨妈！在你眼里竟然不如一群羊？”总算找到了一个发泄口，高雁劈头盖脸地边哭边数落，让王长海没有招架之力。

“好好好，我说错了，她比羊强，你也不用搭铺，你就和她在咱大床上住就行。我不回来了，我不回来了，行不行？总算行了吧！”

王长海总算认输了，但高雁知道他的态度并不好，充满了威胁，她想再说说，可是，还没等开口，王长海就摇晃着躺到了床上，不久，就响起了鼾声。显然，他喝醉了。她摇他、推他，都无济于事，只好坐到床沿上，无可奈何地发呆。

5

日子似乎又归于平静，可是王拴住心里却乱糟糟的。在油根子峪，几乎所有的人都认为他是一名好医生。对他来说，行医不是一种职业，而是一种与生俱来的习惯，从小家里没有给他选择的余地，一出生，父亲就按照自己心目中好医生的标准培养他，母亲按照自己心目中好媳妇的标准给他择偶……当然，在辉煌的祖国医学的长河中游弋，他不仅受益匪浅，也自得其乐，对美丽、端庄、贤德、能干的妻子张流苏，他也挑不出不满意的地方。只是，四十多年的生命历程中他没有学会爱与付出，他只能被动接受。这些年，尽管随着改革开放的大字写满共和国的苍穹，新观念新生活毫无例外地涌入封闭狭小的油根子峪，但是无论社会发生了怎样的变化，他都无法将行医改革成为对油根子峪村医疗卫生市场的经营，更别指望从经营中富裕起来了。正因为贫困，因为惧怕沙子、水泥、一砖一瓦的烦琐，一想起修葺房屋他就感觉像是老虎吃天一样无从着手，甚至连想也无从想起。他为此而烦恼。按说，随着夏季的来临，卫生室的工作已经进入淡季，因为农活儿繁忙，除了村里那几个老病号，多数青壮年即便是有个头疼脑热，也没有时间就医，就这么任凭小细菌、小病毒自生自灭。但是，王拴住多年来形成了忙起来的时候东家走、西家走，不忙的时候他就坐下来看看书的习惯。那一摞医学典籍不知已经被多少人念过了，他自己也不知念了多少遍，书皮已经不知去向，而代之以张流苏给它包缝的蓝布，纸质已经泛黄，翻起来也好像风化的秋叶般轻飘飘的，脆得一折就断。这天晚上，王拴住像往常一样又坐在卫生室里翻开了那些像是老古董一样的书，但是，每一页上好像都刻画着家里的断壁残垣。那场火带来的灾难，以及母亲想盖门楼的心愿，成了他心头的一道坎，跃又跃不过去，逃又逃不开。

晚上，家里那台十四英寸黑白电视机正在播放气象预报，老太太坐在八仙椅上，望着电视机出神。

“……中国幅员辽阔，气象万千，当东南沿海正在接受干热风袭击的时候，西北部地区新疆、青海等地却是阴雨连连……”

“流苏姐，快来看啊，又要演我的家乡了！”高虹抑制不住心头的兴奋，激动地说。

“我听着呢！”张流苏一边洗碗一边答应着，她从晚饭后开始收拾碗筷，忙活那些永远干不完的家务。

“咦，怎么又不演了？”电视机里播音员不见了，屏幕上出现了一张天气趋势图，紧接着开始预报未来两天的天气情况，高虹感到很扫兴。

“疯疯傻傻的，净瞎说。”老太太白了她一眼。

“真的，不信你问问流苏姐。”

“啥都不记得了，这倒记得清楚，有这份闲心咋就不能帮别人干点活儿？”老太太絮絮叨叨地指责她。

见老太太真的生气了，就做个鬼脸，转过身，手忙脚乱地帮张流苏洗碗。一不留神，把张流苏洗好了的一摞碗碰到地上，哗哗啦啦地摔个粉碎。

“你能不能安分点？简直是我的命中克星。我这条老命早晚也得和我的儿子一样葬送在你的手里。”老太太心疼那摞碗。

高虹真的害怕了，求救似的躲到张流苏的后面，眼中透出惊恐的光。

“妈，咋能真和她生气？她是个病人啊。”张流苏赶忙给她打扫碎片。

“走吧走吧，你们早点歇着去吧。”老太太厌烦地摆摆手摇摇头关上电视。

“流苏姐，电视上真的说了。”回到东厢房，高虹仍是念念不忘。

“我听见了。”

“听见了？你到过那里吗？”

“没有。”

“留住说那是个好地方。”高虹感到非常遗憾，“其实也没多好，经常很冷，就是很热很热的时候，晚上也要盖被子。并且，人家又少，放羊的时候，常常是跑出好远好远的地方也见不到一个人。不过那里的沙枣好吃，和咱这里的赤粒子差不多，但是比赤粒子大。葡萄也不像咱这里的那么酸唧唧的，很甜很甜……”说着说着，高虹想起了什么，眼睛愣愣地望着一个地方不说话了。

张流苏开始洗衣服，她劝高虹也换下衣服洗一洗。

“还是我自己来吧。”高虹先头不肯，终于换下衣服了，一股脑地摁到盆里。张流苏来不及制止，她已经拿起一包洗衣粉全都倒了进去。

“今晚有得干了。”张流苏觉得浪费，只好又往盆里添上一些水，把被单都揭下来一块洗。

高虹踊跃地过来帮忙，张流苏指指不远处一只小凳子：“就坐在那里，咱俩再讲故事好吗？”

“讲啥呢？”高虹果真听话地坐下了。“要不我再给你讲故乡的事吧？哎，对了，你知道我们怎么做饭吗？我们捡好多好多牲畜粪便，有马的、牛的，有时候也有羊的，堆在一块，做饭的时候用来烧火。在我们那里，看穷富不看别的，谁家的牛粪多谁就是富裕户。你信吗？咱妈总是不信，我告诉她，她总是捂着鼻子说我胡言乱语。可是真是这样的。怎么说她才会相信呢？”高虹自言自语着，看样子很是踌躇。过了一小会儿，她又想起一个新问题，“唉，对了，你知道什么是狼烟吗？那年我和留住去长城，留住给我讲烽火台上点狼烟，我问他可知道狼烟是什么，他说那还用问，狼烟就是狼粪点火冒出的黑烟。真是笑死人了。”

提起往事，高虹神采飞扬，张流苏乐得高虹能乖乖坐一会儿，也不去打断她。高虹继续讲道：“狼这种动物啊，它的消化功能最强了，它的粪便除了一些动物毛发或是其他纤维什么也没有，根本燃不出烟来。”说到这里，高虹很开心地笑了。

张流苏看着她的红纱巾有点脏了，劝她摘下来一块洗洗。但怎么商量她也不肯摘。

“别,没有红纱巾,留住会认不出我的。”高虹非常惊恐地使劲攥住红纱巾。

“洗一把，干净了再戴上，更好看，还省得婆婆又要不高兴。”

“不，我得带着。留住说，我戴着红纱巾在洁白的羊群中，配上蓝天绿草就是一道最美的风景。”

张流苏没办法，只好等她睡着了，悄悄地从她的脖子上解了下来。

快要洗完的时候，王拴住回来了。家院灾后重建的难题困扰着他，他只好像以往的无数次一样把问题推给张流苏，让张流苏给出答案。进了屋，他放下药箱就习惯性地坐到了八仙桌的下首上。

“吃晚饭了没？”张流苏问他，“我给你热一下？”

“吃过了，给桐婶子瞧病，没让走，就在那吃了。”

“整天没黑没白、没早没晚的，这么一个大村，二百多户人家，也真够你忙活的。”张流苏并不停下洗衣服的手，“这早晚了，还不睡觉，又回来做啥？”

王拴住没作声。

“换换衣服，我一块给你洗洗？夏天的衣服，只能穿一天。”张流苏抬起头。

“流苏，娘说……她给你说了没有？”王拴住没有动，也没有接媳妇的话。

“说啥？”

“她说，这场火把她的心都烤焦了。”

“是啊，我的心里也很急迫得慌，房子毁了，门楼也塌了。”张流苏接过来说。

“妈说总不能让它这样坍塌着，总得着手修修啊。”

“是啊，我想着了，也问过长海，他粗略地算了一下，说要是再把房顶盖起来，买点木料，沙子水泥的……不算人工，五千块钱足够了。”

“不算人工？”王拴住不明白。

“你这些年给全村人看病，老少爷们都记在心里呢。长海说，咱家一动工，肯定左邻右舍的都来帮忙，还用得着雇人？”张流苏解释，“不过，这会儿大伙多忙啊，庄稼长得正楞，又得间苗，又得松土，还得锄草……真不忍心麻烦大家。”

“娘说，咱油根子峪多少人家都盖上二层门楼了，可咱家的房子打从爹那一代就没有修盖过，咱家的大门本来在油根子峪就是最好的，现在却成了老古董了，连看风水的人也说，门楼太矮，家宅闭气。”王拴住看看张流苏的脸，“娘想趁着修理房子也盖个二层门楼。”

“最好的又怎样？最差的又怎样？孩子们都不在家住，咱还信那些个迷信做啥？”

“先不说最好最差的，咱还有钱吗？”

“钱？孩子们一个接一个上学，金贵、南瓜、金福，直到眼下多儿还没念完……金贵娶媳妇那会子，统共给了媳妇五六千块钱的彩礼，在咱村算最少的了，还欠下三四千块钱的饥荒，到现在还没还完。前天不知为什么石榴姐不高兴了，向我要欠她的那一千块钱呢。”

“她要账？你怎么说？”

“我说手底下实在没钱，不过今年种了许多棉花，等收了棉花再……不过她不听，她说别说那么远，有钱就还账，没钱她和金贵要。”

“五千块钱就够愁人了，要是再盖上二层门楼……少说也得再多加上一千块钱。”王拴住没让她说下去，“还是不盖了吧。”说完了背起药箱就要走。

“别，先别走。”张流苏站起身来。

王拴住站着不动。

“今儿清早，娘在门楼下愣神，给我讲她年轻时的故事……”

“说这些有啥用？”

“妈这一辈子不容易，年纪轻轻的没了咱爸，到老了留住又去了，这一个又这样。”张流苏指指睡着了的高虹，“快八十的人了，还有几天好日子过？不如随她高兴吧。”

“咱到哪儿借钱去？”王拴住就势蹲了下来，双手环放在头上。

“去年的、前年的秫秸还没卖，搓的草绳不少了，抓抓紧打成箔，咱的几间房也用不了多少领，到集市上卖了不是钱？囤里还有多的粮食，耀宗办喜酒亲戚朋友又送来一些，也卖了，算算总得上千块了吧？还有，长海还让高雁给送来五百块钱……”

“对了，这些年，有钱的、没钱的都看病，有钱的、没钱的都拿药，算算欠的药费不少了，抽空要要账，不就有钱了？”王拴住一下子有了主意，“还有，打一个吊针咱只收一块钱，别的村都有收到三块的了，也该涨涨价了。”他站起身，把手放了下来。

“但凡有点办法，还能看病都没钱？别去要了，有了钱，谁还不知道还账？咱这山旮旯里，有几个富裕户？乡里乡亲的，提那么高的价好意思？”

王拴住看着媳妇，没作声。

“还是我再想想办法吧。”

北屋里传来母亲的咳嗽声，王拴住背起药箱走了。

洗完了衣服，张流苏看看秫秸看看粮食，想一会儿愣一会儿，躺到床上翻来覆去睡不着。

不知道过了多久，高虹一骨碌爬了起来，穿上衣服就往外走。张流苏急忙撵她。没想到她走到门口又回来了。

“纱巾！我的纱巾呢？”她大声喊。

“在外面晾着呢，一会儿就干了。我拿给你看？”张流苏说。

“我说留住咋不高兴了呢，原来你偷了我的纱巾。”高虹说着，到外面取下纱巾系到脖子上，就要往外走。

“湿着呢。”张流苏紧紧跟在后面，提醒她。

“湿？我愿意！湿你还偷我的呢！”高虹一回头看见张流苏跟着，不高兴了，“你老跟着我干什么？”

“你要去哪儿？”

“没空跟你说话，唠唠叨叨的，留住会等不及的，每次都是吃你的亏。这回可别跟我了。”

“你好好看看，天还黑着，天黑着怎么能到外面去？”

“你怎么还跟着我？我又不是小孩，你老跟着我，留住见了多扫兴啊，净坏了我的大事。再跟着，我可不客气了！”高虹真急了。

“哎，对了，刚才你是不是见到留住了？”高虹已经走到大门口。没办法，张流苏只好换一个话题。

“噫，你怎么知道？你也见到他了？”

“刚才你睡着的时候，他来看你了，他让我告诉你……”

“告诉我什么？”高虹迫不及待地问。

“他说……”张流苏低下头，装作思考的样子。

“你倒快说话呀。”

“他说得在屋里，等你躺在床上了才能告诉你。”

“那，咱快一点啊！”高虹拉着张流苏进了屋，并且叽里咕噜地躺到了床上。

“你忘了？怎么还不说？”

“他说啊，他说让你今晚上好好睡觉，睡着了他到你梦里去找你。”张流苏躺在她身边。

高虹闭上眼睛。

张流苏也闭上了眼睛。不知过了多久，流苏睡着了。

“流苏姐，流苏姐，”高虹推她，“你没骗我吧？”

“没！怎么能呢？”张流苏睁开眼睛，顿了顿，才反应过来。

“那我怎么还没梦见他？”

“得赶快睡呀，不睡怎么能梦见？快闭上眼睛。”

不知道过了多久，高虹响起均匀的喘息声，进入了梦乡。可是张流苏却再也睡不着，她索性穿上衣服抱来茅草，开始搓绳。

高雁到底把姐姐接到了自己家。

油根子峪有句俗话："要想一年不安生，那就搬家；要想一个月不安生，那就办喜酒；要想日日夜夜不安生，那就修房盖屋。"油根子峪人还有句歇后语：与人不睦——劝人盖屋；与人不和——劝人成老婆。后者指的是续弦，而前者则是指盖屋的艰辛和千头万绪了。

张流苏一点一点计算买材料要用的钱，再一点一点盘算自己可能会有的收入，算了又算，总是相距甚远。

王拴住是当然的甩手掌柜，每天背着药箱东家走、西家去，忙了连家也不用回，即便回来了，也很少参与。实在问得没办法了，他就"呵""哦""喔"地敷衍着，应付不过去了，最多说一句："你们商量着办吧，我也不在行。"

只有张流苏是最辛苦、最忙碌的。她不仅要一点一点算计钱从哪里来，还要一点一点把家里可以换钱的物件拿到集市上换成钱。从精力到体力，一刻也不闲地操劳着。

张流苏常常在油根子峪村通往镇驻地集市的道路上往返着。清晨，当天空露出第一道熹微，张流苏就上路了。长长的、蜿蜒的乡间小路上，她先把箔一领一领地用独轮车沿着盘山路推到山顶上，然后套上驴车去赶集。等来到了集市经过一番讨价还价，卖了箔，再沿着曲曲折折的小路返回油根子峪。然后拔茅搓绳、编箔……日复一日地，好几天过去了，仍是积累甚少。

"拴住屋里的，咱啥时候开工啊？好几个人问我呢。"这天晚上，她正在搓绳，婆婆提醒她。

"材料都看好了，就是钱还没攒够。"

"赶了五六个集了吧？"

"粮食都卖了。箔……本乡本土的，卖箔的多，买箔的少，得不了几个钱。"

"不行，咱就先借借？雨季快到了，咱家这些屋杈子就这么敞着晾着，总不是个样子。石榴，你说呢？"这天，王石榴也在，老太太转身问女儿。

“听人说，这秫秸箔啊，就县城里好卖，运到建材市场上，有多少，要多少，价钱还高。”王石榴不知是没有听懂老太太的话，还是不愿意借钱，她出了一个好主意。

“我也正琢磨呢，要不明天你陪我去一趟？”张流苏说。

“我可不行。岁数大了，推独轮车、赶驴车这些活，我可干不了。从咱油根子峪到县城，怎么也得三四十里路吧，不行雇辆拖拉机吧。”王石榴又想出一个主意。

“雇拖拉机，卖的那点钱还不够支车费的。不让你推，上盘山路的时候你给我帮帮忙，到了县城我卖箔的时候你到牲口市里把这头小毛驴卖了。”

“卖毛驴？”老太太和王石榴异口同声。

片刻的沉默。

“卖毛驴怕不行吧？年年驮个庄稼都使它，还有推个碾子推个磨的，离了它，怕是玩不转吧？”老太太说。

“我寻思了，今年几亩地，全种上了棉花，也没有庄稼驮，就是推碾子推磨的，一年也用不了几次。再说我自己也完全干得了，费不了多少力气。卖了吧，真要用，赶明儿有钱了，咱还兴许买匹骡子、买匹马呢！”

为了去县城赶集，这天夜里，王石榴就住在了这里。

赶集，本来是乡下人的节日。集市往往设立在乡镇驻地，五日一集，虽然地方不大，但是集市卖的东西琳琅满目，有卖猪肉、牛肉的，有卖蔬菜的，有卖衣服的，有卖磁带的，有卖水果的，有卖小玩意的……是山里人日常生活中需要东西的主要来源。山里孩子小时候最大的愿望往往就是去赶集了，张流苏小时候也是这样。可是，大人一般不会同意，因为赶一次集要走将近一个小时的路。那个时候的路都是黄泥，不下雨还好，一碰到下雨天，拖拉机碾过的路真是难以下脚，到处坑坑洼洼的。不管条件多么恶劣，张流苏做梦都想去赶集，那是小时候最大的快乐了。如今，市场经济促使再偏远的乡村也会有自己的集市。路边、房前屋后随意摆个篮子、挑子，装些土特产、时鲜瓜果蔬菜，便摆开了阵势，这里的东西不称斤论两，而是讲把论个出售，足显乡下人的朴实。人口较为稠密的乡镇建有专门的集市，平时卖些日常用品，定期开市。集市上到处是篮子、筐子、担子、摊子，人挨人，人挤人，闹哄哄，乱嚷嚷。集市是乡村通往城市的窗口，是城市辐射乡村的驿站。眼下交通方便，市场流通快捷，城里流行的、时尚的包括衣食住行娱乐的东西一股脑地涌进乡村。慢慢地，乡村店铺林立，有卖时装的、有卖药品的、有卖日用品的，乡村有了桌球、有了网吧，饭店改成了酒家，理发店改成了美发店，甚至有了面的、出租车。无事的时候，可以到处优哉游哉地逛逛走走，过把城里人的瘾。集市在很大程度上与乡人的收入密切相关，与乡人的脚程密切相关，与乡人出售的纯天然绿色食品密切相关，乡人伴随着集市走过了四季。春暖花开的春天，乡人上山走一趟，就能挖到具有防癌降压功效的苦菜、摘到色香味形俱全的槐花和营养丰富的菊花芽；乡人利用房前屋后旮旯地种植的解毒泻火的薄荷和艾蒿、富含维生素的香椿陆陆续续地上市。雨水丰沛炎热潮湿的夏季，乡人顶风冒雨一身泥一身汗拣回了润肠排毒的山珍野味，比如香菇、地耳、黄花菜；再比如蚂蚱、知了猴、山石牛……总之，山有多高，乡人的脚就有多长。秋高气爽的季节，板栗、核桃、柿子熟了，山韭菜开花了，这些都是最受欢迎的商品。可是张流苏已经好些年不赶集了，因为生活的重担，也因为家务的繁杂。现在，为了生计，她又奔波于各集市之间，但是，如今的心情再也没有了从前的轻松和喜悦，取而代之的是应对生活的疲惫。

清晨，张流苏早早地就装好了独轮车，天刚蒙蒙亮，她俩就上路了。

张流苏推着独轮车，王石榴赶着毛驴，到了盘山路上，张流苏非常吃力，王石榴想帮她一把，可是毛驴拽得她立不住脚。

“哎，对了，让毛驴给你拉着不就省劲了？”王石榴突发奇想。

“不行，独轮车不平稳，牲口劲不匀，看把车子拱倒了。”

“哪能？我牵着呢，还能管不了它？”王石榴解下缰绳，一头拴驴，另一头拴在独轮车上。她“嘚嘚”地拍着驴的脊背，没费多大力气就爬上了坡。

“快解下绳子来。”姑嫂俩刚要松口气，转眼车子又走上了下坡路。小毛驴仍旧“嗒嗒”地快步走着，张流苏越来越赶不上了，她大声喊着。

王石榴赶忙撵着驴解绳子，没想到毛驴反而撒开蹄子小跑起来。张流苏收不住脚，连人带车摔倒了。小毛驴仍不停脚，将车子拖出十几米远。箔从车子上耷拉下来，摔得七零八落的。

王石榴把张流苏拉起来，还好没有伤着，只是好几个地方有点疼。王石榴二话没说，跑到车前，解下缰绳在小毛驴身上抽了起来。毛驴昂起头来“啊——啊——”地叫着。

“别打了，牲口家的，知道些啥？”

“这可咋整呀，箔也不整齐了，人也摔坏了……”

“不要紧，歇会儿，我还能走。”张流苏活动活动四肢。

一辆锃亮锃亮的黑色小轿车迎面驶来，在驶出她们二百多米的地方戛然而止，发出刺耳的刹车声。司机是一位衣着考究的健硕中年人，他的目光盯着倒车镜，此刻的倒车镜里反射着姑嫂俩的身影，张流苏不失沉静端庄的脸上，却也有着掩饰不住的焦虑和憔悴。中年人心中一紧：“是她，没错，是她！”他取出香烟和火机，点火的手却有些抖，点了好几次火才把烟点着。点着了，他又无意吸，从方向盘右侧抽出烟灰缸，把整根烟全放了进去。他打开车门，下了车，急步走过去。

张流苏自知狼狈，忍着疼，把脸转了一个方向。王石榴也低下了头，不好意思看人。张流苏看看躲不过去，只好又转过了脸，等着人家问话。但是，中年人停在她面前，却不说话。

“你要问路吗？到哪个村去？”张流苏勉强露出一个笑容。

“再看看，真的不认识了？”中年人也微笑着。

张流苏警觉起来，她站起身，仔细打量着，中年人中等偏上的身材，腹部稍稍隆起，眼睛细长，皮肤黝黑，头发一丝不乱地梳到脑后。张流苏知道，确实是很熟悉的一个人。

“你是关东！”她兴奋地说。

“你还记得我！”中年人的声音带着烟酒嗓似的沙哑。

“怎么能不记得？！关东，这些年你都在哪儿？有人说你在东北，有人说你在北京，还有人说你到南方去了……哎，对了，大清早的，你要干啥去？回桂花峪吗？”见到少年时代的伙伴，张流苏激动得不知说什么好。

“你呢，这是要干什么去？”杨关东反问。

“我们……”张流苏感到跌伤的部位又开始疼痛。她觉得让多年不见的娘家人看见自己的狼狈相已经非常不好意思，更不愿意让他们了解自己窘迫的生活，一时不知怎么说。

“我们要去县城卖箔。”王石榴插话了。

“对了，我忘记介绍了，”张流苏介绍道，“这是我娘家村里的小兄弟，名字叫杨关东，我们是同学呢。”

“你就是杨老板？支书好几次让流苏找你。”王石榴想起那一节，“流苏，你赶快跟你兄弟说呀。”

“支书找我？做什么？你们村的？”

“是啊，”王石榴赶忙说，“找你去我们村投资啊。是不是，流苏？”

“这些事，抽空再讲吧。”张流苏看看杨关东毫不在意的脸色，打断了王石榴的话。

“你们推独轮车去县城？还卖箔？”杨关东心里想，这样一路走去到晌午也不一定能到，等到了，集还不就散了？这个从农村摸爬滚打了多少年、吃过苦受过穷的中年汉子不用问，也能明白她们不就近赶集而是跑到几十里路以外的地方卖箔的原因。他迅速思索着，一边从衣袋里拿出手机，“我给你们找辆车！”

“不用不用，你忙你的，我还能行。”张流苏慌忙说。

可是时间太早，打了好几个电话都没人接。“要不我给你们拉着？”杨关东看看自己的车，“独轮车可以存下，毛驴怎么办呢？”他拿不定主意。

“毛驴？我赶着！”王石榴非常爽快地答应着，“走累了，我就骑上。说好了，我到哪儿找你？”王石榴问张流苏。

“别，不用。别耽误你的正经事。再说你的车……”张流苏急忙阻止。

“没什么大事，我不过想去杏花峪看看。晚不了。”杨关东没让张流苏说完，转身对王石榴说，“你骑驴先走吧，等一会儿你到集市东头的建材市场去，肯定能找到。”

王石榴骑着毛驴“嘚——嘚——嘚——”地走了。

往轿车上装箔真是一件难为人的事。杨关东把车厢后盖打开，目测一下觉得车厢太短，把后排座椅放平，放上一领箔，刚好车里一半车外一半。看看座位再也没有往前移的余地了，他稍事沉吟，对张流苏说：“你稍等，我去找样道具！”开着车往油根子峪镇驻地方向去了。

汽车扬起一道烟尘走了，张流苏的心里很是不安。在油根子峪，她很少见到高级汽车，也不懂汽车的商标，但是她看着他的汽车亮得能照出人影的样子就感觉到娇贵。让这样的轿车给自己装箔……她觉得难为情得很。不过几分钟的时间，杨关东回来了，他在车厢里放了一张门板，门板的三分之二在车内，三分之一露在车外。“这回肯定行了。”说着，他把箔一领一领地放到门板上，虽然还是比门板长一截，但是晃一晃，牢靠多了。又用绳子捆了一下，摇一摇，招呼张流苏，“这回肯定没问题了。上车吧，流苏姐！”

张流苏有点难为情，却又不知说什么才好。

“嗨，客货两用，还挺有用处！”他故意调侃。

汽车启动了。停顿了好几分钟，谁也没有说话。

“你……真没想到会在这里见到你。”张流苏忍不住感慨，“这些年你都在哪儿？怎么一下子就没有踪影了呢？”

“怎么说呢？哪儿也去过，啥也干过。那些经历啊，写一本书也写不完。”杨关东盯着后视镜里的她，叹口气。

张流苏笑了，她知道他说的是真话。从小他就是全村有名的捣蛋鬼之一，因偷果园的苹果被看果园的老头追赶过，割过封场里的草和看山老头斗争过。他家里穷，常常赤着脚，冬天，即便能及时穿上一件破棉袄也常常是连纽扣都没有。张流苏不由得沉浸在往事的回忆中：“我还记得你小时候用铁管子做了一架卷烟机，惹得全村人都来看西洋景。老少爷们都夸你聪明。那时候许多人就断言：你长大了肯定有出息。”

“你呢，你也这么觉得？”

“当然。那时候你十六岁？要是你从那时候就不停手，咱桂花峪还不早就盖起大卷烟厂了？”

“十六。我就是那年离开桂花峪的。二十七年了。”

“二十七年，一定吃了很多苦吧？”

“你呢？这些年都好吧？”

“我？这些年没吃过大苦，没受过大累，平平淡淡的。这应该算好吧？！”张流苏平静地说。

“这么大热的天，为啥急于卖箔？还要跑到县城去？”

张流苏简单说了家里急于修房子的事情。

杨关东踩了刹车：“早说啊，咱不用去了。”

“怎么了？”张流苏诧异。

“你知道我现在做什么，开发房地产。你那点子小事，让哪个建筑队给你帮帮忙，一天半天的就好，还用这么大老远地卖东卖西？”掉头就要往回走。

“石榴已经去了，再说，就是不为了筹钱这些箔总要卖了不是？”张流苏着急了。

“也是。”杨关东重新启动汽车。

“刚才你要去杏花峪？那里真是你开发的？”

“是啊，我在杏花峪水库风景区开发了一片度假别墅区，工程就要收尾了，我想去看看。”

“别墅区？”张流苏不是很明白。

“就是专门吸引城市的有钱人到那里吃喝玩乐。”杨关东很轻松地说。

这样说张流苏懂了，因为多儿回村后，经常在她耳朵边上叽叽喳喳地给她讲所谓现代人的新生活。“你发明的那个卷烟机呢？没有派上用场？”张流苏有些遗憾，她心目中的那个伟大发明就这样废弃了，她的心中划过一丝连自己都说不清楚的失望。

“你还真拿我当成天才发明家了？我造出那台卷烟机的时候，中国的卷烟厂一天可以生产 100 万支烟了。我那台破玩意儿能派上什么用场？”杨关东很爽朗地笑了笑。“你知道我当初为什么要造卷烟机吗？”他顿了顿，没等张流苏回答，继续说，“小时候看见你晚上天天纺棉花，想看书却没有时间，我就琢磨着给你造一台纺花机，可是造着造着，自己就服气了，怎么也想不出怎样才能让纺车和缠线机同步转动。就这样，造来造去就造出了那台卷烟机。”杨关东又补充道，“哈哈，当然，那时候我也不知道世界上大型纺线机已经诞生了几个世纪了。”

“真的？当年怎么没告诉我？”张流苏暂时忘了家事的烦恼。

“幸亏没有告诉你，要是当初大言不惭地说了，结果又出溜了，大概这一辈子我也没脸再见你了。”杨关东说，“从我家屋顶上移栽的那棵流苏树呢，还有吗？”

“当然有。后来又从土缸里移到我家门前了。长得很大了，可惜不开花。最近家里失火，烧得不轻，我砍了一些枝条，又嫁接了新的枝条，看样子已经成活了。”

“又嫁接桂花了？你不是保证让它做流苏树，不再嫁接桂花了吗？”杨关东的车突然慢下来，“一种树为什么就非得变成另外一种树？我们有什么权利剥夺它做自己的权利？”

“你看把你急的。”张流苏解释，“不是嫁接桂花，是接的流苏。”

“流苏接流苏？这还有什么意义？没听说过。”杨关东不明白。

“有意义。一来树烧坏了，我心疼；二来那棵树从来不开花，我盼着嫁接之后，它能开出自己的花。这还是多儿的主意呢！”

“多儿！是她！你的女儿？”杨关东说，“我曾经捎过她一段路，就说这个小姑娘太不一般，聪明有思想，也有个性，简直跟你小时候一模一样。”

张流苏和王石榴离开家没多久，村支书就来了，一进院子，就扯着大嗓门喊张流苏的名字。老太太说：“去赶集了，没在家。”寻思一下，又告诉支书，“你别跑了，流苏记得找兄弟招商那档子事，就是七事八节忙得没腾出空来。”支书拍打着蒲扇一样的大手，敞着铜钟一样的大嗓门给老太太解释，他说今天不是为那件事来的。老太太纳闷了，“那你找流苏干啥？”

支书搀着老太太来到大门口，指着一车的工人告诉老太太：“看见了吗？这是我从镇建筑公司给你们找的工人。”

老太太反倒迷糊了：“建筑公司的工人？”

支书点头：“你家门楼烧坏了，总得修啊。拴住靠不上，流苏也忙成那样，我看着着急呢！”

老太太害怕了：“修是修，但是，我们没备好材料啊。”

支书嗓门更大了：“没备好料不要紧，看看家里有啥，没有的马上去拉，车不是在吗？”

老太太把支书拉到角落里悄悄问：“你跟拴住说了吗？家里没钱，雇不起这么多人……”

支书解释：“不用说，人多好啊，人多了工程干得快。”说到这里，支书又抱怨道，“你是不知道咱镇上建筑公司有多忙，从你家失火那天我就找张经理，今天推明天拖的，就是定不下来。后来我想，定不下来倒好，哪天直接带他们来给你和流苏一个惊喜。这不一直拖到现在。”

说完了，一摆手，大家拆墙的拆墙，架梯的架梯，搬砖的搬砖，七手八脚忙了起来。

老太太看看阻止不了，拉住支书不放手：“你跟我说说，你这是多少钱包的工程？”

“你别管了，你就专门在这里看着，告诉他们想修成啥样就让他们给你修成啥样。不就是一个厨房和一个门楼吗？用不了几个钱！”

老太太还是不放心：“用不了几个钱是多少钱？”

支书只好说实话：“几千块钱，流苏不是要找他那个兄弟去引资吗？她引资村里得发奖金啊，到时候我从流苏的奖金里扣就行了。”

这一下，老太太着急了，拄着拐棍踉踉跄跄走到门楼下躺在了地上，任凭大家怎么拉，谁拉老太太就用拐棍敲谁的手。支书傻了：“你到底怎么了，先起来，一切都好商量。”

老太太挣扎着坐起来，指着支书哆嗦了好久才说出话："没有你这样的支书！"

支书丈二和尚摸不着头脑，愣了。

老太太气愤地指责支书："你这不是逼人吗？流苏你又不是不了解，谁的忙她都帮，村里的事还能不管？可是有钱的又不是她，是她村里一个兄弟，她咋能保证人家一定来投资？！"

支书叹了一口气："都怪我，怪我没说清楚，现在的招商引资是全县的头等大事，每个村都要做工作。流苏也不用保证成功，她只要把我介绍给那个杨老板，让人家到咱村里来看看，就算有功，我就发奖金。"说着，他把老太太抱起来。

老太太看着这一大群工人，还是不放心："咱村里这么穷，要是不成功，你拿啥给流苏发奖金？"

"这是咱们制定的政策，镇里、县里都同意的。你放心，万一不成功，还有上面呢！"支书看着老太太满脸的不放心，冲着工人喊，"兄弟们，大家听好了做个见证，只要流苏把老板请到我们村里，你们的工钱、料钱一切费用，都归村里，跟房主无关。都听到了？！"

听到大家七嘴八舌地答应，老太太这才放心离开现场。

汽车进入集市，环境一下子喧嚣起来。

县城的集市入口处是两家卖下货的，一南一北呈犄角之势，一家是男的，一家是女的，一见来人就互相高喊着招揽顾客，一个比一个声音高，让人为难。"老哥老弟、老少爷们：看这新摘的西红柿，不卖一块卖八毛了。"卖水果蔬菜的也这样大声嚷嚷着，他们把和气生财理解得非常透彻；再往里，有一位卖煎饼的小姑娘，十六七岁的样子，倒是文静得很，一声不吭地在看一本书，生意也并没有因此而冷清起来；集面上，还不时有几个艳装的女郎裸着双肩旁若无人地走过，高昂的头似乎已经将人声嘈杂的集市当成了时装表演的舞台。杨关东的小轿车别出心裁地载着张流苏的秫秸箔从集市上缓缓驶过，立刻招来了各式各样的目光，还有的人忍不住扑哧笑出声来。

建材市场上已经拥拥挤挤地摆满了各式摊点，砖、瓦、水泥、涂料、木材、石子、苇箔……一应俱全，杨关东停下车，不等张流苏下车，三下五除二把那些箔卸在地上。眼看着他洁白的衬衣变得污浊不堪，张流苏又心疼又不好意思，她用手给他扑打扑打，不管用，又掏出手绢给他擦，还是不济事。“不用不用，”杨关东忙不迭地说，“你在这里等一会儿，我去公司安排一下，回头到这里来找你。”但是并没有马上离开，等张流苏不擦了，他才上了车。

张流苏在最边上另一家卖秫秸箔的对面摆下摊子，时间不长，又有新来的商贩把她围在里边。

“多少钱一领？”一位四五十岁戴斗笠的农民走过来问。

“十块钱。”张流苏回答。

“十块？贵了！”农民拍拍手，走到对面的秫秸箔摊前，“你的咋卖？”

“你先看看质量。”摊主是一位三十多岁的精明汉子。

“多少钱吧？”农民把箔展开。

“十块。你看这秫秸长得多粗壮，这箔编得多瓷实。”

“看了，哪能不看？窄得很，不抵那家一半宽！”农民指指张流苏。

“那你说多少钱吧？”

“五块！五块卖不卖？”

摊主没吱声，把头扭到一边。

时间不久，对面摊前来了一位农村干部模样的人，站在那里和摊主讨价还价。

“你看这箔，多高多瓷实。”摊主仍是这样说。

“咋没看？又窄又懈……但我不管这些，村小学要趁着暑假翻修房子，不几年又得重来一次，也用不着质量很好的，你说多少钱吧。”

“要多少？”

“百十来领吧。”

“这些，不能再少了。”摊主举起右手，把拇指和小指伸出来。

“那你打条子可得打这些？”干部将左右手的食指交叉起来。

最终成交了。不一会儿工夫，开来一辆汽车，把秫秸箔装走了。摊主在人们羡慕的目光中离去了。

乡村公路上，小毛驴驮着王石榴“嗒嗒嗒塔”地走着。

临近县城，路面变得宽阔平整。在路的两边，许多人家用小石头围成一块块“场院”，在里面晾晒着新收的麦粒。前面不远处，还有几个农民在上面用竹耙子搂着翻着。

王石榴一路走一路看。

对面驶来一辆红色小轿车，对着王石榴的毛驴“嘀嘀嘀”狂按喇叭。小毛驴却全然不惧，“啊啊啊”地叫着冲撞了过去。

小轿车始料不及，车驶进路边晒着的麦场，冲着翻场的老太太开了过去。一个急刹车，汽车在麦粒上控制不住，原地滑了好几个圈，车头几乎翻了三百六十度。

王石榴吓得出了一身冷汗，想停下来歇歇，可小毛驴却受到了惊吓，大声叫着，驮着王石榴一口气蹿进城里。

张流苏仍旧在太阳下虔诚地等候着买主。

不久，集市上又来了一个年轻人，络腮胡子，提了一大堆装了蝈蝈的笼子，在刚才卖箔人的地方铺下摊子，许多人把他围起来。

“奶奶，我要。”一个孩子拉着大人的衣角。

“要这个啥用？想要改天奶奶带你去逮。”

“不嘛，我现在就要。”孩子开始哭。

“买一个，”奶奶无可奈何，开始摸口袋，“多少钱？”

孩子止住了哭，眼睛一眨不眨。

“十块，连蝈蝈带笼子十块。”

“十块？宰人呢你？”奶奶把手从口袋里拿出来，抱起孙子走了，身后留下一串孩子的哭声。

集市上的人开始议论起来。

“这个也能卖钱？俺村里山坡上多得是，一天怕不逮它一千个？”

“就是，还这么贵，简直是个懒汉生意。”

“买不买？不买不许看了！”络腮胡子听了议论很不舒服，大声吵吵。

“还不许看？为什么？”

“就不许！不许就是不许！”络腮胡子很霸道。

围观的人谁也不愿多事，慑于络腮胡子的气势，虽然不情愿，却也渐渐散了。

临近中午，天气火热火热的，生意不好，好多人开始沉不住气了。有的钻到货物后面背阴处无精打采地等着，有的干脆铺下摊子睡觉，还有的开始收拾东西准备撤退。张流苏坐在一领放倒的箔上，一边等买主，一边不住东张西望地等王石榴。

过了一会儿，那个戴斗笠的农民又回来了。

“便宜点吧，天这么热，便宜点卖了可好早回家。”

“怎么便宜？”张流苏也沉不住气了。

“你看见了没？刚才这一家卖的六块。”他指指络腮胡子的位置。

“可是我一领比他两领还大。”

“大能大多少？要不我再加加？”对方开始妥协了，“不说六块五了，七块！七块怎么样？”

“不行，我没要那么多谎。”

经过一番讨价还价，戴斗笠的农民已经把价格涨到了八块：“卖吧卖吧，不卖可要后悔了。”说着做出要走的样子。

张流苏犹豫着。

“嘀——嘀——”铮亮铮亮的黑色汽车又驶过来了，人流闪出一条路来。

“还没卖？”杨关东走到张流苏面前，“别等了，只要有买主，钱多钱少的给人家就是了，天这是下火呢！看看中了暑倒值多了。”

“关东，你怎么又来了？看看耽误了你的正经事？”张流苏说。

“哪有那么多正经事？快卖给人家，我带你去吃饭。”杨关东转脸向着那个买主，“你要吗？你要快算账吧。”

“要啊要啊，七块钱一领，这是几领？我数数。”斗笠蹲下身。

“你刚才还说八块，八块我都不卖。”张流苏着急了，也蹲下身。

集市上走过一对挽着胳膊的男女，男的个子不高，头发油光锃亮地梳到了脑后，女的身材非常匀称。两个人都戴了墨镜，看不到眼睛，但全身都洋溢着掩饰不住的青春气息。男的一边走一边不住地打量两边的建材，不时地住下脚，问问价钱；女的则心不在焉，极不耐烦地东张西望着。

“杨老板！”他看见了杨关东，“你怎么还来这地方？”一转眼间，看见了蹲在地上的张流苏，“拴住婶！怎么是你？”走到张流苏跟前，男人把手从女人臂腕中抽出来，顺手摘下了眼镜。他看看杨关东又看看张流苏，“你们……认识？”

“大伟，你小子，都找女朋友了！”杨关东看看先前跟王大伟牵手的那个女子。

王大伟嘿嘿笑笑，转脸朝戴斗笠的农民摆摆手：“得！你走吧。这么好的箔就值八块钱？”

“你是谁？我们谈生意呢，怎么半路上杀出个程咬金？”斗笠有点懊恼。

“我叫王大伟，这是我婶。”王大伟指指张流苏，“不卖就不卖，你走吧。”

“你？哼！”斗笠拍拍手悻悻地走了。

“哎，买箔的……”张流苏想叫住他，可是看看王大伟，又把后面的话咽了下去，“大伟你也来转转？”

“别卖了，都给我吧！这么老远的路，你怎么跑这儿来卖箔？家里还有吗？”王大伟满不在乎地说。

“你的大酒店盖啥样了？”杨关东问他。

“该封顶了，你看，服务员我都物色好了。”王大伟指指那个女子，“只要杨老板你再支持支持，就更好了。”

“在卫生室对过的小山上你那是盖的酒店啊？我说咋盖那么多房子，那么大院子。”张流苏恍然大悟。

“是啊，这个主意还是杨老板指点的呢，秫秸箔你家里还有多少？十块钱一领都给我留着吧。这些也别卖了，给我带回去吧。”王大伟说。

“不，不要。我原打算卖九块的。”

“咳，不就一块钱吗？五十领才五十块。你还得再带回去，光运费吧，你还亏了呢。一家人不说两家话，就这么的吧？”

“好是好，就是……”张流苏下意识地动动膝盖骨，早晨摔了那一跤，浑身还痛着。

王大伟低头一看也明白过来。他开始思索一个两全其美的办法。

王石榴骑着小毛驴“嗒嗒嗒”地走了过来。来到近前认出了王大伟：“大伟！你们怎么碰一块了？”

“大伟哥，你看，蝈蝈！”三个人正你一言我一语地说着话，先头和王大伟牵着手的女人看见了络腮胡子和他的蝈蝈，不由得兴奋地叫了起来，语气中带着浓浓的东北口音。

“我找的服务员。”王大伟对张流苏姑嫂俩解释，转身看着女人，“蝈蝈？我当是什么稀罕物，等回到油根子峪，我给你逮一麻袋。”

“老奎！是你？”王石榴一眼认出了络腮胡子，“你老婆孩子都好吗？”

“好是好，就是养不起了。我媳妇没奶水，那小子三两天一袋奶粉，我又找不着活儿干。”

“没活儿干？下井呀，俺村里找不着活儿的都下井。”王石榴顺嘴说道。

“下井也没人要。过去干活我好旷工……”老奎摸摸头皮。

“这可真是巧！”王石榴指着王大伟，“这是俺村上的王大伟，他包的煤井常年要人呢，对吧，大伟？”她转身看着王大伟，“这老奎，是个有福的主，一下子就生了个八斤八两重的大胖小子。”

“刚刚还和拴住婶说呢，煤井我不干了，太危险，天天提心吊胆的，干够了。”王大伟解释，“你找活儿好说，我同学王长海搞建筑。王长海你认识吧？眼下就在县城里干工程呢，你跟他干去？”

“不行，他们发工资没正点，让老婆孩子喝西北风吗？”老奎没好气地说。

“那倒也是。”王大伟思索着。在他身边，女人观看老奎的蝈蝈，像是欣赏罕见的艺术品，提提这个又提提那个，哪个也不舍得放下。

“这样吧，镇建筑公司的一个头头老张包了我的大酒店，你跟他干吧。工钱我不欠，不行我给他说说，先支给你一点。”

“我可是没手艺！”老奎低下了头。

“没事，谁生下来就会干？先干小工，看看不就会了？”王大伟想起一件事，“不过，你得先帮我个忙，这些箔是我的。你先把它们给我运回油根子峪去，油根子峪，你知道吗？”

“当然知道。可是，我的蝈蝈……”

“给你一百块钱，算我买了！”转身招呼，“小贾，不用放下了，这些都是你的了。”

老奎乐得屁颠屁颠的，小贾也兴高采烈。

“走，咱去吃饭，我请客。”解决了这一连串的问题，杨关东很高兴。

王大伟也说：“走，杨老板请客，我们就不客气了。”

张流苏不想让杨关东扫兴，又怕耽误了卖毛驴。她看着小毛驴，又看看王石榴。

“这头毛驴，我们还要到牲口市上把它卖了。”王石榴说。

“卖毛驴？多少钱？”王大伟说。

“我们商量着想卖五百，能卖上吧？”张流苏说。

“不用去牲口市了，”杨关东说着，转身看看王大伟，“你把它牵到‘全驴宴’老马那里，回头到金都大酒店找我们。五百块钱给他，便宜大了。”

“还是这个兄弟有办法。”王石榴很高兴，簇拥着张流苏和小贾上了车。

6

张流苏的心里好像做了一个梦，甚至比做梦还要朦胧。

很多人可能有过这样的感觉：一个看来已经淡出自己生活圈子或者已经从自己记忆中忘却的人，一旦有人提起他的姓名，跟这个人有关的各种往事就会慢慢苏醒，并且这些往事还会慢慢聚拢，串联成自己的历史的片段。

张流苏也是这样，与杨关东突然邂逅之后，她的心里就再也抹不掉他的影子了。

在家乡桂花峪，杨姓是比张姓还要显赫的大姓。听大人们说，杨关东家似乎有不同凡响的背景，他的父亲曾经是机枪手，当年冒着枪林弹雨抓住打得发红的枪筒把枪连同持枪的日本鬼子一齐抢过来。在桂花峪人的讲述中，他是一个当之无愧的传奇人物。中华人民共和国成立后，他带回来一个搽胭抹粉的女人，在桂花峪盖起最气派的房屋，在深宅大院过起了最神秘的生活。可是，后来，“文化大革命”开始了，生活就随之变了一副样子，他家的房子变成了革委会办公室，他的家随后搬到了张流苏家所在的那条胡同里那所破败的老庭院里。在张流苏的记忆里，隐约还有杨关东父亲的影子——个子高高大大的，眉毛像是墨染的，又黑又浓，脸时刻阴沉着，那时候他做的事情不是站台子戴“帽子”挨“批斗”，就是冬天大清早一条胡同接一条胡同地扫雪。张流苏记得与他一块挨“批斗”的也有几个人，别人都是低着头，弓着腰，而他的腰却挺得笔直笔直的，所以，他“挨打被斗”的频率就格外高。这样的日子过了两三年光景，那个搽胭抹粉的女人也就是杨关东的娘走了。谁也不知道是啥时候走的，干啥去了，反正再也没有人在桂花峪见到过她。再后来，杨关东的阴郁的父亲吊死在革委会门前……那时候，张流苏好像十多岁的年纪，杨关东也不过七八岁，就是从七八岁时起，杨关东成了信马由缰的孤儿，吃百家饭，穿百家衣。住在同一条胡同里，善良的流苏娘自然少不了照料他，流苏也就把他当成了亲弟弟。夏天里他常常疯跑得浑身像是泥巴人，流苏给他洗洗衣服，冬天里他的棉袄扣子掉了，她找一个扣子给他钉上。他冻得鼻涕常常挂在脸上老长老长，她也像心疼兄弟一样给他擦干净……

在张流苏的记忆中，杨关东的水性特别好。桂花峪有一个果园，果园附近有一个大方塘，被桂花峪的人叫作“西门湾”。那一年，张流苏在那里洗衣服，杨关东在水里逮青蛙，看着他的衣服脏得看不见底色，就让他脱下来。杨关东把褂子痛快地扔给了张流苏，裤子却不肯脱，张流苏喊他脱，他却跑了。等洗完了衣服要回家了，他的裤子却又从水里扔了出来，原来，他早已神不知鬼不觉地钻到水里去了。还有一次，他去果园里偷柿子，看果园的老张头早就瞅准他了，等他爬到了柿子树顶上，老张头一下子冒了出来，坐在树下表情严肃地抡着一根小树枝“守株待兔”，看样子要给他点深刻教训。没想到他跳到地上，还没等老张头站起来就逃了。老张头追着他到了西门湾，看他跳了进去，就在湾沿上等，等了老大会儿不见他露头，就喊他，也没人应声。张老头就吓蒙了，以为他出事了，自己下水摸了一圈，没找见他，就到村里喊人。这当口，他早揣着偷摘的柿子找张流苏去了。当时是秋天了，杨关东浑身冻得发青发紫，嘴唇都哆嗦了，还结巴着让张流苏吃柿子。张流苏咬了一口，涩得拉不出舌头……这些故事在桂花峪很快传开了，杨关东的顽劣也很快家喻户晓。以至于后来上学了，好几次差点被老师撵回家。调皮捣蛋自不用说，他的聪明也是堪称一流，再大一点，他不知怎么就用铁皮管子鼓捣出一台手动卷烟机，两手这么一转，就能卷出两根结结实实整整齐齐的烟卷，让村里吸烟的老头子乐得合不拢嘴……

张流苏和杨关东曾经一起上小学，上初中。张流苏记忆中，杨关东学习成绩不错，虽然算不上出类拔萃，但是，不管多么不用功，永远不会落在后头。他也很积极，热爱劳动，永不服输。那时候学校的操场是泥巴地，一到下雨下雪天就不能用，体育课、活动课统统取消。为了改善条件，学校经常组织劳动，推土抬沙……还有连接各教室的那些甬道，也都是老师带领学生从河道里捡鹅卵石一块一块铺起来的。在班里，杨关东属于年龄偏小的，个头也不高，但是，每次劳动他都是最卖力的。推沙的时候，因为沙子沉，老师让学生装半篓，他一定要装满，有一次推车下山车闸失灵，差点滚到山沟里去，惊得老师同学一身冷汗。张流苏也埋怨他，他嘿嘿一笑，修修车闸，下一趟仍然要把沙装满。可是，那是一个啥年代啊，不管杨关东在学校表现多么积极上进，都是既不能加入红小兵，也无缘加入红卫兵，他父亲那段不清白的历史早已为他的人生描下晦暗的底色。张流苏观察过，每次别人入队，他总是偷偷溜出去。记得自己成为红小兵的时候，他不光看着红领巾出神，没人的时候还偷偷戴着她的红领巾照过镜子……那时候，还没有恢复高考，谁也预见不到可以通过学习改变命运，可绝大多数孩子仍然把上学看成人生的一段重要经历。与同龄的孩子相比，杨关东的不幸不仅仅因为不光彩的家庭出身，自己的做人要求也不够严谨。张流苏永远忘不了杨关东被勒令退学的事情。那是初中二年级下学期，是一个春天，虽然满山上还是光秃秃的，但是娇嫩的叶宝宝已经开始渐渐挤出脑袋了。学校组织“向雷锋同志学习”活动，帮五保户挑水、给烈军属打扫卫生……杨关东都很积极，但是劳动过后，他千不该万不该在厕所里“大放厥词”：“为什么只要学习雷锋？肯尼迪也是有值得学习之处的嘛！”他的“反动言论”很快从同学经老师反映到校长那里，结果是学校停课批判，批判之后呢，当然就是勒令退学了。

杨关东退学返乡虽然不光荣，但是，做一个新时代的农民对他来说也是早一天晚一天的必然选择。所以，那段做农民的日子，对他来说，也是不错的时光，尤其是几个月后张流苏初中毕业也回到家乡当了农民，他们住得近，在同一个生产队劳动，因为对庄稼活儿都不太熟悉，互相切磋，也互相帮助。张流苏的爹是园艺高手，他指导张流苏嫁接桂花，杨关东就抽空满山找油根子，就是那时候，当他开始惊叹于油根子花的美丽，感慨于油根子苗日渐稀少的时候，他从流苏爹的《植物图谱》上知道了油根子的学名：流苏。从此，他喊张流苏的名字，常常下意识地盯着流苏花……他家的房屋已经很陈旧了，黯淡的瓦片和瓦片之间被野草填满，野草丛中，鹤立鸡群地生长着一棵流苏树，春也枝叶婆娑，夏也枝叶婆娑，秋也枝叶婆娑，似乎忘记了花期，成为山沟里唯一的静默，见证着庭院的兴亡衰落，见证着一年年飞扬的歌与青春，泪与欢笑。那时山里的流苏花已经不多见，往往不到花期就被人嫁接成了桂花，大家见得少，不知道还有雌雄异株这回事，杨关东想不明白这么茂盛的一棵树却不开花的道理，曾经很伤感地觉得这棵树为什么不开花？是因为没有开花的心情。古话说："士为知己者死，女为悦己者容。"花呢，也应该绽放给欣赏自己的人看。人类不停地戕害流苏，一年年一次次粗暴地砍下流苏的头，自以为是在流苏的躯干上接续桂花的树冠……流苏为什么还要开花给人类观看？是谁给了人类为了一种植物扼杀另一种植物的权力？

想起这些，张流苏不可避免地想起了自己的婚姻。如果说上学的年纪还不懂得情爱，那么，回生产队劳动的时候却已情窦初开。虽然谁也没有表白过，但是，似乎应该是水到渠成的一种情感。连张流苏的母亲都不止一次地感叹："关东孩子是好孩子，就是穷啊，家里光秃秃的，要是跟了他可咋过啊。"张流苏的爹也说："要是光穷也好说，穷就过穷日子呗，可是他家'成分'还不好啊，子子孙孙都要背着'反革命的帽子'，到啥时候才是头啊？！"父母说这类话题的时候，眼睛往往是看着张流苏的。对于这些意见，张流苏看上去似乎置若罔闻，但是心里却想，穷不怕，"反革命"也不怕，虽然在社会上受打击，但只要杨关东能管住自己的嘴，别再"语出惊人"就行。后来，杨关东好像真的管住了自己，可是在那个年代，杨关东这样的身份，管住自己不犯错误是远远不够的。1972年春天，全国上下狠揪"五一六"分子，杨关东就"当仁不让"地被揪出来了："站台子"、"戴帽子"、到各地去接受"批判"……那种情形，让张流苏常常联想起杨关东的爹，心里害怕极了。一天清早，杨关东早早地来找张流苏，说是想把屋顶上的流苏树移下来，他很伤感，说屋顶上的流苏树恐怕永远都不会开花了，还是移下来好好照顾它吧。接下来两个人选地方，选来选去，选在哪里都怕被人偷移回家做了嫁接桂花的砧木，最后决定栽到缸里，养在张流苏的家里。做完了这件事，天亮透了，杨关东也该去接受“批斗”了，两个人就分别了。就是那一天，传出了杨关东逃跑的消息。

俗话说：“女大不中留。”杨关东走后，媒婆踩烂了张流苏家的门槛，有的用根正苗红的家世吸引她，有的用“工人的职业”诱惑她……她啥也不说，只是摇头。母亲懂得女儿的心事，她劝女儿：自古是“根子不正叶子苦”，他不会回来了。不说别的，你看他娘，一个女人家，男人和孩子是自己的全部，她都能撇下这一切跑了，难道他还会回来？！再说，他要是有心回来，走的时候还不说得明明白白？就这么一本糊涂账地跑了，家里没牵没挂的，回来的啥劲？这些话，张流苏都不信。但是，一年过去了，两年过去了，三年又过去了，杨关东不光没回来，连口信也没捎过一次。

于是，她嫁给了王拴住。

自从耀宗办喜酒的时候从母亲那里听到杨关东回来的消息，支书又撺掇着让她找杨关东来投资，她的心就不平静了，常常会被往事刺痛。她想象不出杨关东二十七年后的样子，也设想不出两个人重逢会是什么样子。那天赶集的路上巧遇杨关东，后来还坐在杨关东的车上，说起往昔，她好几次差点掉下眼泪，幸亏用别的话题遮掩过去了。杨关东请大家吃饭，王石榴不住地提醒她支书托她招商的事情，她都感到无从说起。后来还是王石榴忍不住直接说出来，王大伟也撺掇，杨关东倒也爽快：投资？也不是不行，抽空我得去看看。

杨关东的心里也好像被猫爪子抓挠着，有时候痒得发慌，有时候又舒服得天昏地暗。

生活中，他也有过这样的感觉：一个看来已经淡出自己生活圈子或者已经从自己记忆中忘却的人，一旦有人提起这个人的姓名，跟这个人有关的各种往事就会慢慢苏醒，并且这些往事还会慢慢聚拢，串联成自己的历史片段。还会发现，这个人没有参与你若许年的成功和骄傲、孤独和失意实在是生命中的最大遗憾。

当然，杨关东和张流苏倒并非完全如此。在不谙世事的少年记忆里，她占据着他相当重要的篇幅。这些年来，她虽然远离了他的生活圈子，却从来不曾淡出他的记忆。

他知道：在他情窦初开的年纪就把张流苏当作自己的爱人，只是因为一个偶然的事件，在他什么都来不及做的时候把她从自己的生活中推开，又送到另一个不为他所知的角落。而那个事件，就是自己作为“五一六”分子被“揪斗”。

自己是怎么爱上张流苏的？流浪和创业的日子，他常常这样问自己，结果连他自己也糊涂起来；自己为什么爱张流苏？是因为她美丽端庄，还是因为她善良温存？他也拿不准，但是他确实爱她。他为什么要逃跑，因为爱她，不愿意自己在她的心里是被“揪斗”的形象，也不愿意因为自己是“五一六”分子影响她的生活……不论这些年经历过什么，有一点他始终清楚：就是他从来没有遗忘这段感情。如同大多数人一样，他的创业史也是一个充满艰辛和曲折的过程，无论是屈辱、挫折还是得意，任何时候他都没有忘记她。

1972 年春天，他狼狈地逃出桂花峪，自己也不知何去何从，在火车站转悠了好几天，差点被巡警当作坏人，把他叫到警务室盘问了好久，也没有找到他作恶的蛛丝马迹，最后警察自言自语道：“杨关东？一个东北人怎么不说东北话？”就是这位警察的话提醒了他，让他想到了东北，他忽然领悟到：父亲为什么给自己取名叫“关东”，也许冥冥之中自有天意吧！于是，他到了东北的黑土地，进了一家塑料模具厂，在那里凭借自己手工制造卷烟机一样的聪明干出了一番小天地。但是他单纯、不设防，很快就被三角债拖垮了。走投无路的情况下，他当了农民，但是农民也不好当，他从小没有做过多少农活儿，不熟悉农事，也没有混出个子丑寅卯，就脱产了，给人开上了推土机。就是那时候，他去酒店喝酒认识了一位与张流苏容貌相似的服务员，一下子陷入情场不能自拔。推土机司机的工作不可能给他娶妻生子的收入，他只有选择离岗。他走的时候，与服务员约好给他一年时间，等他挣够了钱就回来娶她。这一回，他碰上好运气了，走到天津正赶上城市改造，大面积拆墙透绿，他先是帮人开推土机，而后自己承包工程，最后专门承揽工程再找人干，忙得不可开交。尽管如此，他还是忙里偷闲没等到约定期就提前去了那家酒店，可是，他看到的却是他的女人已经投入别人怀抱的现实。这一幕，简直击毁了他的情感世界。从此，他专门为城市拆墙透绿，干完了天津去西安，干完了西安去武汉……每一个地方他都找喜欢的女人，他从不吝惜金钱，但也从不付出真情。最后他还是回到了家乡的县城，又做起房地产生意。在二十多年的历程中，张流苏的影子就像他生命里的一道符，丢不开，抛不掉。

杨关东与服务员恋爱的时候，想着张流苏，无时无刻不拿她跟流苏比较。因为三角债被人追打的时候，她的形象从他的心底浮起，给他忍受屈辱的勇气；生活艰辛的日子，她的形象从他的心底浮起，给他创造新生活的希望……在他的生命中，她就是一个最神秘的存在，财富如潮水般涌来的时候，她的形象从他的心底浮起，让他重新想起自己曾有的失意和惆怅。回到家乡以后，她的影子更是挥之不去，他没有勇气去油根子峪看她，却常常有意无意打听她的状况，常常想象着有一天会见到她。

他在老家开发度假村，心里也曾萌生一个幻想，就是把这一大片一大片的山都种上流苏，让张流苏站在树下欣赏花开花落……他记得，她爱流苏，爱流苏花开，也爱流苏花落。他曾陪她看流苏花落：风吹过，雪白的花落一地，有时候花枝甚至会整枝落下，带着淡淡的花香，把它捡起来夹进书本，便可做成书签。多少年来，他总是以流苏为背景，思念她的背影纤纤，总是以流苏为依托，想象她的美丽清纯。他知道，她已化成一棵流苏，盛开在他生命的路旁，是别样的丰姿，也是只属于他一个人的美丽。

想起张流苏，回味她的一颦一笑，心就美妙得不知所以，亲切得让他心痛，他心急火燎地想见她。但是，真就这么在路上邂逅了，从她憔悴的身影找寻往昔的青春，他的心犹如蛇在冬眠之后清醒一般，不曾忘怀的惆怅涌上心头："最是人间留不住，朱颜辞镜花辞树。"

张流苏和王石榴从县城赶集回到家的时候，工程还没有结束。看到新起的门楼，着实大吃一惊。老太太复述了前后经过，支书也忙不迭地解释：真是被镇上县上催的没有咒念，招商引资已经成为头号大事，过去是半年一通报，现在是一周一通报，半年没有成效，就要引咎辞职。诉完了苦水，又信誓旦旦地告诉张流苏，真的，不管引资成功不成功，只要你能让杨老板见见我，见见咱们的村，修葺门楼的费用就算是给你发的奖金。张流苏执意不肯，让他算算账，一定要自己出钱。支书不肯，说："你这样固执，好像不愿意让村庄发展起来。"张流苏说："我要是不给你钱，好像我把关东卖了。"支书说："你给我钱也不要紧，但是，总得等找上杨老板以后啊，要不我心里不踏实。"王石榴也一个劲地鼓动："今天我们就见着杨老板了，确实是个大人物。"她不理解张流苏：杨老板都答应来看看了，你还有啥不放心的？！就这样，张流苏第二天带着支书找杨关东的计划在七嘴八舌的嚷嚷中定下来了。

可是计划并没有变成现实。

一大早，张流苏还没收拾好，支书就带着临时雇用的拖拉机来了。王拴住正好在家，招呼支书坐，还没坐稳呢，王迎春带着女儿来了。"拴住叔，拴住叔在家吧？"一进院子就喊，"拴住叔，快点去看看，从屋架子上掉下人来了，摔破了头，腿也站不起来了，你快去看看。"

"人呢？"王拴住正好在屋里坐不住呢，赶忙出来答应。

"到卫生室找你来着，现在在卫生室门口。"

"是谁跌下来了？"支书不放心，看着王拴住抬脚就走，支书也紧紧跟了过去。

反倒是王迎春留下来，问张流苏："石榴姑没来吗？刚才我在街上听人说她跟金宝两口子打起来了？！"

"打起来了？谁和谁打起来了？"老太太着急了，追问着。

"我听长海妈说的，她在卫生室附近跟人比画着讲，说石榴姑和金宝媳妇都和乌眼鸡似的，孩子哭得上不来气。金宝也在，到底是向着他妈还是和媳妇一伙，她也没看出来。”

“为啥？”张流苏焦急地问。

“不知道，”王迎春说，“也有人这样问长海妈，她说看热闹的人里三层外三层地包围着，谁知道为啥。”

张流苏不问了，站起身就要往外走，老太太急忙制止了她：“你不能去啊，要是你走了，支书回来，谁带他去找你兄弟啊，还是我和多儿去吧。”

张流苏犹豫着站住了。

“你也坐会儿吧？”眼看着多儿搀扶着老太太走远了，她招呼王迎春。

“妈妈，我要……”胜男指着多儿的一摞杂志。五颜六色的杂志封面吸引了她的目光。

“可要小心啊，别给姑姑翻破了。”王迎春放开了女儿的手，又对张流苏说，“坐会儿就坐会儿吧，反正我也帮不上忙，再说拴住叔去了，我也放心了。”她自己安慰自己，顺势坐在刚才多儿坐过的小椅子上。

“房子还没盖好？我觉得有些日子了。”张流苏和王迎春面对面坐着，有一搭没一搭地说些家长里短。

“盖完了，正粉刷呢。”

“摔的是谁呀？”

“别提了，大伟不知从哪儿淘换的一个小工，没干过，毛手毛脚的。”

“老奎？是他？新来的吧？”张流苏一下子想起集上的事。

“正是他，今天第一天上工。”

“大伟在煤井上不是挺好的，咋又不干了？”张流苏又问。

“好？好啥？你是不知道其中的苦，胜男小，大妞在镇上上学，大伟连个亲哥哥、亲弟弟也没有，白天晚上、里里外外的，你是不知道我的难处。”说着说着，说到伤心处就动情了，但她马上就意识到了，有点不好意思，于是转了话题，“总算熬出头了。这不，十几年抛家舍业的，大伟自己也烦了，说是在家里开个卡拉ＯＫ大酒店，不出去了。”

“还卡拉ＯＫ？”

“是啊，大伟说是眼下最时髦的。”大伟媳妇想了想，“他还说可以边喝酒边唱歌，和电视里演得一样。挺好的一个事，还算计着盖完了就开业呢，谁知道这么不顺当？盖了个把月没事，临了，又摔了人？”

卫生室里，王拴住赶快给伤者包扎，完了，又拉拉伤者的腿，活动活动。“没大碍，没伤着骨头。”

伤者正是卖蝈蝈的老奎，他有点不大放心：“能确定没伤到骨头吗？”

“拴住叔的医道高着呢，从十四岁就行医，四十年了，十里八乡的都有名呢！”王大伟这样说，他唯恐伤者节外生枝。

“也不能这样说，要是不放心，就到卫生院拍个片子。八里多路，方便得很。”王拴住一边给伤者擦破的皮肉抹紫药水，一边谦虚道。

“有道理，隔皮隔肉的，谁也看不见，王医生说得有道理，还是去镇上拍个片子好，也省得以后麻烦。”说这话的是包工头老张，他极力要求去镇上检查。

听着也有道理，大伟决定带他去检查。

王迎春回来了，王拴柱望着那伙人的背影，朝她解释：“其实真的没啥，要是伤了骨头，根本就动不了。”

时间不长，支书回来了，但是拖拉机却没空了，王大伟恳求他先用一用，要拉着伤者去医院。支书只好又去找车，谁想第二辆车也有事，被金宝雇去了。支书摊开双手唉声叹气，张流苏安慰他，不如过两天，等大伟开业的时候，把杨关东请来，不仅见着杨关东，还可以一起带着他满村里各山上转转，事半功倍。支书心里没底：“谁知道啥时候开业？”张流苏说：“服务员都找好了，我都见着了，还能沉得住气？再说，刚刚迎春也说了，准备马上就开业。”支书琢磨琢磨道：“直接请杨老板来倒是更好！”

这天的计划就这样泡汤了。

王石榴的家在村南面，多儿搀扶着奶奶跑去了却没人，老太太说：“八成是在金宝的新家里。”她们又马不停蹄地往金宝的新家里赶。

金宝的家在村东头，是新建的前出厦砖瓦房，一走过去，远远地就听到王石榴歇斯底里的叫喊声。进了院子，王石榴正从屋里往外摔东西呢，一边摔一边哭骂着："这新房是我的，别以为给你娶了媳妇就成了你的了。我一辈子省吃俭用的，攒了钱，盖新屋，娶媳妇……为的啥？还不是为了给我早一天生个孙子？不给我生孙子，就别占着茅坑不拉屎，给我滚，都给我滚，一个我也不留！"

金宝媳妇眼看着自己的东西一样一样地被摔出来，欲上前去夺，却被金宝拉住了。"要这些有啥用？快管管孩子吧，一个劲地哭呢。没啥好留恋的，滚就滚，我这就去找车。"

媳妇啥话没说，哭着进屋抱孩子了。

"金宝哥，咋了？"多儿拉住他问。

"没法和你说，说了你也不懂。"金宝挣脱了多儿走了。

多儿一件一件地帮着把扔出来的东西收拾起来。

老太太颤巍巍地上前去拉住王石榴正摔东西的手："这是怎么了？啥事不能好好商量着说说，金宝有错回头我让他舅舅揍他。一家人过日子谁没点矛盾？说开了不就好了？值得这样？"

王石榴的手甩了两甩，差点把老太太拽倒，于是一下子像泄了气的皮球，倒在地上号啕大哭。

"倒是说话呀，还是嫌生了一对妮子？"多儿收拾完了顺势坐在她身边，重重地叹了一口气，"又不是今天才生的，也不光是金宝哥……"

说话的工夫，王迎春又牵着女儿挤进来了。于是指着王迎春说："你看人家大伟哥家不也是俩闺女，不是挺好的，谁像你这样了，也不怕人笑话。"王迎春也附和着。

"就是，她们都好，你妈更好，都好金宝才拿她们做榜样。也要培养个女秀才、女状元的，让凤凰和牡丹光宗耀祖呢。"王石榴揶揄她。

"少说一句吧，这么多人看热闹，没的让人笑话。"王迎春说。

"都不让我过了，我还怕笑话？"

"谁不让你过？怎么是不让你过？"多儿不明白。

“金贵打小给了你们，我就剩一个金宝，从小啥法疼他呀，没想到是这么个不孝顺的东西。话也没说一声，屁也没放一个，就结扎了，要不是计生协会的人来给我送光荣花，我还蒙在鼓里呢。我还有啥过头？”王石榴扑倒在老太太怀里哭了起来。

门外开来一辆拖拉机，金宝站在拖拉机上进来了。停下车一边往上装衣服被褥，一边招呼老婆孩子上车。

“这是干啥？听姥姥的话，给你妈赔个不是，过一天消消气就好了。”老太太摇着金宝的手。

金宝看了一眼老太太，眼圈就红了。一句话也没说，和媳妇一人抱一个孩子上了拖拉机。“小顺子，先别开车。”多儿咋呼着司机追了上去。可是，拖拉机早就突突突地开走了。

围观的人群三三两两地议论着，大多数随着拖拉机走了，也有几个继续留下来看热闹。多儿驱赶着她们。

“姑妈，就快二十一世纪了，何至于此呢？”等众人散尽，多儿把王石榴拉到屋里。

“多儿，姑妈不过了。”王石榴的泪水扑簌簌地往下落。

“就因为没有孙子？你到底为谁活的？”

“谁也不为，你不懂。”

“不懂？说说看看。”

“人呢，没个男孩就没有根。你奶奶常说，年轻那时，连着生了三个闺女，你爷爷看都不看，挣了钱一分也不拿回家。等到有了你爸，才像个人样了。”

没等多儿说话，老太太又拄着拐杖走过来了。想说话，王石榴把她和多儿推到了门外，自己坐在满目狼藉的房间里放声痛哭。

载着金宝一家的拖拉机爬过蜿蜒曲折的山路，驶过平坦宽阔的柏油马路，经历了两三个小时的颠簸，到王金贵家的时候，饥饿、干渴加上炎热，两个孩子烦躁不安地哭个不停。金宝媳妇一手一个抱着，嘴里哦哦地哄着，但凤凰和牡丹谁也不领情，闭着眼睛比赛着哭。汗水湿透了她的衣服，一滴一滴的不知是汗还是泪从脸上滴滴答答往下落。

“好凤凰，好牡丹，不能哭啊，奶奶把咱赶出来了，大爹家要是嫌烦不留咱,那可怎么办呀？好孩子别哭了。”金宝正和哥哥诉说自己的遭遇呢，见孩子实在不住声，就一边瞅着哥哥一边幽幽地说。

金贵也注意到了，赶忙过来抱孩子：“怎么光哭呢，是不是病了？”

“可能是饿了？”

“赶快喂呀，那还等什么？孩子喜欢吃啥？我去做。”

“还吃啥？小月月孩子吃奶还吃不好呢,能吃啥？”金宝转脸对媳妇说，“快喂奶吧，别酸了，就是要酸也得分个时候，咱都这样了……再说我哥是孩子大爹，有啥不好意思的？”

一听这话，金宝媳妇先就羞红了脸。金贵也明白了什么：“房间太小，屋里太热，咱还是到院子里说话吧。”

“别说了，先和我去找房子吧。总得先有个安身的地方，你就这么两间房，一会儿嫂子孩子都回来了，我这阵势多不好意思？”

“还不好意思？别想这么多了，关键是得考虑怎么养活她娘仨。”

“哥,咱俩想法一致。这两年我东跑西颠地给人打工,就有一点收获,‘发展才是硬道理’。”

“你咋不知羞？是你的收获吗？这是邓小平同志提出来的。”

“我知道，我的意思是别管生男孩还是生女孩，能想办法让孩子生活得好，才是正确的。当初，我不知道淑芳怀的是双胞胎的时候，我就想别管生男生女，就要一个孩子。现在一下子来了俩，就我这两下子，咱妈还让我超生，让老婆孩子喝西北风去？真是的，咋说她，简直是……简直！”一提此事，金宝仍旧非常激动。

“别说这些了，还是先想想你能干点啥吧。”

“我打初中毕业就给人家石料厂打工，自己常琢磨，咱村里到处是石头山，为什么不自己开个石料厂呢？想来想去，一是没有资金，二是道路不顺畅，怕是生产了石子卖不出去。要是有了这两样，我就开个石料厂，让淑芳给我搭把手，咱妈看着凤凰和牡丹，不是我吹牛，不出三年，别说我自己，就是油根子峪也得大变样。”金宝长叹一声，“谁知道咱妈偏偏……”

“还说不吹牛？！你以为开石料厂是小孩子过家家，这么简单？里面有的是学问……”

“学问当然有，可是，石料厂的各种工序我快干了三遍了，除了没当过总经理啥工种都干过。不信，咱俩打赌？”金宝不服气哥哥的说教，打断了他的话。

“都什么时候了还有闲心打赌？也不想想现在干点什么？”王金贵说。

“咱的孩子多，要不我批玩具卖玩具吧？又不用多少本钱，卖不了就让耀宗和凤凰、牡丹拿着玩。你说行不？”

“你别说，你这个想法倒有些意思。也别出去批发，我厂里就生产布娃娃、布老虎啥的，赶明儿我给供销科说说，要不你就先卖卖试试？”

“行。”金宝痛痛快快地答应下来。

镇卫生院里，大伟和包工头老张带着受伤的老奎正在镇卫生院做检查。拍了片子，做了脑电图，果然没事。结果出来，每个人都舒了一口气。

“这回放心了？！”王大伟说。

“没想到，那个木讷的王医生，王什么来着？还真有两下子！”

“王拴住！那可是祖传的，从十几岁就给人看病，论辈分，我该管他喊叔呢。”心情一好，大伟多说了几句。

“可是，我腰这一块疼得厉害。”老奎躺在担架上说。

“都检查了一遍了，说是有点软组织损伤，看样子得疼几天。”包工头老张说。

“那当然！你就是平地摔一跤，还会墩得腚疼咧，何况从那么高的架子上跌下来？消炎药开了不少，回家多歇几天，不就好了？”王大伟打了个粗俗的比方，又补充说，“这几天捞不着办事了，让你老婆清闲清闲是正事。”

老奎嘿嘿地笑了两声。

包工头老张想起了点什么，他看着老奎，说：“他这一受伤，干活儿的人少了，工期就得拖，你看这工钱……”

“不爽快！”大伟大大咧咧地说，“得，你也别和我斤斤计较，这医药费，我包了，若是吃了这些药还不好，我继续拿，这误工费……当然就是你的啦。”

“可是……”

“你咋这么娘儿们气？大丈夫办事，来去明白；大丈夫说话，一言为定。”

把老奎送到家，大家七手八脚地把他抬到炕上，大伟又拿出两百块钱和药一起交给正在给孩子喂奶的老奎媳妇："我是油根子峪村包煤井的王大伟，你男人给我家干活儿摔了一下，这两百块钱你给他买点吃的增加增加营养。”

老奎媳妇迟疑着："摔得咋样呢？”

“刚检查了，啥事都没有，歇几天吧，有事你到油根子峪村去找我，就说是找那个包煤井的王大伟，一问准知道。”他一边说着，一边往外走，又开玩笑地补充道，“你可别追着他办事，嗯，饶了他吧，要不，出了事我可不管。”说完了，一行人发动拖拉机走了。

老奎媳妇羞红了脸。

7

华灯初上，县城里换上了金碧辉煌的晚装，流露出城市的热情与妩媚。街头巷尾、广场公园到处都有翩翩的舞姿与卡拉ＯＫ大歌声相随。

朦胧的浪漫的神秘的夜色也浸染了杨关东的豪华写字楼。他没有开灯，仰在宽大的老板椅里，任凭落地窗里透过的夜色把自己笼罩起来。员工已经下班，整个写字楼静悄悄地躲在喧嚣的城市里，像极了他纷乱的思绪躲在沉静的姿势里。

四十多年的生命历程中，曾经多少次这样颓废过？记不清楚了。当年因为欠债被人追打磕破了头的时候，他得到的是“落后了就要挨打”的启示，以及开创美好新生活的动力；被酒店服务员欺骗的时候，他心中充满的是仇恨和拳头噼里啪啦地落在仇人身上的酣畅淋漓……直到1976年，“四人帮”被粉碎了，笼罩在他身上的阴影消失了。他曾潜回桂花峪，但得到的是张流苏已经结婚的消息。当时，他的心就像被掏空了，感到沉重的失落，他不仅失去了爱情，也迷失了自己。那天，送张流苏和王石榴回去后，他的情绪越来越坏，他逐渐地意识到，这么多年过去，虽然人到中年了，仍然无法对她忘情。但是啊，忘如何？不忘又如何？她早已为人妻为人母了，难道自己还能娶她？这个念头一冒出来，自己也吓了一跳。办公室里虽然开着空调，额头上还是渗出了颗颗汗珠。他下意识地想把空调开大点，却心不在焉地打开了收录机，屋里回荡起缠绵的乐曲，一个女声深情唱道：“孤独站在这舞台，听到掌声响起来，我的心中有无限感慨，多少青春不在，多少情怀已更改，我还拥有你的爱。”紧接着略带沙哑的男声又起：“好像初次的舞台，听到第一声喝彩，我的眼泪忍不住掉下来，经过多少失败，经过多少等待，告诉自己要忍耐……”

这是杨关东喜爱的一支曲子，发行以来不知道听烂了几盘带子了。他喜欢这首歌，这首歌特别容易跟他的情感产生共鸣，他特别赞成把人生际遇比作舞台的说法，谁的得失与悲欢不像是一幕舞台悲喜剧？但是这次聆听却让他第一次清醒地认识了自己：这些年的抗争与奋进，这些年的等待与忍耐，只是为了那段输掉了的感情。可是等待与忍耐的尽头是什么？难道还会有娶她的机会？答案自然是否定的。于是，他的心感受到空前的凄楚。

办公室里，落地钟嘀嘀嗒嗒转了一圈又一圈。不知道过了多久，杨关东从老板椅里坐直了身子，又点上一根烟，吐出一串漂亮的烟圈，他想，自己该要结婚了。

这个念头不止一次地浮起过，只不过过去仅是想想而已，之后便是一想而过了。今天似乎是做了一个重大决定，他为这个决定振奋着。他认真地思考，从自己身边的女人中搜寻结婚的对象。

他把住在自己房子里属于自己的女人想了一遍，也没有觉得有哪一个能让自己甘心把自己的后半生与她捆绑在一起，于是，他又感觉到一丝懊丧。他又点燃一根烟，用五个指头攥着，也并不把烟放到嘴里，而是任它自燃。烟雾缭绕中，他想起一个人——电视台聘用的一名文艺节目主持人。

这名主持人叫康佳，可能因为经济指标的驱使，她曾经不止一次地到他的豪华写字楼里游说他做一台专题晚会。他没有兴趣，因为他的市场虽然很大，但是写字楼里的职工并不多，多数工人都是在工地上与水泥砖头较劲的劳动力，属于散兵游勇，做晚会既没有效益也没有可操作性。对他的每一次拒绝，她都没有表现出不满，端庄的脸上始终带着沉静的微笑。有一次正巧他心境不佳，就直接告诉她晚会他不打算做，现在不做以后也不会做，不过如果她个人经济有困难倒可以考虑赞助。说完这番话他又低头做办公状，其实眼睛的余光却在观察她，他觉得自己无论是态度还是语言都糟糕透了，想知道她怎样给自己找台阶下。她的脸确实闪过一缕不快，但几乎是同时，笑容又挂在脸上了。她大大方方地说："谢谢杨总的厚爱，以后有机会的话希望与杨总合作。"没等杨关东缓过神来她就离开了。这反倒让杨关东觉得不好意思，有那么几分钟愣是缓不过神来。

当然，这点不好意思也是极其短暂的，如果康佳与他从此不再有瓜葛，他可能再也不会想起这点子小事。但是，生活有时就是这么不可思议，越是不经意的人和事就越是会常常出现。那次下了逐客令不久，在一次与业务主管单位的应酬中，他恰巧就在酒店的大厅里与盛装的康佳相遇了。杨关东多年形成的旁若无人的做派，自然不可能因为那一点点不好意思改变，他也不觉得被一个小主持人冷淡有什么不好，他就迈着中年成功男人才有的稳健步伐，挺着稍微有点发福的肚子，那么雄赳赳地从她面前走过了。可是，在房间里，等他宴请的那位老总进门的时候，他惊奇地发现康佳也来了。老总赶忙介绍康佳，并且补充介绍她的身份说是特邀嘉宾。换言之，康佳也就成了杨关东的客人。杨关东不知道葫芦里卖的什么药，程式化地站起身伸出手，康佳很随意很真诚地说："我和杨老板也是朋友，老朋友了，还用得着客气？"让杨关东的手伸着不是、缩回也不是地颇感尴尬。"这个小妮子！"杨关东在心里想，"真他妈的……"杨关东警觉起来，心里不住地猜想她与老总的关系，以及她此行的目的。整场宴会都处于备战状态，随时准备应对康佳的发难，但是却是虚惊一场。因为从始至终康佳都是很沉静地微笑着，既没有刻意描补什么，也无意于揭发什么。杨关东与老总谈话她就很安静地听着，有意无意地说几个黄段子她也不在意，既不同流合污似的参与讨论，也不故作清纯似的大喊大叫大笑。直到宴会结束之后，他在大厅签字的当口，听她与官员说了几句专题晚会的舞台设计，似乎是关于这家公司的，老总一迭声地说"好"。那个瞬间，杨关东一下子觉得自己与康佳的心灵距离拉近了，由她的锲而不舍联想到自己的摸爬滚打，暗生出一缕惺惺相惜之意……从此，心里就记住她了。

之后有很长的一小段时间，杨关东没有她的音信。有那么一个心情说不出多么舒爽的日子，他在一家洗头店里正一边洗头一边听一个与他颇为熟悉的服务员讲南宾北客在这里积攒下来的段子时，手机响了，正是康佳。

杨关东本来很舒爽的心更振奋了。可是接起电话来，却没有动静，杨关东以为打错电话了，正要挂呢，那头康佳却说话了，她说自己遇到一些困难，问杨关东能不能帮忙解决一下。杨关东问她哪方面的困难，她固执地要求见面再讲。见了面，她又固执地要求请他吃饭。杨关东颇感不快，有一种被别人当作提线木偶般的感觉，按照他的脾气，会毫无余地地拒绝，多亏那天他心情好，也就遂了康佳的心愿了。原来，她不久前从杨关东的置业小区买了一套住房，手续还没办完，现在，她想卖，不好上市，自己又急等钱用，她想退还给置业小区。这是举手之劳的一件小事，公司不仅不会吃亏，而且还有利可图，但是杨关东却沉吟着没有表态，他想听听她的解释。康佳没有明白他的心思，这天，她的脸上虽然也还带着笑，却有掩饰不住的焦灼。杨关东见她没有解释的意思，就问她房子是不是有质量问题，她说没有；又问她是不是住着有什么不方便，她说还没住呢。杨关东不置可否，习惯性地点燃烟卷，猜想她有什么样的重大突发事件需要用钱又不好启齿。康佳说其实也没有什么大不了的。原来，正值妙龄的康佳应聘后与电视台的一位编辑恋爱，都要结婚了，男方家长却不同意。他们生活在偏远山区，这位编辑是他们村里第一位也是唯一的一位大学生，儿子使他们感到荣耀，他们也就认定儿子的光荣应该是全方位的。在他们心里，自己本科学历的儿子找一个职专生做媳妇已经是不平衡了，要是这个媳妇还是农村户口的临时工，简直不可思议。本来男编辑的思想上没有那么多条条框框，但因家庭的坚决反对，最后也不得不动摇了。既不能摒弃家庭的择偶标准，又舍不得康佳，思之再三他劝康佳正式解决一下自己的身份问题。两个人冥思苦想地锁定了县里某领导，决定重金出击。可是钱从哪里来呢？卖房子成为通往未来的第一个堡垒。杨关东觉得不好发表意见，就说反正房子你终究要买，钱你可以拿去，房子呢就先挂在公司里。实际上就是允许她抵押借钱，康佳很感激。后来，结果就像杨关东预料的差不多，工作没办成，恋爱结束了，卖房的钱也损耗了一多半。本来买房的钱就是两个人合伙的，恋爱不成，康佳还给他留下一些钱，就身无长物了，县城里好像是没有她的立足之地了。那些日子，杨关东常常从电视里看到她，仍旧是神采飞扬，如果不是他了解她这段失意，肯定觉察不出她的情感和生活正处于一个相当低的低谷。这件事让他产生许多感慨，他更加认定了自己把人生比作舞台的看法，多少在别人眼里貌似张扬的生命，从前台走向后台，可能都要换成另外一种状态。杨关东建议她把房子卖了，结果经过这么一年多的时间，房价竟然涨得足够补偿她就业的损耗了，真是让她喜出望外。就这么一来二去，两个人还真就成了朋友。

手里的烟燃完了，指头感到被烟火熏烤的疼痛。杨关东把烟尾巴丢掉，开始给康佳打电话，但是拨完了号码，又犹豫着想要挂断，话筒里却及时传出了康佳极富磁力的普通话："喂，杨总吗？"杨关东只好把听筒放在耳朵上，答应着。

"有什么吩咐？"康佳幽幽地问。那场失意已经过去很久了，她的声调里仍然挤满了惆怅。

"问候一下。不好吗？"

"好。不过我还以为你要请客呢。"康佳说。

"赏光吗？"

"你知道几点了？"

"九点，"杨关东看看落地钟，"不好吗？"

"好，我等你？"

于是，两个人约好了地点。

杨关东开车在县城橘红色的路灯下穿行，心里还在想康佳的问题。他反复自问：是不是真就决定跟康佳共度余生了？结论是：应该是吧。因为除了康佳他再也想不起其他可以和他平等对视的女人了。他又自问：他和康佳之间有爱吗？结论是：应该有吧。因为他能感受得到她的依赖，他也乐于为她分忧。最后他再自问：自己的想法怎么告诉康佳呢？这确实是个难题，结婚的念头已经萌生，他目前的心境不允许自己等她慢慢领悟。

于是，他打算和康佳谈谈自己的感情世界。

他要了一瓶干红，给康佳斟上，也给自己斟上。康佳做了个鬼脸说："可以再要一瓶雪碧吗？"杨关东笑了笑说："怎么不怕长胖了？"康佳说：

"给自己的感官放一天假，难得今天心情好。"杨关东问："心情为什么这么好？"她说："因为杨总你呀，今天编节目编到饥肠辘辘，自己又懒得上街吃，正想吃根火腿肠解决一下呢，没想到雪中送炭的杨总偏就心有灵犀地请客了。"她说得很有味道。杨关东想跟她扯扯感情就说："心情好好啊，还怕你心里放不下男编辑的事呢！"康佳沉下脸说："还真叫你说着了，分手的时候说得那么绝情，此刻他娶的老婆都怀孕了，又无耻地来套近乎！"杨关东问："还有那层感觉吗？"她生气地说："他算哪根葱啊，也不撒泡尿照照。"杨关东说："你是不是有新目标了？"她说："还用目标？自打出生以来写情书的人就没有断绝过，想要哪个就要哪个。"杨关东察言观色知道她的心里仍然没有忘记男编辑。他稍微沉默一下，想说说自己的事，就说道："你的眼睛很像一个人。"他想等她问像谁时就告诉她像张流苏，等她问张流苏是谁，他就告诉她自己的那段感情经历。可是康佳没问，她说："还真叫你说着了，好几个观众给我写信，都说我像倪萍。"

这天晚上，杨关东就什么也不想提了。

张流苏家里与杨关东的心绪一样混乱。

从石榴家回来，老太太就精神不振，懒懒地躺到傍晚，竟真的病了，还发起了烧。石榴的绝望无疑给她设置了一道生活方程式，费尽了心力也仍然无解。

晚上，王拴住陪在母亲身边，一会儿试体温，一会儿量血压，一会儿摸脉搏，手忙脚乱。张流苏连晚饭也没吃，始终坐在老太太炕头上扇着扇子。老太太心里焦躁，一会儿说心里燥热得慌，让她扇大点；一会儿嫌风大了，让她扇慢一点。多儿来替她，她怕扇不匀，就让多儿去熬药。多儿去熬了，却丢下一句话："奶奶得的是心病，吃药能管用吗？"老太太白愣她一眼，她却走远了。

这些天，王长海的日子也不消停。

自从高雁把疯姐姐接回家，王长海已经好几天不爱搭理她了。娘的羊群住进了他的西耳房，家里添了一群羊和一个神志不清的人，原本干净利落的庭院杂乱无章得让他直皱眉头。晚上高雁陪姐姐睡，王长海只有和孩子睡，顺理成章地剥夺了他做男人的权利，这使他更为恼火。

这天傍晚，他下班回来，正好娘的羊群进家，从老远就闻到刺鼻的膻臭，进了院子高虹又疯疯癫癫地摸摸这只戳戳那只，他厌嫌地不愿多看一眼，放下车，一刻也不停地转身走了。出了大门却不知朝哪儿走好，犹豫了半天，还是到娘家里去了。

他满上一杯酒，边吃边喝。娘吃得快，早早地吃完了没有事干，忍不住又哼起了她的周姑子小调。本来他对娘的小调不感兴趣，觉得她叽里呱啦的太烦人，可是今天，带着淡淡的酒意，他发觉原来周姑子小调也别有一番意味。

"……正在寒窑读诗篇，不觉一阵饥来一阵寒。蒙正贪把书来念，不觉日出高三竿。回过头来拿着书三本，官街讨饭不忘圣贤。迈步从把寒窑离，回手又把门来关。"娘比画着关门的架势，她唱的是油根子峪妇孺皆知的传统剧《彩楼记》，"汴梁城改作开封府，四大人总登宝金銮。出了家九头太岁名刘茂，所养一女刘瑞莲，刘小姐年方一十八岁，彩楼以上选夫男。吕蒙正站在官街上，看了看那边厢走过一些接彩的男。"唱完一段又唱一段："吕蒙正站在官街上，上下打量接彩的男。南来的公子与王侯，北来的居街官生员。名门之子宦门后，都是老者后来少者前。我在此处莫久站，随人等来到彩楼下边。蒙正站在彩楼下，打量彩楼真壮观。高扎彩楼一丈二，五色彩绸下边悬。忽听耳旁动笙乐，看了看彩楼上撮出位美天仙。吕蒙正站在彩楼下，打量官姑好容颜。有着一副芙蓉面，面如桃花三月鲜。小姐不用巧打扮，好一似月里嫦娥出广寒……"

王长海先是感慨娘的好记性：这么长的戏文竟是一点也不结巴；又感叹娘的好兴致：爹爹早年去世，她白天还赶着羊群满山满峪地转，可是此刻却是一招一式有模有样的一点也看不出倦意。随着娘的小调，他也进入戏的意境中去了。

"……南山顶上起乌云，几家富来几家贫。穷的不能穷到底，富的也不能扎住根……”娘越唱越有劲头。

他从吕蒙正忽然联想到自己，家事显赫的刘瑞莲选择了长街要饭的吕蒙正，多么像当年高雁爱上窘困的自己。一时间，当年的恩爱缠绵涌上心头。

“刘瑞莲送丈夫寒窑前，”老太太的戏文已经接近尾声了，“一见吕郎进京门，倒叫瑞莲挂在心。去上一年等一载，去上两年盼两春。他要是一辈子不回还，我情愿守到白头到老也不变心。”王长海觉得娘的唱词好像是高雁在唱自己的心声，他可以肯定，如果历史倒流，刘瑞莲的义气肯定会在高雁身上展现得同样淋漓尽致。想到这些，他觉得心潮激荡，急不可耐地回家去了。

王长海的家里亮着灯，媳妇和姐姐并排着躺在床上唠家常，王长海想推门进去，又觉得不太稳便，就坐在窗下。

“妹呀，咱的羊群怎么就剩这么几只呢？不行，我得去找找！”姐姐忽然想起了什么，就要起身。

“这不是咱家的羊。咱家的羊在老家呢，咱现在不是到山东来了吗？”

“是咱的羊，那回，你留住哥还买了咱许多只呢，还算错了账，多给了钱，我去给他送……”

“就是，送去以后你就跟他回了老家。回了老家你觉得这里生活比以前好，就打信让我和弟弟都来。”妹妹提醒姐姐。

“我想起来了，后来你看上了海子，海子那时候真寒碜，脚上的黄胶皮解放鞋啥时候都露着脚指头，从没有新过。你留住哥还给了他一双军用胶底鞋，他还舍不得穿，非留着娶媳妇……”姐姐的脸上又泛起了幸福的光，“妹呵，你总也不告诉我，咋就看上了海子呢？他人又黑，又不俊相，还不大说话，除了个子高一点还有啥优点？我总想给你找一个你留住哥那样的，让你跟了海子，我一直觉得对不起你，对不起……”

王长海坐在窗下心里泛起一阵阵烦恼，蚊子嘤嘤嗡嗡地在他眼前乱飞，不时在他的脸上背上咬几口。他想走，又有点不甘心，摇摆着手拍拍蚊子，继续坐着想知道妻子怎么说自己。高雁买的敌敌畏兑好了水就在窗台放着，但他不敢用喷雾器打，怕惊动屋里人。

“不能这么说，海子有海子的好，他爱惜我，他……不说这些了，姐，你刚才说我嫁给海子的事，还记得弟弟吗？我和弟弟一块来找你，弟弟跟留住哥一块去煤井干活儿。”

妹妹盯着姐姐的脸，想看看姐姐的表情和反应。院子里传来一阵羊叫声，姐姐“嗯”的一声爬起来：“不行，羊跑了，我得去看看。”妹妹怎么劝也劝不住，只好跟随着一块去。

听见她们要出来，王长海在窗子下面坐不住了，他悄悄地溜进儿子屋里。儿子已经睡熟了，他怕惊醒他，侧着身轻轻悄悄地躺下，竖起耳朵听着那对姐妹在外面折腾。

不知道过了多长时间，王长海好不容易等到高雁把姐姐哄进屋里，又好不容易把姐姐哄到床上。听到那边没动静了，他蹑手蹑脚地走进去轻轻推开门，来到妻子床前，俯下身子，刚要叫醒妻子，妻子的手早已捂住他的嘴。王长海趁势抱着妻子走了出去。

他抱着妻子来到儿子房里，把妻子放在床上。把嘴凑到妻子耳朵边上：“雁子，我给你找了个结拜的好姐妹。我看你和刘瑞莲拜交吧？”

“刘瑞莲是谁啊？”高雁对《彩楼记》不熟悉。

儿子小宝翻了个身，嘴里还含混不清地说了句梦话，王长海赶紧把后面的话咽进肚子里，屏住呼吸。

过了一小会儿，他确定儿子没醒，凑过去要继续说。妻子又一次捂住他的嘴。没办法，王长海只好抱起妻子来到院子里。

“好几天不搭理我了，不理就不理吧，又来理我做啥？”高雁酸酸地说。

王长海坐在刚才坐过的小凳子上，把妻子搂在杯里。听她这样说，赶快用嘴堵住妻子的嘴。

“谁不搭理你了，你是光要姐姐不要男人了，你这狠心的女人。”

“谁不要你了？姐姐精神不正常我看你也有点……”

“你刚才说刘瑞莲？”高雁说到这里，忽然觉得这样说不好，就又转了话题。

“是啊，你就是我的刘瑞莲。”说着就动手动脚地扒拉高雁的裤子。

"你倒说清楚点啊？啥时候学得这样没出息？"高雁惦记着刘瑞莲的事，但是并不阻止他。

"一出戏呢！"王长海含混不清地说，"啥叫没出息？男人和老婆办事天经地义，男人不弄老婆弄啥？"

王长海的院子里又是一阵羊叫声。紧接着，门"吱扭"一声响了，高虹推门出来了，可是王长海两口子没发现。

她披散着头发，身上围了一床布单，走到院子里学着羊的声音叫了一声。站在当院里，月光下活像一个幽灵，把王长海两口子吓了一跳。王长海本能地爬起来，同时高雁也挣脱了丈夫的怀抱，一骨碌坐起来。

"我以为谁来偷羊呢，原来是你！"高虹好像发现了新大陆，对还没缓过神的王长海说，然后挽着妹妹的胳膊回屋歇息了。

"唉！"王长海重重地叹口气，惊魂未定的他这才反应过来，在院子里点上一根烟，在夜幕下恹恹地坐着。

清晨，凉爽的风吹过山坳里的油根子峪，油根子峪在一阵阵的鸡鸣中苏醒了。

王长海的院落里飞来几只知了，站在树枝上一声接一声地唱着"没有麻"的歌。首先醒来的是高雁，她像往常一样麻利地做好了王长海的早餐，又开始打扫庭院。

王长海的娘来了，她赶着羊群，哼着周姑子小调，啪啪地甩着鞭子走了。

高雁到儿子屋里，一夜没睡的王长海假装闭了眼睛。高雁小声喊他："海哥，该起床了。"

王长海翻个身继续睡。

"海哥，还去上班吗？"妻子又在他耳边喊。

王长海起床了，眼睛肿胀胀的。刷牙、洗脸，然后坐在昨晚坐过的小凳子上吃饭。

高雁挨在他旁边，蹲在地上和面，看样子是要蒸馒头。

"海哥。"

王长海没吱声。继续低头吃饭。

“海哥。”高雁又喊了一声。

“干啥？”王长海扒面条，连头也没抬。

“海哥，你啥时候歇班？”

“干啥？”

“玉米该施最后一遍肥了，别人家的差不多都完事了，尿素早买了，要是你最近能歇班，我借盘桨子，把尿素桨上？”

王长海不吃了，他抬起头，愣了愣神，又继续吃。

“嗯？”高雁催问。

“男人挣钱，女人种地。——你想咋种就咋种吧，和我商量啥？”

“可是，桨尿素一个人没法干。”高雁非常委屈，“别人家也是一个人拉桨子，一个人扶桨子，咱不也一直是这样干？”

王长海吃下最后一口面条，站起来，披上衣服，推着摩托车，走了，边走边留下句话：“谁让你一个干了？你和你姐难道不是两个人？”

高雁听了这话，愣愣地呆住了。

太阳渐渐升起来了，王老太太的病情稳定下来了，早早地让张流苏搀到大门过道里坐好。

“你刚才说啥？长海屋里的不让留住屋里的回来？”老太太拄着拐杖竖起耳朵。

“嗯。她说，这几天很见成效。”张流苏回答。

“啥成效？”

“她说高虹快想起来过去的事了，她天天逼着高虹想，她觉得高虹只要想起留住没了的事，肯定病就好了。”

老太太欲言又止，停了一会儿，又说：“明天你再去接她，一定让她回来，别让她病得更厉害了。”

“嗯。”张流苏答应着。

“拴住屋里的。”老太太望着门前的树冠。

“妈，啥事？我听着呢。”张流苏说。

老太太叹口气，又不说话了。

“妈，该吃药了，您进屋里去吃，还是我拿出来？”

“等会儿吧，我想在这坐一会儿。苦汤苦水的，喝不喝的没啥意思。”

“还是吃了好，多儿他爸说还能增强抵抗力呢。我给你端出来吧。”

张流苏一只手端了一只粗瓷白碗，里面盛了半碗药汤，黄黄的，黑黑的，黏糊糊的；另一只手拿着一只细高玻璃杯，里面盛满了大半瓶白糖，指缝间还夹了把小勺。

“都说人老了味觉就不灵了，吃不出香臭，我就不行，一辈子吃苦吃多了，一闻见这些苦药汤子就打怵，真是愁着咽不下去。”老太太不接药，张流苏只好端着。

“你一天没正经吃饭了，身体扛不住呀。赶快吃点药病好了，一家人才能奔好日子呢。”

“是呀，是该有好日子了，你也该歇歇心了。”老太太接过药，屏住呼吸往肚子灌，吃完了，苦得她张着嘴。张流苏赶紧舀了一勺糖，给婆婆塞进嘴里。

张流苏又赶紧端了半茶碗清水过来：“妈，再冲冲。”

“留住屋里的不在家好几天了呢？”老太太接过水，并没急着喝。

“连今儿个十天了。”

“才十天？我觉得老大会子了。”

“妈，你不生她的气了？”张流苏想起高虹点的那把火。

“我和她生气了？”老太太非常诧异，喝下了水。

张流苏不吭声了。

“好歹是家里一口人，是留住的爱心肉……”老太太自言自语着，没多久，眼里就蓄满了泪，“她刚跟留住来那阵子，谁不夸赞？长得又俊，脑子又灵透，心眼还好使，谁想得到竟是这样的命？”想起了往事，也就触动了心头的至痛，她嘴角无声地翕动着。

“妈……”张流苏想劝劝老太太，但又觉得无从说起。

“有时候她迷糊得紧了，留住长、留住短的，堵得人难受，实在忍不住了，没有好话和她说，偶尔也骂她丧门。可是，妈心里并不糊涂，人常说：黄泉路上无老少，长胳膊拉不住短命的……”提起留住，老太太更恼了，老泪纵横着。

“别想这些了，这么多年了。”张流苏给婆婆擦擦脸。

“这个没有忘的时候，多少年也忘不了呵！留住一走，就把我的心尖子揪走了，”老太太在心口比画着，“受不了呵，也难怪她疯了呵，生龙活虎的，两个人好得和个蜜罐子似的，说没就没了，谁受得了呵？”

“妈，您还病着，不能太伤神了。”张流苏的眼睛也湿润了。

“也不知道她这两天过得咋样？”老太太使劲喘口气，擦擦眼泪，努力克制自己。

“前天在地堰角上，我和多儿看见她了。她和高雁下地去，半精神半迷糊的，看见棉花结桃子很高兴，还对我说帮妹妹干几天活儿就回来帮我拾棉花呢。”

“她心眼好着呢，又和你一样干活不惜力。”老太太又想起了什么，“长海屋里的怎么放心她下地？”

“她说要帮她多想想。盼着她姐能好起来呢。”

老太太摇摇头，又摇摇头：“甭指望了。”

大家沉默了一会儿。

“妈，屋里去吧，外面越来越热了。多儿他爸说风热也能感冒呢。”说着，张流苏伸手去扶老太太。

老太太顺势站了起来，在儿媳妇的搀扶下回家了，边走边说：“早一天去接她回来吧。”

“嗯，我也这么想。”

“留住统共留下两口人，都是心头肉。金福大了，也快娶媳妇了，娶了媳妇就有人疼了。剩下留住屋里的，住长海家总不是常法，她是咱家的一口人，咱不疼她谁疼她？”婆媳俩说着话进了屋。

8

又是一个火热的日子。

早晨太阳刚一出来，就烤得人睁不开眼，临近中午则像一只巨大的火球当空悬着，即便坐在树荫下，也同样烤得人喘不过气。

在这样的一个日子里，王大伟的“过把瘾大酒店”准备开业了。

过把瘾大酒店坐落在油根子峪与外界相通的唯一的一条石子公路的路边，与油根子峪村卫生室斜斜地相对着，背靠一座不大不小的小山，上面长满了各式各样的自生的小植物，有酸枣、山榆、赤粒子，也有柿子、山楂、荆蒿……都稀稀落落地挂着青涩的果子。树叶间，蝉儿、鸟儿不知疲倦地高唱着，与草丛间的蚂蚱、蝈蝈等各种昆虫的啼叫相呼应，生趣盎然。

过把瘾大酒店是新建的一溜七间二层尖顶楼，一楼是一个餐饮大厅和三个卡拉ＯＫ单间，一间老板卧室兼办公室，二楼全部是休息室，另设两间服务员宿舍。王大伟还做了一件在油根子峪历史上可谓开天辟地的大事，那就是把厕所建造在卧室、休息室里，还无一例外地装上了油根子峪人很少见过的坐便器。当然这不是他的创举，是他博采城市乡村众家餐饮单位之长的结果，却也和油根子峪人自古的建造格局大不一样。在油根子峪，厕所是被认定为传说中的“五鬼魅”位置的，不是“东南大门西南圈”就是“东北大门东南圈”，或者“西南大门东南圈”“西北大门西南圈”云云，总之，厕所绝对要与住室远远隔开。所以，王大伟的设计令前来观光的老少爷们大跌眼镜，也算是他力排众议之后的标新立异之举。与厕所相较，厨房就显得草率极了，很随便地在楼房外面靠墙旮旯里搭建了一个临时棚子，算是操作间和仓库。难怪油根子峪许多人笑话他："这不是不识倒正了吗？这吃喝与拉尿怎么能安排反了？"

过把瘾大酒店的墙外皮全部被粉刷成粉红色，二楼屋檐上面一溜一米来高的墙沿上用大红油漆书写着"过把瘾大酒店"六个大字，不太规范，甚至还有点大小不一，像是一位不太熟练的小学生生字本上的杰作，字的周围还装了一圈红光闪闪的霓虹灯。大字左侧画了一只话筒，写着"卡拉ＯＫ"四个小字符；右侧画了一幅半裸的女像，女像右侧不显眼地写着两行小字："十元钱吃饱了，一万元能花了。"远远地望去，好比是一位打扮得野里野气的村姑，又戴上了一顶最新潮的帽子，看上去不伦不类，令人啼笑皆非。

与过把瘾大酒店极不协调的外表相比较，王大伟聘请的三位服务员就要场面得多了。王大伟从县城制作的统一服装，她们一色的软缎面料无袖旗袍，大红底子衬着金色的凤凰牡丹花，显得庄重、气派。只是不太合体——开衩又高，于是每人都露着一段一拃多长的大腿。梳着假小子短发的姑娘叫作霞子，身材胖了点，窄窄的旗袍胀得鼓鼓的，非常容易令人联想起著名作家莫言最著名的四个字：丰乳肥臀；绾着髻子名叫莺莺的，身材又瘦小了些，长长的旗袍几乎要拖到地面了，肥肥大大地罩在身上。只有小贾穿着得体，只是她的爆炸式烫发疏于整理，乱蓬蓬的恰似草滩中的马蜂窝。

对过把瘾大酒店的开业，王大伟显然是颇费心思。他邀请各行各业的贵宾，有村党支部书记，有他过去包煤井时候认识的领导、同行、各方狐朋狗友和业务友好，还有村里经商的、建筑的……各色大大小小的老板，顺理成章，王长海和王拴住自然也在里面。虽然在这个场合，支书略显拘谨，但他也当之无愧地算油根子峪的"名流"。当然，为了抬高身价，他也没忘记以自己和张流苏的名义把杨关东郑重请来。

为了迎接杨关东，支书让张流苏陪着，早早地就来到酒店门口等待。

从吃过早饭，油根子峪与外界相通的唯一的那条石子公路就源源不断地开来各式汽车，到中午时分，已经在酒店前面排起一条长龙，红色的、黑色的、白色的、墨绿色的，轿车、面包车、越野车，还有一辆在众车国里鹤立鸡群的翻斗车……在蜿蜒的盘山公路上依次排开，形成一道壮观的风景。

王大伟携同他的三位服务员笑容可掬地立在门口。霞子和莺莺一左一右站在大门两侧，左右手互相握着自然垂放在小腹部；王大伟双手合十，做好了对来宾作揖的架势；小贾则斜挎着小坤包，左手拿一叠整齐的粉红纸，右手握一支签字笔，随时记录来宾的贺礼。在众宾客中，杨关东来得较迟，他的车只好依次放在其他车辆的后面，走过长长的一小段石子路，才是大伟的酒店。

一看见他的车，大伟迎了过来，停下车的工夫，村支书已经三步两步跑上前来，反而把张流苏落在后头。

“我刚才还在想呢，你这始作俑者要是胆敢不来，我就敢找遍你的鸳鸯巢！”大伟开玩笑道。回头看看支书，介绍说，“这是我们村最高党政长官……”

“我叫王东升。你就是杨老板吧？我和流苏可把你盼来了！”说完了，盼着流苏帮他说说话呢，回头一看流苏正朝这里紧走慢走。

“啊，听说了。你想搞开发？”杨关东应付着。

“他呀，想开发想得都睡不着觉了。可也是，祖祖辈辈的老山坡，一千年一万年还是老样子，谁不想把它建设得美一点？！”张流苏走上前。

说话工夫，王大伟招呼小贾过来迎接，小贾小跑着过来，她穿着高跟鞋走在石子路上，像是缠了脚的老太太，惹得旁边看热闹的老少爷们不住笑。小贾从大伟手中接过红包，拆开点点放进背包，然后熟练地拿起笔歪歪扭扭记下：关东置业公司杨老板。

“有想法就好，有想法就有希望。”杨关东鼓励支书。

“那你可得帮忙啊！”听了杨关东的话，支书几乎要喜极而泣了，“我带你到山上走走，看看是不是值得你投资。”

杨关东还没说话，王大伟不干了：“这样可不行，走走也好，看看也好，总得等我开业以后吧，你要走了，谁给我主持呢？！”一边说着，一边簇拥着杨关东进了酒店。

张流苏随即转回了家。

十一点左右，客人基本上都到齐了。开业典礼计划十一点五十八分正式开始。

过把瘾大酒店门前摆满了大大小小的玻璃壁画，每幅壁画上都贴着一张或粉红或大红的纸条，上面写着各式各样祝贺的话。

在形形色色的客人里，王长海不仅作为较有成就的建筑业工头，而且是王大伟从小要好的同学，所以，他不仅参加了这一隆重邀请，还手脚麻利地调音响，挂鞭炮……干一些杂七杂八的零活儿。最后一个到场的是王拴住，因为职业的缘故，比起其他的客人，他是姗姗来迟了。

高音喇叭时而播放着铿锵有力的摇滚乐，时而播放着缠绵悱恻的情歌，在油根子峪的上空飘荡着，回旋着。

过路的行人自然要停下看看热闹再上坡干活儿；下坡回家的农民也都拄着锄把，找一角阴凉看一看油根子峪多年少有的盛况；放暑假的学生、闲来无事的老人、看孩子的妇女也都三三两两聚拢来。

在人群中，大伟的媳妇王迎春牵着女儿胜男的手也在中间，本来她觉得自己作为过把瘾大酒店的女主人应该忙活忙活，可是又实在想不出应该干点什么。她会做的，三位服务员小姐都干好了；她不会做的，三位小姐也都做好了。但是她又觉得自己应该不同于看热闹的任何一个人，与他们相比，自己作为女主人应该感到幸福、快乐，应该是被他们羡慕的。于是她站在门口，距离鞭炮、壁画最近的地方，张嘴做微笑状，似一位最友善、最热情、最亲切的看客。

张流苏领着多儿从棉花田里回来，也目睹了这一盛况，一瞥间看见了杨关东的汽车。“这是你那位叔叔的车。”张流苏告诉女儿，“那天，就是这辆车给我把箔拉到集上去的。”

“你知道这是什么汽车吗？这是红旗牌。当年毛主席就坐红旗车。”多儿说，“叔叔用红旗车给你拉秫秸箔？”

张流苏没应声。酒店门前的石子路上，王石榴穿了一身海蓝海蓝的人造棉面料做成的衣裤，飘飘悠悠地在街上走，吸引了许多人的目光。王迎春说："你的衣服真好看，多少钱？还从来没见你穿过这么好看的衣服呢。你怎么舍得？"

"原是呢，我舍不得。打小我就舍不得，可现在我想开了，也就舍得了。都绝户了，我给谁省着？"

"金宝有消息吗？"张流苏站住了脚问她。

"还能上哪儿去？开拖拉机的小顺子回来说了：受明人指点投金贵家去了。不说我也知道，这里头有高人指点。"说着有意识地看了张流苏一眼，"我不怕，都穿一条裤子，挤对我我也不怕，都是从我肠子里爬出来的，我还怕他？我早给金贵捎信去了，做好人不要紧，先把借我的钱还我，金贵娶媳妇时还借我一千块钱呢，别又装好人又装没事人。我怕啥？赶明儿我兴许还把新房子卖了呢！"

"妈，尿尿。"女儿胜男拽拽她的手，见她没反应，再拽拽她的手，重复一遍，"妈，尿尿。"

"都五岁了，尿尿还不会？自己去。"大伟媳妇有点不耐烦。

"到哪里？"在这么大场面里，胜男有点怯生生的。

"进去找找。"大伟媳妇对女儿的表现非常不满意，她指着大酒店和门口的服务员对女儿说，"知道吧，这是咱家开的，这些俊女人是咱家雇的，现在老板是你爸和我，将来就是你和你姐，自己进去找找吧。"

胜男似乎没有听懂母亲的话，她东张张西望望，迟疑着不敢进。没办法，大伟媳妇只好拉着女儿的手一块去。过了五六分钟，没有发现目标，只好又出来了："兴许是你爸没盖厕所，到屋后头小山上找个地方吧。"她这样告诉女儿。

离十一点五十八分越来越近，喇叭越来越响，日头越来越毒，一丝风也没有，三名女服务员的软缎红旗袍几乎被汗水浸湿，沾在身上，越发的散发着诱人的女人气味，脸上的汗一道一道的，把白色的粉、黑色的眉、红色的腮湿得一塌糊涂。人群叽叽喳喳地谈论着，指手画脚地议论着，不时爆发出一两阵笑声。

“大伟这小子还真行，没个几十万谁敢张罗这阵势。”

“谁想得到？他家世代贫农，祖祖辈辈给人扛活儿，他爹王狗蛋活着时三棍子打不出一个屁，恐怕做梦也料不到儿子这辈能发这么大家，还雇了三房女人？”

“难讲得很，大伟活脱脱一个败家子，咱油根子峪什么地方？鸭篮子不下蛋的地方！开个大酒店？谁来吃呢？”

“确实难讲。没听说时下城里有钱人都讲究绿色消费？说不准都愿意到这里来呢，空气又好……”

“卡拉圈凯什么意思？”一位中年女人指着招牌中的“卡拉ＯＫ”四个字符问。

“老外，那是卡拉‘欧开’，就是唱歌跳舞，总之是学习欧洲开放的生活方式的意思。”一位中年男人回答。

十一点五十八分，喇叭里高亢的乐曲停止了。一阵鞭炮声过后，喇叭里传来了村党支部书记的声音，他站在门口一张长条桌背后，清清嗓子，开始主持开业大典。他展开一张折叠得整整齐齐的信纸，念道——

铜锣咚咚敲，鞭炮震天响。

在这艳阳高照的大喜日子里，王大伟同志的过把瘾大酒店胜利开业了。今天我作为代表前来主持开业大典，由于时间匆忙准备不好，请给予充分谅解。套用一句比较流行的话就是：主持得不好，请喜欢。

各位女士，各位先生，各位父老爷们！

进行第一项：鸣礼炮。

又是一阵噼噼啪啪的鞭炮声。

喧嚣的人群中，谁也没有注意到公路上走来一位陌生的女人，她似乎也没想到在油根子峪能遇到这样的场面。走到一棵树下问一群拄锄把的农民：“大哥，认识包煤井的王大伟吗？”

鞭炮太响，他们费了好大劲才弄明白她的问题，好不容易等鞭炮停了，他们才指着酒店门口道："不认识？在那边！"

也有人使劲往里传话："王大伟，有人找！"

说话工夫，王石榴认出了她，走了过来："老奎屋里的！你的儿子呢？长得好吗？"拉着她的手嘘寒问暖。

老奎媳妇却心不在焉，她努力地在人群中搜寻王大伟的影子。

村支书的主持稿继续着。

听到叫喊，王大伟东瞅瞅西望望，没发现什么异常。老奎媳妇却早已认出了他，快步走到他跟前。

"可找到你了。"她眼中露出一丝笑意。

"你是……"王大伟一犹豫，很快就想起来了："对了，是你！好了吗？他没来？这么远你还跑来，找个地方歇歇，等一会儿到店里喝酒！"他爽朗地招呼。

"不，不，他病得厉害，得去住医院。"

"怎么会呢？不可能！不是检查过了吗？"大伟露出不快。

"可是，他，他……"中年女人一时说不清楚。

所有的人都竖起了耳朵，想要听清楚他们的对话。支部书记的主持也停下来了。大伟意识到了什么，他同中年女人一起来到人群外围，边走边向王拴住打个手势，示意他一块过来。

不少人又围拢到这里，王石榴也跟着过来了。大酒店门前顿时冷清了许多。

"你说啥事吧，当时你男人给我干活摔着的时候，拴住叔先给他包扎的，没大碍——今天拴住叔也在这里。"大伟指指王拴住，又说道，"随后又到镇上检查，也没伤筋也没动骨的，咋会病得厉害呢？"

"他，他……"女人当着那么多人不免有点紧张，也有点拘谨。

"他怎么了？你沉住气，慢慢说。"王拴住劝她。

"他腰疼得厉害，白天晚上都睡不着觉，下不了床。今天早上我给他倒便盆，吓了我一跳，里面红花花的，净是血，可不得了了。你们救救他吧！"说到最后，那女人泣不成声了。

“再怎么救？检查也做了，药也拿了，营养费我也给了……要不，要不……”王大伟非常不耐烦，他用手指头梳理一下油亮亮的头发，一脸的无可奈何。他拿眼望望她，又望望王拴住，示意王拴住帮他解解围。

“他……血尿从什么时候开始的？是从刚摔了就有，还是才有？”王拴住问。

“我不知道。当时觉得反正也没啥，不过歇几天就好了，就没在意，今天早晨才发现。这是咋回事？”

王拴住略一沉吟，说：“上医院去看看吧，查个尿，再不行做个彩超。”

女人恳切地看着王大伟。

“这么的吧，”王大伟听了王拴住的话意识到情况有点严重，非常果断地说，“你赶快去找那个建筑队的头头老张，让他处理处理，我工钱早付了，实际上与你家男人已经没有关系，他的情况应该归建筑队管。我呢……你也看见了，我的大酒店已经开业，实在忙得紧。出于同情，乡里乡亲的，给你几百块钱先去看病吧。”他顺手掏出几百元钞票，递过去，走了。

老奎媳妇接过钱，张张嘴却没说出话。王拴住跟着王大伟走了，可是，没走几步又转回身对老奎媳妇说：“赶快去吧，不能再耽搁了，肾，是生命之本。”

“咋能有这样的事？真是好人没好运。”王石榴在心里为老奎抱不平。

过把瘾大酒店门口，开业大典已经进入了尾声，村支书不住地擦汗，眼睛越来越小，但声音依然洪亮：“开业大典进行第六项：请来宾代表讲话。”念完了他环视四周，见毫无动静，又继续说道，“这样吧，我代表大家讲几句。过把瘾大酒店的开业，是我们油根子峪开天辟地的大好事，也是划时代的大好事，不仅为老少爷们搞经济做出了样子，更重要的，还为我们油根子峪村带来了很多尊贵的客人。”支书顿了顿，又讲道，“尤其是关东公司杨老板的到来，真是我们全村的大喜事。我们相信他肯定会伸出友谊的手，把我们村建设得像杏花峪一样美好……”他絮絮叨叨，王大伟沉不住气了，不住地咳嗽，他看王大伟一眼，继续说道：“好，我明白你的意思。除了这些客人，还给我们引进了三名高贵的人才。”说到这里，指指三位服务员，“以后呢，希望你们常住‘沙家浜’，把油根子峪当故乡。这个，这个……”

他有些语塞，一起想不出合适的词，于是马上调转话头，清清嗓子，即兴发挥：“开业大典进行最后一项：请各位来宾就餐，希望大家吃好、喝好、唱好、跳好，常来光临。”说完了，他带头拍起了巴掌。

围观的人群有的恹恹地散了，有的感到不够尽兴一边走一边回头看。

客人已经晒坏了，一听这话，蜂拥着往大酒店里挤。三名服务员被挤在中间，几只粗糙的手乘机不太规矩地在她们身上摸来摸去。先是一只不知是谁的手在霞子肥肥的屁股上扭了一把，紧接着莺莺的脸、小贾的胸都被揉搓了几下，人群中接二连三地发出了几声女人的尖叫。

王大伟沉不住气了，他四处逡巡，三名服务员早已淹没在男人堆里，小贾的爆炸式在人海的旋涡里飘浮着，于是他拿过话筒，连续喊话：“大家静一静。”可是他已经控制不住局面。

“闹一闹何妨？权当闹媳妇吧！”人群中不知是谁喊了一声。

王大伟见自己的话毫无效果，放下话筒，挤进人群，仗着自己身材不甚高大，从人缝中钻过去，抱住小贾就往外冲。

“大伟，又不是你媳妇，怎么不让闹？”人群起哄。

“小贾不一样，小贾坚决不能闹，在外混了这些年，谁也得有个红颜知己吧！”大伟抱着和他身量差不多高的小贾，使出吃奶的力气才冲出重围，一边解开衬衣扇风，一边告诫大家。

王迎春领着女儿胜男站在酒店大厅一角看热闹，她像是不懂大伟的话，也像是没听见，呆呆地傻傻地看着。

过把瘾大酒店的开业宴席非常丰盛。油根子峪的男人们好像从这里平生第一次领略到生命的色彩和生活的美好，于是，每个人都是艺术家，都能通过话筒发出生动的歌声，都能搂着服务员神采飞扬地舞蹈。

娱乐是从莺莺的一曲《你究竟有几个好妹妹》开始的。“伴舞，王大伟，伴舞！”人群中不时有人叫喊。但王大伟始终微笑着站在距离小贾最近的地方。一曲终了，他走上台，举起话筒模仿某些明星的样子说："感谢大家，感谢各位，万忙之中前来助兴。下面我和小贾女士为大家献上一首《选择》，祝大家心想事成，万事如意，也祝过把瘾大酒店永远像今天的太阳一样红红火火。并且，希望大家常来过把瘾，希望大家胸阔藏锦绣，希望我的酒店红火留幸福。"

又是一阵哄堂大笑。

在王大伟演讲的同时，小贾飘然走到莺莺和霞子身边，伏在耳朵上不知说了点什么，两人点点头。

音乐声起，小贾飘然走到王大伟身边，相拥着唱起歌。

台下莺莺和霞子分别去邀人跳舞。来到杨关东身边，支书却给他挡驾了："找别人，我跟杨老板还有重要事情要谈呢！"

莺莺和霞子只好去邀别人。被邀的人开始有点扭捏，有点拘谨，常常不小心踩了她们的脚，逐渐地，在喝彩中找到了感觉，神采飞扬起来。

宴会的气氛非常热烈，每个人都有些激动，都在狂饮豪歌。美酒、佳肴、轻歌、曼舞、美人……好像谁都抵挡不了这样的诱惑。

应该说，这是油根子峪的男人期盼已久却从来不曾领略过的境界。

宴会一直持续到晚上。

大伟媳妇像观看电视屏幕，但目光时常在人群寻找大伟的行踪。她领着女儿固执地停留在大酒店，大伟催促了几次都不肯离开。

在油根子峪这场旷古未有的欢宴中，王长海夹杂在人群中静静地坐在喧嚣的角落里，其感觉颇为复杂。

王长海是王大伟的同龄人，都是穷人的孩子，两个人一块拔草，一块拾柴，一块光着腚长大，上学的时候同在一个班、同样品学兼优、同样被老师喜欢。毕业那会儿正赶上改革开放，大伟父母去世得早无人牵挂就跟人做了挖煤工人，长海则因为母亲的干涉没能同去，后来到建筑队当了学徒工。近二十年过去了，王长海扪心自问，自己确实比不上王大伟。他一边观看大酒店里应有尽有的设施，一边从内心里佩服王大伟的头脑灵活。凭他的直觉，过把瘾大酒店开的真是时候，这样的地理环境，这样的装备设施服务，正对了许多人的胃口，他相信，过把瘾大酒店生意一定红红火火，王大伟肯定马上就要大发特发了。想到这些，心底不由得冒出一阵阵英雄落魄的惆怅。他默默地算计王大伟的财产，光建设过把瘾大酒店再加上配齐彩电、音响等硬件设施恐怕就得十几万元，想到这里，再看大伟挥金如土的样子，他自言自语了一句："大伟这小子，到底积攒了多少钱？真是估不透的财主！"

转念间，他又想到自己，与王大伟相比，积攒的钱就太少了，恐怕连大伟的一小半也不如。即便是这样，父母和哥哥还经常老板长、老板短的麻痹自己。"哎，真是扯淡！"他恨恨地使劲地将烟头摔到地下。

王大伟邀请他唱歌，他学着城里人的样子咬着舌头唱了《爱拼才会赢》，末了，还动情地补充道："这首歌献给事业有成的大伟，并以此鼓励事业差得远的自己。"

王大伟让霞子邀请他跳舞，他有点放不开，极力拒绝，说："扯淡，真让我跳，就让小嫂子小贾陪！"

"规格还不低，我想和小贾跳还得问她同意不同意呢，挺聪明个人咋这么不明白？！"大伟骂咧咧地说："真不够哥们，真不跳？！"

王长海最终还是跳了。他拥着霞子，霞子不知抹的什么高级化妆品散发着强烈的香味，一阵一阵往他鼻孔里钻，弄得他不敢低头，肥肥的胸部几乎贴到了他身上，一蹭一蹭地在他胸前蠕动，使他的身体本能地被一阵一阵的冲动控制着，冷汗从手心里往外冒。一曲终了，他如释重负地回到座位上，和别人一起喝酒、吃菜。

"来，长海，喝一杯，今天，咱哥俩不醉不罢休。"王大伟端着酒杯过来了。

王长海端起酒杯来说："大伟，真有你的，啥时候也帮哥们儿一把？"

"帮你一把？你啥不比我强？净拿哥们儿开涮！你的建筑队都开到县城里去了，包了电器厂的宿舍楼？越来越大发了。"转过身，对小贾说，"这是我最要好的哥们儿，从小光着腚长大的，他呀，就相当于过把瘾大酒店的二老板。可不能冷落了他？！"

"二老板？可这里只有一个老板娘呢。"长海打趣他。

王长海羡慕王大伟的能干，甚至还有点羡慕王大伟的艳福，然而他打心里不佩服王大海的做法。他瞅着大伟媳妇王迎春木木的、呆呆的、傻傻的表情，不禁有点不平："扯淡，总得差不多才行吧，哪能连老婆孩子也作弄？"他自言自语，对此颇不以为然。

王长海不仅拿自己和王大伟比，他还拿妻子比王大伟的这些女人。尽管在霞子怀里跳舞他也冲动，他也喜欢女人身上才有的那种气味，那种肉香……可是他还是觉得谁也比不上高雁。甚至，他觉得小贾、霞子、莺莺三个女人再加上大伟的原配王迎春……他觉得大伟所有的女人加一块也比不上高雁的一根脚指头。

一想起妻子，王长海就感到一股男子的豪气油然而生。早些年，家里穷，年年是缺粮户，包产到户若干年后家里还欠着生产队的钱，哥哥三十岁的时候还没找上媳妇，自己也是提哪家闺女都不成。没想到俊俏如花、温柔似水的高雁，却铁了心地看上他，任凭谁劝也丝毫不改初衷，硬是一分彩礼没要就嫁了她。她不仅给了王长海幸福，也给了他男人的骄傲、自信和创造美好新生活以酬知己的不竭动力。

高雁来自外地。那年王留住从外地复员回乡带回个漂亮女人高虹，后来女人的弟弟、妹妹也来了，弟弟魁梧英俊，妹妹美得像画上的人儿。后来，弟弟在煤井冒顶事故中丧了命，妹妹成了王长海的媳妇。

想起这些往事，王长海又自责一番：自从高雁的疯姐姐到了家里，王长海始终心气不顺，回到家看看哪里都心情不好。但是今天在过把瘾大酒店这种环境中，想起妻子，王长海轻而易举地原谅了她。"毕竟是血浓于水呵，这个善良的女人！"他心里说，"娘的那群羊住进家，高雁不也没反对吗？"想到这里，王长海坐不住了，他掐灭了烟蒂，悄悄地离开大酒店，趁着月色回家了。

过把瘾大酒店这个喧嚣的世界里，人人迷了本性似的狂欢，王拴住非常不适应，他骨子里属于那种传统的本色的男人，与这些新生事物有些距离，所以也就本能地抗拒，在人群里显得不格格不入。但是那种欲的张扬又感染着他，使他好奇，也使他骚动不安。潜意识里，他也想融入那个环境里，却又找不出从什么地方开始做起。霞子和村支书合唱了一首《夫妻双双把家还》，一曲终了人群里响起一片起哄的喝彩声，他也拍了拍巴掌，跟着喊了一声“好”，感到自己的声音大到出乎意料。他觉得这一嗓子肯定引起人们注目了，于是不敢抬头，坐在那里先就羞红了脸，过了好一阵子，他发现自己并没影响到大家什么，确定自己那一嗓子真的没有什么特殊，才又趁着喝茶的动作，顺便左顾右盼了一下，看了一下大家的动静，证实了确实没引起注意，才渐渐褪去了脸上的红晕，重新落落大方起来。

“大哥，你请我跳舞吧！”霞子不知什么时候来到他身边，鼓凸凸的胸部正好蹭到他的耳朵。王拴住又红了脸，支吾着不知如何回答。

“霞子，和这位老大老大的大哥哥跳一曲，他可是医生呢！”不知谁先喊了一嗓子，接着大家跟着大声喊，此起彼伏。

“小姑娘家家的，懂什么？论年龄我足够当你叔叔了，还大哥大哥的。”王拴住觉得大家都在奚落他，但霞子挨着他的感觉又特别好。

“那就请这位叔哥哥跳一曲。”大家又起哄。

“大哥，跳一曲吧。”霞子站在他身边，一只手摇晃着他的肩头，另一只手去拉他的手。背后一个小伙子推了他一下又有一个趁势拿走了他的座椅，王拴住满面尴尬，但也只能站起来，随着霞子的牵引走进了舞池。

众目睽睽之下，王拴住总感到背上像是有虫子在爬，眼睛也不知道看哪儿好，腿脚也不太听使唤。像是一具木偶，随着乐曲机械地旋转。

“大哥，你第一次跳舞吧？”

“嗯。”

“看着我的脸，别紧张，第一次往往都是这样的。你怎么总是不看我的脸？”

“唔。”王拴住答应着，一不留神，笨笨地重重地踩在霞子脚上。

“哎哟——”霞子夸张地叫了一声，人们不约而同地朝这边观望。

王拴住一脸窘态，恨不能找个地缝钻进去，他讪讪地回到座位上，心里深深地愧悔着：“老了，真的老了。”他喃喃着，同时，他又充满了疑惑：

怎么这么快就老了呢？

形形色色的宾客中，杨关东安静得近乎不合时宜。开业典礼开始以前，透过洁净的窗玻璃他就看到了张流苏。她挎着篮子、扛着锄头，任凭谁看都会觉得不过是一个普通农妇，偏偏杨关东一瞥见她就不能自已。当然，在他的眼里，她确实青春不再，早年光洁得如同流苏花一样纯净的面庞已经开始被细细的皱纹写上岁月的沧桑。但是，她的这种沧桑似乎有着不可抗拒的魔力，吸引着他阅读其中的丰富内涵，同时让他从阅读中辨认时光的痕迹，从阅读中领悟心灵的美妙快感。张流苏沿着曲曲折折的石子路走出了他的视线，于是，他的充满阳光的心境一下子晦暗了下来。

距离杨关东不远处的一张圆桌上，王拴住与他斜对着。进门的时候，王拴住穿着洁白的衬衣，连袖口的扣子都毫无例外地扣好了。一进门，杨关东凭感觉就知道是他，他装作心不在焉的样子，但是目光却时常从他身上掠过：中等个头，不胖也不瘦；大额头，四四方方的脸上镶嵌着一对大大的、圆圆的黑眼睛；白皙的皮肤，皱纹也很少。要是看面相很难相信他已经近五十岁了。但是，他浑身没有一丝朝气，走路拖拉着脚，一步一步地走得很慢很慢，脖子几乎不动，方方正正的大脑袋好像焊接在躯体上。与身体的机械形成强烈反差的是他灵活的眼睛，像是一艘墨色小舟旋转在海面上。他的样子，让杨关东想起 1976 年自己潜回家乡时听到的家乡人对张流苏丈夫的评价：“一表人才，老成持重。”没错，他年轻时应该算是一位美男子。不一会儿，他又目睹了王拴住与老奎媳妇交流病情的场面，他又想：也算一位好医生。杨关东这样评价王拴住。

王大伟请他唱歌，他说自己的沙哑嗓子像敲破锣；请他跳舞，他说狼多肉少，礼让三先吧。王大伟说你是看不起油根子峪里的“贫下中农”了？他说，他崇拜油根子峪里的“贫下中农”，因为“贫下中农”里有他心中的金凤凰。于是，村支部书记带头鼓起掌来，紧接着全大厅的人都鼓起掌来。

王大伟于是向席面上的人介绍杨关东：我的导师、好友、大酒店的支持者、油根子峪人的乡亲、发展市场经济的大师。王大伟在关东房置业公司总经理的前面别出心裁地加上这样一串头衔。本来就对他寸步不离一个劲地劝酒的支部书记又一次举起酒杯："你在杏花峪水库开发的那片别墅区我去过，大了，确实是大了。镇上每次召开经济工作会议，党委领导都表扬杏花峪村干部懂经济，善于引进引办，我们都羡慕他，今日你到我们村，好比财神爷到油根子峪村来了。"说着，村支书咕咚喝下一大杯酒，接着说，"我自罚一杯，算是相见恨晚。"又倒上一大杯，咕咚又喝了，说，"再喝一杯是感谢，你贵脚踏贱地，这是你对油根子峪的厚爱。"然后左手端起第三杯酒，右手端起杨关东的杯子，两杯相碰，让自己的杯顶齐着杨关东的杯脚，说，"你说油根子峪人是金凤凰，那么我代表油根子峪里的金凤凰陪你喝杯酒。"不容置疑地一饮而尽。支书站着，杨关东也站了起来，接过杯子也一饮而尽了。支书又端起两只杯子，说，"油根子峪比杏花峪地理位置好，离县城近二三十里地，你要是来这里开发，村里大小二十多座山头任你选，肯定比杏花峪还要优惠，要是你觉得好，咱饮了这一杯，预祝合作快乐；要是不好，也用了这一杯，算我没说，可好？"杨关东说："好是好，我酒不行了。"支书说："我替你半杯，喝完酒陪你在油根子峪看看，选块别墅区。"说着喝了一大口，然后用杨关东杯里的酒给自己满上，两杯碰一下，咕咚又进去了。杨关东也喝了。这么一来二去的，两个人都天旋地转了。杨关东说："油根子峪开发别墅还欠火候。"支书说："什么火候，放心吧，啥火我也能点着。"杨关东说："没听说要想富，先修路嘛！"支书抱住了杨关东的头热泪盈眶："你要是来投资，我动员老少爷们出义务工，工钱全给你省下。"

喝着说着，两个人就被抬到王大伟二楼的休息室里了。

狂欢一直进行到深夜。

吃过晚饭，乘凉的农民三五成群地来这里看西洋景，老人们远远地评论着；孩子们把脸贴在玻璃上；小青年则加入进去。

月亮渐渐地西斜，人群渐渐地散去。大伟关上玻璃窗，站在板凳上帮助三名服务员上门板，一抬头发现门口旮旯里站着的妻子和女儿。

他跳下板凳，拍拍手，对着妻子喊："天这么晚了，你怎么还不回家？耽误孩子睡觉不是？这种地方胜男怎么能长待？"

说着，他朝卧室走去。

王迎春也磨蹭着过去了，结结巴巴地说："天晚了，街上一个人都没有了，月亮影影绰绰的，还真有点怕。"

"害怕？知道害怕还不早走？"王大伟说。

"你陪着我和胜男一块回去吧？"王迎春恳切地望着丈夫。

"我陪你？那些年我在百十里地外的煤井上，一年回不来一趟两趟，谁陪你了？再说，大酒店投资了十几万块钱，荒山野坡的，扔给三个小姑娘，你放心？！"

"也真不放心呢！"妻子顺着丈夫的话说下去，试探着说，"要不，我们娘儿俩都不走了，反正家里也没啥可丢的，都住这儿行不？"她恳求丈夫。

"妈，我肚子疼。"胜男在门口吵。

"快走吧，孩子病了，快领她回家睡觉吧。"说着王大伟掏出一个存折，"花钱就拿折子到镇上取，这里乱糟糟的，胜男还小，少领着孩子过来。"然后又对着三位正坐在一处打闹的服务员喊，"小贾，拉开门灯，你嫂子要回家。"

王迎春犹豫片刻，慢慢地转过身，拉着女儿的手出了过把瘾大酒店。她的眼里渐渐地蓄满了泪水，在五彩缤纷的霓虹灯的照射下，晶亮晶亮的。

9

对于油根子峪人来说，过把瘾大酒店就是那个可以使欲望汹涌膨胀的机缘。它开张带来虽然没有沉鱼落雁之容却也难免让人想入非非的三位女人，无疑为封闭的油根子峪打开了一扇像是神话传说一样既感到遥不可及又让人蠢蠢欲动的窗口。油根子峪的夜晚因此躁动不安起来。

当然，欲望，可以是千姿百态、丰富多彩，但是不可否认，在人类成千上万种欲望中，性欲也是其中的一种。

王拴住的身心都被一股急流鼓荡着，离开大酒店，脑海里仍然一幕一幕重现酒店里的情形。他尽量让自己镇定。他先是来到卫生室，打开一部厚厚的《中医内科》，希望像往常一样读会儿书，但嘈杂的乐曲从斜对面的过把瘾大酒店传来，一股子一股子往他耳朵里钻。使他无论如何也静不下心来。他站起身，想关上窗子，可是过把瘾大酒店的霓虹广告灯，像是五彩缤纷的彩带，闪闪烁烁，让人联想起里面另一种方式的生活。于是，他叹口气，关门闭灯走了。

王拴住回到家里，母亲早已睡了，多儿捧着一本厚厚的小说看得入迷，妻子张流苏正在灯下捞麦子，看样子是要准备磨面，看见他回来，条件反射般地站起来："宴会散了？关东兄弟呢？没跟你一起回来？"

"没散，"王拴住有点心不在焉，"这会子酒店里正热闹得紧哩。"

"你见到关东了没有？"听他这样说，张流苏又坐下重新拿起捞麦子的笊篱。

“见了。”王拴住说。

“他说等大伟酒店开业时来家坐坐，今晌午我也见到他的车了，却没见到人。”张流苏絮絮叨叨，“刚才我去酒店了，想找他，里面闹哄哄的净陌生人，没好意思进去。你没约他到家里来？”

“没有。”王拴住冷漠地说。

“没有？”张流苏愣愣地盯着他。

“他从一进门就被众星捧月般包围着，我靠不到近前去。”王拴住解释说。其实，他的话介于真假之间。在开业盛宴上，杨关东确实很抢眼，也很抢手，但是，绝没有忙到没有说话机会的地步。一开始，王拴住也确实想前去打个招呼，道个谢，但是，他从小形成的习惯，喜欢固守在自己的世界里，一想到要与一个陌生人寒暄就不免心生怯意。后来看见前后左右的人都围绕着杨关东，正好给自己找了一个台阶。看着张流苏愣愣的表情，他似是告诉张流苏也似是要说服自己般补充道，“你没见咱村的支书，见了杨关东就像是……”王拴住想给张流苏形容一下支书在杨关东面前的言行，但是他的嘴不太灵巧，一时找不到合适的词，“总之，我活到四十八岁了，还从来没见过他那副……样子。”

“关东从小聪明爽直，调皮捣蛋是有，却是打小招人喜欢。我看大伟也和他好得很。”张流苏听王拴住那样说，不仅想起了一些往事。

“正是大伟撺掇的，支书抱住杨关东不放了，结果，一来二去地，就喝多了。”王拴住说。

“喝多了？关东喝多了？不行，我得去看看。”张流苏扔下笊篱，又站起来，一边拍打衣服一边就要往外走，“喝多了，再开着车，咱这里的路又没有正经方向，这还了得？”

“走不了了。喝成一摊泥巴了，和支书一起被抬到休息室了。”王拴住慢悠悠地说。

听他这样说，张流苏马上联想到酒店里那几个妖冶女人，愣愣神，又坐下了。

多儿不知道看到什么有趣情节了，“嘿嘿”笑了两声。

王拴住和张流苏几乎是同时看了她一眼。张流苏才意识到多儿整整一晚上都没动地了，捧着那本书，时而叹气，时而傻笑。“多儿，别看了，快去睡觉。”张流苏说。多儿没反应，她站起来，拿过多儿的书，又补充道，“真是的，念了这十几年了，也没个念够。”

多儿这才反应过来，揉揉眼睛，打个哈欠，就往外走，到了门口，又倒回来了，重新翻开书，又开始读。

“睡吧，明早上趁凉快再去棉花地里拔草，回头把你婶子接回来，就没有大工夫下坡了，看看把地撂荒了。”张流苏补充说。

“等爸爸走了，我插上大门，就睡。”多儿眼睛并不离开书本。

张流苏看了丈夫一眼。

王拴住说：“你婶不在家，你妈又不用照看她了，我不去卫生室里了，你现在就关大门吧，天不早了。”

多儿顿了顿，抱着书到奶奶屋里去了。

东厢房只剩下张流苏和王拴住，张流苏一边忙活着一边汇报：“老太太状态不错，今天吃了六个鸡蛋，还喝了半碗粥，没有发烧，就是还有点咳嗽，也不算厉害。睡觉前已经照你的嘱咐把药全吃上了。”

她说一句，他嗯一声。

“你还再吃点东西吗？”沉默一会儿，张流苏又问，“锅里还给你留了饭呢！”

“不吃了。在大伟的大酒店里折腾了大半天，还真累，不服老不行。”

“妈还没说老呢，你能有多老？”张流苏说，并不停下手中的活，“早些去休息吧，歇歇就好了。”

“你也早点睡？”王拴住说。

“等一会儿，把麦子捞完了就睡，快了。你先睡吧！”

王拴住稍一犹豫，搬了个小凳子找了把笊篱坐到妻子身边，笨手笨脚地帮忙。

“大伟的酒店啥样？”张流苏问道。

“你不是去了？”

“只是从路上看了看，里面闹嚷嚷的。”

“大发了，大伟真能折腾，支棱起这个店少说也得十几万块。又能吃饭，又能睡觉，还能唱歌跳舞。”提到跳舞，王拴住的脸上不禁泛起一层红晕。

张流苏没说话。

“还有，他的话筒比咱村的喇叭可好多了，声音又高又好听。”王拴住说了半句，想了想又咽下去了，“改日你也去看看吧。”

等妻子捞完最后一笊篱麦子，王拴住上了床。张流苏又开始洗衣服。

躺在床上，王拴住想起了霞子鼓凸凸的肥胸，想起她身上那股让人心慌气短的香气，想起她柔滑的、肉嘟嘟的小手在他宽大的掌心里一蹭一蹭的美妙感觉，于是，他有些陶醉，心里痒痒的，那股急流又涌遍了他的全身，随后有一种力量从他的躯体里生发出来，一点一点聚集，渐渐地集中到他的下体，既美妙又焦躁。“难怪多少连枪林弹雨都不怕的英雄好汉就都过不了这道坎？！”他想，如果霞子此刻睡在他的身边，他会不顾一切地把她压到身下……

张流苏把洗衣盆的水哗啦哗啦地泼出门外，铝盆蹭着墙角发出噔的一声响，他条件反射地坐起来。等他明白声响缘由，重新躺回到床上，这时候他发现被单上汗湿了一大片。他冷静了好多，抽出毛巾擦了一把汗，全身激荡的热流也沉寂下来，但是同时，不知从身体的哪个角落迸发出来的美妙的快感也不见了，于是，心里懊恼极了。

张流苏终于躺到床上，她发现丈夫还睁着眼，轻声道：“睡吧，累了一天了。”

“嗯。”王拴住答应一声，刚才的那种美妙的快感他还记忆犹新，他很想把它找回来，于是，他侧过身，贴近了妻子，“流苏，你没见酒店里……你没见那些年轻人，真会生活，真是会享受，咱这代人算是白活了。”

“就是，妈常说一代比一代强，现在看的电视，点的电灯，她们小的时候想都没想过，妈常说那些早去世的老人们亏大了。”张流苏积极响应。

“咱……就够亏的了。上有老的，下有小的，人口又多，一年到头，两口子连个说体己话的空儿都没有。”王拴住说的是真话。从打张流苏娶进门，家里随时都有活计等着她做，白天到生产队劳动，晚上凑着煤油灯的那点小光亮不是缝衣服就是做鞋袜，张流苏倒是做得很顺手，也从来没有抱怨过。可是王拴住觉得不舒服，他一个人躺在床上等她，紧等不来，慢等也不来，等她忙完一大堆家务终于上床的时候，他往往已经迷迷糊糊地睡过去了。于是他打算早上早起，可是，等他一觉醒来，尽管他觉得已经早得不行了，张流苏的被窝也早就空荡荡的了，她早已钻进厨房，不是摊煎饼就是蒸窝头。王拴住有欲望，但是，一来他内向，不是可以轻松表达自己思想的人；二来他从小接受的教育，让他觉得夫妻间的那点私事不可以用语言去交流，所以，他只有压抑自己。但是，他私下里常想：来了一个张流苏，家里的活计好像多了几倍，张流苏没娶来的时候，这些活都是谁做啊？他一旦意识到就不会允许自己想下去。因为他觉得这样想是不忠不孝，是对母亲对姐妹的背叛，寡居多年的母亲是多么不容易啊……再后来孩子们接二连三地出世，随着留住娶了高虹，高雁、高天姐弟也都过来了，家里热闹起来，属于两个人的时间就更少了，再后来，家宅不幸，迭遭变故，日久天长，王拴住的欲望就几乎挤压到肉眼看不见、凡心意识不到的地步了。等到张流苏又肩负起照顾兄弟媳妇的重任，他干脆搬到了卫生室里。日子一天天平淡无奇地过去，转眼间就已经年近半百了。在酒店里，大伟、长海他们热情潇洒地载歌、载舞、载酒……这是一群在他的记忆里穿着开裆裤的后生啊，什么时候长成青春洋溢的中年人了？那么自己呢？属于自己的青春活力就那么快溜走了吗？

王拴住感慨万千，他一点一点回忆，吞吞吐吐地述说，他说一句，妻子“嗯”一句。他的心里充满不甘，他想找回曾经属于自己，也应该属于自己的东西。于是，他扳过妻子身子，却发现妻子不知什么时候已经睡着了，正发出均匀的鼾声。他蠢蠢欲动的心一下子冷静了。他翻翻身，重重地叹了口气。没想到张流苏却感觉到了，她翻过身，拍拍王拴住说：“高虹，睡吧，睡着了，就梦见留住了。”含混不清地说完了，就又发出均匀的鼾声。

王拴住想睡觉，闭上眼睛白天的片片段段又一幕一幕串接起来，像电影镜头在他脑海里闪现。霞子，那个矮胖的、性感的尤物，不住地在他面前晃来晃去：大哥，跳一曲吧！说完，还朝他抛个媚眼，他的全身酥透了。他又翻过身来，想把张流苏叫醒，他推推她，拉拉她的内衣，可是她毫无反应，他一下子觉得身边躺着的这个女人非常陌生，觉得自己的行为索然无味。他紧紧闭上眼睛，但是眼珠子却在眼皮底下转来转去，把眼皮子硌得生疼。

于是，王拴住决定还是回到他的卫生室去，他披上衣服出去了。

“回来，你回来啊。”张流苏喊道。王拴住愣住了，他以为妻子醒了，停住脚步。忽然，他又听她说，“你住手啊！关东，你听我说，关东——”他明白了，她在做梦。他打开大门走了。一路上，他想，张流苏肯定是梦到杨关东了，她的梦境肯定是缠绵悱恻的，因为她的呼喊充满深情，浸透了焦虑。他的心里浮起一层层阴云。

张流苏确实在做梦。朦朦胧胧中，她好像是在桂花峪，但是，梦中的桂花峪不是她家乡的桂花峪，桂花峪的山、桂花峪的水、桂花峪的果园、桂花峪的西门湾……依稀都是少女时代的样子，正是花开叶绿水碧的盛春，她在仙境一样美好的流苏树下看落花簌簌，身边的人也都是桂花峪的父老乡亲，但是不知什么原因，谁也不认识她，谁也不和她打招呼，只有倔强的杨关东眨巴着狡黠的细长的眼睛寸步不离地跟着她。她问：“我做错了什么了，为什么都不搭理我了？”没有人回答她。她赌气坐到树下，杨关东也坐到树下，她说，“你走吧，跟着我干吗？”杨关东不说话，她又说，“你快走，就是因为你跟着我大家才不理我的。”杨关东说：“不是，大家不说话是因为大家伤心。”她问：“伤什么心啊，莫名其妙！”杨关东说：“你一点都不知道，你病了，活不久了，大家都为你伤心！”张流苏说：“我有什么病？你肯定是骗人，你是桂花峪里最顽皮的顽皮鬼，就是喜欢骗人。”杨关东说：“我宁可愿意当顽皮鬼骗人宁可天诛地灭，也不愿意你真的生病。”这时，他细长的眼睛里好像涌出两洼清澈的泪水。张流苏有点相信了，她说：“我真的病了？我病了自己怎会不知道？”杨关东说：“你试着转一下脑子。”张流苏试着转一下脑子，结果生疼生疼的，疼得脑壳都要裂了似的。杨关东说：“医生说了，你的大脑坏了，活不久了。”说完放声痛哭。张流苏忍住疼痛说："你哭啥？我又不是你的亲姐姐。"杨关东说："可是你是我的最高价值啊，我的最高价值要坍塌了。"她说："什么最高价值最低价值的，你这样整天犯错误被批判可怎么办？你还是想想你自己吧。"这样说了，她又顿住了，想不出杨关东应该怎么过，咬着嘴唇想了好久，才想起自己家一幅年画上写的话，于是，她接着对杨关东说，"只要自己肯争气，莫怕旁人看不起。你也长大了，只要好好表现，大家肯定会喜欢你。毛主席说了，出身没法选择，道路可以选择，你只要不再胡说什么'肯尼迪也值得学习'，好好劳动，大家慢慢就对你好了。"

她还想给他说些别的话，可是头疼得忍不住了，就趴在树下哭了。这一哭不要紧，她也想起了许多自己舍不得的人和事，山山水水，西门湾还有那些一直在找一直在养的流苏树都抛舍不下了，越哭越凶，越哭越想哭。杨关东倒不哭了，他问她："你舍得这样走吗？"张流苏说："舍不得。"杨关东又问："舍不得谁啊？"张流苏说："都舍不得。"杨关东又问："你说的'都'都有谁？有我吗？"张流苏想都没想就说："当然。"于是，杨关东说："那好，你别哭了，我有办法救你。"张流苏睁开泪眼问："什么办法？"杨关东说："我去找个医生，让他把我的脑子换给你。"说完就走了。张流苏喊他，声嘶力竭地喊，他不听，连头都不回。她疯了似的追他，追上他抱住他不让他走，他坚决挣脱，眼看他就要摆脱她了。她就说："你坚决要走，要是我等不到你回来就死了呢？"杨关东站住了，说："那好，我不走了，我自己换给你，反正没有你我也不活了。"他说着，随手不知从哪儿摸出一把匕首，照头劈去。张流苏急得哭了，说："你住手啊！关东，你听我说，关东——"可是杨关东不住手，也不听她说，她喊着叫着的工夫，他的脑袋已经劈开了，他自己捧出白花花的脑浆，递给她，还故作轻松地说："告诉你啊，每个人都有两个脑子，我给你一个，以后你的身上长着我的脑子，当然就会更想着我了。所以，给你一个脑子我还赚了呢。"他没死，脸上也好像没有血，可是，张流苏吓坏了，捧着他的脑子，她感到自己一点一点死去，躯体一点一点僵硬，就快僵硬到头部了，她吓得大叫起来。

于是，她醒了。她睁开眼睛，全身仍然颤抖不已，汗涔涔地冒，手仍然捧着，不敢动，唯恐丢了杨关东的脑子。过了好久，她才真正清醒过来，用手抹了一把汗，重新回味这个奇异的、恐怖的梦。忽然，一转念间，她又想起了高虹，下意识地往床里面摸摸，空荡荡的什么也没有，她吓得出了一身冷汗，一骨碌跳了起来："高虹，高虹！"她喊了好几声，才想起来高虹去了高雁家，这才使劲松了一口气。

她又躺下，却睡不着了。窗外月色如华，静静地泻满了庭院，连屋里都亮堂起来。她的心空荡荡的。想起高虹又有点不放心，于是穿上衣服，准备去王长海家看动静。

"月亮走我也走，我送阿哥到村口……"

离开了王大伟的大酒店，王长海踏着月色回家，走在静谧的、柔和的月色中他不由得触景生情哼起小调来。大酒店里这一场折腾，使他浑身每一个细胞都扩张着，跃跃欲试地充满柔情与渴望。

大门虚掩着，家院里静悄悄的，房间里都熄了灯，只有那些羊不时发出一些粗重的喘息。王长海蹑手蹑脚进了房间，趁着月光摸到睡着高雁、高虹的大床，床上只有高虹睡在床里面，他心里一惊：高雁哪儿去了？他迅速在屋里扫视了一圈，影影绰绰的看不清楚，他迅速赶到小宝房间里，小宝歪歪斜斜地睡得像麻花一样，仍然没有高雁的影子。他来到院子里，四处逡巡，连羊圈都进去看了，仍然没找见高雁。他急了，敞开铜钟一样的嗓子喊了起来："高雁——"

门"吱扭"一声开了，高雁从门外进来。王长海想问问她到哪儿去了，她举起手捂住了他的嘴。王长海抱起她来到小宝房间，小宝歪歪斜斜地把整张床都占了，他无可奈何地又抱着她出来。在高虹住的房门前稍微犹豫一会儿，就来到过道里。

"你干啥去了，可把我吓死了。"王长海说。

尽管他自以为把声音压得很低了，高雁还是怕把姐姐惊醒。"倒是小声点啊。"

高雁又要捂他的嘴，他抓住了她的手。"别捂。你藏哪儿了？"他在嗓子眼里问。

“还能去哪儿？在胡同口等你呗。”高雁说。

“等我？你咋变得这么好了？”王长海半信半疑，刚结婚那阵子，高雁是天天在家门口等自己回家，一拐进胡同就能看见她，别提多高兴了。可是，自从高天和留住出了事故，这个接待仪式就免了。后来，等高雁情绪稳定下来，王长海曾经提醒她，可她说婆婆说过多次了就是看不惯老婆离不开男人的样子，还是在院子里面等吧，在院子里等也一样啊。王长海知道母亲的脾气，只好作罢。

听高雁说她在胡同口等，他很高兴，回想一下，又觉得不对劲：“我这么一路走来，咋没看见你？”高雁说：“你哪会看见我？一路走一路唱的那副高兴劲，我喊你你都听不见。”高雁扭过脸不看他。

王长海又给她转过来：“你真是接我了？哈哈，我知道了，你肯定是受不了了，”他得意起来，“我说呢，你也不是女铁人，哪能就不想男人了？”他的兴致高昂起来，看看墙角竖着一领箔，顺手在地上铺展开，再把高雁放到箔上。高雁强烈抵抗，示意他停下来，支起耳朵说：“有人？”王长海停了下来，看看院子里没有异常，再仔细听听，一个脚步从门口由近及远走了。王长海跳起身，就要往外走。高雁扯住他说：“还光着呢！”王长海顺从地蹲了下来。

意犹未尽，王长海懊恼到了极点 。

高雁心有余悸：“会是谁呢？”

王长海说：“不管是谁，让我逮住了，哼——”他也不知逮住了要怎样。

“会不会是小宝的奶奶？”高雁从心里忌惮她，多年的习惯，只要她在长海面前任性一点、娇纵一点，小宝的奶奶十之八九会及时出现，十分厌恶地朝高雁撇撇嘴，把脑袋转向一边，小脚咕咚咕咚地踩得格外响。让高雁觉得不尴不尬。

“小宝他奶奶？”王长海重复，他的兴致一下子又高涨起来，“我还怕小宝他奶奶？怕你姐姐就够了，我还怕小宝她奶奶？那些年我娶不上媳妇，她比我还急哩。”一边说着，手又去摸索。高雁使劲抓住他的手。王长海知道她心有余悸，又抱起她来到厨房里。

“雁子，我给你说个西洋景，大伟这小子学坏了，他的大酒店里弄来了三个漂亮女人，恐怕连老婆也不要了。”一番折腾，激情已经退去大半，王长海就在柴火垛里搂着高雁说话。

“我就知道你被这些‘西洋景’迷住了，又唱又跳的，那些女人又年轻又美貌。”高雁酸溜溜地说，“我刚才在胡同里等你，紧等不来，慢等不来，我就想，你要是迷上谁了也别顾忌我，干脆你把她娶过来，我就自觉腾地方，领着姐姐回老家……”说着说着，竟然哽咽了。

“你等我还是为这事？”长海叹了一口气，“真是傻透了，他所有那些女人加一起还不如你一根小脚指头呢！”他摸摸高雁的脸，湿乎乎的流泪了，忽然又觉得说这事很败兴，“说他那破事干什么？”

“你说嘛，他怎么学坏了？”

“你没听人说，男人有钱就学坏，女人学坏就有钱嘛。”说着就对妻子动手动脚。

高雁沉默了一会儿，咀嚼着丈夫话里的内涵，幽幽地说：“我说你咋变坏了呢，是了，你有钱了？！”

“这也叫变坏？男人和老婆办事天经地义，这也叫变坏？”

“可是，你会变坏吗？”高雁怯怯地问着。

“当然不会，我就要你一个，没娶你之前，就发过誓了。现在咱还不算有钱，连五万都不到。我计划着再过三到五年，最多十年，攒够五十万，就到城里买座楼，啥也不干了，天天在家看着你，和你好……”人真是一种情绪化的动物，就这么情意绵绵地说着，长海就情不自禁了，迅速把高雁压在柴火堆上。高雁也感到非常兴奋，似乎比生命中的任何一次都美满，都更心甘情愿地想把自己的身心毫无保留地交给自己身边这个若干年前就认定了的心爱的男人。

忽然，一个响亮的巴掌重重地打在王长海的屁股上，原来是高虹来了。“我猜就是你！”她还怒气冲冲呢，“我说雁子到哪儿去了，原来是你把她偷了。真是个下流东西。”说着又要打。

高雁从长海身下抽出身子，慌乱中裤子都没找着就抱住了她，使劲摇晃："你看清楚点，他是海子，是小宝的爹啊！"

"海子？打得正是他！"说着又要打。高雁拼了命一样地抱住她，她知道，姐姐又犯病了，当务之急是把姐姐拉回到床上，可是，高虹还正起劲呢，踮着脚地向长海跟前凑，"告诉你，死了这条心吧，你要是胆敢再招惹雁子，我让留住把你揍扁了。"高雁拉不动她，没有办法，请求她说："快跟我回去，我不和海子来往了；你要是不听我的话，现在我就去找海子了？"高虹推她一把："说了多少遍了，海子一在咱家院子后头学鸟叫，你偷个空就溜出来。"虽然这样说，但还是乖乖地跟高雁回房间了。

王长海像鼻涕一样躺在柴堆里，他动不了了。这场惊吓来得又急又凶，他大脑好像进入了一个迷糊状态，知觉也混沌起来，似乎整个身体正在从高处一点点堕入深渊，而他一点阻止坠落的力量也没有。"完了！我可能从此变成软蛋了。"他绝望地想，"一切都毁在这个疯婆子手里了。"

张流苏的心扑通扑通地跳，自己活了半辈子了，第一次碰上这样的尴尬事。自从高虹生病，十年来张流苏照顾她的饮食起居就像照顾自己不懂事的孩子，心甘情愿又无微不至。虽然高虹已经被高雁接走了，可是张流苏的心却始终在高虹身上，她一有空闲就难免牵挂。来到王长海家门口，听着里面嘈嘈杂杂，下意识地以为高虹犯病了，以为高虹又不听话了。她将耳朵贴到门上，想知道高虹正处于一种什么样的状态，从而决定自己是否应该亲自解决她的问题。她做梦也没有想到自己听到的却是王长海和高雁小两口的"悄悄话"……自己意识到不好了，皎洁的月光下连个躲藏的地方都没有，撒开腿就跑。好不容易拐出胡同了才停住脚，她一屁股坐在地上好像虚脱了一样，好半天站不起来，心仍止不住扑通扑通地好像要蹦出胸腔，脸上也热得好像要冒火。

月亮一刻不停地往西滑行，好像滑过了两个树梢的位置，张流苏的心才渐渐平静下来："现在的小青年，唉——"她从心里叹了一口气。这个念头实在经不住推敲，自己细想想也几乎把自己吓了一跳。他们是小青年，自己呢？四十六岁的年纪能比她们大多少？三五岁？七八岁？可是为什么就总是觉得自己比他们老太多呢？

如果说油根子峪是一个环境相对封闭、观念相对落后的地方，那么，王拴住这个所谓的中医世家就是落后生活的典型代表。职业的荣耀带来的是家族的显赫，家族的显赫又派生出许许多多不成条文的无处不在的严密规矩，重男轻女的风俗、男尊女卑的训语在他的家里体现得淋漓尽致。张流苏嫁到王拴住家，也就相当于嫁给了王拴住家的“清规戒律”。从嫁过来的那天起，她几乎承担了所有的家务。刚开始那阵子，王拴住心疼媳妇，也想着帮帮她，她摊煎饼的时候他过去给她端面盆；她洗衣服的时候他过去给她提水……但是往往还没到近前，就会听到老太太的咳嗽，王拴住就僵在原地，张流苏则会及时地说：“放那儿吧，我自己来就行。”没有人逼迫她，甚至没有人郑重地告诉她应该做什么应该怎样做，但是，王拴住家的文化氛围无时无处不在影响她、熏染她，让她的心里装着全家每一个人，唯独没有自己。她和王拴住的性生活也是这样，在全部的生活内容中，性被挤压在最不起眼的位置，如果不是肩负着生儿育女传宗接代的光荣使命，恐怕连这个不起眼的位置都会觉得奢侈。二十多年了，王拴住从来就是没有任何前奏地直奔主题，也从来不提及关于此事的任何话题，张流苏能做的其实很简单，只要不反抗足矣。时日一久，也习以为常了。总之，如果说张流苏的生命也是一条小河流，那么，老太太的家庭文化则是它的河床，让她不自觉地沿着老太太的好恶标准静静地流去。

多长时间没有做过夫妻之事了？张流苏说不上来了。要不是这天晚上意外地听到王长海和高雁的悄悄话，张流苏似乎快要忘记自己还是年仅中年的妇女了。张流苏站起身往家走，忽然想起这天晚上王拴住是住在了家里，又猛地然想起王拴住和自己说的话，她记得他还……一下子就有点懊恼：“我怎么会睡着了呢？”于是，她转过头去了卫生室。

月光下的油根子峪静悄悄的。

王拴住刚到卫生值班室时心里乱糟糟的，就像一团麻，理不出一个头绪，遥望着灯火通明的过把瘾大酒店，他又想起了那个受伤的小工的媳妇，那天小工摔伤找他做检查的情景又浮现在脑海。“真粗心，那天怎么就忘了给他查查肾了呢？”

他自言自语，想想小工媳妇的陈述，凭直觉，王拴住觉得大约是摔坏了肾。“左肾，右肾，还是双肾？”他费力思索着，皱皱眉头，又翻开了他的医学典籍。

不知道过了多久，街上响起咕咚咕咚的跑步声，紧接着停在过把瘾大酒店门前，一个人一边使劲砸门一边大声喊叫：“大伟，胜男病了，快去看看！”那声音，在静谧的月夜有格外强的穿透力，王拴住的心提了起来。

“真吓人，谁呀？”一个清脆的娇媚的女声传来。

“别怕，是胜男她妈。”大伟安慰女人，他又冲门外说，“深更半夜，不在家睡觉，到这里号啥？”

“胜男病了，快去看看吧？”大伟媳妇带着哭腔。

“刚才还好好的，好端端的怎么就病了？”

“刚才……刚才在这里她就喊肚子疼，回到家更厉害了，现在也不叫了，躺在床上闭着眼睛也不说话了，怎么办啊？”

“怎么办？我有什么办法？”顿了顿，又说，“是了，去找拴住叔吧，让他看看。”话说完，灯也随之灭了。

没等王迎春敲门，王拴住就背起药箱出来了。胜男的病确实有点蹊跷，不发烧，不流汗，躺在床上，精神非常不好，王拴住把把脉，又听听心音，扒开眼睛看看。

胜男心跳微弱，脉息紊乱。“怎么回事呢？”他自言自语。想了想，问王迎春：“今天她吃的啥？”

“吃的啥？”王迎春使劲想，“从昨晚就高兴得没吃饭，直到今天，吃的啥？”她实在说不上来，就问女儿。

“胜男，你今天吃的啥饭？”

胜男没吱声。

“你爷爷给你看病呢，问你都吃了些啥？”王迎春坐在女儿身边问。

“我喝了一瓶非常可乐。”胜男小声说。

“问你吃的啥呢！”王迎春把吃字加重了语气。

“没……吃啥，光喝了。”

“为啥不吃，席上那么多好吃的，你为啥没吃？”

“你不也没吃吗？”

胜男的声音很低，王拴住根本听不清楚，但是王迎春的话却让他明白了，孩子是低血糖，一天多没吃东西！

他让她冲杯糖水灌下去。

王迎春手忙脚乱，一个劲地问有事吗，看着她那副慌乱的样子，王拴住有点不忍，一个劲地安慰她：“没事没事。”

王迎春给孩子灌糖水，怎么也灌不上。把孩子扶起来，一只胳膊揽着孩子，胜男不配合，王拴住就接过来，一勺一勺地给孩子喝。

孩子喝完糖水，睡着了。不多时，梦中甜甜地笑了一下，王迎春长吁一口气。

“拴住叔，多亏了你，深更半夜的。”王迎春这才想起道谢。同时她又想起自己只穿了一件小马甲，领口很低，几乎要露出乳沟了。她觉得非常不得体，偷眼望望王拴住，见他并没注意到这些，才稍微放了心，赶紧找衣服，却没找着，便自我解嘲地在心里说：“嗨，也算是一个长辈了，有啥？”

王拴住似乎意识到了点什么，也觉得不方便，要走。

“胜男会不会再……拴住叔，我都怕了。”王迎春用恳求的目光看着他。

“嗯，我再观察观察。”王拴住讷讷地就坐到上首椅子上。王迎春坐在旁边的一条板凳上，孤男寡女的，坐得很近，一句话也没有，静得能听到对方的呼吸。

王迎春忽然觉得有一种久违了的气息扑鼻而来，浑身燥热燥热的。她手足无措。

“拴住叔——”她说。

“嗯。”王拴住应道。

“有一点子事，从老早我就想问问你。”

“啥事？”

“我有病。”

“啥病？”王拴住说着，顺手握住了她的脉关，王迎春的手自然地放到桌子上，王拴住看到桌上有一本学生字典，就把它垫到她的手腕下。过了许久，王拴住说，“你伸出舌头我看看。”

王迎春然后伸出了舌头。但是，灯光下看不清楚，于是王拴住问她：“平时嘴里发苦吗？”

“苦得紧哩。”

“你的脉象有些意思。”

“什么意思？”

“是……”按照他的看法，王迎春似乎是“失和症”，但是，王拴住觉得不好表达，就顿住了。

“老长时间了，晚上睡不着觉。”王迎春自言自语。

“不光是睡不着，从脉象上看，脉微弦紧，应该常常有面部烘热、性欲冲动、心烦胸闷、自汗畏热、乍寒乍热等症。”说起这个病灶，王拴住先就羞红了脸，呼吸也粗了。

幸亏是晚上，王迎春没有发现他的不自然，他的话文绉绉的，王迎春半懂不懂，她证实道：“我就不明白，都快五年了，胜男都五岁了，我咋还和个女人一样想那事？”

“你不是女人？”王拴住抽回手，不再试脉搏。

“可是，大伟说结了扎的女人就像皇宫的太监一样，没有性别，可我……”

“大伟，他咋能这样说？结扎和……根本不是一档子事。”他想把这件事说得科学一点，可是，怎么说也觉得不太符合自己的身份。停了好久，他说，“先祖留下来一本书，叫作《黄帝内经》，上面说：一阴一阳之谓道，偏阴偏阳之谓疾。两者不合若春无秋，若冬无夏。”王拴住朗朗念道。王迎春虽然不明白具体意思，但也大约知道几分。

“还有办法吗？自从结了扎，他就这样说，也从没碰过我。我说我想，他就奚落我，说我是骟过的马儿，不男不女的，啥意趣？”

王拴住不知该说什么。

“五年了，真是说不出口，你给看看吧。”王迎春哭了。

王拴住熬不住了，两人紧紧地抱到了一起。

灯熄了，远处不时传来一两声狗吠，回荡在油根子峪的上空。

张流苏边走边想地来到卫生室，走近前，却发现门上挂了一把大锁，她想：“谁家的病人病得这么急，让他连门都没顾上锁？”她摸摸那把锁，心里感慨，“可怜的人，不分白天黑夜地忙活。这一年到头，能睡几个安稳觉呢？”她叹了口气，准备回家。一转眼间，她看见杨关东的红旗轿车，孤零零地躺在油根子峪的石子路边。她走过去，摸摸车头，又摸摸车身，摸的全手都是灰土，就像少年时代她无数次摸他受伤的脸。她又想起今晚做的那个梦，那个关于她和杨关东的冗长的恐怖的梦，梦中杨关东的言行片片段段地聚拢了，一幕幕排开，多好的兄弟啊，她从心里感慨。怎么会有这样稀奇百怪的梦呢？她想。

10

醉酒的感觉真是不太美妙，躺在床上，肠胃里恰似翻江倒海一般，脑海里似乎也还明白，虽然难受得紧，也知道并不可怕，多则三五日，少则几个钟头，等醒过来一切就好。胃里的酸腐的浑浊液一浪一浪地往外涌，心里也明白要把身子移到床边上，但是就是挪移不了，喉头不管用了，所有的上涌物质到了这里畅通无阻，张开嘴巴就倒出来……

在过把瘾大酒店二楼的一个标准间里，杨关东和油根子峪的村支书一左一右分别睡在距离不过一米的两张单人床上，像是比赛着呕吐。呕吐物又催生了新的呕吐，时间不长，两个人就滚得全身都污浊不堪。王大伟安排霞子去照顾一下，霞子再一看这两个醉汉的样子，就吓跑了。

“水——”杨关东含混不清地从喉咙眼里喊了一声。

“有啊，”支书却听到了，“在——山的一道山缝里就有泉子，再旱——的天气它也——也不干。你只要——敢投资，我就敢给你生产矿泉水。”这话说得恐怕连自己都听不清楚，但是却接得很是时候。

“水——矿泉水，自来水……”杨关东又喊了一声。

“我知道，许多矿泉水——是自来水造的，只要赚钱，我们也……也可以这样做。”

“热啊。”杨关东胡言乱语。

“路？咱修！老少爷们……祖祖辈辈盼了多少年了，咱修！义务工，你……你放心。”

杨关东不再说了，村支书也打起酣来。

混混沌沌地睡了一会儿，两个人各自做着梦，而梦境和梦境却又彼此相勾连：一个梦见油根子峪奇迹般地崛起了一大片高楼大厦，里面还隆隆地转动着先进的机器，他不会相信这机器声是自己的鼾声闯入自己的梦境带来的错觉；另一个人梦见自己又回到和油根子峪面貌依稀仿佛的故乡，梦见自己顶着骄阳和生产队里许多社员一起收割小麦，张流苏也在收割，他使出吃奶的力气想干得快一些，好回过头接她一段，于是咬着牙往前赶，噫，怎么前面没有了呢？他直起身子一看：张流苏正在他前面笑眯眯地看着他呢。"还是不中用啊。"他从心里感叹。她则迎过来抓起他的手："起血疱了不是？练庄稼活儿需要慢功夫，来不得狠啊。"说着掏出自己的小手帕给他裹一下，她的手真好看，细长的轮廓尖尖的指头，"别着急，姐姐替你一垄。"说着就抢先下手了。杨关东觉得心疼，大声吼道："不许替我！"她惊讶地看着他："为什么？"他不说话，抢先下地了，还替她割了一垄，他飞快地往前赶，血疱渗出血水，顺着镰刀柄滴到地上，留下一串一串的血迹。她问他，"你这是跟谁拗气？"他说："不拗气，就是不许你替！"

支书听到了，一下子警觉起来："别墅？行。办个工厂也挺好的。"

杨关东也正沉浸在自己的梦境中："什么也不为，说不许就是不许，只许我替你，不许你替我！"

"别墅就是别墅呗！"支书并不睁眼，似乎也没有醒来，"着什么急呢？早不就说盖别墅区吗？盖起别墅区，说不定还有人再来盖工厂呢！"嘟嘟囔囔地说完了翻过身去。

两个人再各自回到自己的梦里去。

睡着睡着，支书笑了，因为他梦见平坦宽阔的马路修到村口来了，开山的炮声轰隆隆响起了，响到村里来了，他觉得是这一辈子听到的最美妙的乐曲，他笑得很开心。

杨关东却发脾气了，因为他梦见下雨了，轰隆隆的雷声在天空炸响，眼看就要下雨了，其他社员都忙完自己的活儿走了，他的还没捆好。张流苏陪他待在地里忙活，他让她先走，她就是不停下手里的活儿。他急了，上前抢夺她手上的麦腰子（捆麦子的草绳），这时，一个惊雷在头顶炸响，吓得他一惊。于是，他醒了。原来是做了个梦。他的头疼得像要裂开一样，所以，又闭上眼睛继续睡。耳边却梆梆梆地响个不停，还夹杂着女人的叫声。这回，他清醒了，一骨碌坐起来，心一下子提了起来，屏住呼吸仔细听听，才知道原来是大伟媳妇来找大伟。紧接着，从窗玻璃看出去，他看到对面卫生室里走出了王拴住，看上去，还是慢条斯理的不紧不慢的样子，但是，跟在大伟媳妇的后面，一步也没有落下。“确实是个好医生！”他进一步肯定。几乎是同时，他又想到大伟的冷漠，摇摇头在心里说，“这小子，唉……”

油根子峪的夜很快又恢复了宁静。从窗户里望出去，圆圆的月亮还在正南方悬着，离天明好像还早。杨关东想继续睡，一躺到床上，感到到处黏糊糊的；闻闻，房间里到处都是刺鼻的馊臭味；听听，还有支书的鼾声夹杂着含混不清的梦话。他感到恶心，一股浊流迅速地从肠胃冲向喉头，他张开嘴，却什么也没吐上来，只是嘴里的味道差急了。他想找水，却到处摸不着，于是，他出了门，顺着栏杆走过一段走廊，下了楼，来到院子里，就着水龙头喝了几口水，觉得香甜极了；又洗了一下头发，舒爽极了；做了一个深呼吸，空气更是新鲜美好。他信步来到街上，清凉的山风吹来，他感到说不出的舒爽。他在路边坐下来，仰望着天空，他想，都说是月朗星稀，还真是这样，朗朗月色下，星星少多了，他不经意地一颗一颗数了起来。数了一会儿，就稀里糊涂了。于是，他想起了身边发生的一个笑话：那年年底公司效益出乎意料的好，他组织公司员工欢聚豪饮，大家高兴了，喝得很起劲，都有些高了，一个平时很沉稳的员工那天喝得眼睛血红。杨关东见势不好，赶紧让司机送他回家。可是这员工却死活不上车，司机拉他，他反而兴致勃勃地坐在了马路沿上，抬起头，很豪壮地对着天空说：“谁说天上的星星数不清，今天晚上我就要把它们都数出来！”想到这里，杨关东自我解嘲地笑了：“看来天下醉汉的行径都是大同小异的。”

杨关东镇定下来，同时心里产生了一种“今宵酒醒何处”的伤感。又一阵风吹来，他又闻到了那股让他作呕的呕吐物的味道，顺着这股气味耸起鼻子使劲闻，原来馊臭味是从他衣服上发出的。低头看看衣服，也是肮脏不堪了。还是走吧，这副狼狈相，要展览给谁看呢？他想。他想起了他的汽车，站起来，四处看看。就在他坐过的这条石子路上，汽车孤零零地卧在那里冷冷地闪着光："还是山里好啊，人厚道，治安自然也就好。"他感慨道。可是一瞥间，他发现车的跟前好像有个佝偻的身影，他满腹疑惑地走过去。

"你在做什么啊？"杨关东在张流苏身后站了足有半分钟，这个让他眷恋了四十年的女人此刻就在他的身边，用她的那双让他连做梦都渴望揣在胸前的手，一遍又一遍地擦车上的灰尘。他忍不住冲过去从身后握住她的手制止了她，"这样一辆破车，走这样的土路，都脏得没有车样了，回头找洗车店冲冲就好，怎么值得你这么用力来擦？"

"哎哟——"张流苏猝不及防，一下子倒在他的怀里，紧接着又本能地挣脱。

"怕什么，我是关东啊。"杨关东也意识到自己的冒失了，又不敢马上撒手，怕一下子把她闪到地上了。

"关东？"张流苏转过身看了看他的脸，高度绷紧的神经迅速松弛下来。这天夜里，这是她第二次受到如此强烈的惊吓了，觉得再也支撑不住，瘫在他的怀里。她马上又意识到不妥，顺势坐到地上，"你可吓死我了。"说出这句话，好半天喘不过气来。

杨关东蹲在她身边，在她的背上揉搓着："好点了吗？"见她不说话，又换一种手法揉搓，"这样呢？是不是好多了？"张流苏还是不说话，杨关东就问，"是这样好还是那样好？哪样更舒服一些呢？"

"不用……"张流苏把他的手扒拉下来，"我自己歇一会儿就好。"

杨关东像是一个做错了事的孩子，乖乖地坐着不动了："我只是纳闷你怎么会在这儿，哪想到会吓倒你？真是粗心。"他自言自语道。

"好了。"听到杨关东自己责备自己，张流苏觉得很抱歉，她想马上让自己恢复过来，做了一个深呼吸，她闻到一股馊臭味，但是又不敢肯定。

今夜连番惊吓，神经系统受到刺激，难道连嗅觉也出毛病了？她不敢相信自己，于是她问杨关东，“什么气味？你闻到了没有？”

“是我。”这一刻，杨关东狼狈极了。从小自己在张流苏眼里就是一副窘迫相，那也罢了，如今几十年过去了，人到中年的时候自己展现在她面前的为什么还是一副邋遢不堪的样子呢？他懊恼极了，这一刻，他做了一个重要决定，那就是：从今往后再也不喝酒了。

“你？”张流苏以为耳朵也出毛病了，直直地看着他，想从他身上找到答案。

“是我。我喝多了，吐了，身上黏糊糊的。”杨关东坦白地说，比小时候做任何一次坏事情让人逮住都窘迫得多。

“嗐，你看我这脑子，晚上你哥还说呢，说全酒店的人都让你喝酒，支书更是……”张流苏也站起来，“脱下来吧，走，咱到卫生室里去洗洗。”

杨关东没吱声，站着没动。

“去吧。”张流苏见杨关东站着不动，拉拉他的衣服说。

杨关东想上车，却挪不动腿，顺从地来到卫生室。

“你哥不知去给谁看病了，慌得门都没锁。”张流苏一边开门一边说。

“我知道，是大伟的女儿病了。”杨关东说。

“什么病啊？”张流苏顺口问道。

“不知道。刚才大伟媳妇来喊人。我本来醉得昏天黑地的，就是她一喊我才清醒过来的。”杨关东说。他蓦然想起，王拴住出诊有段时间了。

“大夏天的，又不怕冷，你脱下来啊。”卫生室里，张流苏催促杨关东道。

杨关东顺从地把T恤衫脱下来，递给张流苏。张流苏在脸盆里接了水，把衣服打湿了，想找洗衣粉，没有，只有一点香皂片。她仔细握在手里，一点一点擦到衣服上。杨关东裸着上身坐在门诊室的上首椅子上，看着张流苏一丝不苟地洗衣服。洗着洗着，张流苏又想起那个奇异恐怖的梦，想起杨关东拿起匕首劈开自己的脑袋，想起杨关东捧着白花花的脑浆往自己的脑袋里塞……额头上不禁渗出汗珠。她偷偷看看杨关东，杨关东似乎也在沉思。是的，此情此景，似乎让杨关东的岁月倒流回去，他又回到少年时代，想起那一年，张流苏在桂花峪的“西门湾”洗衣服，张流苏非让正在水边逮青蛙的自己把脏得看不见底色的衣服脱下来洗，褂子痛快地扔给了她，裤子却不好意思脱，张流苏喊他脱，他不肯，偷个空悄悄钻到水里才勉强把裤子扔给她……当时，张流苏自言自语说：“你还知道害羞？”记忆真是奇妙。都说时光的流逝能让人忘却过去，但是偏偏有的记忆难以湮没在时间的长河里，反而在岁月的冲刷下，让原本模糊、似见非见的东西，凸现出历史的本色。杨关东知道，在张流苏面前知道害羞，那绝不是第一次，在洗衣服那天的好多天之前，一次张流苏让他试鞋，好说歹说就是不试，等拿回家穿到脚上马上就神气活现地去了她家。当时张流苏说：“真是孩子心性啊，一会儿一个想法！”杨关东想，她从来不知道也永远不会知道自己并不是一会儿一个想法，而是因为自己好几天没洗脚了，不愿在她面前露出臭脚丫子，才固执地先回家把脚洗干净了再穿鞋子的。他也想起刚才做的那个梦，想起在麦田里张流苏执意帮助自己的情形，他说：“从小就要你照顾，人到中年了还要你照顾，真是摆不脱的定数！”说这话的时候，心里充满英雄末路的惆怅。

“怎会这样说呢？我能做什么，不过是缝缝洗洗而已啊。”张流苏已经洗干净了，她看看屋里没有合适的地方晾，就把衣服挂到脸盆架上，然后把脸盆架搬到门外，“灯下看不清，也不知洗干净了没有。”她自言自语。

“不再像当年一样非把我的裤子也洗干净不可了？”杨关东调侃。

“还记着那档子事？我也一想起来就觉得好笑。你从小就是又聪明又淘气还倔强。”张流苏也笑了，“那时候家家都那么穷，一件多余的衣服都没有。要是说给现在的年轻人听，谁会信啊。”张流苏由衷地说，“好在一切都过去了。今天，我指着你的车告诉多儿——对了，多儿是我的小女儿，那天曾坐过你的车——我告诉她那天你就是用这辆车给我运的秫秸箔，她说，这是当年毛泽东主席坐的车。你有今天，也能抵得了小时候的艰难了。”

杨关东不置可否，这种话，他听得多了，他自己也不知道人生中一个阶段的辛酸是否能与另一阶段的辉煌相抵消？他想起另外一个问题，笑着对张流苏说："可是我小时候的心愿却一个也没有实现啊！"

"啊，我记得呢。你亲口告诉过我，你想开飞机，你还想当兵，还有你造的那台卷烟机，你说原想给我造台机械纺线机……就是这三个心愿吧？"张流苏似乎又回到了过去，"都是那个时代不好啊，做什么都要看家庭出身，看成分。这些心愿要是搁到现在也不是什么一定做不成的大事。"

杨关东静静地听着，他已经想不起张流苏说的那两个心愿了。自己真的说过？什么时候说过？他记不清了。他说自己的心愿都没有实现，本意无非想说对张流苏的感情。这其实是一个心愿，之所以把一个说成三个，里面夹杂着一个类似于典故的故事。那一年，他和王大伟认识不久，有一次两个人在一起喝酒，喝到高兴处，王大伟非要服务员陪饮，喝完了又要带着服务员一块走。正巧那是一家正规的餐饮单位，不允许服务员跟客人走，王大伟很恼火，出了酒店上了车仍然骂骂咧咧。杨关东说："你也是见过世面的人了，怎么一见女人就拖不动腿迈不开步子了呢？"王大伟说："不怕你笑话，兄弟我平生就是两大爱好。"杨关东做出洗耳恭听状，王大伟踉踉跄跄地走着竖起一根手指头，"第一个爱好是睡女人。只要不是我的老婆，俊的丑的我都愿意睡。当然，越俊越好。"杨关东点头，觉得大伟是说真话，像他的作为。

杨关东不搭话，想听他说下去。可是他好像忘了这个话题，竖着的手指头放下了，浑然成了没事人一般。杨关东提醒他："这是其一。你不是有两大爱好吗？第二个呢？"王大伟说："你调戏我呢？"杨关东问："什么意思？"王大伟说："真不知道？"杨关东说："真的。"王大伟扑哧一声笑了："既然第一个爱好是睡女人，那么第二大爱好当然就是休息一会儿再睡一个了。"杨关东也扑哧一声笑了，细长的眼睛眯成了一条线，越笑越觉得好笑，于是就笑得直不起腰，车也开不了了，停在了路边。王大伟不高兴了："拿你当哥们儿，怎么笑耍我？"杨关东立马解释："不是笑耍，你这两大爱好实在太经典了。"王大伟得意地说："说出了你的心声吧？"杨关东不笑了，把车发动起来说："我有三大心愿，知道是什么吗？"王大伟说："不用讲，我替你说吧。第一个是睡女人，第二个是歇歇再睡一个，第三个肯定是再歇歇再睡一个了？我没说错吧？”王大伟得意地看着他。杨关东很郑重地说："错，全错。”王大伟丈二和尚摸不着头脑了："那会是啥？”杨关东说："第一个心愿是想娶一个女人……”王大伟又扑哧一声笑了："第二个心愿肯定是娶一百个女人，第三个心愿肯定是娶尽天下女人了？”杨关东说："你小子除了女人啥都不知道了。”王大伟说："那你告诉我剩余的两大心愿。”杨关东学着他的样子也竖起两根指头："我第二个心愿是非常想娶这个女人，第三个心愿是非常非常想娶这个女人。”这回轮到王大伟笑得直不起腰了："我还以为是多么高雅的心愿呢，这不还是关于‘女人’吗？”他顿了顿说，“不对啊，你的女人差不多三位数了吧？想娶谁谁都会觉得是你的恩赐啊，怎么还成了你的心愿了呢？好啊，你还是要笑我！”杨关东说："我说的是真话。”王大伟说："你想要的那个女人是不是她妈还没生出她来？”杨关东肯定地说："不，比我出生得还早呢。”王大伟摸摸他的额头说："没发烧吧。”杨关东摇摇头，但是他有了一种醉了的感觉。

跟张流苏说起自己的心愿，杨关东不由地想起这一节。他想跟张流苏开一个稍微“荤一点”的玩笑，可是看见她一本正经地沉浸在往事的回忆中，忽然觉得自己无聊且荒唐得很。

过了一会儿，外面传来一个声音："哎哟，你这是玩什么高级杂技呢？”

张流苏听得出，说话的是王石榴。

“我等杨老板，你见到他了吗？”一个熟悉的声音回答。

张流苏一听就知道，这是支书。杨关东也听到了，两个人几乎是同时从椅子上站起来，同时从卫生室伸出头。

月亮已经落下山去，天也渐渐亮了。但是，与皎洁的月光相比，天色却像是暗淡了少许。从卫生室看出去，在不远处杨关东的车上，一个人端端正正地坐在车盖上，腿还在车牌旁荡着。王石榴朝那儿走去，一边走还一边比画着手势。

张流苏和杨关东对视了一眼，又不约而同地走过去。

“你的酒醒了？这又是干什么呢？”杨关东远远地搭话。

“啊？”支书正和王石榴说话呢，看到杨关东过来了，哧溜从车上跳下来，两手紧紧握住杨关东的手，“可找见你了！”

“找我？”杨关东感到疑惑。

“我喝高了，一觉睡到天亮，一睁眼你不见了，可把我吓坏了。”支书迎着他疑惑的目光，“你丢了还得了啊，你走了谁来油根子峪来修路，谁来投资盖别墅啊？我慌忙出来一看，还好，你的车还在，我就在这里等你。走，兄弟老板，咱们再去喝一盅！”拽着杨关东的手又要回过把瘾大酒店。

“修路？盖别墅？”杨关东重复道。

“这可是你昨天亲口说的。我说请你来投资，你说条件不成熟，路不行，要先修路。我当时就说好，你要是修路，我让全村老少爷们出义务工。兄弟，可不能反悔啊！”支书看着杨关东的表情不对，有些着急。

杨关东知道支书误会了，但一时又不好解释，就一个劲地说：“再商量，再商量。”

“好商量，好商量！我们还是上酒店商量。”支书仍旧把杨关东往酒店里拉，张流苏和王石榴跟在后面，“赶明儿你修条路，我们就叫它‘关东路’，老少爷们谁走在路上也要念叨你的功劳。”

“别！我们祖祖辈辈闯关东，闯得还不够苦吗？”杨关东打断了他。

“要不就叫杨家路，杨家路也挺好。”

“也不好，还不如叫流苏路呢！”杨关东顺口说。

“流苏路？是呀，能把你请来，多亏了张流苏，就叫‘流苏路’！并且按照上面制定的政策，你来这里投资，她还要受重奖呢！”支书兴奋地对张流苏说，“大妹子，你可立大功了，这奖，不受都不行了！”

“什么奖不奖的，我可不要，”张流苏感觉支书正在强逼着杨关东投资，忍不住提醒他，“投资是大事，关东要是觉得该投，自然就会投，不是因为我；不能投，肯定是力不能及，也不会因为我。是不是，关东？”

这个话题王石榴似懂非懂，她不感兴趣。但是听着张流苏很倾向这个杨关东，又看着杨关东赤裸着上身的样子很不顺眼，再想起张流苏刚刚同他一块走过来，就满目鄙夷地问张流苏：“大清早的你和你这个兄弟光着膀子到哪儿去了？”

“在卫生室闲拉呱儿呢。”张流苏说。说完了，她觉得王石榴的语气很不好，忽然明白她说的是另一层意思，自己的脸一下子就红了。同时她想，自己清清白白的怕什么，“关东兄弟喝多了，衣服脏得不行，我就给他洗了一把。”

“拴住呢？”王石榴继续问。

“他去给人看病了。”张流苏说。

王石榴下意识地朝卫生室看一眼，王拴住正低着头朝卫生室走来。

王石榴紧走几步，快到王拴住跟前了，正想跟他说说，没想到支书也看到了他，张开铜钟一般的大嗓门喊了起来：“拴住兄弟——”这不仅使王石榴一愣，连王拴住也吓了一跳。激灵一下抬起头来。他正沉浸在与王迎春的缠绵中，看着这么多人找自己，不免有些慌神：莫非有人知道了？怎么这么快呢？心里很不是意思。他闷闷地答应一声没说话。

说话工夫，两伙人都来到卫生室门口。支书拍着他的肩头说：“兄弟，你可要为咱油根子峪立大功了。流苏妹子的兄弟，也是你的内弟，要给咱村办大事了，回头我给妹子发奖。重奖！”

王拴住还没愣过神来，王石榴说：“你给谁看病去了？也不回来招待客人？大清早的害得弟媳妇和他这个光着膀子的兄弟在卫生室闲拉呱儿？”

经王石榴一提醒，王拴住明白了王石榴的意思。支书的话他也领会过来，确信自己与王迎春的事没有暴露，一颗心踏实下来，又庆幸又快乐。他看看杨关东，正从脸盆架上取下自己的上衣，摸摸有些湿，还是往头上套去。

“这就是关东兄弟吧？真是大水冲了龙王庙——一家人不认一家人，衣服还湿着怎么能穿呢？容易感冒。跟你姐回家找一件我的衣服换上吧。”王拴住刚刚跟王迎春做了平生第一件大事，浑身到处洋溢着男人的成就感，心中充满掩饰不住的喜悦，他的话又温和，又得体，杨关东都觉得感动。气得王石榴掉头就走，心里恨恨地说：“我真是狗拿耗子——多管闲事。”

“大家都坐啊，客气什么？”进了门，他招呼道。王拴住这么热情地说话，真是破天荒的事情，但是，三个人各想各的心事，谁也没有在意他的异常。

"大伟的孩子病了？很重吗？"张流苏问道。

"不。啊，有点重……"王拴住不知怎么回答才好。

"什么病啊？"张流苏继续问道。

"是……"王拴住答不上来了。他想说是低血糖，但是又觉得低血糖不至于在她家待上一夜。正思考间，支书替他解了围。

"既然好了，还管她什么病？"支书说，"咱还是说正事吧。"他把头转向王拴住，"今天，我要领着杨老板兄弟在咱村转转看看，算是考察考察投资环境吧，我想请你和流苏妹子陪陪咱村这位最尊贵的客人。可好？"

"改日吧，我出来两天了，也该回去看看了。改日我请你到我公司，也可以到杏花峪去看看。改日吧，改日，一定。"杨关东站起身说。

"改什么日？今日就最好！"支书急了，"走，我们去吃饭，咱油根子峪村是热情好客的村，有了现成的饭店，还有让客人空着肚子走的规矩？"他也站起身来，挽住杨关东的胳膊说，"倒腾了一夜，我的胃里早就没有一点食了，要不是等你，早就忍不住了。"说着往外走，转过身又站住了，对王拴住说，"拴住兄弟，这个面子你和妹子可一定给我啊！"

"我这个地方哪里离得了人啊？还是你自己陪着关东兄弟去吧。"王拴住看着张流苏说。

"要不这样，你们先去吃饭，我回去安排一下，回头到酒店找你们？"张流苏说。

"好，一言为定。"支书说完拽着杨关东走了。

支书身上一片一片的污迹，散发着浓重的馊臭味，杨关东并不想跟他走。但是，一来经他一提醒，自己的肚子也饿得咕咕叫了，同时他明白，如果自己固执地走了，那么除非这辈子再也不到这里来。他权衡再三，跟着支书走了。

张流苏回到家，老太太早就醒了，但是还没起床。张流苏把支书安排陪杨关东考察投资的事简单说了，老太太说："修桥铺路，自古就是积德行善的大事业，该去！"

张流苏又跟多儿说，多儿先是赖皮着不肯睁眼，听张流苏说让自己在家照顾奶奶，一个鲤鱼打挺就起了床，道："不行，今天我想进城。"张流苏问她进城干什么，她说，"昨晚做了个梦，梦见高考成绩出来了，许多同学都围着一张红榜找名字。所以想去学校看看。"

"才几天工夫？这么快？"张流苏以为她想偷懒。

"电脑阅卷，快得很！"多儿解释。

张流苏不懂电脑阅卷，但是她知道，女儿上大学是大事，丝毫耽误不得。她想了想对多儿说："你先在家陪奶奶，等你关东叔叔考察完了回去的时候，搭他的车走不行吗？"多儿想也没想就说了一连串的"行"。

油根子峪地处泰莱山脉北麓，位于山东四座城市交界处，境内重峦叠嶂，磅礴而神奇，泉水潺潺，清冽而秀美。山上多是青石山，也有部分沙土山，山上郁郁葱葱：第一层为山椿林，第二层是桃杏林，第三层是枫叶林，最顶层为翠柏林。春季，桃树、杏树、樱桃树，花开满树，春风徐徐，十里飘香；夏季，满山青树绿叶，有黄黄的杏、青青的桃，硕果累累；秋季，满山红叶，五颜六色，十分壮观，让人心旷神怡，缥缥缈缈，如临仙境；冬季，大雪覆盖满岭，葱绿的松柏傲然挺立，陡峭的山崖势如刀削，悬壁千丈，举目远眺，山泉晶莹，水流如练，令人心驰神往，流连忘返。确实是一个美丽的地方。眼下正是火热的夏季，青山绿水，很是秀美。

太阳升起来了，张流苏跟支书、杨关东一行三人蹒跚登上油根子峪最高的一座山顶。她好像第一次带着闲适的心境来看生活了二十多年的小村庄，看着高天厚地，听着那些悠远的山歌，随着风吹云卷，时起时落，远观山外面高楼叠起，大道入云，近看山间小路到处撒满蹄印轮迹。一时间，她的思路也变得开阔深远：也许，关东是对的，支书也是对的，一经开发，说不定封闭的油根子峪很快就会变成依傍在青山绿水中的山间明珠。

"从这里可以看到油根子峪任何一个地方。"刚登上山，支书还气喘吁吁，就迫不及待地向杨关东介绍。

"咱还是先坐一会儿。好长时间没下这么大力气了，都快忘了自己也是山里人了。”杨关东累得受不了，提议道。

于是他们坐下来。歇了一根烟工夫，支书从上衣口袋里掏出一个皱皱巴巴的小记录本，打开来，对杨关东说：“我还是给你说说油根子峪的大体情况。”又对张流苏说，“说得不好不全了你及时纠正补充。”接着，他清清嗓子念道——

“这里有龙藏洞通天透地令人叹——为观止；天苍岭高耸入云使——人心旷神怡，东寺鸟鸣万丈松让人如——痴如梦，宝珠寺碧波倒映给人无限启迪……”他念得很熟练，但是却很不连贯，让杨关东和张流苏听不出所以然来。

“这是一首诗？”杨关东问道。

“不是，这是请学校老师描写油根子峪景色的文章，趁你歇歇的空念给你听听，好让你有个大体印象啊。”支书说完，接着又要念。

“还是别念了。我从小读书不多，就怕长篇大论。”杨关东说。

“那么我就念点短的。”支书把那几页翻过去，又打开一页——

九顶巍峨披彩虹，东风碧波润苍生。

龙洞潭深通大海，天苍云海雾中行。

四季花开美如画，兴隆灵鹫万年松。

宝珠吐玉飞千尺，长城凌空走青龙。

“这是谁写的诗？”杨关东还是听不出所以然。

“这是我们镇党委书记为油根子峪写的。那可是个大才人！”支书喜不自胜地感叹，“他这首诗写了油根子峪八大美景，一句话就是一个景点。”

“有九顶山、四季山、宝珠寺、齐长城，还有哪里？”张流苏问。有些地方她听明白了，因为许多名字是她经常听也经常说的，“东风、天仓、龙洞……什么的我就不明白了，那是说得哪儿？”

“龙洞是翻过山去的那个龙藏洞，天仓就是天仓岭……”支书解释。

“这还是咱村的景吗？那是在别村的地盘上啊。”张流苏说。

“区位优势。区位优势你知道吗？只要临近，就能利用。算了，我不给你讲，还是给老板兄弟讲吧。”支书把头扭向杨关东，“这九顶山，就是九座山崖组成的一座山，主峰顶像个圆墩，海拔八百三十三点五米，春天迎春花开，山下白雪皑皑……有诗为证：笔架山腰飘白云，山门凉风冻煞人。南峪白雪尚未尽，北岭花开又一春。”讲着讲着，他又翻开了笔记本。

“你是有备而来啊？”杨关东打趣他。

“准备了好长时间。市里领导关注招商引资，镇上领导也关注招商引资，没有准备哪行？”说着，他又要念。

“咱还是随便走走看看吧，反正也歇过来了。”杨关东说。

于是三个人就开始到处转悠，边转悠支书边现场讲解，张流苏也不时插上几句。眼看天越来越热，太阳晒得人睁不开眼了，支书仍然游兴不减。

杨关东说：“景色是很美，但是开发不是一日之功啊。”

支书问：“什么意思？”

“要不咱到我在杏花峪建的别墅区去看看？”杨关东提议。支书虽然有点失望，但还是点点头。

杏花峪风景度假区距离油根子峪二十千米左右，虽说是盘山公路，驱车半小时也就到了。这里春季万点飞红，夏季漫山滴翠，秋季红叶遍山，冬季松柏苍苍。此时，正是夏季丰水季节，泉水潺潺，叠瀑而下，又汇聚到杏花峪大水库中，真是壮观极了。张流苏已经二十多年没来过了，一下车就被这美丽的山水画卷吸引了，置身其中，说不出的心旷神怡，幽静深远。

“那边，就是我开发的项目，”杨关东边走边介绍，“这个项目首期开发建设六平方千米，主要开发建设了百余景点、游乐休闲区及配套服务设施，分山川风光、艺术文化、群泉竞秀、农家村落、休闲娱乐五大区域。山川风光游览区由八岭、八山、十泉、十八湖池等百余景点组成，主要景点有古寨遗址、会仙桥、无极洞、太极塔、老泉、响泉、飞龙泉、梯田迭水等。艺术展馆区收藏展出了数百件难得一见的近代书画大家精品真迹，以及隋代以来的古老生活用品和工艺品。休闲娱乐区有垂钓、游泳、戏水摸鱼、斗鸡、射猎等。”在杨关东的指引下，张流苏和支书一一游览了杏花峪风景区，这里不仅风光优美，而且服务设施齐全，备有农家饭菜和各种野味，在尽享大自然美景的同时，也可体验农家生活。放眼望去，游人如织，就像是在画中游览一样。

支书不吱声。他知道，这里的条件比油根子峪好得多，如果说这里是小家碧玉，那么，油根子峪只能算是一个粗使丫头。

张流苏在“杏花峪度假村”正门前停下来，因为门厅一侧贴的一张大红海报上写着：“招聘：水饺工、顺菜工、传菜生、服务员，月薪面议。”

张流苏问：“包个水饺还能打工？”

支书不耐烦地说：“走吧走吧，你又不做，看这些干啥？”

杨关东说：“是啊，水饺工也不好找，年轻人不愿做，又累工资又低，月薪才六百元，年纪稍微大点的，家里还往往离不开。所以，常年缺人。”

张流苏心里迅速算了一笔账：一个水饺工一年的收入差不多是自己一年种庄稼收成的三倍。杨关东还一个劲地说水饺工工资低，工资高的能挣多少钱呢？但是，她不好意思问，只是顺口问道：“里面这些项目都是你经营吗？”

杨关东说：“哪能。我只是管开发，开发完了都交给别人经营，有出租的，也有出售的，情况不一。”

他们三人在一间小巧的酒吧里坐下来。支书低着头一句话也不说。杨关东点着一根烟然后递给支书一根，使劲吸了两口说：“从购买经营权到开发成今天这个模样，投资已经接近三千万了。”

“购买经营权你花了多少钱？”支书直愣愣地问。

“千把万吧？”杨关东不紧不慢地说。

“你要是到我们油根子峪去搞开发，一百万，我们就给你开发。”支书的烟已经吸完了，又点上一根。

杨关东的烟捏在手中，他望着袅袅升起的烟雾没说话。

“五十万？”支书瞪着金鱼一样的眼睛，直视着杨关东。看杨关东没说话，他又吧嗒两口烟，“这里是比我们油根子峪洋气。但是，要是用心开发，用上三年两载，也未必就比这里差。”

“这倒是真话。”张流苏见支书情绪不佳，连忙打哈哈，“年轻时到这里修水库，那时候这里尽管也很美，但是我记得比这差远了。是不是啊，关东？”

“是啊是啊，”杨关东说，“可是，这里离油根子峪这么近，要是在油根子峪再开发一片相近似的景区，人气肯定受影响。到这里游览了肯定不会再到油根子峪，到油根子峪游览过了也不会再到这里了。要是这样，景区租赁不出去，别墅卖不出去，我那些投资可要僵在这里了。”

说话工夫，服务员把菜端上来了。杨关东要了一瓶酒，说：“我是不能喝了，昨天的酒今天还作呕呢。”

杨关东让服务员只给支书倒酒，自己跟张流苏喝果汁。支书感到了沉重的挫败感，听杨关东的口气，自己做了一夜的美梦就要落空了。心里好像有什么东西一样堵得慌，菜咽不下，酒也喝不下，勉强喝了一口，呛得咳嗽不止。等他咳嗽停下来，杨关东慢条斯理地说：“油根子峪也是一个好地方。对油根子峪的问题我倒有个别的主意。”

“什么主意？”听他的话，似乎峰回路转又有生机，支书一动不动地盯着他。

“从镇驻地到油根子峪四千米盘山路，必须要修。要是修成二十厘米厚的水泥路，造价大约五十块钱一个平方米。”杨关东一笔一笔算着，支书聚精会神地听着，听到公路造价，他插嘴道：“人工你就别算了，不是说好了吗？你修路，我动员义务工。”

“人工费了了，满打满算占不到百分之二十。”杨关东说，“按这个思路，要是修成十米宽的水泥路，二百万足够了。修路这项工作看起来不起眼，里面也需要技术，要是去掉四十万的人工，一是工期可能要长，再者质量也不好保证。”

“咱不是缺少资金嘛！”支书主动喝了一口酒，又亮起铜钟一样的嗓门。

“我看这么着。”杨关东也喝了一口果汁，“这路我给你修，我也不买你风景区的经营权，就要你村里的一座寸草不生的青石山，开个石料厂，经营十年。怎么样？”杨关东细长的眼睛又眯缝起来。

“我给你二十年。”支书说，他咕嘟喝下一大杯，“这路，就叫流苏路，你包的山，就叫流苏山。怎样？”他说着说着，激动地站了起来。

杨关东嘿嘿笑了两声：“路可以叫，山就不行了，等我把山头开没了，那……”

支书也爽朗地笑了。

“可别叫流苏路、流苏山的，我的名字自己都觉得难听。”张流苏说，“我就盼着啥时候油根子峪也开发得这么好了，啥时候我也完成任务了，没有非干不可的活络，没有非面对不可的烦心事，就住到山坳里的别墅里去，那样的话可不得活到三百岁？”

杨关东笑了，说：“现在杏花峪就有现成的别墅，给你一座，你活个三百岁我看看？”他在心里想：我倒想给你一份这样的生活，可是你能要吗？但是，他没有说出口。

11

王拴住好像变了一个人，他的心被那个天大的秘密幸福着、快乐着、鼓舞着，连走路的脚步都变得轻盈起来。若干年废弃不用的一面小镜子被他重新找出来藏在了卫生室的抽屉里，闲下来的时候，对着镜子看上一眼，打量打量自己四十八岁的容颜。有时候，他怎么看都觉得皱纹也太密了，眼睛也不够明亮了，虽然一句话也不说，但是左照照右照照就阴下脸来。更让他心情沉重的是那天他竟然发现了一根白发，他简直不敢相信自己的眼睛，再仔细看看，才知道，不是一根，而是数不清有多少根了。刹那间，他感到了从未有过的惊慌失措，捧着小镜子的手都颤抖起来。伤心到了极致，却也很容易柳暗花明：再览镜自照，感觉可能随着角度的转换自我感觉良好起来，虽然心里仍然感叹着“确实是老了”，但是对自己总体还是满意的，觉得自己这副形象蛮配得上与王迎春的这段艳遇，于是心情灿烂得一如三月明媚的太阳。

当然，他也有很冷静的时候。这时候他又变得格外谨小慎微，处心积虑地检点自己的言行，唯恐自己一不留意露出马脚，毁了自己家族在油根子峪绵延若干代的好名声，也毁了自己在油根子峪人眼里公认的本分的好印象。所以，当他不经意沉迷在自己的小秘密中并被这个秘密幸福着、快乐着、鼓舞着的时候，一旦惊醒，又会忍不住高度紧张，东张西望一番，直到确认确实没有人注意到自己的失常，才长吁一口气。

在王拴住的成长过程中，他家那个小天地没有给他必要的性意识启蒙，他的日子从来都是按部就班，内容也一直是一成不变的。直到认识了张流苏，内心的感觉才丰富美好起来。他一直记得与张流苏第一次见面的情景，那是在媒人家昏暗的油灯下，一见到美丽端庄的张流苏，内心激动不已，连呼吸都不通畅了。自己连笑一下都觉得不好意思，想打个招呼，把脸憋红了也没说成一句话，反而低下头整整一晚上都手足无措。但是，他心里明白，自己情窦初开了。那些日子，他干什么都能想起她，看书的时候，书页上闪出她端庄的脸；吃饭的时候，饭汤里映出她秀美的眼；睡觉的时候，一合上眼睛就看见张流苏，张流苏一整夜一整夜地在他的梦境中，一切的美好都会让他联想起她……一想起张流苏，就觉得浑身有使不完的劲。好不容易盼星星盼月亮地盼着把张流苏娶进门，新婚第一夜费尽了千辛万苦也没有把那件事做成功。自己找出解剖书研究了大半天，又就自己的具体问题分析大半天，好不容易明白了一点子丑寅卯，找到了一点感觉，准备第二天晚上大干一场的时候，没想到刚吃完晚饭，娘就把他叫到一边，郑重其事地告诫他不要耽于女色，还用家族的光荣、祖宗的事业激励他，恼得他差点岔了气。一想起年轻时的心事，在王拴住看来比母亲更可恼的还是张流苏。在这件事情上，王拴住觉得她几乎就不是一个真正的女人，她从来不对王拴住表示什么，他要做，她绝不会拒绝，即便不高兴的时候，也从没有以此相要挟过。但是，她也绝不会主动要求他，甚至连配合也不会，经常是王拴住忙得满头大汗不亦乐乎，她却静静地望着一个地方出神。内心深处，王拴住也理解她，知道自己那个家庭带给她沉重的生活负担，让她没有闲心也没有闲空去想那点夫妻之事。王拴住最热衷此道的时候，正是张流苏最忙碌的日子，家里外头的活儿都要做，经常是自己睡了一觉醒来她还在忙着，好不容易耐着性子等到她也睡下了，自己一活动起来总会及时听到寡居多年的母亲略显夸张的咳嗽声。当然，到了兴头上，他是不必也不想忌讳什么了，可是张流苏对此却非常敏感，一听到母亲的咳嗽立马就全身僵硬起来，让他大为扫兴。有时候王拴住庆幸总算没有听到那声咳嗽，但张流苏就更是糟糕，整个过程都全身硬邦邦的，好像全神贯注地等待母亲即将发出的咳嗽……王拴住汹涌澎湃的欲望常常被她的“敏感”

搞得一塌糊涂。他想，这么一个美丽端庄得任凭谁见了都觉得王拴住艳福不浅的女人，同睡一张床却搞不成，就是搞成了还搞不好，这不就像搂着一张画、一尊泥巴雕像一样？他不甘心，也曾试图就男人的欲望跟她聊聊，绕来绕去却开不了口；懊恼到极致，也曾几日几日不理她，希望她就此觉醒，但是，她一如既往地任劳任怨且始终对自己举案齐眉。时日一久，王拴住先感到歉疚了。这么几个回合下来，他们的婚姻生活的基调也就基本上固定下来了。

和张流苏相比，王迎春简直像是来自另一个世界，虽然无论怎样降低“漂亮女人”的标准也无法把她划入那个圈子里，但是，她的出现仍然让王拴住兴奋不已。王拴住想王迎春就像情窦初开的季节万事万物都让他想起张流苏一样，一想起她，就想起她的滑腻腻、肉嘟嘟的屁股，想起她渴望得几乎要喷出火来的目光，想起她面对自己就像是面对了不起的英雄一样的崇拜。这种崇拜，对于一个男人多么重要啊，不仅打破了王拴住沉静寂寥的生活，还唤醒了他已经压缩得肉眼看不见、凡心意识不到的欲望，让他汹涌成永不干涸、日夜奔流的滔滔大河。

因为这段机缘，在他心里，白天是多么漫长，黑夜又多么短暂啊。

在他寂寞难耐的期待中，黑夜不经意地降临了。多儿去了县城，高虹还在高雁家，王拴住的家里沉寂极了。

“在家闹闹嚷嚷的时候，就忍不住想说说她；她不在家，还是真冷清。”老太太想起了高虹。

“接她好几次了，雁子说再陪陪她。”张流苏一边给老太太碗里加点菜，一边说，“她呀，就盼着高虹能好过来。”

“谁不盼啊？可是，十年了，还能好吗？”老太太干脆把碗放到桌子上，不吃了。

张流苏没说话，王拴住沉浸在自己的世界里，也没有介意老太太说的啥，只是一个劲地答应着。

“拴住你说，高虹她还能好吗？”老太太问。

王拴住没有反应。

“你就说真话，娘不怕。”老太太以为王拴住怕自己伤心，“其实，娘的心里，早就觉得没有指望了。”

王拴住还是没有反应。张流苏说：“娘问你话呢。”

“是，是。”王拴住慌忙答应，但是他仍然没有弄明白娘的问题。三下五除二吃完了饭，他站起身，说，“流苏关门吧，我走了。”

“就剩三口人了，你还去卫生室？在家住吧？”老太太劝儿子。

“我……习惯了，在家反倒睡不着。说不定啥时候有个病人，也搅得你们不安生。”王拴住低下头小声说。

老太太摆摆手，示意他走。

这天夜里，张流苏独自躺在宽大的床上，这几日的情景一幕一幕从脑海里浮现：长海与高雁的情话、杨关东与支书的周旋、杏花峪的美景，甚至是贴在杏花峪宾馆大厅的那张招聘启事……生活向她展示了她从未感知过的一种全新格式，她感到新鲜，也感到了从未有过的孤独。她知道：她忽略自己的感触已经太久了。当女人越是终日专注于照顾别人，就越容易遗忘自己的欲望和渴求。长期以来她可以感受到别人的情绪，却无法碰到自己的内心深处。正如同男人容易遗忘自己的情绪感受，女人也容易忘记自己的性欲渴求，日复一日的生活琐事与生存况味盖过了她内心的深层的欲望，压力与负担越是沉重，她就越是无法放松下来享受单纯的生活乐趣。但是，她的单调生活中忽然闯进一个杨关东，以自己的温厚关爱她，以自己的宽容倾听她，无论张流苏如何抗拒，这种关爱和倾听都不容置疑地让她重新审视自己内心深处的情绪。并且她的生活中因为暂时放下了照顾别人的压力负担，高雁和王长海又及时启迪了她，让她感觉到自己的欲望。于是她开始渴望丈夫的关心、呵护与支持，开始意识到潜在的性欲望。

一夜无眠。天刚蒙蒙亮，她就下地了，路过卫生室的时候，远远地看到门上挂着那把大锁，心里不禁涌起一阵无言的感动：“又出诊了，怕自己睡不安生就不在家住，多好的人啊！”

太阳渐渐升起来了，照在张流苏的棉花地里，也照着一片一片的流苏苗，绿油油的叶面上像是撒上了一层碎金子。地头堰边，还种了一些花花草草。张流苏在地里锄草。高雁姐妹俩远远走过来了。妹妹扛着镢头，挎着篮子，篮子里装了许多白色的颗粒。姐姐提着一只塑料桶，里面盛了半桶水。

“流苏姐来得这么早？”高雁打招呼。

“来得早，走得也早。”张流苏解释道。

“哎哟，你啥时候种了这么多花？”高虹惊喜地叫道，“牵牛花、蝎子草还有指甲桃子……”她一边说一边摘了几朵，“回家染指甲，你染了吗？”说着，她拉过张流苏的手看，“花开得这么好你怎么没染指甲？”

高虹去摘花，转脸又看到流苏苗子，忍不住对妹妹显摆：“妹啊，知道这是什么吗？”

高雁不想理她：“有什么大惊小怪的？不就是嫁接桂花的油根子苗吗！”

高虹得意了：“这你就不知道了吧？这叫流苏，树是流苏树，花是流苏花。”看着妹妹不相信的样子，她就问张流苏，“我说的没错吧？你教给我的，我都记着呢！”

高雁第一次听说这样的名字，她向张流苏证实：“是真的？”

张流苏笑着笑：“油根子也对，流苏也不错，一个是俗名，一个是学名。”

高燕蹲下身子仔细打量流苏苗，看着上面一个个稀稀疏疏的蓝色果子自言自语：“流苏，这个名字好。我就说这么美丽的植物怎么就没有一个配得上的名字？”

张流苏没接话，她看着高雁道：“高虹在你那儿怎么样，她不在，家里冷清得很，我和妈都记挂着呢，要不我再带她过去？”

高雁心事重重地看着姐姐充满孩子气的样子，对张流苏说：“不了，我再陪陪她，她在那挺好的。”说完拉着姐姐走了。

中午，张流苏收工回到家看见王拴住，又想起早上的事，忍不住问他：“昨晚你到谁家去了？”王拴住正坐在椅子上端着茶杯愣神，听了张流苏的问话，惊得茶水都洒到手上了，一下子站起身说：“啊？没有啊。”张流苏说：“早上下坡看见卫生室锁着门，还以为你又出诊了呢。”王拴住放下心来，感到手背烫得有点疼，拿条毛巾擦了擦，红了，又把手放到脸盆的冷水里，这才慢条斯理地说："是出诊了，不过是今天早上，不是昨天晚上。"

多儿回来了，提着鼓鼓的重重的编织袋，一进门，就兴高采烈地说："妈，奶奶，告诉你们一个好消息。"

"考上了？"大家不约而同地问。

"没有？不，还没出成绩呢！"多儿知道他们误会了，赶忙解释，"叔叔要给咱装电话了，他要在咱村修路、开石料厂，让我暑假给他打工当会计，安上电话让我办公呢。已经交了钱，号都选了，明天就来安！"她越说越兴奋，"爸，妈，奶奶，你们猜我怎么来的？我坐叔叔的车来的。当老板真好，要多好就有多好。"

"我当是啥喜事呢，贼妮子，"奶奶故作生气，"进城的时候嘱咐你去看看耀宗，你去了吗？"

"当然。"多儿说，"耀宗神气得很，上了几天幼儿园，都会唱'小白兔白又白'了。"多儿又想起一件事，"还有，金贵哥说了，月底也可能下月初他歇班，就回来看你。"

"真的？"老太太问，问完了，又忍不住叹气，"这才几号？啥时候能等到月底！"

"你不是常常抱怨'明明觉得自己还没长大怎么就先老了'吗？怎么今天又嫌日子过得慢了？"多儿挤对奶奶。

老太太笑了。

在多儿不长的生命历程中，杨关东简直是神一样的伟大形象。自从认识了他，多儿的心里充满了喜悦。说着什么事情，都能联想到杨关东的身上。

老太太问她金贵、金福、金宝的情况，她说："别问了，都挺好。"老太太说："怎么个好法，你说给我听听。"多儿说："听金贵哥说，金宝哥都当上老板了，从金贵哥的服装厂领了好多布玩具，到好多集上去卖，卖不了就给耀宗和凤凰、牡丹拿着玩，孩子们可高兴呢！"老太太说："我以为有多好呢，这不成了小贩子了吗？小贩子，唉……”听奶奶的叹息里充满惆怅，多儿忍不住说：“小贩子咋了？你不放心赶明儿你也搭叔叔的车去城里看看。”老太太说：“看看又怎样？谁也替不了谁！”多儿说：“看看就放了心了，反正叔叔天天要来，坐他的车又不用买票。”老太太就感叹：“你这叔叔真是大善人，别说开工厂了，修这么一条路，祖祖辈辈都不敢想啊。”多儿就做个鬼脸：“那当然。”

张流苏让多儿跟自己下地，她就嘟囔：“人家马上就开始打工上班了，怎么还能干农活儿？”张流苏说：“不是还没开始嘛。”多儿就搂住妈妈的脖子：“你也别去了，叔叔说又是修路又是石料厂，一开工千头万绪的，连他都可能要在油根子峪住一阵子了，你还能袖手旁观？”张流苏不理她，她就使劲摇晃妈妈：“妈，你换换脑筋吧，你想想，你种地一年收入多少钱？风吹头雨打脸的，没有风没有雨的时候又晒得浑身生疼，要是你给叔叔干活儿，又能给他帮忙，又能提高收入。何乐而不为啊？”张流苏装作生气的样子用手戳着她的额头说：“越大越不懂事了，我给你叔叔帮忙还不该当，难道还让他给我发工资？”多儿就嘻嘻地笑：“老外吧？现在，儿子给老子打工都照样挣工资。我看啊，叔叔开了石料厂，肯定你要当经理。你想，这里山高皇帝远，他又鞭长莫及，除了你，交给谁他能放心啊？你要是给叔叔的石料厂当了经理，就不用叔叔给你发工资了，只要你按时给工人发工资就行了。”这个问题张流苏也不是从来没有想过，只是她觉得自己肯定干不了，一来家里高虹和婆婆都需要她，二来常言说“四十不学艺”，自己在庄稼地里和土坷垃打了大半辈子交道，四十多岁了，要再改成和石头打交道，能做得了吗？她叹了一口气，说：“我啊，也不当经理，也不要工资，就盼着哪天你参加工作了，你婶子的病也好了，我也完成任务了，没有非干不可的活络，没有非面对不可的烦心事，我就到你叔叔开发的那个杏花峪风景区去当个水饺工，管吃管住还发给我六百块钱的工资。”“小看我！”多儿说，“我参加工作了还让你去当水饺工？说不定我就在那里给你买座别墅，让你专门看风景！”张流苏说：“更好啊，那样的话可不得活到三百岁？”两个人就笑起来。

等到多儿磨磨蹭蹭地好不容易跟着张流苏下了地，一张嘴自然又是杨关东。一进地，她就忍不住问：“年轻的时候叔叔也做过农活儿吗？”张流苏说：“做过，不过不多，他十六岁就走了，能干多少？”多儿就说：“我说他身上怎么没有一点泥巴味呢！”张流苏问她：“泥巴味是什么味啊？”多儿说：“泥巴味就是……你和爸爸身上的那些气息。”张流苏说，“真是胡说八道。我整天跟泥巴、土坷垃打交道，身上有泥巴味不奇怪，你爸可是一天农活也没干过，哪会有泥巴味？”多儿着急了：“古板、思维僵化……这不是泥巴味是什么味？”说完了又补充道，“我今年十八岁了，他跟我正经说的话不超过十八句，整天板着面孔，迈着一成不变的步伐，电影电视上的老庄稼把式都是这副形象，他的泥巴味比你可重多了。”多儿一边说还一边做着模仿动作，一不小心踩倒了好几株棉花，张流苏赶忙去扶，有两株从根上折断了，张流苏心疼不已：“你呀，啥都明白，就是不明白大人的辛苦。”

多儿不说话了，手忙脚乱地干一阵子，时候不长，又忍不住了。“妈，我现在越琢磨越觉得叔叔像一个人，那就是淮阴侯韩信。”张流苏正忙得起劲，赶不上她的思路，重复道：“韩信？”多儿说：“是呀是呀，韩信衣锦还乡，千金赠予漂母，后来漂母去世了，韩信建造了漂母祠，命令部下每人从别处抓一把土堆在漂母墓上，将漂母墓堆成二十米高的小山头，当地也称漂母墓为泰山。漂母祠直到现在还是江苏省的一大景点。你想，叔叔要投资两百万给油根子峪修条路，还要把这条路命名为‘流苏路’，若干年以后，子孙后代谁走在流苏路上，不都会想起你和叔叔的故事？所以啊，我觉得叔叔和韩信很相似。”张流苏觉得这个比方不好，就打断了她：“谁告诉你这条路要叫流苏路的？”多儿说：“当然是叔叔啊。”她又想起了新问题，“哎，妈，我问你一个问题，行吗？”张流苏嗔怪地说：“问了老半天了，这才想起问行不行？”多儿进一步说：“你能跟我说实话吗？”张流苏停下活络直起腰来：“啥问题这么严重啊？”多儿说：“你看，你和叔叔在一条街上一块长大，你们两个处过朋友吗？”张流苏说：“我还以为你要问什么了不起的大问题呢。还用处？不是一直是朋友吗？甚至比朋友还亲呢。”多儿说：“真是老外。处朋友当然是处对象的意思。我是问你和叔叔处过对象吗？”“没有。”

张流苏又弯腰干活儿了。多儿没有注意到她的脸稍微红了一下，又继续追问：“那么就是说他只是暗恋你了？”张流苏心里咯噔一下，干活儿的手停了一下，道：“没大没小的，胡说什么啊？”多儿辩白道：“怎么是胡说？叔叔亲口告诉我的。”张流苏又直起腰：“他亲口告诉你什么？”多儿说：“叔叔说，你是你们桂花峪最美丽、最贤淑、最端庄的女人。”张流苏释然：“四十多岁的老女人了，还美丽什么啊？”多儿说：“我跟叔叔说，就是在油根子峪你也是最美丽端庄的。”张流苏觉得累了，干脆坐在堰角上：“你们说得还挺多？”多儿也坐过去说：“可多了，去时说了一路，来时又说了一路。”张流苏追问：“还说什么了？”多儿说：“叔叔问我读什么书，考什么大学，选什么专业……我回答了，他又嘱咐我多读书，上了大学也要好好念，他还说自己最遗憾的就是自己读的书太少了。哎，妈，我就想，他干了这么一番大事业，还遗憾自己读书读少了，看来真是古人说得对：‘书到用时方恨少’。我一定好好读书，多读书，将来大学毕业了再读硕士、读博士，有机会也出国去深造一下。”张流苏反问：“硕士、博士都要出国吗？”多儿说：“出国代表一种成就。你不懂，不说了。”张流苏想想也是，和女儿比起来，自己确实不懂得太多了。“你告诉妈，妈不就懂了？”多儿说：“告诉你你也不懂。你的精力都用在照顾婶婶和奶奶上，告诉你你也记不到心上，回头又忘了。多少年了，我还不知道你？”张流苏不说话了。多儿却又兴奋起来，“哎，妈，你说，叔叔修的路要是真的用你的名字命名，爸爸会不会吃醋？”张流苏着急了：“你怎么问这个？‘流苏’两个字就一定代表我吗？”多儿莫名其妙：“流苏难道不是你的名字？”张流苏说：“是啊，我叫流苏，可这两个字不是我的专利啊。”她指着一株流苏树苗说，“它，也叫流苏！”多儿简直不相信自己的耳朵。“这不是油根子吗？咱村就叫油根子峪啊……这个我还能搞错？”张流苏的火气开始小了。“你没搞错。油根子是它的名字，流苏也是。当初你姥爷就是因为喜欢这种花才给我起的这名字。”多儿怔怔地望着那小小的植物，好久没有说话。

多儿期盼已久的电话终于装上了。多儿毕竟孩子心性，对新生事物充满了好奇。这天晚上，她连饭都吃不安宁，一会儿拿起电话听听动静，一会儿劝妈和姐姐通个电话，一会儿又劝奶奶和哥哥通个电话，没有人响应，她就不时地抓起听筒听听信号，再不就拨上三五个数字，听听动静，不等拨通就挂上了。

“都十八了，还和个孩子一样。”张流苏说，“不是看书么，咋又不看了，白天让你干点活儿，该嚷着看书了。”

“高考成绩已经录入电脑，十二点打电话就能查询了，我给自己放一晚上假。”多儿做个鬼脸。

“十二点谁等着你打电话？电脑就不睡觉了？”老太太不明白多儿的话，以为她信口开河，“不看书，快替妈妈洗洗碗。”灯下安了一张小桌子，老太太正在桌上做针线，自从知道孙子要回来，老太太就赶着给孙子和媳妇做鞋垫，已经好几天没歇着了。

多儿一听要让自己干家务，赶忙坐在桌前，一个劲地说：“看，看，看，还要看呢。”说着顺手拿起一本杂志，看起来。

王拴住吃过了饭，倒上了一杯茶，正在慢慢喝，看了女儿一眼：“这么大了，也不知道替妈妈干活儿。”可是，多儿根本没听见。

“多儿，你进城时见金福了没有？”奶奶问。

“没有！你又不是不知道，他的公司离县城十多里路呢！他又是公司业务员，天天在外跑，我上哪儿找他去？”

“不是让你给他打嘀嘀机吗？”奶奶总是习惯把寻呼机说成嘀嘀机。

多儿没反应。

“奶奶问你话呢。”王拴住正要往外走，忍不住停下脚，提醒女儿。

没想到多儿扑哧一声笑了。

“傻丫头，奶奶问你话呢，你笑啥？”张流苏责怪女儿。

“妈，杂志上一个笑话，笑死人了。我说给你听啊——一个学畜牧养殖的大学生，暑假里帮助一个老太太养鸡，他考察了老太太的鸡舍，告诉老太太：你这鸡舍，可以养一只公鸡和三十只母鸡。一个月以后，大学生要开学了，开学前去看看老太太的养鸡情况，到了那里，他发现了老太太家养了三十只公鸡三十只母鸡，大学生觉得配置非常不合理，就问老太太为什么不按他说的去做。老太太红着脸解释说：一只公鸡配三十只母鸡，这是你们男人的想法，我绝不允许。”说着，多儿又笑了。

王拴住已经走到了大门口，听了多儿的话，心里咯噔一下。他停了停，拿准了女儿是信口开河，才又走了。

“什么公鸡母鸡的，乱七八糟的，奶奶问你话呢，你进城时给金福打电话了没？”张流苏责怪女儿。

“没有。不，打了，那天他没回电话。”多儿才反应过来，三步两步走到电话旁，摸起话筒，按了几个按钮，“我现在打吧。”

不多时，响了电话铃。

“喂，金福哥吗，你猜我在哪儿？”多儿有点紧张。电话那头传来一个娇滴滴的女声：“你找王金福干什么？你是谁呀。”

多儿一时没闹清楚，明明给金福打传呼，怎么会是个女人接电话，她嗫嚅着：“我是多儿，我……”

“多儿？”女人说了半句话，电话那头就传来了金福略带沙哑的声音：“多儿，是你吗，你在哪儿？”显然他抢过了话筒。

“我在哪儿？我在家！咱家安电话了，不知道吧？”多儿不免喜形于色，“哥，刚才那女人是谁？”

金福没说话。

“喂，你在听吗？哥，我问你刚才那女人是谁？”多儿追问。

“是……是你嫂子。”

“嫂子？”

“是的，我们已经领了结婚证，很快就要结婚了。”

“结婚？真的？啥时候？”

张流苏和婆婆同时抬起头，都有点不相信自己的耳朵，她们互相对望一眼，又同时看向多儿。

“你现在大连？什么？月底就回来？金贵哥也回来！可巧了，嫂子也回来吗？”

电话那头不知说了些什么，只听多儿说：“行行，我告诉奶奶，当然，也告诉婶子，还有……”

老太太站起身，走近电话说：“别告诉我了，我自己说。”她拿过多儿的听筒，却把话筒和听筒放反了方向，多儿教她正过来，结果两人都没拿住，话筒掉到地上。多儿又捡起来，老太太将它放到耳朵上，“金福，我是你奶奶。”

没有反应。

“咋没有动静？”老太太问。

多儿接过来，听了听，顺手把电话放下说：“那边挂了，接电话不能紧张。”多儿告诉奶奶。

奶奶还有点不甘心，“挂了？”又拿起来听听，“这孩子咋不让我说话？”老太太怔怔地。

“你金福哥都说啥？”张流苏看婆婆有点失落，替婆婆问道。

“他说他现在在大连，月底就回来。”

“回来，回单位还是回家？”老太太问。

“这个……我没问，”多儿说，“大概是回家，是的，回家，他还说让我告诉你们，看家能不能借点钱？——要娶媳妇了嘛！”

“钱，当然能借！娶媳妇还能不花钱？家里这些事不用他管。”老太太喜滋滋地说，“金福也要娶媳妇了，就和当年留住一样，不用大人操心，到时候就领回媳妇来。”

想起留住，老太太不说话了。张流苏和多儿娘俩也都沉默了。

王大伟家里，王迎春早早地吃过了饭，哄胜男睡觉。

“妈，我不睡觉，咱看电视吧，你不是喜欢我陪着你吗？”胜男说。

“乖孩子，睡吧，明天妈妈给你逮蝈蝈，编个笼子，让你提着玩。”

“我睡着了，你可别去大酒店，别走了，我害怕。”

“行，行，我和你一块睡。”王迎春痛快地答应，同时她和衣躺在女儿身边，闭上眼睛假寐。

“妈，爸爸为什么不回家？”躺了好久，胜男忽然睁开眼睛问。

“爸爸……爸爸要看大酒店呀，快睡吧，小孩子不懂。”

“可是，我长大了要当老板呢，小贾阿姨在这里，她一点也不喜欢我，将来能让我当老板吗？”

王迎春睁开眼睛，她不知如何说才好：“快睡吧，再不睡我就要生气了。”说完了又闭上眼睛。

胜男大眼睛骨碌碌转，充满了疑惑，听王迎春这样说，顺从地闭上了眼睛。但是她睡不着，翻翻身，一会儿又翻翻身。王迎春伸出手，在女儿身上轻盈地拍打着，渐渐地，胜男响起了均匀的鼾声。

王迎春轻轻悄悄地起了床，蹑手蹑脚地朝外走。不小心碰着了地上的板凳，发出很响的动静，王迎春自己吓了一跳，心脏扑腾扑腾地跳。回头看看女儿，只见她翻个身又睡着了，才轻松地喘了口气。

王迎春坐在院子里，她总是听着大门响，好几次站起身去开门，都是虚惊一场。

宁静的夜幕中，在卫生值班室里，王拴住同样有点心绪不宁。多儿讲的那个笑话，他总觉得有点不舒服。尽管他从多方面分析都反复证实不像有揶揄他的意思，但是每次想离开卫生室去找王迎春，眼前总会浮现出多儿讲笑话的情景。

“一只公鸡加三十只母鸡！”他自言自语，“男人都是这么想的吗？”他想想，答案差不多应该是肯定的，比如，王大伟，还有在王大伟大酒店里唱歌、跳舞、起哄的那些男人，难道不是这样想的吗？是的，肯定是的。

但是，很快，他又否定了，他想自己不是这样，没有一只公鸡加三十只母鸡的想法。只是……一种需要，既是男人的，也是女人的，各取所需嘛！他这样安慰自己。

于是，他定定心神，遥遥观望斜对面过把瘾大酒店的故事。直到看见王大伟上了门板，他才熄了灯，整理一下衣角，鬼鬼祟祟地关门离去。

时钟当当地敲，王迎春数了数，十二下。她不相信自己的耳朵，到屋里去看看，时针和分针正重叠指向钟表的最上方，她看看熟睡的孩子，又看看院子里，犹豫着躺到床上。恰在此时，大门响起轻轻的敲打声，她竖起耳朵听听，一骨碌爬起来，小跑着出去了。

大门虚掩着，王拴住一走近，从门洞里走出一个女人。“拴住叔！”声音里充满了喜悦。

“嘘，叫哥哥，叫拴住哥……”

然后，两个人滚到了一块。

对于多儿来说，这天晚上，时间像是被什么东西绊住了脚，几乎是停止了。

从吃过晚饭她就专心地等待十二点的到来，好拨通高考查分热线，揭开那个盼了好久，又有点不敢急于揭开的谜底。为此，她早早地把母亲劝到奶奶屋里去睡。她坐在八仙桌旁，捧着平日最痴迷的小说、恨不能一口气读完的小说。可今天不知怎么的，小说上的字总是在她眼前跳来跳去。看了半天，竟然连一页还没看完。闭上眼睛想想这页书中写的什么内容，全然不记得了。

她怕自己看起书来忽视了十二点钟的期待，她把小闹钟铃声都定上了，秒针嘀嘀嗒嗒地走着，不紧不慢地走着，在这寂静的夜里显得格外清晰。秒针一声声响着，同时一圈圈地转着，一刻也不停息，它使得多儿更加心神不定，她有足够的理由认为钟表的闹铃坏了，肯定坏了。于是，她不敢依赖闹铃，一遍遍抬起眼睛看表，可是，距离十二点还有好大一块距离呢，于是一遍又一遍地失望。

“管它呢，早知道了又有什么好，说不准知道得越早，失望得也越早呢！”多儿嘟噜着，“还不如睡觉呢！”

她脱了鞋子，躺到床上，夸张地把被单蒙到头上。可是她又躺不住，在被单里闷得喘不过气，一骨碌从床上跃起来。

“还是看书吧。”她又坐回到八仙桌前，重新打开小说，把头歪在胳膊上，把胳膊斜斜地放到桌子上，一个字一个字地念着。

念着念着，书上的字开始在她眼前运动，逐渐幻化成高考的试题，她一个字符一个字符地辨认着，但总是看不清楚。看看四周，恍若就在考场，自己坐在千千万万的学生中间，几乎能听得见别人唰唰唰的写字声，每个人都那么聚精会神，每个人都那么从容不迫，只有自己，总是看不清楚。好不容易读懂了一道题，赶快写吧，钢笔又总不下水，赶快换一支，多儿急得心脏怦怦跳着，总觉得下课铃声要响了。她拼命地写，使劲写，汗珠从额头上渗出，一大滴一大滴地落到试卷上，把刚写的钢笔字洇了一片……

还好，总算在铃声响起的时候答完了，多儿喘了一口气。可是，一转眼间，试卷不见了，又变成了一张大红榜，高高地悬挂在墙上，下面人头攒动，千千万万的考生如潮水一般汹涌着朝前挤，都想从上面找到自己的名字，围得人山人海、水泄不通。多儿也想挤进去看看，可是总也挤不过去，好不容易挤过去，又被人流推了出来，多儿心急如焚。

忽然大红榜飞起来，从许多人头顶掠过，直直地飞到多儿手中，多儿惊奇地接过来，迫不及待地一目十行地找自己的名字，好几次几乎都要看见了，再定定神，又不是。

“多儿，不用找了，没你！”忽然当老师的姐姐站在了在她身后，一脸郑重，一脸不满。

“怎么会呢，大姐，连专科也没考上吗？”她着急地抓住姐姐的袖子，“差多少分？妈不让我复读了呢，怎么办？”

姐姐被多儿的猴急相逗笑了。

“你骗我，原来是你骗我！”多儿觉得姐姐笑得蹊跷，她追问着，随即惊喜道，“那么说我考上了？”姐姐笑而不答，

多儿高兴地跳起来，忽然她又想起了什么，问：“是政法大学吗？是当法官吗？”

可是姐姐早已走了。

多儿又到处找姐姐，恰在此时清脆的电话声响了起来，多儿找电话，好不容易找着了，摸起来就打："喂，我是多儿，我……"她定定神，手里正拿着那只小闹钟，这才明白，原来是南柯一梦。多儿叹叹气，稳了稳心神。

闹钟的分针正在一点一点不易觉察地离开时针，越过十二点的界限，向前转动，多儿一下子清醒了过来，她跳过去抓起了电话：电话里传来一阵忙音，她从口袋里拿出一个小本本，翻开看看：16897766。

她念着，是16897766。没错，她又拨了一遍。

电话里仍旧传来一阵接一阵的忙音。"还是让别人抢了先！"多儿不无懊恼，"真是的，我怎么就睡过去了呢？"

多儿继续一遍遍地拨电话。

不知道过了多久，就在多儿要失去信心的时候，电话里响起非常柔和的音乐，音乐中混合着圆润的女声："欢迎您拨打168信息热线，请输入高考准考证号码，按#键确认。"

多儿拿出准考证，一个数字一数字地按下去，然后拿起笔，手忙脚乱地记录着。

"请记录：王玉多，语文128分，数学120分，英语122分，政治85分，历史80分，地理82分，总分617分……"

"617分！617分！"多儿眼里露出喜悦的光，在屋地里走了几圈，似是又想起了什么，重新摸起了电话，按了一串数字。

过了许久许久，电话那边才响起一个慵懒的声音："谁呀？"

"姐，我是多儿，我刚才查了热线，我考了语文……"

多儿打开纸条准备开始念。

"不用一项一项地念了，说总分吧！"姐姐也紧张起来。

"617分！我考了617分，我记得去年的本科线是六百零几分，我应该是考上了！"

"去年？603是理科分数线，文科还不够600呢？"姐姐也充满喜悦，"你等着，一上班我就去教委找人问，一有消息我就给你打电话。"

多儿喜悦地答应着。

东方渐渐地露出了鱼肚白，天就要亮了。多儿使劲敲着奶奶的门："妈，奶奶，我考上了！"声音里透出说不出的幸福和喜悦。

没等屋里回音，她就来到街上。油根子峪太小了，天也太早了，很快就在村里大街小巷转了一遍，也没碰上一个人。她信步来到卫生室，也是铁将军把门，心里失望极了。停了一会儿，远远地看见王拴住低着头过来了，就大声咋呼起来："爸，我考上了，考了 617 分。我考上了！"

王拴住哆嗦一下，抬头见是多儿，嗔怪道："大清早的你干什么？吓了我一跳。"

王拴住的情绪没有被女儿的喜悦感染，多儿已经很委屈了，又听他说还吓了一跳，就忍不住说："还吓着你了？你做了什么事情这么怕人？"说完扭头就走了。

12

夏季的油根子峪，天气总是闷热闷热的，热得人透不过气。只有到了晚上，夜风中才透出些许清爽的气息。于是劳动了一天的农民三三两两聚集到场院里、街道边或是过道下，或蹲或坐或躺地摇着蒲扇谈些家长里短，不时发出一两声单纯、爽朗的笑。

这天傍晚，一辆摩托车风驰电掣般地沿着曲曲弯弯的盘山公路疾驶过来，到过把瘾大酒店门前戛然而止。骑车的是一位瘦高个青年，车屁股上坐了一位胖胖的中年人，头顶上稀稀落落的几根头发抹着厚厚的发胶，看样子本来是一副“地中海”（两侧有头发，中间没有）格局，大约因为路途远车速快的缘故，一根根杂乱无序地耷拉着，显得没精打采的。两个人都戴了厚厚的宽边墨镜，像叔侄，也像拜把子的兄弟。

把摩托车停放在一辆红色的天津大发和一辆黑亮黑亮的红旗轿车中间，两个人摘了眼镜，一前一后配合默契地走了过来。一边走，中年人一边用手指把头发重新分配一下，使它们尽量能围绕到头顶中央去。青年人则迅速打量着过把瘾大酒店的整个轮廓。

过把瘾大酒店里灯火通明。王大伟和小贾正在临窗的吧台边对坐着，不知是一个什么样的话题正戳着了小贾的兴奋点，她咯咯地笑着，实在忍不住了，就把头放在自己的臂弯里俯在桌子上继续笑。转脸间，发现了正要进来的一高一矮、一胖一瘦两位客人。于是她止住了笑。

“大伟哥，这两个家伙不地道。”小贾忽然说。

"哦？"大伟没反应过来。

"这两个家伙怎么看怎么不地道。"小贾又重复一遍。

"不地道？这就对了！告诉你，不说全中国了，在咱油根子峪一千多口子人中，比我王大伟重感情、讲义气的根本就没有。跟上我，算你运气。不信？嘿，不信你比试比试。"

"又胡说八道，人家都快成你的私有财产了，和谁比试？说正经事呢，啥时候也忘不了自吹自擂。"小贾抛个媚眼，"你看外面这两个家伙，就像是专门挖小姐的。"

"挖小姐？这是在咱油根子峪，谁敢来挖我王大伟的人？行，有种！我得见识见识。"王大伟这才注意到自己的大酒店里又来了两位客人，他站起身，皮笑肉不笑地迎了上去。

"两位朋友，从远处来吧？想用点什么？吃饭？喝酒？还是唱歌跳舞？"王大伟大咧咧地招呼。

"啊，是的，是的。"秃头顶非常圆滑地应答着，"听说你的大酒店办得，办得那个那个……"他搔搔头顶上不多的几根头发，"非常有格调，兄弟非要带我来开开眼界。"

"那是要'卡拉'一下子了？"大伟接着问。

"啊，是的，是的。兄弟常说我，人老了，越来越跟不上形势了。"对方态度谦恭得近乎有点猥琐。

"不巧得很，我呢，统共有两名服务员，今天来的客人多了。"大伟对着几个单间扫了一眼，摊开双手做无辜状，故作潇洒地甩甩头发。

"那是，那是，没进门我就看见外面停了好几辆高级轿车，老兄办事真是有魄力。"中年人说话的时候，青年人狠狠地看了小贾一眼。

"不好意思。要不先在大厅里随便吃点，大厅里也可以唱歌跳舞，唱一首歌收费一元。下次再……真是得罪了，不好意思。"他转过身喊，"小贾，给客人拿菜单。"

"也好，也好。"中年人答应着，又转脸问青年人，"大厅里也能唱，又经济又划算，你说呢？"

“不好。大老远来了，跑这么远的路，图啥？咱就开个单间等着。嫂子又不在家，今晚就是不回去，能咋着？你这人，真是的，有贼心没贼胆，怪不得嫂子老欺负你。”青年人抱怨，“老板，开单间收多少费？”

“房间设施费三十元，小姐服务费五十元。”大伟说。

“另外还有个条件，就是消费至少要满三百元。不过，歌舞免费。”小贾补充道。

“算了吧。”秃头顶说，“兄弟，咱就在大厅里吃点，我陪你唱首歌，可好？”

“这么小家子气？放心，不让你拿钱！”青年人非常不满，“老板，开房间，上菜！”说完了，自顾自地走进单间里。

“真是狗咬吕洞宾，不识好人心。我怕啥？还不是为你好？”秃头顶嘟囔着跟在后面。

一批客人走了，莺莺回到吧台上。

“莺莺，三号来了几位客人，你……”大伟说。

“别，再等等。”小贾打断了他。

“你太敏感了，这两个人，土成这样了……”大伟不以为然。

“刚才我听见有一桌散了？”秃头顶来到吧台上，“我那兄弟，唉，真是年轻，沉不住气。”

“散是散了，可是人太累了……刚刚还说呢。”小贾支吾着。

“莺莺，这位朋友是从远处来的，等了一晚上了，你辛苦一下？”大伟说。

莺莺应了一声跟着走了。

“你怎么这样？”小贾白了他一眼。

“没事。这两个土老帽，能挖了我的服务员？”

“臭美。”小贾白了他一眼，不说话了。

“霞子，去三号房间帮帮莺莺？”时候不长，二号的客人也散了。看霞子回到吧台上，大伟便说道，然后讨好地看着小贾，“哎，我想了一个万无一失的办法。让霞子和莺莺一块去服务，不就不怕暗箱操作了吗？”

“就怕是‘赔了夫人又折兵’。”

“我的夫人在这呢！”大伟笑嘻嘻地拍拍小贾的肩膀。

一位农村妇女从黑漆漆的公路上急匆匆地走过来，来到过把瘾大酒店门口，一刻也不停顿地推门而入。是老奎的媳妇。大概由于用力过猛，推开门有点收不住脚，踉跄地出现在大厅里。

“王……兄弟。”一进门就奔大伟过去。

“啊，是你？”大伟和小贾吃了一惊，但大伟马上就反应过来了，“你怎么又来了？”

“王兄弟，你可得帮忙呀。”显然她赶路赶得很辛苦，一屁股坐在大厅的一把椅子上，还上气不接下气。

“不是让你找包工头老张吗，没找着？”

“找到了，他去医院看了老奎。”

“那……”王大伟非常不理解。

“他说，摔着以后，你们两个就约定了：医药费你的，误工费是他的，他说这可是你提出来的。还说，他遵守约定，他不能干活儿，他给发工钱，到老不能干，他就发到老，可医药费总该由你出。”一口气说了这么多，小贾都分不清“他”是指谁了，可是大伟明白着。

“他不能干活他就发工钱啥意思？乱七八糟的，不能干活咋发工钱？”小贾问。

“你先别吱声。不是一档子事。”大伟制止了小贾，小贾站起身到大伟卧室去了。

王大伟吸根烟，面对小工媳妇吐了一口：“我多会儿说医疗费全是我出了，我咋能这样说。”

“你说了，老张说你说的，俺家老奎也听见了，他说还记得哩。”

“我的意思是说吧，当时看病那天的医疗费全是我拿的，实事求是嘛，他们怎么能那样想？”王大伟一副无可奈何的样子，随即又解释道，“我不是缺钱，也不是赖账，可这事总得有个说法不是？当时是包工干活儿，工钱我又一分不少，摔着了咋就该我负责？要是摔……啊要是出了人命，还得我抵命不成？难道我盖房子还能盖丢了命？”

“不是这样说，”老奎媳妇开了口，却又拿不准该咋说，“不管咋说，你就当行行好，救救他，救救俺一家子吧。”

“他啥情况？”

“他的一只肾里说是成血饼子了，要马上手术，保住保不住还不好说呢！”说到具体情况，小工媳妇哭了，拿出了病历。

“咋能这样？”王大伟拿过病历翻翻，上面写着，“患者自述，数天前从屋顶上摔伤，腹痛，十天后发现血尿……”许多字写得很潦草，大伟不认识，就直接翻过去看最后结果——彩超诊断：双侧肾破裂，并发肾性高血压，急性肾衰，建议手术治疗。最后是医生龙飞凤舞的签名。看到最后，王大伟有点呆了，他自言自语，“咋会这么巧？咋会这么严重呢。”

“医生让交押金，说是不能再拖了，得马上安排手术……王兄弟，救救他吧。”

“交多少钱？”

“说是让先交两万块钱，我们已经凑了四千多，你……”

“……”王大伟沉吟着。

“大伟哥，我听人说过，建筑工程事故应该由包工头负责。”小贾从卧室里走了出来，“我的一个朋友是律师，我说得没错，不信你去找人问问。不骗你。”

“王兄弟，救救他，哪怕你先借给俺，等他好了，我们砸锅卖铁归还。”老奎媳妇恳求。

“老板，结账！”大伟正纠结着没有头绪，看到高个青年来到吧台上。

“哎，就来！”大伟答应一声，同时扔掉烟头，下了决心，“这样吧，我认倒霉，给你一千块钱，当生活营养费也行，当医药费也行，剩下的我就不管了，你和老张想办法吧。”

“可……我实在没处借了，你……”

“别再啰唆了，你也就是碰上我了，算你运气，碰上别人试试。”又转身对小贾说，“小贾，拿钱！”说完了，站起来去应付客人。回头看看老奎媳妇还没走，又补了一句，“行了，快回去陪你家男人吧。”

老奎媳妇张了张嘴，没说出话，包起钱，走了。

“酒水66，菜金120，加上烟再加上一次性餐具和服务费设施费，共是327元，”大伟拨拉着算盘，“这样吧，要是不开发票，你就给三百块钱算了。”

高个青年点出三张百元大钞，一句话也没说。

“谢谢，谢谢，添麻烦了，祝你发财。”秃头顶也出来了，态度始终友好。

“走好，有空再来？”大伟说。看着他们发动摩托车走远了，他才得意地对小贾说，“怎么样？输了眼色了吧？纯粹是找刺激的。”

“人家还不是为你好？”小贾嗲声嗲气地噘起嘴巴。

清晨，当过把瘾大酒店还笼罩在梦的意境中，门外就响起了清脆的敲门声：“电报，王大伟电报！”

“谁呀？”

“王大伟，电报！”邮递员大声喊。

“哪来的？”大伟急留骨碌爬起来开了门。

“县邮政局，”邮递员念着，“王大伟转交张莺莺收。”

说话工夫，小贾、莺莺、霞子都站了过来。

“祖母病危，请速归。”大伟接过电报念出声来，念完了又重复一遍，愣愣地缓不过神来。他想再问问邮递员，可是邮递员已经骑车走远了。

“没妈的孩子，从小就是奶奶把我抱大的，就奶奶一个亲人了，现在奶奶又……”莺莺开始抽抽噎噎地哭出声来。

“先别哭，说不定是想你了，哄你回去呢！”霞子劝她。

“不行，我得走。”她擦擦眼泪，“老板，我请三天假。要不你借我一个月的工资？”

“这么急，总得吃了饭吧？”

“等不得，我奶奶要是有个三长两短……”莺莺又哭了。

“现在通信这么发达了，干吗还打电报？打个电话说说多明白。”小贾说。

“我爹不会打电话，我们村也没电话呢。”

“电报是从邮政局发的？！”小贾说。

“真的？完了，八成是我奶奶在医院里了。不行，我得马上走。”莺莺哭得更伤心了，一边哭一边到房间里收拾东西。霞子默默地跟在后面。

“小贾，给莺莺拿钱！”大伟咋呼着进了卧室。

“八成是假的。”小贾小声说。

“不让走伤感情，万一是真的呢？留下也不会好好做了。怎么办？”

“我陪她去看看？”

“你？饶了我吧。没你我咋过？”大伟说，“一天也过不了。还是霞子吧，就像昨晚……”略一沉吟，又说，“对了，让她俩做着伴去，我让我的一个司机朋友送她们，然后接她们一块回来。”

想起这个主意，大伟很兴奋，赶忙给朋友打电话。

庄稼地里，高雁高虹姐妹俩在地头堰边盘了腿休息。

“姐，你咋记得海子这么多坏处？他就一点好也没有吗？”她们又在说过去的时光。

“我早想明白了。萝卜青菜，各有所爱。爱嫁，你就嫁他吧。”可是转眼间，她就又犯糊涂了，“咦，咱的羊群呢，快去找找，别让它跑了。”

“又忘了不是？”高雁拦着她，“不是咱的羊，是海子他妈的羊，咱的羊不是给了留住哥了吗？”

“你留住哥哪儿去了？”

“你想想！”

“对了，去救五保户去了，不是地震了吗，瞧我这记性。”她拍拍脑袋，“他咋还不回来？”

“那是小时候，还没认识你呢，再想想。”

“噢，我都忘了，他去打越南鬼子了，他可盼着哟。”

“那是当兵时候的事，你再想想，他不是复员回家了吗，还把你带来！”

“……”姐姐不说话了。

“姐姐，留住哥回乡后是不是当了挖煤工人？”

姐姐点点头。

“有一年煤井冒水……”

“对，老天保佑，冒水事故那天，留住没上班，他陪我买纱巾去了。”她摆弄着脖子上的纱巾，神采飞扬。

“那么弟弟呢，你跟着留住哥回老家，又把我和弟弟带来，让弟弟和留住哥一块去煤井挖煤。煤井冒顶那天，弟弟在哪儿，他是不是在井下？”

姐姐不说话。

“弟弟淹井下死了，然后，留住哥去救他，也死了。是不？”妹妹认真地看姐姐的表情。

“没有。我想让弟弟来，可他没来，不，他来待了几天，他身子太大，在煤井下转不开身子，没法干，就不干了。”

“是呀，他干不了，留住哥还给他托人，托人让他当电工。”

“我想起来了，他是当电工。他是电工，不会有事故。”

“电工也要到井下去呀……”高雁觉得这样说触不动她，又转了话题，“弟弟干啥去了。”

姐姐做侧耳倾听状，说：“妹呀，羊回来了，你听，咩咩叫呢！”

高雁听听，没觉出动静；站起来看看，果然，远远地，长海的娘赶着羊下山来了，啪啪地甩着鞭子，哼着小调。高雁重重地叹口气。

王长海的家里越来越乱七八糟的，添上高虹这样一个神智不很清醒的女人，她随时都会冒出许多稀奇古怪的念头，搅得鸡犬不宁。又加上家里住了一群随时都会给她带来兴奋点的羊。所以即便是高雁一刻也不敢掉以轻心，还是有点应接不暇。这使得婆婆非常不满，每次过来撵羊，都要抱怨几句：“这哪还像个家呀？”

“长海屋里的，你姐是个病人，你得让她待在屋子里，怎么能让她……哎，我看都有毛病了。”

每每这时，长海媳妇总是手忙脚乱地收拾一通，嘴里含糊不清地承诺着：“就好，就好。”态度好得近乎卑微。心里却暗自庆幸没有和婆婆住在一个院子里。

这令婆婆很不以为然，当然也不好发作，只好拉长了脸，丢下几个白眼，愤愤地离开。

最头疼的还要算是王长海，每天下班回家，摩托车一拐进胡同，总会看见母亲坐在家门口等他。

“儿啊，你早出晚归，天天光顾着挣钱，也不看看家里乱成啥样子了？”

“这不都是……总不能累死高雁吧？”

“就你疼媳妇！疼媳妇就别让她操那么多心管别人家的闲事！”

“妈，啥事不能小声点说？我和高雁谈过，可……毕竟是她姐姐……”

“她姐姐就该来败坏咱？咱可要过日子呢？”

“她不是有病嘛！”

“你知道就好，就怕一个传染俩哩！那个丧门的女人，谁沾惹上她都没有好运气……你看你屋里的，这几天不是红着眼圈就是阴着个脸，都快神经了。”

长海不说话。

“小宝都快成了泥猴子了，疯狗野马似的，没个人管。”

“你不能管管她？”长海哭笑不得。

“我……我还要放羊哩！”

“你放你的羊，她管她的姐姐，你和高雁谁也别说谁，说了我也不听。”

长海和母亲对话的时候，高雁每次都能听得见，她为婆婆不理解自己难过，也为丈夫不人云亦云，偶尔还为自己说句公道话而高兴。每次长海回到家她都要打起精神来，令自己保持较好的精神状态，这令王长海稍感宽慰。

可是婆婆不满意，她总觉得儿子太宽容媳妇了，三番五次地和儿子说不起作用，她实在不甘心。

“长海，你忘了当初咱家穷，这个丧门女人不让小宝她妈嫁给你。现在可好，吃咱的，喝咱的，不让小宝他妈干活儿，还……还得败坏咱……”说着就使劲挤出一两滴眼泪。

“行了，行了，又来了！她最终嫁给谁了？还不是嫁给我了？！那些陈谷子烂芝麻的你咋总也忘不掉？”

“嫁给你就有功了？嫁给你还成了一景？也就是那年头吧，咱穷，没啥说的。早知道你能当老板，荒原上的野妮子，不知根，不知底，嫁咱还兴许不要呢？”

“得，得，你可千万别再老板长老板短的了，我算啥老板？自己能吃几碗干饭我还有点数！你看人家王大伟，人家才是老板呢？”

“可是，大伟几个媳妇？眼皮子底下就四个！你几个媳妇？”

王长海不吭声了。

“这个丧门女人也不知咋回事？几辈子没见过羊似的，逮住羊就作弄……”

“她们那里到处是羊，她们从小就放羊，你也不是不知道，这个你也在意？太小气了吧。”

“可是，今天中午，她给我的好几只羊都铰了毛，七长八短的，其中一只还铰破了耳朵，血染得全身都是，闹得羊见了她就跑，见了她就惊，差点把我顶倒……”

“让她回去，不是不行，总得趁个节骨眼，总得给小宝她妈点面子吧？等哪天见了拴住哥，我告诉他……”王长海想给自己和母亲搭一个台阶。

“人家都来接了两趟了，拴住屋里的来了一趟，多儿来了一趟，你家里不让走，我都是亲眼看见的。”

王长海不说话了。长海妈觉得火候差不多了。

“你回去问问你屋里的，我说的可是假话？”

“这样吧，我让高雁送她姐姐走，你也把羊撵走，羊和人，我家都不盛了。”王长海不耐烦了。

“把羊撵走？撵哪儿去？你这样说，这羊我不要了，也不放了，你让你屋里的和那个丧门女人放吧！”长海妈使出了撒手锏。

“你不放了？当初干吗非嚷着买？”

“不干嘛，我当初就是让你买了，我现在还就是不放了，我是你妈，你怎么处理吧！”说着扭着身子一溜烟地走了。

王长海气得目瞪口呆，过了好久，才推车进了家。一进门就喊：“高雁，高雁，这群羊妈不要了。从明天开始，你俩去放羊！”

声音很高，从街上就能听得见。

知道多儿考上了大学，张流苏是打心底里高兴，虽然她也盼着女儿能离自己近一些，但她知道待在这山沟里的女人没有出息，女儿能飞多高她就把她们放多高。尤其是走在街上，左邻右舍问一句：“考上了？又培养了一个大学生？还真有你的！”她的心里就像开了花。

多儿是太高兴了，她早已把消息告诉了所有能告诉的人：姥姥，姐姐、哥哥……当然，最重要的还是杨关东。她兴高采烈地，走路都哼着小调。

“多儿，随妈去拾掇棉花？”

“哎！”多儿知道那些棉花关系到她的学费，所以干起来格外卖力，答应得也格外清脆。

“奶奶，我教你打电话吧！”中午，多儿也不懒着睡午觉了，“等我上学走了，你挂牵我时，好打电话。”

“那不得花钱？”

“花钱有啥？等我毕业了，就给你赚你想都不敢想的那么多的钱，把你接去，还能打个电话也不舍得？”

“我不认字呢？”

“没关系，学会1、2、3、4、5、6、7、8、9、0十字数字就行。这‘1’嘛，就是一根火柴棍……”

“1，我认识。”

“0，圆圆的像个鸡蛋，是个圆圈。”她说着给奶奶比画比画。

“我也认得。”

“这样吧，你别认数字了，拨电话号码吧，拨多了，也就认全了。”

“咋拨呢？”

多儿拿出一张纸，在纸上大啦啦地写下一串数字：5579879。

“奶奶，你看这是我金贵哥家的号码，你比着这些号码一个字码一个字码地摁，摁完了就通了。”

于是老太太听话地走近前，伸出食指，在那张纸上一个字码一个字码地按。

“教你打电话呢，你摁这张纸干吗？”多儿疑惑不解。

“你不是说摁完了就通了？”老太太同样疑惑不解。

“咳！”多儿叹口气，非常扫兴。

老太太也非常扫兴。她讪讪地说：“我学这个干啥？你妈替我打不就行了？”便又去门前的油根子树下乘凉了。

“奶奶，你咋啥也不会，连数字也不认得？”

“我？我出生在那弯弯的旧社会，能和你比？”

多儿没明白过来，顿了顿：“弯弯的旧社会？”她重复着奶奶的话，忽然，她明白过来，“你是不是想说万恶的旧社会？”不等老太太回答，她就笑得喘不过气来。

“这丫头八成是欢喜疯了，”奶奶总是这样说，“一个丫头片子，念多少书最终还不是嫁人？”

话虽这样说，她的脸上总是喜滋滋的。一连串的喜事使她暂时忘掉了金宝一家的烦恼，她常常对着崭新的门楼偷着笑。

“多儿，告诉你姑妈了吗？告诉她月底……”

“去了好几趟了，她天天不在家。”多儿不等奶奶说完。

“不会去街上找找？她这阵子心情不好，听说常在街上转悠。”

“知道了，这就去。”多儿答应着，像小鸟一样欢快地走了。

霞子和莺莺去后，只剩了大伟和小贾的过把瘾大酒店变得空旷起来。没有了喧嚣也没有了笑声，大伟和小贾都有点不自在，两个人说起任何一个话题东说西说绕来绕去总是会归结到霞子和莺莺身上，于是不禁怅然。等到傍晚，还不见人回来，实在沉不住气了，大伟拨通了司机朋友的电话，问他们在哪里，什么时候回来。没想到司机朋友说，他把两位服务员送到县医院，时候不长，霞子就出来告诉他说莺莺奶奶的病很重，也许真的要陪几天，让他先去忙，到出院时再打电话。

“那么，霞子呢？霞子为什么没回来？”这回大伟是真的着急了。

“不是你让她寸步不离地守着莺莺的吗？”司机觉得大伟很奇怪。

大伟就有点傻眼，赶忙问司机她们在几号病房，是否能联系。

“难道你不知道？”司机说完，接着念了一个电话号码，说是分开的时候，霞子告诉他的。

电话号码很长，大伟随手拿笔记到了纸上。“还是手机号码？”大伟更是疑惑不解了。

“拨拨试试。”小贾提醒。

大伟还在愣神间，电话通了，电话那头传来了霞子那熟悉的诙谐腔调：“王老板吗？多谢记挂，不好意思，真的不好意思，不是我们想跳槽，条件太诱惑了。之所以绕个大圈子骗你，主要是你们对我们太好，好得让我们不好意思说走。”霞子东一句西一句地闲扯，虽然不太有条理，但是大伟已经明白了。

“是昨晚来的那两人吗？秃头顶和……”大伟迫不及待地问。

“别管是谁了，结果都一样，你还是考虑着赶快找人吧。”霞子说。

“回来吧，什么条件都好商量，涨工资、买手机……”

“你知道吗，秃头老板答应我们底薪三千呢，差两百就是过去的四倍了。再说，最诱惑的还不是工资。我们也是山里人，来自和油根子峪差不多的山村，很向往城里的生活。”

大伟一边答应着，一边考虑着措辞。

“再见吧，如果有缘分，还会相聚的。”

“先回来吧，回来再说。我和小贾和油根子峪人都盼着你们回来。”大伟说，可是没等说完，电话里就响起了“嘟嘟嘟”的忙音，大伟不管这些，他还是一口气把要说的话说完了。

“老秃子，简直是只狐狸精，还真被他涮了？！”放下电话，大伟仍旧恨恨不休。

时间一天一天地过去，莺莺和霞子始终没回来。过把瘾大酒店变得冷清起来。开始的时候，每天仍旧有许多客人开着轿车、打着出租或是骑了摩托前来，但是一听说服务员走了，许多人甚至连车都不下，掉头就走，也有几个无可奈何地留下来，在大厅里点几个小菜，风卷残云般吃完了，马上就走。各种各样的音乐依旧高唱着，从过把瘾大酒店飘出，回旋在油根子峪的上空。但是怎么听都觉得是带着一种空虚寂寥的落寞况味，令人生出一种鹤去楼空的怀念和感慨。

“大伟这小子，这回总算知道锅是铁打的了吧，饭店这么好开？油根子峪的人还都开饭店了呢，还能轮到王狗蛋的儿子？”时日一久，各种各样议论也传到他耳朵里来。他就像一只笼子里的困兽，焦躁却又无可奈何。

这天中午，太阳像火一样烧烤着大地，知了躲在树荫中声嘶力竭地叫喊着。一丝风也没有，树木被太阳烤得耷拉着头，好似蔫蔫的王大伟和小贾的情绪。

老奎来了，没有血色的脸蜡黄蜡黄的好像黄表纸，配上他长长的、黑黑的、乱糟糟的络腮胡子，显得阴森、恐怖。一进村，就被东逛西游的王石榴逮住了。

“老奎！总算见到你了，听说你伤得不轻，正惦记呢，咋样了？”她拉住老奎的衣服，可是老奎却没停脚，不知是没有力气还是没有时间，指了指过把瘾大酒店的方向继续跑去。

王石榴目送着老奎背影，一转身间，发现后面老奎的母亲远远地跟来了，跑得上气不接下气的。

“他大婶，拦住他。他从医院跑出来的，带着刀子呢，要找人拼命呀。”她朝王石榴喊，可是老奎已经走远了。于是王石榴随着老奎妈一起朝过把瘾大酒店走来。

“老奎！”看到老奎，王大伟吃了一惊。

“没办法。我的病不大好呢，要手术，医生说，再等这只肾就保不住了。我媳妇说你不管了？今天我就是要你一句痛快话，管还是不管？”老奎坐在门槛上说，声音不高，有气无力的，像是从很远的地方传来的。

“不是我不管，我是说让你媳妇找老张，老张你找了没？”王大伟尽量让自己声音柔和些。

“老张管工钱，不管药费。”

“谁说的？”大伟有点沉不住气了。

“你说的，摔着的当天，在镇卫生院说的，我记得清清楚楚的。”老奎一字一摆地说。

“咋能这样说？你是给老张干活儿还是给我干活儿？”

“给你干的。”

“我……”大伟一时语塞，摇摇头，“可是，是他给你发工钱，你是他的工人，给他打工。”

“对，没错。是你让我给他打工的。在集上，你把我安排给他的。”

“就是，那天我也在呢。”王石榴远远地答话，她和老奎妈来到了酒店门口，许多人渐渐围了过来。

“你……”王大伟被噎得目瞪口呆。

“你行行好，救救他吧，俺实在没办法了。”老奎妈说。

“不是不想，我没钱，你没见酒店里这形势？一个吃饭的都没有。拿啥给你？”

“咋给也得给呀，谁让你盖房子出事了呢，时气不好怨谁？”围观的油根子峪的老少爷们都觉得大伟理亏。

“大伟，‘救人一命胜造七级浮屠’，给你干一阵子活儿，也该有感情了。当时还是我给介绍的呢。”王石榴说，然后悄悄地蹭到靠近王大伟的位置，将嘴靠近他的耳朵小声说，“他带了刀子，要拼命啊。人怕逼急了，狗急了还跳墙呢。”

“带了刀子？还拼命？”大伟急了，“那好，来吧。我正好找不到吃饭地方呢。”他咋呼着。

“你真不管？”老奎站起来了，一边走向大伟，一边说，“好，看你的花命值钱还是我的穷命值钱。”大伟哧溜一下走了。

老奎左顾右盼地逡巡了一圈找不见他，正好王石榴在他身边，一下就把她的头套到自己的胳膊圈里："他跑了，你还能跑吗？"

"你抓我干什么？又不是我摔的你！"王石榴吓坏了，拼命挣扎，但就是摆脱不掉老奎。老奎妈喊："老奎，你疯了吗？这个大婶是为你好啊，快放下她。"

王石榴也喊："当初还是我给你介绍的那个工作呢？我为你好啊！"

"要不是你给我介绍这个破事，我能到今天这个地步？"老奎红眼了，劫着她往马路上走。

"等一等。"人群中有人喊了一声，紧跟着从人缝里钻过来拦住了老奎。

"多儿！"许多人不约而同地说。

"不能莽撞。你这事并不复杂，报纸刊物上有好多类似的例子呢，很好处理。"这天多儿本来要找姑妈说说哥哥们星期六回家的事，没想到碰上了这一幕，夹在人群中听了个大概，忍不住站了出来。

"该怎么处理？"有人问。

"闺女蛋子小孩子家，揽这事做啥？"一位年长妇女制止她。

"让她说吧，文化人见识高，说说听听。"人们撺掇着。

"案例上分析说，这是劳动纠纷，得看谁是主要过错方。"

"这能有什么过错？谁还愿意摔着人？谁还愿意出事？"围观的群众非常不理解。

"老张承包了工程，施工过程中如果没采取必要的安全防护，那就是不负责任。"然后多儿又指了指老奎说，"如果老张啥措施也采取了，老奎自己不按要求做，那也要承担责任。"

"在咱油根子峪，老百姓盖房子，谁家还采取过防护措施。"许多人摇摇头。

"是呀，所以，老张应该承担主要责任。"

"那么，大伟拿的钱怎么办？还退吗？"有人问。

"我自愿的，是我自愿。把我从工程责任中解脱出来，我就谢天谢地了。"王大伟不知从哪个旮旯里钻出来了。

"大伟作为工程受益人，就是适当承担点责任也没错。"

“你说的这些是啥意思？我咋没听明白？”王石榴问。

“我听明白了，”老奎妈说，“真是有志不在年高，怪不得花木兰能替父出征呢，眼前这不就是个例子？”

“那我去找老张。”老奎放下王石榴，冲出人群。

“别，”多儿拦住了他，“多少案例都是私了酿成大祸，还是依靠法庭。”

“打官司不得请律师？请律师得花不少钱吧？”有人说。

“这么简单的案子，不请律师也能审得清，完全可以自己去，也可以请亲戚朋友代理。”多儿解释道。

“闺女，你说得这么好，你帮我们找找法庭行吗？”老奎妈拉住多儿的手，恳切地望着她。

“我？”多儿犹豫着。

“这是救我们一家子性命啊，大娘信你。”

多儿笑着点点头，又点点头。

13

杨关东做事喜欢快刀斩乱麻，痛痛快快。和油根子峪村签订了开发协议的当天，他就一面安排项目经理找公路工程施工队商议施工方案，一面到省城考察石料厂有关设备。

杨关东要开办石料厂的想法由来已久。随着他的房地产市场逐年扩大，他先后创建了建筑安装工程有限责任公司和已经拥有千名职工、年开发建设能力十万平方米的大公司。在多年的经营发展中，他越来越觉得：自己生产配套的建材商品越多，公司的经营越具备自主性。他不仅想开办石料厂，还筹划着创办一家预制厂，甚至他设想着，有朝一日条件成熟了，在山区开一家水泥厂……当然，自己目前的实力还差得远，杏花峪的投入还没开始回收，好几处商住楼等着开工，目前资金运转相当费力。按照他开办石料厂最初的预想，他打算新上十六条石料粉碎生产线，用十年时间，啃光油根子峪村一座秃山头。他算了又算，自己算完了又让计划财务部的几名老同志反复计算，结果是十六条生产线要配置十部铲车、四部翻斗车的话，至少要投入三百万元才能运转。同时在油根子峪铺设一条与外界相通的水泥路还要投入二百万元资金。这样算下来，资金投入就太大了，整个公司的运转就成了大问题。于是，他们又算计着少上几条生产线，可是倘若如此，需要巨额建造的变电站等设施就降低了利用率，有点资源闲置。思之再三，杨关东决定：设备按原计划上，工程按原计划干，同时开工，资金缺口找朋友担保贷款……咬紧牙关，等公路修好了，石料厂也就正式运转起来了，到那时，一切困难都会迎刃而解。

杏花峪开发区的水泥路刚刚竣工，油根子峪的公路施工工程不过是一个接续项目，方案协商很顺利。没过几天，施工队就开进了油根子峪村。

小小的村庄一下子进来若干陌生人，使盛夏季节本来就酷热难当的油根子峪更是增加了几许炎热。三三两两的村民聚集在树荫下或是墙角根里闲聊这个千载难逢的话题。老人们说："从刚记事时就听老人们说，等到石头能卖钱就好过了，这不，石头不仅能卖钱，还能开工厂？！看来好日子来到喽。"也有的老人说："油根子峪为什么穷？路不通呗。就是因为路不通油根子峪才一来二去地成了鸭篮子不下蛋的地方。现在，十米宽的水泥路马上就要通到村里了，看来，油根子峪要翻天覆地了。"还有的人把修路开厂的事与王大伟的酒店联系在一起，说王大伟这家伙就是好运气，他胆敢在油根子峪开酒店，任凭是谁都知道好不到哪去，就等着看他如何结局呢，没想到又赶上了修路开厂这样的大好事，这就叫人好不如命好。比群众的议论更鼓舞人心的是支书的宣传，他逢人就说，开路办厂，这是油根子峪里开天辟地一般的大喜事，不用村民出一分钱，出一个义务工，就能让自己家门口四通八达，是做梦都想不到的好事啊。他极力鼓动家庭妇女老人孩子熬绿豆汤，再动员他们把熬好的绿豆汤送到工程现场，不仅送到公路上，也送到正在紧张施工的石料厂现场。当然，这些事情，大家也都乐于做。一时间，村里的气氛热烈起来。

张流苏和多儿就处于这种热烈气氛的中心。

石料厂的先期工作千头万绪，从选址定点，到工厂办公室以及技术员宿舍、变电室建设一直到设备安装调试，真是工程浩大，杨关东除了聘用了几名相关专业技术人员，公司的人没有安置过来，一应事务都落在了张流苏身上。虽然许多工程项目都是包干性质，但是琐碎复杂的事情也是不少：临时雇用的二十几个小工和两名专管技术员伙食的厨师需要管理；技术员随时都会询问的山上情况需要答复；还有一些意想不到的临时情况需要应对……山上搭起了简易工棚，张流苏天不亮就赶到这里，等着工作人员领料、领工具，中午就在这里给聘用的技术员做饭，一直到傍晚山上工人全部收工了才能回家。回到家往往已经筋疲力尽了，她还要准备第二天的工作以及一家人要吃的饭，虽然忙累一些，但是，一想到能为杨关东的事业尽点力，内心里很充实。

起始，她早出晚归担心老太太有意见，心里还揣着小鼓，可是，随着工程逐步铺开，老太太却表现出出人意料的热心，她不仅在挤在阴凉下议论的人群中随时都夸赞杨关东的善心善事，从自家的房子说到祖祖辈辈想都不敢想的宽广平坦的大马路，还满怀激情地将这两件事与王金福的婚事联系在一起，一面宣扬着孙儿要娶亲的信息，一面不由自主地设想着娶亲的车队从大路上驶过的壮观景象，同身边的人交流着，比画着。天气不是很热的时候，她还拄着拐杖到公路施工现场亲自感受那里热火朝天的氛围。

多儿比张流苏还要忙，会计工作比中学里学的代数、几何都要复杂，为了准确记录工程用料和工人的出工情况，并科学预计第二天的材料，她每天山上山下不知要跑多少趟，稍有空闲还要到公路施工现场给铺好了的路面洒水，真是忙得不亦乐乎。眼看着脸蛋被太阳烤得黑红黑红的，却洋溢着掩饰不住的笑意。刚开始杨关东每天都要过来，看看各处进展情况，多儿在他面前叽叽喳喳地汇报一通，事无巨细，说的杨关东不住地笑，笑完了又不住地点头。有时候杨关东也跟多儿开玩笑，问她："脸晒得快成了包公了，上大学怕不怕丑？"多儿就说："你这可是吉祥话，我想读法律专业，包公是审案高手。你就说我像包公了，看来我就要梦想成真喽。"杨关东大笑，张流苏也笑。她说："这丫头，想上大学快想得入了迷了。"杨关东也问张流苏累不累，说要是身体吃不消就再派个人来帮助她。张流苏忙不迭地推辞，她说："山里人做了半辈子的庄稼活儿了，这点累还当个事？再说了眼看着自己兄弟在干这么一番光荣的大事业，高兴还来不及呢，除了管这点小事还能帮上什么忙？"杨关东看着一切有条不紊正常进行，也就放下心来。

好景不长，施工进行了一小段时间，工程情况就发生了意想不到的变化。先是支书发现公路质量有问题，施工队只是在原来石子路的基础上铺上混凝土，原来的石子路崎岖蜿蜒，新铺的公路也曲曲折折；原来的石子路翻过一座山头，坡度相当大，载重车一般翻不过来，就连张流苏当初卖箔的小驴车都爬不上去。如果不把山头削一块去，路铺得再平整也用处不大。支书与公路施工队协商，队长说，他们只是按照合同铺设路面，严格按照混凝土比例以及混凝土铺设厚度施工，然后按照铺设面积领取合同上规定的工程款。至于劈山开路的事不仅不在合同范围内，而且他们也没有这样的施工能力。噎得支书恨不得把队长抓过来臭揍一顿，让他们把喝下的绿豆汤都吐出来。气恼是难免的，但是气恼却解决不了任何问题。眼看着铺设的水泥路面好像舞动的长龙一样在山间迅速拉长，用不了几天马上就要铺到山腰了，支书再也沉不住气了，只好找杨关东商量。杨关东一听也拉长了脸，要是公路陡得连小驴车都爬不上去，他那些载重几十吨的翻斗车怎么走呢？要是翻斗车出不去，他生产再多的石子有什么用呢？他问队长，队长差不多把回答支书的话又说了一遍，只不过态度和善了一些。队长派人拿过施工合同，果然上面只有路程长短、路面宽度和厚度。他甚至还询问杨关东："这样的大工程怎么就没有聘请工程师设计一下线路施工图纸呢？"杨关东反问："过去在开发区修路你怎么不要图纸呢？"队长说："修路和修路也有不同啊，那些路不过是在建筑物之间填上混凝土，说白了就像小学生填空一样，还用什么图纸啊。"杨关东说："不管怎么说，修路为的是畅通，要是不能畅通修路有什么用啊。所以要求他们马上停工，按照畅通要求改修。"队长说："现在是在山间修路，铺混凝土之前要修整路基，过去的石子路窄的多，还要加宽。这是第一次接这样的工程，我缺少经验，糊里糊涂签了合同，就是现在这个修法也赔大了。要是再把油根子峪的山头劈开，在山腰间把路基加宽加固，恐怕连老婆孩子都卖了也赔不起。"说的杨关东的心里像是吃了苍蝇一样。

没有办法，他们三个人只有坐下来重新商定确实可行的补救措施。几番会谈过后，他们基本上形成统一意见：第一，工程施工队暂时停工，由油根子峪村聘请专家做出施工图纸，然后按图施工；第二，劈山开路工程、路基的加固加宽工程由油根子峪村承担；第三，由此增加的费用由关东房地产开发总公司承担。

协议签订下来，支书和杨关东同时舒出一口气。他们一刻也不敢耽搁地找来公路施工工程师，马不停蹄地赶到公路工程现场，一行三人徒步在山间观察山势，边走边设计。几乎把整个施工路线走了一遍，规划也基本上拿出来了。工程师说："油根子峪的地理状况并不复杂，就是一圈大山把村庄合围起来了。要说油根子峪村通外界的这条路直线距离也不过五里多一点，但是因为要从山顶搭过去，一段上山路接着一段下山路，绕来绕去的就变长了。要想天堑变通途，简单得很，找一个合适的位置把山劈开，拉开十米宽的一道口子，铺上水泥，这路，套用一句时髦话，哈，就是帅呆了。这个口子也不用劈到底，劈到半山腰，50 米左右足矣，虽然路的坡度还在，可是，小多了，别说卡车，就是骑自行车也上得去，下得来。"杨关东和支书听得很振奋，尤其是支书，一个劲地自责，怎么早没有想到这个思路呢。杨关东顺着工程师的思路想了想，也觉得要是把山推平了，对石料厂的可持续发展意义重大。但是，转念一想，又吓了一跳，他问工程师："这样施工不就成了愚公移山了吗？"工程师说："道理差不多，但是干起来比愚公移山轻松多了，首先不是移动整座山，而只是劈一道缝，工程量小得多；并且，你的石料厂不是要开工吗，铲车、翻斗车都在，挖出来的石头正好就派上用场了，还能节省石料厂开山的费用，真正一举两得。"杨关东问："这个工程干下来预计得多少钱？"工程师说："要是别人干，没有三百万元不敢张罗，你们自己有施工机械，又不用愁施工垃圾，村里还有劳动力，这是天时地利人和啊，都让你们占了，这个投入可怎么算？还有，一劈山，八里盘山路变成五六里了，还能节省一小半资金呢。"工程师的话说得支书热血沸腾，他心里思忖着，要不是赶趁着杨关东开石料厂的有利时机，光指望油根子峪里的父老乡亲要想把山劈开，简直是痴心妄想。杨关东没说话，他也没敢表态，只是说具体方案还要再研究一下，让工程师先出图纸，但是他的心里已经暗下决心，一定把山劈开。

送走工程师，天近正午。太阳当头悬着，散发出火一般的热量，连树木都没精打采地低下了头，远远近近的知了有气无力地叫着，越发衬托出天气的闷热难当。杨关东和支书谁也没有开口，在山坡上走了一小段，不约而同地在一棵荆蒿树下坐了下来。

“大了？”沉默了许久，支书说了两个字，然后在树荫下躺下来。

“大了！”杨关东也回答了两个字。此刻，他的心乱成了一团麻：石料厂的设备已经进入调试阶段，道路即将成为制约生产的瓶颈，不修，石料厂的计划随之便成了泡影。要是修，他粗略估算一下，少说也得再增加二百万元。这笔钱从哪里来？贷款？目前他在油根子峪的投资已经是咬紧牙关了，要是再追加投资，仍然要贷款，国家到处压缩银根，从哪家银行贷款都像从人身上割肉一样难。一着不慎，势必影响整个公司的运转，如果他铺开的那些房地产开发项目进展再不能尽如人意，不管哪里投资回收不及时，都将使公司发展处于被动境地。他感到自己进入了一个进不得退不得的尴尬境地。看来，自己的决策是失误了，至少也是操之过急。于是他也懊恼地躺在了树荫下。

好多好多年没有这样懒散地躺在山野的怀抱了，杨关东枕在两只手上眯缝起细长的眼睛遥望着火热的天，蚂蚱、螳螂在他身体的各个部位跳来跳去，他忽然悟出一个真理：那就是各地的山野惊人的相似，别管油根子峪还是在东北，一进入山地就会让他联想起桂花峪。怪不得前辈感慨说“哪里黄土不埋人”，原来一段心底的深情那么容易被位于不同环境的相似意境触痛。当然杨关东的桂花峪是养育着生活着张流苏的桂花峪，是留下杨关东许多酸涩记忆的桂花峪，在他的记忆里，桂花峪是与张流苏紧密联系在一起的，一想起桂花峪自然会不由自主地想起张流苏。于是，杨关东扪心自问：“失误的根源在哪里？既然创建石料厂的念头非止一日了，为什么一到了油根子峪就急不可耐地做了结论？是因为油根子峪的发展优势格外大吗？还是潜意识里就想尽可能多地把自己的发展与张流苏联系在一起？”许许多多的疑团纠缠着他，让他理不出头绪。但是有一点评价是肯定的，那就是自己实在不是一个合格的商人。他闭上了眼睛，那首熟悉的旋律似乎又在他的耳畔响起。是的，他又一次孤独站在舞台上了，不过听到的不是掌声响起来。

不知躺了多久，他站起身，迟疑着走了几步。

支书也站起身，跟在他身后走了几步。

杨关东大步流星地走到了车前，支书也紧走几步，跟着杨关东一起上了车。

杨关东看了他一眼，没说话。支书夸张地咧咧嘴说："还是车上凉快。"

汽车开到了石料厂。

炎炎烈日下，张流苏正在厂房施工现场扔砖。在她的身边，还有几个工人也在懒洋洋地跟着一起扔。房子快要平口了，从平地上把砖扔到站在施工架上的小工手里，既需要力气也需要准头。显然张流苏这两样都有欠缺，扔过去的砖要么不够高，要么就偏了。但是，她却很执着，衣服已经被汗水湿得贴在了脊背上。杨关东和支书一前一后来到她身后。

"怎么你还负责这工作？"杨关东问。

张流苏没注意他们，冷不丁地听到杨关东问话，扔砖的手一缩，砖头扔得更偏了，落下来，几乎要落到头上了。杨关东抱住她往后一撤，砖头正好砸在她刚才站的位置，虚惊一场。张流苏看见杨关东，劈头就问："听人说公路停下来了，真的假的？我让多儿去看，也不回来，我这里还走不开，真是急死人了。"

杨关东没有回答，反问："你怎么又搬上砖了？"

"天太热，小工来得少，材料供应不上。"张流苏回答，"也该住工了。"

果然，说话工夫，建筑工人三三两两从架子上下来，舀一茶缸水，咕嘟咕嘟灌下去，找个树荫倒下就睡。

他们来到简易工棚。一推门，一股热气迎面扑来，实在燥热难当，他们又退出来。

支书说："咱去吃饭吧，到大伟酒店。我请客。"

杨关东没吱声。找个阴凉角坐下来。支书也坐在他身边。张流苏又问公路的事。杨关东叹了一口气。支书说："没错，是停了。"张流苏问："为啥？"支书把情况简要说了，又补充道："你说，你兄弟投那么大资修条路要是连小驴车都赶不上去，咱修它干啥？"

"就是呢。"张流苏点点头，"那就不修了？"她问。

"当然要修。让咱劈山，咱就劈山；让咱开路，咱就开路。咱盼星星盼月亮的，盼来了大救星一样的你兄弟，咱还能不修？"支书忙不迭地说，"还有，杨老板那么大魄力，开弓还能有回头箭？"支书和张流苏说话，眼睛却盯着杨关东。

杨关东从身边揪起一根小草，在眼前摆弄着。

多儿回来了，看到杨关东他们，从老远就问："公路怎么没人了？怎么了？"

支书又说了一遍。

"硬生生地这么把山劈开，得费多大劲？光炸药不得十卡车？"多儿自言自语。

"不光炸药。山劈开了，这么直上直下的，谁敢走？山的两侧都要修上护坡。水泥、沙子、泥瓦匠……哪儿都是钱。"张流苏陷入沉思。

"要没有你兄弟，咱想也不敢想。工程师都说，要是别人干，没有三百万元不敢张罗，现在杨老板给咱提供大铲车、翻斗车，咱村里还有劳动力，这是天时地利人和啊。"支书说着，眼睛仍然看着杨关东。

"这些都不算，也得再花二百万元。"杨关东谁也不看，直视着手中的小草。

"二百万元？"

"按说，二百万也不是扛不动的数目，但是，正赶上我好几个项目都铺开了，资金还没开始回笼。一招不慎满盘皆输。不用时间再长，要是这条路两个月修不好，这个石料厂的产品走不出去，厂子就要停产；要是按照开山的规律，这条路半年能修好是快，一年能修好也不能算慢。要是一年产品出不去。这块资金就算死在这里了。要是这块资金动不了，整个公司都会被动起来。"杨关东说得很慢，有一句话他没说出口，这就是：这种显而易见的困难都没能预见到，他无法不对自己的决策能力产生怀疑。

"前一阵子我卖东卖西的攒了六千多块钱，想修房子却……现在家里还有没有卖掉的粮食和箔，我琢磨着凑个万把块钱应该不难。"张流苏对杨关东公司的情况不了解，但是杨关东说的这个道理她懂。她思前想后，慢条斯理地说，“我捐一万块，大家都凑一凑吧。”

听张流苏这样说，三个人都吃了一惊。杨关东不由想起她推着独轮车在山路上的狼狈相，多儿似乎不相信自己的耳朵，定定地看着她，支书也像是害怕自己听错了，重复道：“你捐一万块？”

“是的，我捐一万块。就是不管用，也能积少成多啊。”张流苏又说了一遍。

“我说过你兄弟来投资我就给你发大奖，现在不光没有钱给你发奖，你还要捐款？”支书一下子激动起来，“你能捐一万块，我就捐三万块！”又站起来补充说，“我家里准备好了给儿子盖新房的钱，我全捐出来。”说完了，又蹲到杨关东对面，“杨老板，你等着，我这就回村里，让支部和村委领导都带头捐款，让油根子峪的父老乡亲都捐款。要是捐款不够，我们卖猪卖鸡、卖米卖面也要把工程干完。你杨老板为了我们村投入这么大心血，决不能让它半途而废。”他说完要走。

情绪这东西真是像风一样难以捉摸，又像疾病一样特别容易受传染。多儿刚刚还以为张流苏的头脑出了问题，看到支书豪情满怀的样子，自己也觉得热血激荡。“等等，我跟你一块去，我写一份捐款倡议书，也给我们村在外生活的学生、干部职工、外出务工人员发一封。”她想起了一个好主意。

“好。”支书说。

杨关东缓缓地站起来，他说：“我也有了新思路了。我这就回去，不仅要动员职工捐款，还要动员我们公司的管理人员轮流来做义务工。”

一道看似无解的难题经由张流苏的一句话找到了突破口。杨关东的耳旁又响起《掌声响起来》的歌声，他想，虽然没有掌声，但也不是孤独在舞台了。自从离开了桂花峪，这种受关注受鼓舞的感觉好像第一次降临他的生活，他感到浑身有用不完的活力。

一张大红纸写成的题为“为修‘摇钱路’，大家来相助”的倡议书很快贴在了油根子峪的大街小巷，路过的人忍不住过去看一看，认字的人读一读，不认字的人让人讲给自己听一听。然后一传十、十传百地很快传遍了整个村庄。整个村子的气氛活跃起来。王大伟的酒店前也贴了一张，前来观看的人叽叽喳喳地议论纷纷。

有人问："不是张流苏的一个兄弟出资二百万修这条路吗？怎么又让捐款？"

有人回答："上面写得明白，这不要把村里那座山头劈开，'打开山门筑富路'嘛！还引用了倡议书的原话。"

有人似乎老于世故："天下哪有免费的午餐？不仅要出钱，还要出劳动力呢。"

也有人附和："是不是有人想捞咱一笔，真黑呀，有句话怎么说的，什么什么'都是黑的'？"

更有人补充："'天下乌鸦一般黑。'"

王长海下工回来也停下车凑过来看，王大伟说："别看了，咱村这条路，要劈开山头，让大家出钱出工。还是进来喝杯酒吧！"

王长海还是念了一遍："劈山修路？好事！"

有人凑过来问他："不是有人出资二百万了吗？还要捐款做啥？"

王长海从建筑的角度解释："二百万块不过是铺个水泥路面，要是把山劈开，再修上那个护坡，再二百万块也不够。"

有人说："这个红纸的标题是有意思，只听说是有个摇钱树，怎么又出来个'摇钱路'？"

王长海说："不是有句话叫'要致富先修路'嘛，这条路通开了，赶明儿家家户户都发了财，家家户户都好过喽，这路不就是'摇钱路''黄金路'了吗？"

王大伟过来拉他："别看了，哥们这两天急得像热锅上的蚂蚁，服务员被人挖走了，那个摔着的老奎又天天来捣乱，我都怵了……你给想个办法？"

王长海说："啥好办法？通过法律解决算了！"

正说话间，多儿过来了，又在那张红纸的旁边贴上一张大红榜，写着捐款人的名字。

人们又凑过来："你家捐一万块？"

多儿说："村干部每人都捐了一万块。支书捐了三万块呢！"

有人说："敢情！你家和支书比呀？这就好比跟着大鱼上船。"

多儿说："什么意思？"

那人补充道："拽掉了腮帮子。"

多儿释然："不是，我们不跟人比。"

有人问："大伟和长海都是老板级的人物，你俩捐多少？"

长海说："越多越好。就恐怕是砸锅卖铁也修不起来。"

大伟没说话。他看见多儿，想起那件事，绕过长海，走过来道："多儿，老奎和他妈又找你了没有？"

多儿说："我已经给他交了起诉状了，镇法庭明日就开庭。"

大伟说："告的谁？"

多儿说："起诉的是建筑队经理张昌盛。"

大伟舒出一口气。他再过来找长海，长海已经走了。

清晨，多儿早早地来到了镇法庭。为了给老奎写好一份答辩状，她翻遍了所有的杂志和报纸，还急着写那张题为"为修'摇钱路'，大家来相助"的倡议书发给油根子峪在外地的游子，几乎熬了一个通宵，直到东方露出鱼肚白才躺到了床上。她想睡一觉，可是白天的事又涌上心头，越想越觉得自己是担当重任的大人了，她辗转反侧，为即将发生的事情激动着。于是她干脆不睡了，直接来到法庭。

镇法庭是一个破旧的院落，时候实在是太早，法庭的大门还没有打开，她静静地坐在门前的台阶上。忽然，她又想起一件事：倡议书也要发给哥哥、姐姐一份呀，怎么能把他们落下了？想着想着眼前又浮现了昨晚的情景。多儿在灯下伏在八仙桌上写字，张流苏在门口哗啦哗啦洗衣服，洗完老太太的又洗自己的和多儿的，洗完了衣服又洗澡。王拴住没回家，老太太已经睡去，院子里只有哗啦哗啦的水声。忽然她停下来说："多儿，红榜写完了吗？"

“早贴出去了。”多儿愉快地回答。

“贴出去了？妈的名字呢？”张流苏有些着急，一边擦着手就进来了。

“写得工工整整，漂漂亮亮。”多儿得意地说。

“你怎么不问一声就写上了？”

“为什么不能写？你又变卦了？”多儿抬起头。

“不变卦。妈捐款和别人捐款不一样。从大局说，修路是油根子峪的大事，归根到底就是为了家家户户，咱该捐；从私处说，你看这条路把你叔叔难成啥样了？能为修路出一份力，值得。可是咱出的那点钱，还抵不上村里给咱修房花费的多呢！咱还上什么光荣榜啊？所以啊，妈不想露这个脸。”

多儿想想也有道理：“要不，我去把你的名字抹掉？”

“能抹去？不是越抹越显眼吗？真是孩子心性。”张流苏说，“写上就写上吧，明日你替妈妈到石料厂管管材料，妈要上劈山现场。”

“不行。明天老奎的案子开庭，我必须去法庭。跟老奎妈约好了。”多儿着急。

“那就等你回来我再去。”张流苏坐到了多儿对面的椅子上，多儿发现，此时的母亲，不仅是美丽，而且浑身都是活力。

想着想着，多儿很快又冷静过来：“马上要找法官了，怎么能让跟案子无关的事情分心呢？”她甩甩脑袋。为了集中全部注意力想一想关于老奎的案子，她从书包里掏出昨晚写的诉讼状，一遍又一遍地念着。过了一会儿，她又忽然想象着自己成了法官，那会是什么样子？她不由得笑出声来。

来来往往从这里经过的农民无不朝她投来诧异的目光，可是她毫无感觉，沉浸在自己世界里。她一遍又一遍猜想着找厅长或是案件处理中可能会遇到的难题。

许久许久之后，太阳出来了，一道一道的霞光撒向大地。老奎妈来了，一路抹着眼泪，见到多儿擦擦眼泪说：“好闺女，大娘来晚了。带累你跑这么远的路。可是大娘实在没法子啊。”

“老奎情况怎样？手术了没有？”多儿给老奎妈擦擦眼泪。

“医生说，今天再不手术，那只肾就得切除了。”老奎妈摇摇头，说着说着泣不成声了。

“为什么不能先看病？怎么没一点人情味？”

“来的时候，老奎说等到中午，我不回去，他就自己去解决。”她说完了号啕大哭。

不知过了多久，法庭的大门也开了，工作人员开始陆陆续续来上班。这一老一小引起许多人的注意。事情出乎意料的顺利，问清楚她们的问题，弄明白了她们的身份之后，一位工作人员把多儿和老奎妈带到了庭长办公室，威严的庭长笑眯眯地接待了她们，看完了多儿的诉讼状，厅长点了点头。

“这是你自己写的？听说你还是一个学生？”

“是的，不过高中已经毕业了。”多儿有些拘谨。

“喜欢法律工作？”

“对，我从小崇拜《流浪者》中的丽达，渴望做一个像她一样正义、善良、智慧的律师。”说起这些，多儿脸上开始闪烁出理想的光芒。

“你知道你的诉讼将有一个怎样的结果吗？”

“我相信法律的公正，让责任人负起应当承担的责任，使弱者受到保护。”

“可是，你知道这需要多少时间吗？结案大概要等到伤者出院后……”

“可是，伤者急需治疗，没有经济来源，就等于把他推到绝路上去了。”没等院长说完，多儿说。她着急得脸都红了。老奎妈则哭出声来。

“要解决这个问题，你可以申请‘先予执行’。”院长说。

“什么是先予执行？”

“所谓先予执行，就是……”厅长顿了一下，拿出一本厚厚的执行文书，翻到关于先予执行的那一页，“你自己看看？”

多儿接过书念出声来：“先予执行是指人民法院在受理民事案件后，做出终审判决前，根据当事人的申请，裁定另一方当事人立即实施或停止某一行为，或者裁定另一方当事人给付申请人一定数额钱财的法律制度。其目的是避免原告的合法权益遭受进一步侵害。在特定的情况下，这一制度还能够减少被执行者的经济负担，缓解已有矛盾，有利于案件的解决、执行。根据《民事诉讼法》及其司法解释规定，当事人可以就下列案件向人民法院申请裁定先予执行：一是追索赡养费、抚养费、抚育费、抚恤金、医疗费用；二是追索劳动报酬的；三是因情况紧急需要先予执行的案件。其中，因情况紧急需要先予执行的案件包括：需要立即停止侵害赔偿妨碍的；需要立即制止某项行为的；需要立即返还用于购置生产原料、生产工具货款的；追索恢复生产、经营急需保险理赔费的。”

念完了，多儿望着厅长，费力地咀嚼着这段解释的意义。

“不过申请要法院院长亲批，要想尽快得到批复，你最好直接找院长陈述。到县法院，找院长，你敢吗？”

“敢！”多儿斩钉截铁地说，“这样什么时候能执行？”

“这是一个非常单纯的案子。收下你的诉状，现在就可以传唤被告，你拿到批复马上就可以开庭。”

“那我现在就去。”多儿转身要走。

“先写个申请。”厅长说，“等一会儿法庭的车要到法院办事，你搭个便车吧。”

“大娘，你就在这里等我，也等着老奎，让他千万不要鲁莽，一定等我回来。”车已经发动了，多儿从窗子伸出脑袋说。

“好样的。”望着多儿的背影，厅长忍不住赞叹道。

正午的太阳当空悬着，炙烤着焦渴的大地，也炙烤着老奎的耐性，渴望治疗的焦灼激荡着他，在病房里一刻也坐不住。母亲走后不久，他悄悄离开医院来到镇法庭。

法庭的院子里，有几个农民模样的人，是老奎和包工头老张的双方证人。他们无精打采地坐在树荫下准备履行自己的法定义务。老奎妈站在大门口，不时用手遮挡一下头顶的骄阳，眯着眼睛朝多儿来的方向张望。

老奎来了，坐在多儿坐过的台阶上一动不动，沐浴在正午的骄阳中，好像一粒霉变了的黄豆。

“不早了，上午来不了了，散了吧。”一位民工说，其他人都积极响应，紧接着一个一个往外走。

“再等一会儿吧，求求你们了。”老奎妈拉住一位民工的衣服。

“是收工的时候了，你看他们都要下班了。”这位民工指指身后。果然，有几位工作人员已经推出自行车准备下班了。老奎妈一下子觉得泄了气，拉着民工衣服的手缓缓地落了下来。

“不用法院了，我自己解决。”老奎呼的一下站了起来，起得太猛，有点站立不稳，踉踉跄跄朝前走。

“多儿说了，让你等她。你要相信她，厅长都说她是好样的。”老奎妈拦住了他。

“我信！她不让我找王大伟，我不找；她说该找老张我就找老张还不行吗？我就不信有谁不怕死。”老奎推开母亲。

母亲不放他走，娘俩拉拉扯扯着。

“嘀——嘀——嘀——嘀——”远处传来汽车喇叭的鸣叫声，多儿的上半身几乎全部从车窗里伸出来，朝着老奎妈使劲地招手。刹那间，老奎妈的视线模糊了。

肃穆的大厅里，人人屏住了呼吸，听审判长做最后的判决。“原告、被告申诉的事实本厅已经听清，本案将择期宣判。”审判长在大厅里扫了一眼，继续说道，“鉴于原告刘奎正在治疗中，由原告提出申请，经县人民法院批准，本厅将对本案先予执行。下面我宣读县人民法院允许先予执行文书——县民初字第 117 号，原告……酸枣峪村村民刘奎，被告……葫芦镇建筑公司第二工程队队长张昌盛。本院在审理……刘奎诉张昌盛伤病赔偿纠纷案中，原告刘奎于 ×××× 年 ×× 月 ×× 日向本院提出先予执行的申请，要求被告向县人民医院提供原告的治病担保金。本院认为，原告刘奎的健康权正在遭受侵害。为了使原告得到及时有效的救治，依照《中华人民共和国民事诉讼法》第九十七条的有关规定，裁定如下：被告张昌盛立即支付原告手术担保金人民币五万元。本裁定书送达后立即执行。如不服本裁定，可以向本院申请复议一次。复议期间不停止裁定的执行。审判长　×××，审判员　×××，审判员　×××，1999 年 08 月 07 日。”

14

劈山开路的隆隆炮声终于响起来了。

多儿平生第一次经历这样火热的场面，她感受了战天斗地的豪情与梦想，她为此激动着。

一回到家，她就迫不及待地告诉奶奶和爸爸："你们听见了吗？劈山开路的隆隆炮声，你们听见了没有？"

王拴住不说话。

老太太说："听见了，这么大动静，还能听不见？"

多儿仍然觉得遗憾："可是你没看见啊，肯定不知道山上都成什么样子了，就像电影上演的一样。"

不等老太太问，多儿就喋喋不休道："在山体间装的第一管炸药，是杨叔叔点燃的。眼看着芯子冒出一串串的火花，他像是钉在了那里一般，谁让他跑也听不见，眼看着芯子燃到底了，他带来的那些职工都吓蒙了，支书拉住他的胳膊就跑，还没跑出五十米远，炮药就炸响了，许多人吓得出了一身冷汗，支书却扯开他的大嗓门哈哈地笑起来，叔叔也大笑。全山上的人都笑了。"

"有什么好笑的？这不是傻笑吗？"王拴住皱了皱眉头说，一听到杨关东他就不自在。

"傻笑？你上那个场面试试，看你笑不笑。"多儿说，"依我看，你最应该到现场去干一天了。你从来就那么……有条不紊地，从打我记事起，你就整日迈着这种老太太一样的步子，就像七八十岁的老爷爷一样。”多儿一边说，一边禁不住在屋里学着王拴住的样子走了几步。

“妮子家的，跟谁学的这样没大没小，没上没下？”看她手舞足蹈的样子，老太太生气极了，“你爸是个‘先生’。还能像个农夫屠夫一样莽撞？”

“就是，就是……我爸就是‘好好先生’的典型！”老太太的话提醒了她，更加滔滔不绝起来，“有一次，我看到一个笑话：说一个读书人家里着火了，他家的书童扯破嗓子大喊：‘救火啊，救火啊——’大家呼呼隆隆地跑来救火，他迈着方步从书房出来，指着大火说：‘火起也，须救之。’书童让他把书抢出来，他却整整衣角，说：‘且从容，勿辱斯文，勿辱斯文！’”多儿学得绘声绘色，转脸问老太太，“您说我爸爸跟这个读书人像不像？”

老太太没有领会过来。

多儿又转脸问王拴住：“我就纳闷，人和人之间怎么就有那么大差距？叔叔他们的活力怎么就不能分给你一点？”

多儿性格活泼，打小就喜欢说调皮话。王拴住早已习以为常。可是今天不同，听多儿那么盛赞杨关东他已经浑身不舒服了，又听他这样跟杨关东对比着侮辱自己，王拴住的脸憋得像锅贴一样难看，他吼道：“你妈呢？”

“在工地呢。要不是怕奶奶吃不上饭，我也要干到天黑。”多儿没有注意到王拴住的变化。

多儿正说着，电话铃响了。多儿跑过去接起来，是金福。

“金福哥吗？你啥时候回来？奶奶、妈、婶婶都盼着你呢！”

“很快。我……”

“我告诉你啊，咱村发生大变化了。要把山劈开修一条十米宽的水泥路，现在全村老少都上工地了。还有，我写了一份捐款协议书，不仅贴在村里，也寄给了在外面工作的油根子峪人，还给你发了一份，你收到了吗？”不等金福说完，多儿就打断了他。

“我现在……”

金福刚起了个头，多儿又想起一桩事：“奶奶说，你娶亲的时候咱也像电视上一样雇一个大车队，把嫂子呜里哇啦地吹吹打打地娶进来。哥，不敢说绝后了，但我敢肯定，你一定是油根子峪有史以来第一个最场面的新郎。”多儿兴奋地连说话都语无伦次了。

“什么乱七八糟的。”金福好不容易等多儿说完了，“先问你一件事，借钱的事你说了没？”

“这不说嘛，奶奶也说不用你管，家里一定办得红红火火，肯定热闹得让你想象不到。”

“不是。不是这个意思，”金福解释道，“我不要这么大场面，结婚不就是一个仪式吗，值得这样铺张？花那个冤枉钱干什么？”

多儿一时不明白他的意思。

“我看好了一套房子，要十万块。我已经和你嫂凑合着借了四万块，还差六万块钱，所以才需要借钱。你告诉大爹了没有？大爹怎么说？他能不能想想办法？”

“没有，我以为……我没想到……”

“哎哟，都快急死我了，人家天天催钱，你快给个信儿呀！”金福焦躁起来。

“你大爹就在这里，让他接电话吧？！”多儿说。

王拴住犹犹豫豫接过话筒，老太太听不见里面的声音，只看见王拴住“嗯”“哼”“啊”的，纳闷得很，忍不住问多儿：“谁的电话？”

“我哥。”多儿说。听见金福在电话里埋怨自己，多儿的情绪一下子低沉下来。

“金贵的？金福的？”老太太询问着挪动小脚走到电话机旁，把手伸到王拴住面前，“我也说说话。”

电话早已挂了。

王拴住说：“是金福，他要买房子，让家里借钱。”说着，坐在八仙椅上。

“买房子？那得多少钱？”老太太也觉得事情大了。

“六万块。”王拴住说。

老太太不说话了，坐在上首椅子上愣神。

王拴住家的气氛沉闷起来。

吃过晚饭，多儿就铺开一张大红纸，要把今天捐款人的名字写在上面贴出去。屋里很闷热，蚊子不时飞到她的眼前哼着小夜曲，趁她不注意的档儿在脸上、胳膊上咬一口，她用手拍打拍打接着写。

张流苏早已回家，金福借钱买房的事老太太和多儿都告诉了她。不知是因为白天做活累的还是金福借钱的事愁的，她沉默着坐在马扎上。王拴住也坐在八仙椅上一动不动。他知道，多年来，孩子们一个接一个上学，找工作，娶媳妇，都是花钱的项目，自己一年到头赚不了几个钱，维持正常的用度还捉襟见肘的。所以金福需用的六万块钱在他眼里不啻一个天文数字。

但是，金福的需要毕竟是一个绕不过去的难题，老太太首先引出了话头："啥房子要这么多钱？我记得南瓜的房子才几千块钱的？"

"那是啥时候？好几年了呢，再说那是单位集资，金福是买商品房！"多儿插嘴道。

"娶媳妇和嫁闺女，它就不一样，到哪儿也不一样！"老太太一语双关地感慨，"花俩钱就花俩钱吧，金福娶了媳妇咱也去了一块心病！"

"爸，咱家还有多少钱？"多儿问。

"问你妈。"王拴住蔫蔫地说。

"你是户主，还是我妈是户主？"多儿不忿。

"别管谁是户主，你总得想想办法。"老太太催促儿子。

王拴住闷着头不言语了。

"今年棉花种了不少，我早想着金福该娶媳妇了呢，不说别的，总得做点被褥吧。"见丈夫不语，张流苏说，"我估摸着，要收成了，说啥也得见个几千块，可现在才开始……"

"妈，可不能一个闺女许两个婆家，你可是说卖了钱给我交学费的。"听张流苏这样说，多儿急了。

"妮子家的，啥也有你一份！不是先说说嘛。"奶奶制止道，"拴住你倒说句话呀。"

"上哪儿借这么多钱？"王拴住又不说话了。

“有钱人家多着呢，比如大伟家，比如你那个兄弟……去借借，咱家有了钱，等金福赚了钱，咱就还人家。”老太太理直气壮。

一提到这两个人的名字，王拴住到处不自在，在椅子上活动一下没说话，接着又坐好了。

“大伟家恐怕不行，听人说他家摊上了事，摔伤的那个小工摔坏了肾，花钱花大了。”张流苏想起了一档子事，“关东那里也不好提，那么大堆工程在这撂着，大家都捐款呢，怎好向他借钱？”

“红榜上写着你还捐了一万块钱，这可是真的？”王拴住面无表情地问。

“是真的，我跟妈说过了。”张流苏解释，“那是咱准备修房子的钱，当时村里给咱救了急，现在工程遇到难处了，咱也得帮一把，咱妈也说该当的。”

“也好，这样就扯平了。”王拴住冷冷地说。

“也不好计较得这样真……”

没等王拴住说话，老太太沉不住气了。

“又提这些陈芝麻烂茄子的啥用？”老太太说，“咱说金福的事呢，难道就没办法了？”

“不行再跟她姑妈说一声，她家孩子少，多儿她姑父当老师，这几年工资挺稳定的，再跟长海说一声，毕竟是自己人，常言说，是火比灰热。”张流苏想出了点办法。

“对，也给南瓜他们说说，一个好汉三个帮嘛！”老太太赞同。

拴住实在也提不出更高明的想法，坐了一会儿，就蔫蔫地走了。

受奶奶和妈妈的委托，写完了红榜，多儿就去了王长海家。

天气仍然热得紧，一路上，到处可见三三两两的人们聚集在一起摇着蒲扇，拉着闲呱饭后乘凉。

长海家里，高雁和高虹放羊刚回来，正手忙脚乱地做饭呢，高虹则端着水饮羊。王长海正坐在窗口的小板凳上抽烟。

一进门，多儿就赶忙过去帮助烧火。

“多儿，你歇着吧。”高雁说，“听说你又考上了，还真行！”

“考上哪里？又是一个女秀才。”王长海也搭话。

“还不知道呢，刚来了分数，还没报志愿呢。”火不好点，多儿呛得流了泪，“小姨，咋才做饭？”

“出去放羊，走得太远了，回来炉子又灭了。”

“为什么要买羊？你能顾得上？”多儿问。

王长海和高雁都没吱声，只有高虹“咩咩咩”地唤着羊。

“婶，金福哥要来，他真的要娶媳妇了，连房子都买了。”多儿对婶子说。

“这么快？”高雁说，见姐姐忙着看羊没反应，又重复一遍，“姐姐你干啥了？多儿说金福买了房子要娶媳妇，你听见了没有？”

这时候，小宝从外面跑进来：“什么？金福哥要娶媳妇，说好了，到时候我负责放鞭炮。”

“老外，你真是老外，”多儿笑话小宝，“人家城里早不许放鞭炮了。”

“谁说的？我见电视上娶媳妇都放呢！是吧，爸爸。”他求援地望着王长海。王长海没说话。

一会儿工夫，饭做好了，一家人围着桌子吃饭。

“婶，我说金福哥要娶媳妇了，你听见没有？”多儿凑到高虹跟前问。

“谁说我没听见？”

“那你咋还不高兴？”

“哎，”高虹叹了口气，“金福娶了媳妇，咱们也该分别喽！”

“为什么？”多儿问。

长海和高雁也一齐把目光射向高虹。

“不为什么。从老早留住就说，等金福长大了，娶了亲，他就陪我一块到老家去，去包一个大牧场，买群羊，也买群牛，饿了，吃肉；渴了，喝奶；困了，睡觉；醒了，在蓝天白云下放牧……”

高虹好像深深地陷入某种回忆中，多儿和高雁也都受到了感染，一时都不说话。只有小宝笑了：“妈，你听姨妈说得多可笑，除了吃和喝，就是睡觉，也不用上学了？不用上班了？哪有这么好的事？”

他说完了，没等母亲说话，就放下饭碗跑了。

“这孩子，还真成了疯狗野马……”长海说。

“婶，快吃饭，吃完了饭咱回家，金福哥还等着用钱呢，奶奶和妈都在家里商量事呢。”

“金福等着用钱？”长海媳妇问。

“是，他说买了房子，十万块，他和嫂子千方百计地凑了四万块。还差六万块呢，急得妈和奶奶了不得。”

“买房子花了十万块？”王长海听见了，他搞建筑的一说就内行，“他那里的房子不过千把块钱一平方米，十万块不得买一百平方米？现在的年轻人，越来越会享受了！”

“六万块，也是个数字呢，爹说一辈子都没见过那么多钱！小姨，你跟长海叔能不能给他凑一点？”

高雁看着长海，长海不说话。

“看看吧，我跟你长海叔再想想办法。”高雁说。

“真是的，还真是个事，想办法能想多少？”长海说。

谁也没有说话。过了许久，吃完了饭，高雁开始收拾桌子。多儿站了起来 :“婶，咱回家？！”

“回家？不去？留住不定啥时候就来买羊，我走了，他咋找我？”

“这好办，”王长海想了个办法，“你先跟多儿走，等明天天亮了，我让小宝他妈撵着羊给你送去！”转过身，又对多儿说，“也真该让她回去住几天了，你小姨累坏了，你看腿都抬不起来了。”

“妈妈和奶奶也怕累坏了小姨呢！”多儿说着，就去拉婶子的手。

“还有，咱村干那么大工程，等你小姨有了闲空，也要去干几天。”长海补充道。

“多儿，”高雁边洗碗边说，“这几天只要她醒着我就和她说过去的事，她啥都明白，反应也不慢，只是一牵扯到你叔叔，她脑子就不清楚了。”

“我也发现了这一点。”多儿附和。

“我看，现在她就剩了一个障碍了，只要明白过来知道你叔叔咋回事，我估摸着她的病八成就能好了。”

“你咋这么会估摸？比医生都能，拴住哥还不敢这样说呢。”长海揶揄媳妇。

“能不能的，让我试试吧，我再陪她几天，真的不行，我也就真的死心了。”

“小姨，可我觉得不试也好，她这样过得挺愉快。你非让她明白叔叔的事，真明白过来，也就绝望了，反而残忍。”

“正是这样。再说，事情的发展哪能按你的想法。啥事不是既可能向好的一面发展，也可能向坏的一面发展……”长海接过话题表述看法，没等他说完，就听到外面喊多儿的声音，多儿跑出去。张流苏正在胡同口上气不接下气地喊呢。

“多儿，快点，你姐来电话了，跟我说不明白，急着找你。”

多儿一溜烟跑了。

多儿走后，王长海非常生气。

“吃饭吧？”高虹招呼。

长海没动。

“怎么不吃饭？”

“我说你是真的有病呀？”

“怎么了？”

“多儿来接她，你为啥说不让走？这回可倒好……人家巴不得你说不让走呢，你还谦虚？人家借坡下驴走了不是？看你怎么办？”王长海开始闷头吸烟。

“不，我是真的不想让她走，流苏姐来好几趟了。”

“你，你……”王长海愣了，“妈这样说我还不信，原来你……”

他摔下衣服走了。

“喂，姐，你说什么，本科线620分，今年咋这么高呢？”

“我刚刚打听了回来，今年只提了本科线，因为各高校都安排了一部分高价生，也就是说，许多没考上本科的学生，可以通过多交费培养的方式上本科……”

“那咋办？妈早就说不让我复读……”多儿急得快要哭了。

“真是脑筋有问题，复读有啥用，这个拿钱上学的口子一开，以后不得越开越大，本科不就越来越难考？同时，本科生不就越来越不值钱？”电话里，南瓜连珠炮似的。

“我就只能上专科了吗？”

“想上本科，拿钱！人家能上，你当然也能。”

“拿多少？”

“我打听好了，你想上的政法，拿八万就成，并且还不是一次拿上，每学年拿两万！”

听了这些，多儿失望地哭了，拿话筒的手渐渐放下了。“多儿，多儿！你说话呀。”南瓜说。

“我上不成，”多儿抽抽噎噎地说，“你知道吗，金福要结婚，买了房子，打电话要家里借六万块钱，爹妈正愁得不行呢！”

“房子不买可以晚住一年，你大学不上可耽误一辈子，你跟爸爸妈妈讲讲，再不成，跟金贵、金福、金宝他们商量一下，都想想办法，依我看，这学是非上不可。”

从姐姐的电话里，多儿又听到了希望，她破涕为笑了。

王长海来到街上，不知道干啥才好。他走到母亲门前，听见母亲正愉快地哼着周姑子小调，厌烦地叹了口气，摇摇头，跺跺脚，到过把瘾大酒店去了。

“来来来，长海，来喝两盅，我还当你也不来了呢。”王大伟的酒店里一个客人都没有，正一个人在吧台上喝闷酒呢。

“怎么就你一个人？小嫂子呢？”王长海自己拿了一只酒杯坐下。

“在里面呢。”王大伟朝卧室努努嘴，“服务员被挖走了，她也不愿搭理我了，惹得我恼了，赶明儿我把她开了。”

“你敢！有本事现在开吧。”小贾从卧室里出来了，“真是‘不听好人言，吃亏在眼前’。那天来了两个陌生人，我千叮咛万嘱咐，说是不地道，你就是不听。怎么样？人被挖走了没有？怨谁呢？你让二掌柜的评评这个理。”

“我还当是你吃醋把人给赶跑了呢。”王长海打趣她，“挖走了怕啥？你不会也去挖俩来？只要小嫂子不吃醋……”

“对啊，我怎么就没想到也去挖两个？对，我也想这办法。”王大伟一下子有了主意。

“到哪儿挖去？”小贾给他泼冷水，“这主意我早有，可得有目标才行。”

“酒店多的是，还用找目标？我就不信我还比不上那个秃头顶。”

“就算你有魅力。哪家老板不是把小姐看得和命根子一样金贵？你的酒店有啥吸引力？在山沟沟里，工钱又高不到哪去。哼，不知姓甚名谁了。”

王大伟觉得小贾说得有道理，低着头喝酒，一句话也不说了。

“我倒想起一档子事来。我包工程单位的基建科长有个据点，说是两个东北的小姐，被老板软禁起来了，就想着怎样脱离呢。你别说，还真行，保证一挖就来。”

“要不，你陪哥们走一趟？”大伟兴奋了。

“这种老板难斗得很，干了多年服务员，我还不知道，”小贾说，“人挖不到不要紧，弄不好，还被揍一顿呢。”

“去去去，净灭我志气长他人威风。”大伟转脸对长海说，“咱现在就去？”

“我没去过。他们嫌我土，又老想着回家，这种地方一般不带我去，我只是事后替他们结账的时候听说。”

“帮哥们一把，尽快打听打听，明天怎样？越快越好，可好尽快行动？”王大伟一刻也等不得了。

王拴住被挥之不去的烦恼困扰着。

他和张流苏的婚姻在谁看来都算是经典结合，多年的共同生活，她替他支撑起了这个多灾多难的家，他呢，除了看病抓药，其他一概不会，生活中似乎也不需要会做什么。他知道，张流苏对自己好，他对此也很满足，为此生能与张流苏共度感到欣慰。张流苏的周到、克己、勤劳已经渗透在家庭的每一个角落，成为每一个家庭成员心中的客观存在。他习惯了这种存在，虽然许多时候，这种存在让他觉得自己的存在在家庭中毫无价值。如果不是大伟开酒店，让他感知了另一种方式的生活；如果没有王迎春启迪了他本已压缩得肉眼看不见、凡心意识不到的生理欲望；如果……也许他就这样一辈子按部就班地生活下去。但是，这一切毕竟发生了，当他生命的帆船驶进四十八岁的轨道，与王迎春邂逅了，她的热情点燃了他，她的渴望激发了他，她的缠绵融化了他。她让他觉得做一个男人感觉是多么神奇，是多么妙不可言。当然，他心虚，他后怕，他想远离，但是他不能自已。心静的时候，他常常想起一个字：瘾。这个字医典上解释为①特别深的嗜好；②长期接受外界刺激而形成的难以抑制的习惯。当然，这个字之所以能出现在医典上，是因为“瘾”归根结底是一种病态，比如毒瘾，比如瘾君子。他的书上载有好几种医治毒瘾的方法，都是非单纯药物所能及，都是以监禁隔离为主要手段，也都要伴以一个类似于疯狂的过程……王拴住从幼年时读到这些内容就觉得匪夷所思，一个嗜好、一种习惯怎么会让人如此不能自拔？如今，他虽然没有体验过帮病人戒瘾的过程，但是他深信不疑了。并且再想起这个字，他常想，这种欲罢不能的病症为什么叫作“瘾”呢？是不是在祖先的眼里，“瘾”的症状与“淫”有着某种难以解说的类似，所以才用了一个相似的读音？当然，他无法得到确切答案。不过，他想，从“淫”字派生出来的“瘾”都那么难以治愈，何况“淫”之本身呢？

想起这些，他的心里就一阵发毛：这一切，将有怎样的结局呢？他不敢想，却也无法不想。他知道这个事不光彩。因为这段邂逅，他面对张流苏就不由自主地感到卑微，觉得自己在人格上输于她了。所以，潜意识里，他盼着张流苏也有一段不光彩的遭遇，他认为这样也就扯平了。所以，尽管王石榴一再提醒他说张流苏和杨关东的关系不正常，一再重复张流苏与光着膀子的杨关东深更半夜拉闲呱儿的事，他不仅不以为意，还暗自窃喜。但是，近来张流苏真的把全部精力投注到杨关东的事业中了，他又觉得难以名状的烦恼。他和她会不会就像自己与王迎春一样呢？会吗？按照对她的了解，答案应该是否定的，但是，连他自己从一个男人的视角来看都感到杨关东是那么活力四射，那么魅力无穷，张流苏怎么可能无动于衷？他真怕啊。他又想，如果答案是肯定的话，自己怎么办呢？

想到这些，他浑身起了密密麻麻的鸡皮疙瘩。

他为这些念头困扰着，也为金福要他借的钱困扰着。

躺到王迎春的床上，他仍然快乐得发疯。但是一旦激情退去，这些困扰又浮上脑海。他愣愣地注视着房顶，一言不发。王迎春抚摸他，他抓住她的手，表情仍是愣愣的。

“你以后不要来了。”王迎春说。

他不动也不语。

“这是最后一次了。”王迎春推推他。

“你说什么？”他漠然地问。

“你，以后不要来了。”王迎春语气也很冷。

“为什么？”他把她裹进怀里。她是那么柔软，搂着她，就禁不住感叹上帝对于男人女人的创造是多么伟大，“倦了？倦了也不行。我还想呢。”王拴住以为她逗他。

“你自己倦了，还赖我。”王迎春幽幽地说。

“我怎么倦了？”他更裹紧了她，不小心那里和那里碰到了一块，就又进入了。

但是王迎春不配和，他摇摇她，不动，再看看她的脸，她流泪了。他迅速问道：“怎么了？”

王迎春抽泣起来：“我不勉强你，倦了，就不要来了。”

“谁说我倦了？”王拴住问。

“这个也用别人说？”王迎春反问，“都以为我傻，大伟这样看我，你也这样认为，可是我的心里亮得像明镜。”王迎春抽噎地说不成话了。过了好久又说，“看你的表情，多冷啊，冷到骨子里去了。当初，大伟就是这样，好长时间不回家，回来了就是你这样冷冷的表情。我心里知道我们之间完了，但是，我不愿相信啊，总觉得会好起来，直到他把小老婆领到油根子峪来了，我还是固执地盼着……”

王拴住想好好抱抱她，她推开了他的手："你不知道我这些年的日子是什么样的，我自己知道，是空心萝卜，是糟了的玉米芯……都知道我是大伟的老婆，可是我倒宁肯自己是个寡妇，没有牵挂，没有期望。亏了你，又给了我一段好日子，可是，强扭的瓜不甜。你只要是倦了，痛痛快快说一句，别让我再傻傻地等啊，盼啊，我就知足了。"说着，她的脸贴在王拴住的身上，泪水把他的胸膛打湿了。

王拴住温柔地摸索着她的脊背："你只知道你的日子，却不知道我的心啊。要是但凡能舍下你，也不会这么烦恼了。"他一五一十地说出了自己的困扰。

"要是那个杨关东也这样搂着她,你舍得吗？"王迎春往他身上贴了贴，问他。

"不，不……"王拴住下意识地往后撤了撤。

"要是真这样了呢？"她进一步问。

"不是，她不会……"王拴住语无伦次地。

"要是若干年以前，打死我我也不相信自己会跟一个叔公公辈分的男人睡啊，可是，真的就睡得离不开了呢。"王迎春的整张脸都贴在他胸膛上，口齿不清地说，"既然你也和大伟一样……难道她不能和我一样？"

王拴住的心好像掉进了冰窖里，但是，潜意识里，他还有一粒火种，他自言自语："不一样。这是不一样的。我又没有不回家了，再说，她怎会知道我和你……"怎么说都不很对劲。

"可是，她肯定会知道的。女人的心，比针鼻还细啊，啥都能感觉得到，就是不敢说，甚至不敢相信。"

"热啊。"王拴住出了一身汗，浑身像是刚从水里捞上来。

王迎春拿起枕巾给他擦汗："要是你舍不得我，就睁只眼闭只眼吧，啊？"

王拴住身上马上又湿透了。

“你怎么了？舍得还是舍不得？”王迎春逗他。

“到底舍得舍不得？”王迎春又问。

“舍得？舍不得？”王拴住重复着。他的脑子快速转着，转的一片空白。他心里说，“舍不得。是的，舍不得。但是，不光舍不得你，都舍不得啊。”

夜深了，跑了一天的小宝和累了一天的高虹已经相继睡去，王长海还没有回去，高雁闷闷地坐在灯下出神。在外人看来，她属于那种非常谦和的女人，和王长海共同生活了十来年了，虽算不上是举案齐眉，却也没吵过架、没拌过嘴，甚至基本上都没红过脸。但是骨子里，她又非常认真、倔强。丈夫摔下衣服出去了，她先是觉得委屈，前前后后想了想怎么想也觉得自己没有错，然后就感到伤心。

床上，高虹在睡梦中发出均匀的喘息，使她感到说不出的疲惫，但是她不想睡觉，她要等王长海回来给他解释解释。紧等慢等，仍旧不见回来，她沉不住气了，看看姐姐和儿子睡得很好，于是悄悄地出来找他。

街上一点动静都没有，黑灯瞎火的，辛苦了一天的农民像是都已睡去，只有过把瘾大酒店里灯火通明。她朝这里走去，远远地就听到王长海的笑声。走到近前，发现王长海、王大伟正和小贾正围坐在一张小桌子前嬉闹说笑呢。刹那间，她呆住了。过了好久好久，她才缓过神来，没精打采地回家去了。

王长海回到家的时候，夜很深了，高雁还没休息，他感到非常吃惊。看了妻子一眼就要到儿子屋里去，高雁跟了出来。她随丈夫来到院子里坐下。

“海哥。”

王长海吸着烟看满天星斗，装着没听见。

“海哥。”高雁喊了一声。

“啥事？”

“还记得年轻那阵子的事吗？”

“啥事啊？”

“那时候还没有小宝，夏天热得人睡不着觉，一到晚上，你就拉着我的手到处找蛐蛐；阴雨天，你不上班，就带我到山上逮蚂蚱……”

“小宝都十岁了，还提那些干什么？”

高雁半晌没说话。过了许久，叹了口气，王长海不解地看了她一眼，她迎着王长海的眼神，说：“海哥，咱帮帮金福吧？”

“咋帮法？”

“他要用的钱，流苏姐肯定借不来。”

“你怎么知道张流苏没钱，没钱人家修公路捐一万块，你有钱捐了多少？”王长海着急地说，“再说咱哪管得了那么多？首先是没钱，咱又不富，刚刚脱贫而已。并且，咱攒的那一点钱，我都有用处……”

“咱家的日子啥样，我还能不知道？就是琢磨着他没爹没妈的，心里觉得可怜。”高雁哽咽着。

“谁说他没妈？屋炕上躺着睡觉的，不是他妈？”

“我知道对这件事你有想法。不管怎么说，我们俩是骨肉同胞。那些年孩子小，顾不上，现在……”

“就是，好不容易孩子大了，你就一门心思地照顾她吧。”长海打断了她。

“不，我也想明白了，对姐姐，我也真服气了……等金福回来了，就让他接她回去吧。”她幽幽地说。

“让她回家？”王长海有点不相信自己的耳朵，他看了妻子一眼，“真让她回家的话，那就让她把这群羊一块撵着，她自己放着也行，她卖了给儿子买房子也行。总之，就归她了。买这群羊，我前后花了三千多块钱呢。”王长海向妻子表态。

高雁望了他一眼，这一刻对他感觉有种说不出的陌生。

15

日子就像钟摆一样规律而有节奏地转动着。

多儿这几日总是小心翼翼的，她不敢把姐姐的话告诉家里人，她了解他们，生怕自己的大学梦会因此而泡汤，她打定了主意要瞒着他们。

张流苏依旧是早出晚归，热火朝天的场面好像激活了她早已凝固了的激情，看着大地在自己的手上奇迹般改变着模样，她振奋，她快乐，她感到了创造的幸福，被这种幸福鼓舞着。每天清晨上山的时候，老太太总会守候在大门楼下问一句："拴住屋里的，今天星期几了？"听到回答以后，老太太就说，"金福就快来了！"她也很焦急，但是，一旦到了山上，投身到愚公移山般的激流中，这道难题就被抛到了脑后。晚上，踏着暮色回到家，这段心事就又浮上心头。

为了借钱，几乎每一个夜晚，张流苏都拖着疲惫不堪的躯体到觉得可以开口的地方求亲告友，左邻右舍地走了好几家。土里刨食的农民，有的一辈子都没见过这么多钱。张流苏跑了两个晚上，只借了千把块钱。她终究是一筹莫展。

满腹心事的王拴住始终在躲避，他想指责张流苏几句，却无从开口；他想暂时忘了张流苏和杨关东的事，这些事却又常常萦绕着他。金福的事更是棘手，从小没有求过人，让他找人借钱，说什么也磨不开脸。王迎春提出要把王大伟给自己的存折上的钱取出来给他，他又觉得像是受了侮辱……没有办法，回来吃饭，他尽量晚来早走，减少听母亲唠叨的机会。

实在躲不过了，他就搪塞一句："再看看吧，不是还没来嘛！"要不就问，"石榴怎么说？"

王石榴一直没有露面。老太太几乎是忧心如焚，又无可奈何，只好不住地长吁短叹。

其实，王石榴过得也不开心，老奎疯了似的用刀子逼着她、劫持她，令她始料不及，把她吓傻了，待在家里好几天不敢出门，尽管如此，还是让她有好几次半夜三更从噩梦中惊醒。惴惴不安地过了好几天，才探头探脑地走出家门。

来到街上，往日里三五一伙聚集在一起搓麻线、纳鞋底的小媳妇、老太太们一个也没有了，到处空荡荡的。她东逛逛西瞧瞧，心里惴惴不安的。竟然有一种"洞中方一日，世上已千年"的感慨。走了好几条街发现了贴在电线杆上的大红纸。她看了又看，也没看出什么窍门。正好王长海的儿子小宝扛着粘知了的长秫秸跑过来。王石榴喊住了他："来来，小宝，告诉姑姑，红纸上面写的什么？"

"没空。我还要粘知了呢。"小宝要跑开。

"你认字吗？"王石榴拉住他，"都说你不识字，真的吗？"

"谁不识字？我都上三年级了。"小宝昂起头。

"那你念念红纸上的字试试？"王石榴进一步激他。

"这还用念？我都快会背了。"小宝非常不屑，"这一张是倡议书，题目是'为修摇钱路，大家来相助'。多儿姐姐写的，上面说村里要修路，让大家出工、捐款。那一张是写的捐款人的名字。这是张流苏，她捐了一万元，这是我爸，捐了五十元……我都认识。"小宝一一指认着，"咦，姑姑，你叫什么名字啊，我给你找找。"

王石榴没说话。往事一幕幕在她眼前闪现，从卖箔到酒店开业的第二天早上，所有张流苏和杨关东的场景都聚拢了，她似乎有了答案。

"你没有名字？"小宝疑惑不解，"你为什么没有名字？"看着她站在那里愣神，推她也不动，就跑了，边跑还边回头笑话她，"这么大了，连个名字都没有。嘻嘻。没羞。"

几个妇女扛着镐头从这里走过。一个说："都说山头已经劈开一多半了，咱这时候才去，还有点不好意思呢。"

一个说："现在去，我还是偷偷地呢，孩子他爹不让去，他说，捐了款了，就不用出工了。"

有一个问："你捐了多少款？"

"一百元。你们呢？"

人们叽叽喳喳说着不同的答案。

一个说："听说张流苏捐了一万块钱，不知是真的假的？"

有人说："这还有假？都贴出来多少天了。"

有人问："她家哪来这么多钱？昨天还上我家借钱呢，说是他的侄子要娶媳妇。"

"她不光出钱，还天天盯在山上，昨天孩子她爹回家说她真是了不起，钻炮眼、塞炸药、搬石头这样的体力活，她就和男劳力一样干。还有她那个兄弟，那么大的老板，干起活来就像庄户人一样。"

"她图啥呢？孩子都在外边，也不用子子孙孙都走这条路了。"

一个妇女压低了声音说："听说，她要当石料厂厂长，这条路修不好，石料厂怎么办？说到家，她也是为了自己啊。"

有人看见了王石榴，止住了这个话题，连忙问她："怎么你没有上山？"

"上山？我为什么要上山？我也不上山，我也不捐款。"她悻悻地说完，走了。

王石榴来到娘家，只有老太太一个人坐在门口做针线，她也坐下来帮忙，但是心里不满。

"妈，就你一个人？"

"留住屋里的去妹子家了，叫了好几次都没来。"老太太绣着鞋垫，头也没抬。

"张流苏和多儿呢？"

"拴住屋里的上山了，多儿可是忙得很，在关东开的那个石料厂当上了会计，一会儿上山，一会儿进厂，东蹿西跑的不着家……这个关东，真是能干得很，一下子铺开了这么大摊子事，大家伙都说，油根子峪要大变样了。”

王石榴从鼻子里哼了一声。

“金贵、金福都快来了，我让多儿去找你告诉你，去了没？”老太太停下手里的活儿，抬起头看着她的脸说。

“去了，”王石榴说，“知人知面不知心，认识了一个老奎，咋看都是好人、有福人，谁知道竟是一个白眼狼，吓得我好几天不敢出门。”

“老奎是谁？他怎么吓你了？”老太太一时摸不着头脑。

“说一千，道一万，关键就是金宝这个王八羔子不长进。”王石榴却不想再提起那件事，“但凡他顾念我一点，不跑那么远，我心里也有个依靠不是？”说着，鼻子一酸，竟说不下去了。

“金宝走了有一段日子了。多儿说当了老板了，其实就是小贩子。老婆孩子的好几口，也不知道过得咋样？”老太太又看看她的脸，“俗话说得好，‘在家千事好，出门事事难’，电视上都唱‘儿行千里母担忧’。”老太太试探着说。

“他都不挂牵我了，我想着他干啥？”王石榴赌气说。

老太太不好往下接，顿了顿，就转了话题：“这个月底，金贵三口来，金福也来，一家子可凑齐了呢！好不容易可以聚聚，这些天不见你，我还怕你不来了呢！”

“啥聚头，金贵也不比金宝强。”这个话题依然让她伤心，“他早忘了我了，光想着他这边的妈了，哪还记得我？不见也好，看见他反而让人伤心。”

“咋能这样说呢，都是一窝子亲，哪能忘了你？毕竟是你身上掉下来的肉！”老太太劝慰女儿，同时她念念不忘金福的心事，她试探着说，“金福要娶媳妇了，多儿告诉你了吧？连房子也买了，正愁钱呢！”

“说了。也该娶了，岁数不小了，二十多了呢！”石榴避重就轻。

“为了给他借钱，拴住两口子愁得不行了。”老太太进一步试探。

“真愁假愁？哥哥当了三十多年医生，一点积攒也没有？别的我说不来，金宝他姑姑说过，她庄上小武子才当了十来年医生，就盖了新房，买了农用汽车，少说也赚了十来万元。这且不说，还有，那年留住在煤井出了事，煤井上赔了两万块钱，那些钱呢？”

“那年，本来不该留住下井不是？留住是为了救他小舅子硬冲下去的。人家没赔咱，赔他小舅子的钱，不都给金福他姥爷带回去了？”

“给金福他姥爷？那可只有流苏和金福他妈知道，别人谁也没在场。可是，金福他姥爷来送钱的时候大家可是都在场。那位老人懂事得很，他说，他一个孤老头子，在那地方也用不着那么多钱，这边不一样，金福还小，金福他妈当时就已经疯了半截了，用钱的日子在后头呢！”

“后来他走的时候，拴住屋里的不是又悄悄给他放上了？她想得对啊，两个女儿都嫁到咱村里来了，千里路远，儿子又没了，他一个孤老头子一年比一年老，以后依靠啥生活？”

“谁见了？光凭她一个人说，是不是？”

“金福他妈也在，她两个一块去送的……”

“金福妈疯了半截的人，孤老头子也早不在了，这才是天知地知呢，也只有她能办这样的事！”

“拴住屋里的不是那种人，快三十年了，我还不了解她？”老太太不赞同女儿的看法。

“难讲呢，”石榴搜肠刮肚寻找证据，想要说服老太太，“金贵娶媳妇时，她从我那拿了一千块钱，现在孩子都两岁了，从不说还钱的事。”

“你是金贵妈，她也是金贵的妈，都一窝子亲，谁花不一样？”老太太非常不以为然。

“不一样，当然不一样。她哄得金贵两口子滴溜溜地围着她转，就像亲生的，我这亲妈反倒不如后娘了。”

王石榴非常不忿，老太太一时想不出劝解的话，于是母女俩一时都沉默了。

“你这也不信，那也不信，那个杨关东办石料厂她一下子拿了一万块钱，这个可不是假的吧？街上人谁不说她有钱，你看她整天节俭朴素，真人不露相！”

“那是准备修盖房子的钱。她告诉我了。村里给咱救了急，现在修路有难处了，咱还能装糊涂？这就好比是还账，‘借人家平，还人家满，不满再添添’，这才是做人之根本啊。”老太太开导她。

“你还当真以为她是给为村里？”王石榴问，“你是不知道啊，那个杨关东对她有多好，贼亮贼亮的汽车，穿的衣服一点尘土星子都不带，抱着她那些脏兮兮的箔就往车里塞。卖了箔，又在一座像天那么高的楼上请我们吃饭，点的菜，在桌子上重重叠叠的摆不开，拿出钱来让服务员替他算账，一掏一大把，连数都不数……就是这样的派头，还计较她那点钱？”

“多大的财主也有腾挪不开的时候。”老太太娓娓道来，“你没听过老人们讲的故事？早年那些大财主……就说咱村上的王铁匠，解放前他的买卖光在博山城就有七家。油根子峪半数以上的土地都是他家的。你说富不富？到破败的时候，你没听说他最后怎么死的，竟是饿死的。”老太太叹了口气，“这人，从远比近、从大比小，都是一个理。”

“一个理两个理可得是一个事呢，那个杨关东不是没有破败吗？”

“铺开了这么大摊子，油根子峪人谁不赞叹？钱不够用还不是正常？”老太太说。

“给你个棒槌你就当针使？！”王石榴实在不耐烦了，“你知道村里人怎么说？”

“咱家世代积德行善，又没有人坑蒙拐骗，还能怎么说？”老太太大惑不解。

“比坑蒙拐骗难听的多了。”王石榴撇撇嘴说，“你知道现在修的这条路叫什么名吗？杨关东让支书叫它‘流苏路’，为什么叫‘流苏路’？是张流苏这个名字好听啊，还是就她张流苏能？”

“我还以为什么大不了的。”老太太嗔怪地看了女儿一眼，“她的兄弟来投资，当然觉得姐姐的名字最亲切了。”老太太又叹了一口气，“这些人吃饱了撑的没事做就瞎嚷嚷。”

“人家还说，石料厂建好了，要让她当厂长。”

“当厂长？你别说，我看她还真能行。”老太太放下手上的针线，“她呀，又能干，又认真，谁不说咱家摊上好媳妇？就是这些年家里事多，把她坠住了，留住屋里的又那样。要是他兄弟放心把厂子交给她，还真是看准人了。当个厂长她兴许干得杠杠的。”

“她兄弟？哼。这是哪门子的兄弟？他姓啥？她姓啥？你真是老糊涂了。”王石榴把针线笸箩一推，“我看这里头有蹊跷。大伟酒店开业那天天还没亮呢，我一大早亲眼看见两个人光着膀子从卫生室出来，哥哥没白没黑地忙，谁知道他俩干的什么勾当？支书领杨关东看山也得她陪着，喝酒也得她陪，你也不想想她为什么就这么光鲜了？”王石榴连珠炮似的，说得老太太好像蒙了一样。

“大伟媳妇说过，杨关东四十好几了，到现在都没娶老婆。为什么不娶，他是缺钱还是缺人？没准两个人从小就有一手，我哥当了王八都不知道呢！”

“关东没娶亲？这怎么可能？”老太太像是自言自语，也像是问王石榴，“我怎么就没听说过？”

“她当然不会告诉你。她不说，才是心里有鬼呢。”

一辆载满男女老少的农用三轮车从街口驶过来，到老太太的大门前戛然而止。车上被搀扶着下来一位老太太，年纪与王老太太仿佛，她穿着一件白色柔姿纱上衣，映着满头白发，非常矍铄。走近前，王老太太认出来了，是多儿的姥姥。

“老姐姐，你可好？”她和王老太太打招呼。

“好着呢！老亲家，你也好，大老远地你咋来了？”

王老太太和张老太太手拉着手嘘寒问暖。姑姑也讪讪地站起来。

“前天流苏找人捎信，说是金福娶媳妇要用钱，我让几个孩子凑了两个。”说着，摸出一条小手帕，里面整整齐齐地包了一千块钱。

“还让你操心！等金福挣了钱，我让他别忘了孝敬你！”

“金福少娘无爹的，谁不该帮衬帮衬？”

王老太太要留张老太太进屋喝茶等流苏回来，张老太太无论如何不肯。说是要搭车去赶集，固执地上了三轮车，走了。

“好心人！这老太太和流苏一样面善，一看就是好心人。”王老太太感慨。

“妈，我咋看着她穿的褂子这么面熟？金贵定亲那年，他媳妇给你买了一个褂子，白色柔姿纱，我咋没见你穿？”

“不记得放哪儿了，”老太太明白了女儿的意思，“是很像，但是不一样。我那件钉的古铜色扣子，张家老太太的衣服上钉着白扣子。你这样一说，我想起来了。”

“扣子？扣子又不是长上的，难道不会拆了重钉？刚买来时我还穿上试了试，我认得，她穿的就是你那件……她这人，就是喜欢别人的东西，财迷心窍！”

听了女儿的话，老太太心里犯了嘀咕，赶忙到屋子里去翻箱倒柜地找，女儿也在一边帮她。但是找遍了所有的旮旯也没找到。

“我说得不错吧，真是知人知面不知心。”

晚上，一家人围坐在餐桌前，谁也不肯先说话，“钱”的烦恼压抑着每一个人的心。最后老太太着急了。

“明天金福就来了，咱咋办啊？”

“金福来了再说吧。”王拴住打圆场。

“金福来了就有了？统共才三千块钱，不光给孩子添堵吗？”老太太不满意了，“拴住，你和石榴一个是大爷，一个是姑妈，总得想个法子吧？”

“我能贡献的，全都贡献了。不是连我的儿子金贵都给了你们了吗？今天实在是没的拿了。还是流苏想个主意吧。”

“我已经转了十几家了……”张流苏说。

张流苏看看王拴住，王拴住一声不吭，低着头喝粥。

“留住我那苦命的儿呵，”老太太彻底失望了，不由得悲从中来，号啕大哭，“你留下了两个心上人，媳妇疯了，儿子又……你也睁睁眼，和我说说，眼下这个难关咋过呀。”

“奶奶，怎至于这样伤心？难道不买房子金福就娶不成媳妇了？如果这样，他媳妇是嫁给金福还是嫁给房子？”多儿说。

老太太说不上话。

“等会儿，要不我再跟南瓜说说？”张流苏一边给婆婆擦眼泪，一边说。

“你也不用给南瓜说，也不用给北瓜说，做这些样子给谁看？”王石榴冷笑着说，“你只要想办，张张嘴就办好了。”

“我？”张流苏疑惑地看着她。

“你有那么气派的兄弟，借个几万块钱有什么大不了？”

“这事我不是没想过，现在，他在咱油根子峪铺开那么大个摊子，全村都给他捐款，这时候跟他借钱怎么张得开口？”

“不借钱也行，说不定金福的房子就是他公司盖的，你说一声，说不定一分钱不要他就送给你。”

“要不，你就跟关东说说？”老太太也觉得可行，“咱不是不给钱，就是给点空，让金福挣了钱慢慢还。”她转脸对张流苏说。

“不……不能。”张流苏说，“这些天，为了山上和厂子两桩事，他急得嘴上都起了血疱了，这才几天的事，他整个儿瘦了一圈了。在山上，他的大哥大响了，他都没有空接，有时看一眼就关了，有时即使接起来，也是一句话：‘我正忙呢，有话快说。’根本不听人说话。这个节骨眼上，哪能再为别的事麻烦他？”

“哎哟，你看你多么心疼他……”王石榴嘴巴撇到了腮帮上：“怪不得村里人都看不下去了，人人都觉得你俩的姐弟关系来得蹊跷。”

“怎么蹊跷了？”

“你姓啥？他姓啥？怪不得又让你当厂长，又给你修‘流苏路’……一下子把你捧到天上去了。”

“流苏路不是为我妈修的，我问过叔叔了，他说，咱村叫油根子峪，油根子是啥？学名就是‘流苏’。这么美丽的一种植物，在咱村里快要绝种了，让人心疼。他把这条路命名为流苏路，是希望满山满峪都是流苏花的景象再回到我们的生活。”多儿解释。

“编，娘俩合着伙编吧！我在油根子峪过了大半辈子了，怎么就不知道油根子就叫‘流苏’呢？咱妈七八十岁的人了，也没听说过。”王石榴又问老太太，“是不是啊，妈？”

“多大的事？就这样争吵！”老太太很不高兴，“我只知道锦旗上的穗子，还有旧社会妇女裙子下摆上钉着的彩线……都叫流苏！我不知道就不是了吗？这么大个世界，我才知道多少？”

“就是，奶奶的话有理。我们才知道多少啊？”多儿底气足了，“我到网上查了，流苏，是一种下垂的以五彩羽毛或丝线等制成的穗子，也曾经是过去妇女流行的头饰金步摇，封建社会帝王头上的冕旒，也叫流苏。另外，‘流苏’还是古鲜卑族部落的姓氏……”多儿冲着王石榴一字一板地解释，“这些你都不知道吧？”

王石榴把头扭到一边：“哼！”

多儿不怕打击接着说：“还有，更重要的，流苏是一种著名的观赏树，别名‘花木’‘萝卜丝花’‘油根子’‘牛荆子’‘四月雪’……是国家二级保护植物。这回懂了吧？”

“行，你能，全家省吃俭用供你上学，给你灌上墨水了。”王石榴像发机关炮一样咄咄逼人，“杏花峪人都知道，杨关东因为她，如今四十多岁还没娶媳妇。这个你总不能说成是为了油根子树吧？”

“真的？”听了这句话，多儿愣在那里。

“关东没娶媳妇？谁说的？”张流苏也吃了一惊。

“咱妈成天说你厚道，你这就不实在了吧？他没娶媳妇敢是与你有关？否则，你为什么不敢承认？”

天，闷热得紧，一丝风儿都没有，他们谁也不说话，屋里静得仿佛连心跳都听得见。张流苏简直愣在那里，她想反驳，又拿不出证据。难道关东真的没娶媳妇？这又是为什么？“不，不……”张流苏下意识地说，“我不怕，我跟他清清白白。”

“清白？染缸里还能倒出白布来？清白不清白不是自己说的。到桂花峪问问，谁不知道你跟他打小就好得分不开？”王石榴皮笑肉不笑。

“过去的事就此打住，以后，谁也别再提这一节。流苏清白不清白我负责。”王拴住觉得该是自己说话的时候了，他这样说石榴，然后对着张流苏郑重其事地说，“你呢，以后就不要再上山、下厂的了，免得让人说三道四。”

“不。我……”张流苏刚开了个头，正想解释几句，电话响了。

多儿接电话，是南瓜打来的。

“多儿，告诉你一个好消息，你的事办好了。”她兴致勃勃。多儿不敢吱声，只嗫嚅地应着。

“事情巧得紧，政法大学的党委书记是我同学的叔叔，你分数又比较高，一说就成了，真的很顺利。”多儿兴奋得心都要跳出来了，但是看看一家人愁眉不展的样子，没敢吱声。

“怎么不说话，是不是愁钱呢？”

“嗯。”

“别担心，我都打算好了。我负责借一万块，妈妈还有哥哥弟弟一共负责一万块，别管怎么想办法，总误不了你开学交学费。明年的，明年再说。先把录取的事告诉妈妈让她高兴高兴？”

多儿支吾着，正要挂电话，张流苏过来了：“多儿，是南瓜吗？”

多儿点点头，把话筒给了母亲。

“南瓜吗？我是你妈，”张流苏不等南瓜说话，接着说，“愁死妈了，你得想个法子帮忙借点钱？”

“多儿没告诉你？我已经告诉她了。我已经计划好了，不就是两万块钱吗。”

“两万块？你有？”张流苏大喜过望。

一屋子人都松了口气，唯独多儿，站在母亲身边，紧张得不行，脸涨得紫红紫红的。

“就是，我和金贵、金宝通了电话，不仅这两万块，多儿四年的学费，我们全包了，勒紧裤腰带也要让多儿上完大学。你和爸爸就放心吧。”

“多儿交学费？上大学要交那么多学费？我记得你那时候才交了……”

“啥年代了？老黄历翻不得。八万块还是少的，许多重点大学要二十多万呢！”

张流苏说不出话来。

"你甭操心了，就数多儿小了，砸锅卖铁我们也负责到底。"

"不是一档子事，我是说金福买房子的事，实在没法子想了，你能不能给借借？"

"开玩笑，我住的还是不足二十平方米的小平房呢，金福小小年纪急着买那么大房子干啥？"

"可是……"

"可是啥？你简直糊涂透顶，自己有两个孩子，本来就紧张得不行，非要养别人一个儿，现在又……家有七件事，先从紧处来。是多儿一辈子的前途重要，还是金福买房子享受重要？"

"可是……"

"别可是了，你好好想想，是该先上学，还是该先买房子。我就是一句话：多儿上大学，钱我有；金福买房子，等我买了好房子再说吧！"说着挂了电话。

放下电话，张流苏木木地坐回到座位上。一家人的气氛活跃了。

"南瓜有钱，这几年她混得真不赖。"石榴说。

"阿弥陀佛。"奶奶说，脸色由阴转晴。

"也还不够啊……"王拴住看着石榴。

"不是，不是一回事，南瓜说的是替多儿交学费。"张流苏面露尴尬。

"交学费？上个学要交两万元？盖座学校能花多少钱？"王石榴不相信。

"丫头片子，念那么多书啥用？早晚不得嫁人？"奶奶说。

多儿的脸色憋得像猪肝一样难看，张流苏闷着头一言不发。

"要不，先缓一步，多儿明年再上大学？"王拴住用乞求的目光望着女儿。

"决不。"多儿终于从牙缝里挤出两个字，同时，泪水也随着溢出了眼眶，从脸上缓缓流过。

"贼妮子家的，越大越不懂事，吃了干粮，瞎了咸菜。常言说得好，有志不在年高，无志空活百岁，长到八十岁也不知道大人辛苦，念书念多少也成不了用！”老太太诅咒着。

委屈，羞辱……一时间涌上心头，如毒蛇之齿撕咬着多儿的心，她脆弱的神经在颤抖，她年轻的热血在沸腾。她跺了跺脚，疯狂地冲进了夜幕里。

“多儿，回来——。”张流苏也跟着跑了出去。但是，毕竟岁数大了，越跑离女儿越远，渐渐地看不见女儿的踪影。

“多儿，多儿——”她喊着，叫着，在油根子峪的夜色中发出悠长悠长的回音，显得越发孤苦无助。

就在过把瘾大酒店后面的小山上，多儿悄悄地躺在草丛中，细数天上的星辰。

天幕之下，大自然的一切都是静穆的、和谐的。多儿好像是第一次发现山的怀抱里有如此清新的气息。身旁，远远近近的不知名的鸟儿、虫儿躲在角落里或是在枝头上叽叽喳喳地唱歌，又像是贴着山的耳畔倾诉着埋藏已久的心事，不时地发出一两声声嘶力竭的长鸣，如同一位刚刚起步却已看见生命终点的少年，怀着对生命的深深热爱，向世界悲壮地宣告自己曾经有过的生存。那声音凄婉，惨淡，与妈妈的呼唤相和鸣，触动了多儿压抑已久的委屈，泪水像断了红的珠了，从她的脸上滑落，溶入宽厚的大地的胸膛。同时，一幕一幕的往事涌上心头，爸爸，奶奶，姑妈……一张张扭曲了的面庞在她眼前交替浮现，让她烦恼，甚至让她痛恨。

“呸！”她狠狠地吐了一口唾沫，捶了一下身下的大地，放飞了抗争命运、抗争不公正待遇的勇气。

“多儿，”张流苏听到女儿的动静，赶了过来，“妈急得快疯了，你怎么不应声？”说着她重重地坐在女儿身边。

女儿不说话，张流苏也不说话。她们两个各自想着自己的烦忧，在静穆的夜色中出神。许久，俩人都发出一声沉重的叹息。

“你找我做什么？莫非要劝我为金福娶媳妇做牺牲？”多儿说，语气非常冷漠。

“不，不。”张流苏给女儿解释，“我知道你打小的理想，我知道你念书是正经事，你哥哥姐姐都让他们念了，怎能不让你念？”

听母亲语气和缓，多儿紧绷的心一下子松懈了，她问母亲："那你为什么又要让南瓜给金福借钱？"

"我是琢磨着，这事应该有一个比较完美的结局。不说别的，你金福哥没人疼……再说，你看你奶奶急成啥样了？她的心事我知道……"

"我奶奶，我奶奶！"一提奶奶，多儿就气不打一处来，"你一辈子就是为她活的！这个封建老太太，在她眼里，女人连条狗都不如！你倒说说，她啥时候对过？办哪件事都是错的，偏偏你哪件事都听她的。为什么要过继姑妈的儿子，我们本来就过得穷，还要给金贵娶媳妇，给耀宗办满月酒，现在又是金福……你知道姐姐为什么不愿回家？还不是因为在家里找不到温暖？难道你不知道？一点感觉也没有？"多儿又说。

"我又不是木头人，怎能没有感觉？可是换了谁也不能有别的选择啊。"张流苏说，"我娶进门时，你奶奶已经寡居多年，你叔叔小，我不应该多担点责任？应该！后来，家里一件事接一件事，你奶奶伤透了心，我不能代替她难过也就算了，要是再因为我的事让她伤心，不就等于在她的伤口上撒盐吗？"

"所以啊，你就对的、错的全都听，再也没有自己，这不就和咱村里的流苏树一样了吗？"多儿不以为然。

张流苏低下了头，眼睛里溢满了泪水，过了良久，才缓缓地说："这人呢，有多少种活法？你还小，可能还想不明白，一个人过什么样的日子自己没法选择。这就好比一年四季，春夏秋冬轮流过，有的人喜欢春天，有的人喜欢夏天，有人喜欢秋天，有人喜欢冬天。喜欢哪个季节的人都有，可是谁能说我喜欢夏天，我就光过夏天；我喜欢冬天，我就光过冬天？不能啊，不管是谁，哪个季节都躲不过去。"

"除非不想躲，想躲就能躲过。"多儿坚定地说，"我终于知道姥爷为什么给你取名叫'流苏'了，仅仅是因为流苏花漂亮吗？我不信，他肯定也是希望你好好生活，不要成为另外一种流苏，仅仅为了成为嫁接桂花的砧木而活着！！燕子不愿过冬天，还知道飞到南方去呢。"

"可是我们是人，不是燕子啊。燕子有燕子的生活，人有人的责任。"

张流苏柔和地说，“再说了，你奶奶的主张虽然不能算是全对，却也不是故意往错处办，她是真心实意为你爸好，从那个年代过来的人，总觉得闺女不能养老，她怕……”

“为我爸好？真好吗？我咋就没觉得？她培养的他，都快成木偶了，还有点男子汉的样子吗？再说了，她啥时候可曾为我们母女考虑考虑，她考虑过我们的感受吗？张口闭口骂我们死妮子、丫头片子……亏你还为她辩护。你知道我姥姥舅舅他们怎么说你？他们说你是‘没有球蛋买个茄子提留着’！”多儿一口气说到这里。

“啥？”张流苏没听清。

多儿说：“爸爸是愚忠、愚孝，你就跟随着，紧紧地围着老太太的指挥棒转。我先打个招呼，谁再劝我不上大学，我就跟谁拼了。”

“哎，多儿，奶奶虽然有不是，可她毕竟是你奶奶。她也疼你，你小时候，有一次她抱着你不小心摔着了，腿和头都磕破了，硬是抱着你不松手。别人拉她还不起来，一边磕头一边说：‘老天爷，跌我狠一点不要紧啊，可别跌着我的孙女儿。’”

“行了，行了，都说了一百遍了。”多儿虽然这样说，但火气却越来越小，“你啥都替别人想，可是谁理解你？姑姑诬蔑你，说你跟关东叔叔……爸爸还让你再也别山上厂里了，这个你也同意吗？”

“不。这两件事我都不能撒手。都在关口上，我怎能甩手不管？”

“妈，叔叔是不是真的没娶媳妇？”

“我哪知道？”张流苏随口说，她想遍了和杨关东交流的细节，似乎也没有答案。

“要是真的，那就不怪别人议论了，我都觉得他对你好得有些太好了。”多儿自言自语，“哎，妈，要是他真的因为你不娶媳妇呢？你会怎么做呢？”

“胡言乱语！怨不得奶奶说你，怎么这样没大没小？”张流苏指责多儿，声音大得连自己都吓了一跳。

多儿伸伸舌头，母女俩不再说话，张流苏的心里乱糟糟的理不出头绪。

“妈，我给你讲个笑话？”多儿想逗母亲高兴。

母亲没说话，她讲道："从前，有一对住在山里的父子俩，一年到头的没出过门。有一天，父子俩到镇上赶集，儿子迎面看见一座二层小楼上插着一面红旗，就惊喜地说，爸爸，快看，北京天安门！父亲听了儿子的话，慌忙地看了看身边，见四下里无人，赶忙说：孩子，快别说了，让人听见了笑话，北京天安门没在镇上，它在县城里呢！"

"那到底在镇上，还是在县城？"张流苏仍然沉浸在自己的思绪里没反应过来，"其实在哪里不一样。"

多儿没回答母亲的话。她远远地看到前面有一个黑影从卫生室出来，倒背着手朝村里去了。

"妈，你看，爸爸。"多儿指着。

"是的，是他，没错。"张流苏认了认。

"这么晚了，他要干啥去。"

"谁知道？兴许谁突然有病了？"

"肯定不是，你看他连药箱都没背。咱跟着他去看看？"多儿非常好奇。

"明天还上山呢？咋这么闲得慌？还是回家吧。"

张流苏拉着女儿走了。

16

工程进展还算顺利。

杨关东常想：人的情绪真是神奇，颓废和昂扬似乎都是转念间的事；人的潜力也真是无穷，无论什么样的困难仿佛都是可以战胜的。这就好比一个人的生命，既可以平淡无奇，也可以散射出耀眼的火花。

在杨关东的世界中，“创业”一直是生命的主旋律，类似于在油根子峪遇到的修路开厂的烦恼，在他的创业过程中，既不是第一次碰到，也不是最困难的一次。但是，当他知道自己面临“愚公移山”般的重任跟支书躺在油根子峪的山上的时候，比任何一次困难都更加让他懊恼。他的情绪简直坏到了极点，甚至比当年因为三角债纠纷被人追打都更加糟糕。他感到作茧自缚的自己正在堕入万丈深渊，从此将万劫不复……可是，没想到张流苏慨然以万元相赠，一下子激起了他的创业豪情。其实，在杨关东的生活中，一万元实在是一个小得简直不能再小的数目，但是，她的沉静、她的慷慨，以及她没日没夜、没早没晚、没轻没重地奋斗在施工现场的身影，都无法不让他感慨。他想起自己开会常讲的那句话：“只要思想不滑坡，办法总比困难多。”油根子峪工程从濒于流产到重新启动，他对这句话的感受比以往都更加深刻。在职工捐款动员会上，他没有再讲这句话，而是讲了张流苏这个四十六岁山里女人的壮举，讲了以支书为代表的油根子峪两委班子的热血、热情，职工被感动了，纷纷伸出援助的手，不仅使油根子峪工程的经济困扰迎刃而解，而且壮大了油根子峪人劈山开路的力量。

思路一开天地阔，一点也不假。因为有了必胜的信念，自然有了解决问题的办法，仿佛是转念间，他茅塞顿开，忽然想到了一位朋友，那是铁路爆破有限公司的经理。他不禁哑然失笑：“怎么竟把劈山开路的专家给忘了呢？”一通电话，一番寒暄，方案也就差不多定了。杨关东说：“钱我不少付，最多就是迟付一段时日，并且我的全套开山机械可以继续工作，义务劳动也可以继续劳动，关键是工期要短，你说怎么办？”爆破公司经理半开玩笑半认真地说：“怎么办？就按照你的指示办呗。”杨关东说：“需要开山的这条路长两千米宽十米，下挖最高的地方深度有五十米，总立方米数一百六十万左右，你多长时间能做出来？”爆破公司经理问：“你想用多长时间？我的公司最大施工量每天可搬运两万立方米，正常干，三个月；要是白天黑夜轮班干，五十天；要是你的机械和工人都参与进来，重新组合了再从公路两头同时施工，一个月肯定能结束战斗。”杨关东开怀大笑：“好，就用你最快的施工方案！”

放下电话，《掌声响起来》的旋律又在他的心底响起，感觉也重新豪迈起来。

为了做好这件事，他把大部分时间和精力都放在了油根子峪，公司事务只要不是非他亲临不可的事情，基本上成了电话遥控指挥。支书以油根子峪村的名义在大伟的酒店二楼给他定了一间房。他暂时成了油根子峪村村民。

事情的结果让支书感到兴奋，石料厂已经进入投产前期，“大道直如天”的愿望也已经不再是梦。他思前想后怎么想都觉得自己这一任支部书记当得很有成就感，怎么想都对村庄的发展现状感到满意，这种满意甚至已经超过了“如意”的范畴，而悄无声息地让他感到“胜意”了。

“走，杨兄弟，咱俩喝一壶去！”收工的时候，他常常兴高采烈地这样吆喝。共同的劳动拉近了他们的距离，他已经不再称呼杨关东老板，而是亲切地称他“兄弟”。

“我还敢再跟你喝酒？喝了那一次我就把自己醉成‘油根子峪的人质’了，再喝只怕是祖祖辈辈都要给你当村民喽！”杨关东也已经习惯了与他说说笑笑。

“给我当村民？好！哈哈……”支书得意地笑。

“笑什么笑？总算把我闷倒在‘峪’里了，你得意了是吧？”

“喜欢在峪里住？好！赶明儿我给你一块地方，你也盖座别墅，把你的老婆孩子都带来，藏到‘峪’里，那才好呢！”支书继续打趣他。

“好是好，就是老婆太多，带哪个不带哪个都怕起内讧。”杨关东装出一副愁眉苦脸的样子。

“多了好！我们油根子峪高价收购，还给你‘保鲜储存’，怎么样？只要放心，就带来吧？”

两个人就笑得互相捶打一番。

来到大伟的酒店，随便要上俩时鲜小菜，就津津有味地对酌起来。有时候大伟也来凑热闹，不仅撺掇着豪饮，也怂恿着唱歌。

“唱歌、喝酒！喝酒、唱歌！”大伟大咧咧地说，“唱得好，奖励三杯酒；唱得不好——”他故意卖关子。

“你小子这是挤对我不会唱歌。”支书指着大伟笑骂，“只有你小子才能定出这样的缺德规矩，不会唱歌就连酒也不能喝了？”

“总要让人把话说完。”大伟说，“唱得好，奖励三杯酒；唱得不好呢，罚酒三杯。”

“你小子这是绵羊大憋气啊？”支书说。

“不喝了。”杨关东煞有介事地说，“都是因为喝你的酒，你倒腾来了三个服务员，他老兄致辞说你为油根子峪村引进了三名高贵的人才，希望她们常住‘沙家浜’，把油根子峪当故乡。结果我成了替罪羊了，不光是常住‘沙家浜’，把油根子峪当故乡，简直就要闷在葫芦里了。”

“你杨老板不够朋友。”王大伟说。

“怎么？”杨关东不解。

“不光是哪壶不开提哪壶，简直是揭人的伤疤。”大伟说，“难道你不知道那两名‘高贵人才’已经跑了？剩下这名‘高贵人才’也不理睬我了。你不说替我物色几位，还……真是没有同情心。”

"我当是什么大不了的。"杨关东一笑，细长的眼睛只剩下一条缝，"俗话怎么说的？'三条腿的鸡不好找，两条腿的服务员'还能缺了？"

"但是，现在没有啊，临时缺了就难受。你看我的店，除了负责你几个工人的生活，哪里还有什么生意？"王大伟摊开了两手，"我听一位朋友说，县城有个'天仙配酒楼'，里面有两个好小姐，能不能动用一下你的关系把他们挖过来？"

"挖她们干什么？挖不好就惹出事端。"杨关东一本正经地说，"现在，是啥形势？没听过那首打油诗？'下岗女工不用愁，梳妆打扮上酒楼。陪吃陪酒陪歌舞，你有我有全都有。'如今全东北的大姑娘小媳妇都来'梳妆打扮上酒楼了'，我就不信你能缺了服务员。"

看杨关东的样子是不想帮这个忙，王大伟心里不太舒服。正说着，王长海从门口伸进半个脑袋，王大伟赶忙起身："你们先聊，那位介绍服务员的朋友来了，我招呼一下。"

房间里只剩下杨关东和支书。但是，支书兴致不减，从油根子峪的过去说到现在，又从现在谈到未来，杨关东不说话，微笑看着他，不时地点点头。他说着说着，动了感情，给杨关东倒上一大杯，又给自己倒上一大杯，两杯酒都端起来，左右手一碰，把杨关东那杯递过去："杨兄弟，我干了二十多年支部书记，都说我是不倒翁，不怨大家嫌我，我自己也知道没有业绩。为人在世，谁不想干番事业？我也想啊，可是，光想有啥用？关键还要有人成全。今日，你成全了我。"咕咚喝下一大杯，接着说道，"你的恩情，就像这杯酒，永远留在了我的心上。"喝完了，他豪爽地把杯子反过来，"你看看，若是剩一滴，也算我对不起你。"

"既然是兄弟，为什么非要拼酒呢？"杨关东也喝了，但是还是留下一截。

"不是拼酒，我是让你知道我是怎样的人，让你知道我的心！"支书的嗓门又亮起来。

"不光喝酒，我还要给你唱一段。"说着，清清嗓子，也不用话筒，也不用伴奏，一边筷子敲着茶杯，发出咚锵咚锵咚咚锵的节奏，一边摇头晃脑地唱起来：

一家人闻边报雄心振奋，

穆桂英为保国再度出征。

二十年抛甲胄未临战阵——

难道我就无有为国为民一片忠心！

猛听得金鼓响画角声震，

唤起我破天门壮志凌云。

想当年桃花马上威风凛凛，

敌血飞溅石榴裙。

有生之日责当尽，

寸土怎能够属他人！

番王小丑何足论，

我一剑能挡百万兵。

我不挂帅谁挂帅，

我不领兵谁领兵！

叫侍儿快与我把戎装端整，

抱帅印到校场指挥三军。

“看不出你还算得上是奇人？”杨关东没有喝彩，“说起话来，嗓子像破锣；唱起戏来，装个女人这不扭扭捏捏的也还蛮像那么回事？！”

“兄弟，你这就错了。别的女人的戏扭扭捏捏不假，要说穆桂英扭扭捏捏的，就错了。你听这段——”他又假着嗓子哼哼唧唧唱了起来：

王宝钏抬头用目看，

代战女打扮似天仙。

怪不得儿夫不回转，

被她缠绕一十八年。

宝钏若是男儿汉，

也到她国住几年。

我本当不把礼来见，

她道我宝钏礼不端。
走上前，用手搀，
尊一声贤妹听我言：
儿夫西凉你照看，
多亏你照看他一十八年。

“要说女人腔，这段是很标准的。但也算不上扭扭捏捏，王宝钏多少也还有些豪迈气。何况说穆桂英呢？”支书不以为然，“要说是个女人，她也是个女爷们，”他又抿口酒，“她是‘金鼓响画角声震，唤起破天门壮志凌云’，我啊，兄弟，是你的大气魄唤起了我干事创业的激情。”唱完了，兀自沉浸在戏文里，在嗓子里抑扬顿挫地哼着。

杨关东点点头，他点上一根烟。支书说得不错。有时候人的热情确实需要激发。就像劈山面临的始料不及的困难，自己不也一下子滑入低谷了吗。多亏了张流苏，他想。但是，他又想，为什么那么一小点困难就把自己打倒了呢，似乎也是因为张流苏，在他的潜意识里，实在不想在她面前窘迫。是的，非常不想。

老人们常说：“说书唱戏劝人方。”杨关东也曾这么认为。但是，这一刻，他却觉得这一切并不那么单纯，至少包含了一些非常真实的生命体验。如果王宝钏的故事让人们认为不过是“说书唱戏劝人方”，那么，在人类历史即将进入二十一世纪的时候，假如他把在心底保存了二十多年爱情体验披露出来，肯定会被人认定为无聊的谎言。他苦涩地笑了一下，无聊如何？有聊又如何？

喝完了酒，支书与杨关东分别到了工程现场，天已擦黑，可是工地上亮如白昼，推土机隆隆作响，一派热火朝天景象。“真是想不到，你怎么有这么大的魄力？”支书由衷地赞叹，这一切在他眼里简直就像奇迹。

王长海为王大伟选的目标是县城近郊一座孤立的二层小楼。它远离闹市，处于荒僻的街巷之中，甚至连一块牌匾都没有，建筑格局与附近的普通居民楼极其相似。它从头到脚包裹着规格一致的长条瓷砖，不过下半截是海蓝海蓝的颜色，上半截却是血红血红的颜色，整体看上去极不协调，有点类似于戏剧中的二皮脸，看久了很容易令人联想起王朔一篇小说的名字：一半是海水一半是火焰。最惹人注目的是它在大门的迎风上镌刻了这样几个字：天仙配酒楼欢迎你。

“还天仙配？什么样的服务员可以称作天仙？”酒楼的名字难免让人遐思万千，服务员的名字也极有趣味，一个叫江双双，一个叫李丹丹，吸引着许多人的兴趣，使他们有一种做一次董永的冲动，所以酒店的生意格外好。但是，酒店里统共只有两位服务员，为了最大限度满足客人的需求，她们像上紧了发条的陀螺，也像罐装的劳动力，足不出户。尽管如此，虽然上下两层小楼每天都室室客满、夜夜欢歌，客人做董永的机会仍然很少，实在无法不令人失望。

王大伟和王长海第一次来的时候，是在中午，他们在房间里待了三个多小时，愣是连服务员的影子也没见着，心情自是怅然。到了晚上，又去得晚了一些，连个房间也没定上，也就更加失望。并且王长海觉得已经引见过了，说什么也不肯再陪同。所以王大伟第三次来的时候是小贾陪他一起，到了吧台上，就被挡驾了。“带女人不准上楼。”老板娘说。

“为什么？”小贾和大伟一样不理解。

“为什么？”卷头发红脸堂的老板瞅了他俩一眼，“不为什么。本酒店的规矩！”

“呸！”走出了老远，小贾仍然忍不住心头的恼火，并发恨再也不许大伟来。

“不入虎穴，焉得虎子？”大伟铁了心肠非要挖这里的服务员，“受点挫折也好，免得心中有愧。”他这样安慰自己，也这样劝说小贾。

事情的进展得益于王长海施工单位的基建科长，通过多方打探，得到一个机密情报：小姐的手机都已被老板没收监控，于是为王长海想出一条锦囊妙计：找一个东北口音的人冒充服务员亲人给老板打电话，预约见面。

“真是天助我也。”大伟很高兴，他做梦也没想到小贾的东北籍贯在这时候派上了用场。一分钟也没耽搁马上打电话，并且电话非常顺利地接通了。

“喂，你好，这是江双双的电话吗，我找江双双。”小贾的东北话已经有些荒疏，她努力调整语气。

“对,你是江双双的老乡吗？是不是要找工作？”电话那头态度很热情。

“不，我是她的表妹，她母亲病了，请让她接电话。”小贾一听就知道是那位讨厌的卷毛老板，语气不免开始生硬。

“对不起,我听不懂你的话。”电话断了,听筒里传来“嘟嘟嘟”的忙音。

“老狐狸、老杂毛！”小贾忍不住骂出声来。

眼看着计划落空了，王长海和王大伟同样失落，但是又有些不甘。两个人皱了一晚上眉头喝了一通闷酒，最后想出一个不算主意的办法：让王大伟陪同王长海以“三顾茅庐”般的虔诚求助于基建科长，让他亲身闯一次“天仙配”，亲定“偷渡”大计。

今天王长海给大伟带来一个好消息，挖小姐的事终于有了新的进展：经过基建科长与服务员的严谨会晤，定于明日凌晨“偷渡”，王大伟、王长海和基建科长于某点某分共同接应。

大伟、小贾和长海三个人欢欣鼓舞、跃跃欲试。

油根子峪的山上，杨关东捏着一根烟，坐在茂密的草丛中。工地上的灯光斜照着他，号子声一股一股地传过来，他似乎没有什么感觉。他的心里正在思考一个问题，道路竣工指日可待，石料厂的工作也已经基本就绪，生产即将开始。可是这个石料厂的经营要交给谁呢？

经营的根本目的在于利润，石料厂当然也不例外。他几乎把身边的、手下的人想了一遍，也没有最确切的答案。目前，石料厂的工作是张流苏张罗着，一来杨关东不想让她长期累下去，他知道石料厂的环境不好，不仅尘土飞扬，机声隆隆，而且室外作业，不是跟石头打交道，就是跟一群粗鲁的山里汉子来往，杨关东怎么想也不觉得张流苏是合适人选，甚至私意里怎么衡量也不舍得让张流苏做这件事。二来杨关东曾经专门考察过好几家石料厂，这个项目看上去是粗放型的，似乎没有多少科技含量，但是，开山有开山的窍门，修机器有修机器的技术，从放炮开山、一直到投料、出产品环环相扣，哪一环都需要丰富的经验。显然这些经验都是张流苏不具备的。他为此忧心。

一阵嘀哩的声音响起，吓了他一跳，站起身四下寻找，没有找到声音来源，仔细听听，才发现是口袋里的手机，慌忙去接，铃声却结束了。按下几个按键，找到未接来电，是一个熟悉的号码，顺着这个号码拨过去，手机里传出标准的普通话——是康佳。他忽然感到很温暖。

“你好，康佳。”杨关东说。

“不好。”康佳故作深沉。

“不好？”杨关东颇感吃惊，“怎么了？”

“被朋友遗忘了呗。”康佳声音稍微有点嗲。

“你这样的电视明星，还会缺了朋友？”

“看报了吗？”康佳问。

“没有，什么报？”杨关东蓦然想起好长时间没有看过报了。

“今天的报纸头版就是一篇介绍你事迹的通讯，大标题是‘新世纪的神话’，还配有你在山村的照片。好久不见，我还以为你蒸发了呢，原来躲在山里创造‘神话’。要不是报纸登出来，我还不知道呢。恭喜杨老板。”

“有什么可恭喜的？”杨关东问，“山里又忙又累，苦不堪言，你也不来访访贫、问问苦？”

“呵呵，你是算贫呢？还是算苦？”康佳笑起来，“你现在在哪儿？”

“山里，躺在草丛里数星星呢。”

“你啊，瞎话一套一套的，说假话都不用打草稿。”

“怎么了？”

“你有这份闲心？”康佳反问，“再说了，你躺下试试，看看躺下了还能不能发出你这么又有底气又饱满的声音？”

“我怎么就不能悠闲一把？”杨关东笑了，他果真躺倒在草丛里，“你终于承认我是苦命人了？”

“你现在要是说躺在草丛里数星星我就信了，这回是真躺倒了，”康佳说，“你到底在哪儿？”

“蒙人？！”听康佳这样说，杨关东又坐起来。

“又起来了不是？”康佳说。

“你还真成精了？”杨关东说。

“不跟你瞎掰。和你说正经事，那你猜猜我在哪儿？”康佳说，“我来看你呢，迷路了。怎么办？”

“你到油根子峪来了？真的假的？怎么来的？”杨关东站了起来。

“当然是‘打的’了。工地也找到了，‘公路指挥部’的牌子就在眼前，机声隆隆，人山人海的，就是没看到你。进村也没有路。你到底在哪儿？”康佳的语气中透出焦急。

“真来了？！”杨关东下意识地朝公路指挥部望了一眼，“让出租车走吧，然后你在公路指挥部那间小屋附近等着，我马上过去找你。”

关了手机，杨关东感到浑身都是力量。

人与人之间的距离真是奇妙，有些人在共同的环境中生活上几十年，也无法将心灵拉近，而有时候一个小小的举止却能产生足够的共鸣和默契。

杨关东和康佳虽然早已是朋友，但是怎么说也还算不上是非常投机的，彼此间都是有所保留的。然而，今夜出其不意地相会在油根子峪的山野里，彼此间一下子亲密起来。看完了公路施工现场，康佳又要杨关东带她去看报纸上称作“治山大手笔”的石料厂。

杨关东说：“算了吧，黑灯瞎火的，要是崴了脚脖子多不划算？”

康佳说：“你看你有多官僚？也不低头看看，到山区来还能穿高跟鞋？不光不敢穿高跟鞋，凉鞋也没敢穿。”

杨关东说：“看不见呢，天太黑，除非是摸摸。”

康佳说：“有什么好摸的？又不是古代美女的三寸金莲。三十八号的旅游鞋，笨得像熊蹄子一样。”她夸张地跺跺脚，“走吧，这双鞋，走到天边也不怕了。”杨关东戏谑她：“那我就领你到天边，正是‘不到西天不知佛爷有多大’。”康佳说：“正想见识见识呢。”

两个人就散着步，走了。

“你这人真难琢磨。”走着走着，康佳忍不住说，“要说你这样的大老板，建几个厂子也不稀罕，怎么非要跑到葫芦里来呢？”

“条件优惠啊，你不懂了吧？”杨关东说，“这里的山让我免费开采二十年，哪里能有这样的优惠条件？”

“穿帮了。”康佳说。

“什么穿帮了？”杨关东停住脚步，“你听说什么了？”

“报上说，你修的那条路，需要投资四百万元以上。开什么样的山再贵的费用能用得了四百万元？”康佳也停下来说，“还有，修路就修路吧，怎么这条路还有名字？‘流苏路’？！为什么叫流苏路而不是牡丹路、荷花路或者是……”

杨关东又继续走：“都可以。”接着又打哈哈，“甚至就叫‘康佳路’也不错。”

“不想说就不说呗。我这个名字已经够倒霉的了。小时候觉得还不错，谁知道后来竟然有了‘康佳电视’，还把广告做得铺天盖地的，我叫了半辈子的名字竟然好像是盗用了电视品牌。烦透了。”康佳说，“你起的这个名字容易让人联想到那些港澳老板捐资兴建的希望小学，常常以自己最深爱的人的名字命名。”

“说远了。”杨关东一本正经。康佳也就不说了。

张流苏的生活颇不宁静。自从石榴旁敲侧击地指摘她和杨关东的关系，原本很自然的相处似乎一下子在全家人的眼里暧昧起来，尤其是老太太，心里老是像是揣满了疑惑，什么事都要刨根究底地问一问。王拴住也脸色欠佳，多儿还常常好奇地说三说四，金福的房子给她造成的难题又毫无进展，让她觉得不尴不尬。幸好，石料厂的事牵制了她大部分精力，工厂面临生产的千头万绪的工作让她没有时间沉浸在那些琐事里。这天晚上，她忙得连家都没回。石料厂的厂房已经竣工，办公室里已经像模像样。下了工，她啃了几口冷干粮又躲进办公室去整理一天来的账目，同时设想着开工生产需要做的各种准备。时间一点一点过去，她看看天色，似乎该回家了，站起身，走了两步，又累又倦。于是，她又坐在椅子上。

端起茶缸，喝下一口水，连日来的困惑又浮了起来。她不仅想：关东的媳妇应该是什么样？他们的日常生活又是怎样的呢？怎么想也想不好。“嗨，我竟然从来没问过。”她心里自责。忽然，她又想起一件事，好些日子以来，他只身劳碌在油根子峪，似乎无牵无挂，莫非他真的孤身一人？倘若如此，到底为了什么呢？她的表情一下子凝重下来。

“怎么还没回家？吃饭了没有？”杨关东推开门一步闯了进来，带着强大的气流，把油根子峪凉爽的夜的气息也带了进来。

张流苏吓了一跳，慌忙站了起来说：“噢。是关东啊。”她舒出一口气，又坐下了。但是，她马上又站了起来，因为她发现一位年轻美貌的女子紧跟在杨关东后面进来了。

“你好。”康佳进门就伸出手。

张流苏稍微迟疑一下，也伸出手：“你好。”这副面容好像在哪里见过，只是一时想不出。她干脆不想。“虽然年轻些，这个模样这样人才，也真配得上关东了。”她心里说。于是，她凝重的表情一下子活跃起来，“快坐，在沙发上喝水吧。”她赶忙摆好茶具，倒上水。

“都坐，都坐。我介绍一下，”杨关东坐在沙发上，他指着康佳说，“这是小康，大号康佳，在电视台上班。”

“我想起来了，怨不得就像画上走下来的人物！”经杨关东一提醒，张流苏马上反应过来，不等杨关东说完，插嘴道，“我看过你的节目。真人比电视上还要漂亮！”

“别夸我，不经夸，一夸就找不到北了。”康佳很随和地说，她转脸看着杨关东问，“这位是……”

又指指没等杨关东开口，张流苏说：“我叫张流苏。”

“张流苏？！”康佳重复道。

“是啊，我是关东的同学，也是他……姐姐，应该也是你的姐姐吧？”张流苏补充道。

“那是，那是。”康佳说，但是她的心里开始做各种猜想。

“走，跟我回去，咱们到家里去玩。”张流苏热情地邀请。

“不，不，今晚我还要回去。改日吧，改日我还来。”康佳拒绝。

于是，张流苏先走了。看见康佳，她觉得连日困惑她的疑团解开了，她的步子比以往都要轻盈。

办公室里只剩了康佳和杨关东，空气好像不流动了，闷热极了。

“怎么不说话了？”杨关东给康佳的茶杯添上一点水，“想什么呢？”

“要不是亲眼所见，任凭是谁说我也想象不出在僻远的山沟里还有这样的人物。”康佳由衷地说。

“‘这样的人物’是什么样的人物？”

“外貌端庄，气质柔和大方。”康佳评价，“真不枉了你为她修一条‘流苏路’。”

杨关东无语。康佳的语气，让他闻到了微微的酸意。他点上烟卷，不知道自己是庆幸还是懊恼。

“我想，我该回去了。”康佳如此说，但是人没动。

“我带你看看山野的夜色吧？”杨关东掐灭烟蒂，站起来说。

“不好待得太晚啊。”康佳说。

“这里也有宾馆，虽然条件有限，也还可以住得下，我带你参观一下？”

康佳也不说话，跟着站了起来。

两个人走出办公室，走了一段，来到过把瘾大酒店，想给康佳要个房间，但是没人。王大伟和小贾都不在，只有倒班的工人正在发出香甜的鼾声。于是他们又走出来，在山脚下坐下来。

夜色很深很浓，缀满星星的夜空好像是为被群山封闭得水桶一般的油根子峪合上了浪漫的顶盖，让油根子峪的怀抱变得静谧、安适。这样的美妙意境，杨关东觉得惬意极了：也许，埋藏了二十多年、压抑了自己半辈子的那种情绪到了可以舍弃的时候了。他又点上一根烟：“没有想说的话了？”他挑起话头，“葫芦里的感受如何？明日能不能也像今天的报纸一样写个文章给我吹吹？”

“我想，与新闻相比，我还是对于旧闻更有兴趣些。”康佳说。

“什么样的旧闻？”杨关东明知故问。

“什么样的旧闻都好啊，”康佳说，“比如‘流苏路’，这是一个开始呢？还是一个结束？”

“这倒可以算作旧闻。说起来这段旧闻也实在太旧了。包含了差不多四十年的陈芝麻烂茄子。不过，它从来不曾开始，或者是没开始就已经结束。”杨关东躺到草丛中，缓缓地说，“要说，恐怕要从我的童年开始了……”

康佳也躺倒在草丛中，静静地听。

王大伟和王长海早早地到了县城。

这是一个星光闪耀的夏日夜晚，街道两旁的合欢花正在凋谢，清爽的夜风中弥漫着淡淡的、伤感的花的气息，还不时掺杂着一两声蝉鸣蛙叫，委实颇具诗意。但是他们三人的行动却充满了神秘色彩，像极了电影电视里演的地下党的活动。在约定时间到达后，基建科长先是绕酒店走了一遭，确定了确实没什么异常，三人靠墙蹲立。王长海站在王大伟的肩头，基建科长扛着事先准备好的一根竹竿站在王长海的肩头，像猴子捞月亮一样贴墙站了起来，用竹竿捅了一下注目已久的那扇窗子，然后屏息而待。时候不长，从窗子里钻出一位纤纤女子，慢慢地踩到基建科长的肩头，站好了窗子里又钻出一位长发女子，两人都背了一个巴掌大的时装包。这一刻，夜色非常静穆，他们几乎都能听到别人的心跳。接着，他们循序渐进地一个一个蹲了下来，“偷渡”成功！

根据计划，最后一关是逃离现场。几乎一刻也没停留，大家在基建科长的指挥下小跑着离开。那一刻，王大伟不知是因为兴奋、紧张还是因为扛得太重坚持得太久以至于太过劳累倒在了地上，大汗淋漓，像是刚从水里捞出来的。

“这就是你不结婚的原因吗？”杨关东的故事基本上讲完了。虽然刻意轻描淡写，康佳仍然激动得很，“全城的人大凡知道你的人都说你人是能人，就是不负责任，‘圈养’了一群‘金丝雀’却不肯成家。”

“不是不想成家，而是时运不济。谁让我好不容易准备走出来了又遇到那样一个女人？”杨关东似乎还在往事中，“我读书不多，记得最深的是《渔夫与魔鬼》，那些年，我就像那个魔鬼第一个一百年、第二个一百年、第三个一百年企盼着有人救他，也渴望报答救命恩人一样，落魄的日子我也曾无数次暗自祈祷：如果有一个女人能真心爱我，那么，我会用我一生的全部报答她。但是，终究没有遇到。”

“那是因为你想要的女人只有一个。这倒让我想起一首诗，原文记不很清楚了，但大意没忘。”康佳朗诵道，“我曾把全部春的希望，寄托给一株小草。可是，等到满山遍野都是绿色的时候，我才知道，我错了……”

“听过一出叫《红鬃烈马》的京戏吗？里面有个女主角叫王宝钏。”杨关东的心情很轻松，“刚才你没来的时候，油根子峪村支书给我唱了一段，我就想啊，王宝钏在寒窑里忍饥挨饿等了十八年，已经让好多现代人觉得不可思议了，如果我把在心底保存了二十多年的爱情体验披露出来，会不会被人认定为新世纪的童话？”

“机会是自己创造的。认准了，就要勇敢啊。不是吗？”

杨关东沉默了。但是对于康佳的观点，他是无法认同的。难道自己可以破坏她的家庭？答案当然是否定的：“你想想，这把年纪了，我要是提起这个话题，会引起多大的地震？”

“地震？未必！如果我是她，我会义无反顾地投向你。”

“可是，她的丈夫……很好，”杨关东顿了一下，评价道，“年轻时比我强，在她眼里，现在肯定也比我强。”

“那又是一个什么样的人？”

“呶，”杨关东朝卫生室指指，“里面那个。”

康佳朝卫生室望过去，里面开着灯，玻璃窗投下一个人影，似乎埋头读书的样子。“别让人笑掉大牙了，小小山村，出了一个张流苏应该就是凤毛麟角了，还会有第二个人物？”

正说话，卫生室灯灭了。一个木偶似的影子挪了出来，关上门，朝东走了。

“要回家了？我去看看。”康佳非常好奇。

“不，他回家要往西走。”

“那么，他这是上哪儿啊？”

“是啊，他要上哪儿？”杨关东忽然想起，自从自己来到油根子峪，好像每天晚上，都会看到他慢慢地挪出卫生室往东走，有好几次，还发现他黎明前从东面回来。他告诉康佳，然后又重复道，“他这是上哪儿呢？”

“看看就知道了。”康佳拉着他轻手轻脚地跟上去。

他们远远地看到，王拴住在王大伟家的门前停住，站了一会儿，推开一道门缝，闪了进去，灵活得简直像是换了一个人。

杨关东和康佳对视一下。康佳悄悄地靠近了，将耳朵贴到门上。

杨关东也过来了。康佳却把他推开了：“走吧，别听。”

“怎么了？”走出一小段距离，杨关东问。

“别问了。”康佳的声音有些发抖，“你送我回城吧？！”

回城的车上，杨关东仍然不住追问，康佳就把她听到的王拴柱和王迎春的对话轻描淡写地说了几句，杨关东皱紧眉头。

“奸夫淫妇！这就是张流苏那个过去比你好、现在也肯定比你好的男人？！你的阅人标准太差了吧？”康佳挤对他。

杨关东吃惊得简直蒙了。一路上，他再也没说一句话。他觉得，原来记忆中令他嫉妒的那片繁茂，现在只剩下荒芜了。这片荒芜怎么处理好呢？被生活磨蚀得找不到自己的张流苏，还能成为他过去的“流苏”吗？

17

石料厂终于投产了。

当开业的炮声炸响的时候，张流苏的眼里噙满了泪水，曾经的困扰和诬陷、多日的辛勤与劳苦都可以在泪水中释放了，心里充满创业的幸福和快乐。

但是，仅仅过了三天，这种幸福和快乐就消失了，取而代之的是惶恐和懊恼：因为她把三天来的投入和产出统计一下，得出了一个意想不到的答案——生产一方普通石子的成本竟然高达三十六元钱，还不包括翻斗车的运输费。可是一方石子运到市场价格统共只有三十五元。这样算下去，不仅没有利润，而且一方石子最少要赔三到五元钱。算完了，脑袋一下子胀大了：这可怎么得了？

她不相信自己，晚上回到家，又让多儿给自己算了一遍，结果是一样的。但是，她还是不敢相信，两个人又共同算了一遍，丝毫不差。她创业的热情一下子降到了冰点。多儿也大吃一惊："怎么会这样？"她自言自语，"那么开这个厂子还有什么意义？"转过脸又对张流苏说，"妈，还能开吗？是不是应该停下来呀？"张流苏没有反应，但是她的大脑在迅速转动着：不开？真是孩子心性！五六百万元的资金都撂山上了，说不开就能不开？她想。她又想起那句老话："开弓没有回头箭。"是的，必须要开下去。但是，这样下去，生产越多，亏损越大，这可怎么办呢？

她一夜没有合眼，天刚放亮，她就推门要上山。

“拴住屋里的。”老太太听见了她的动静，喊她。张流苏走进老太太屋里，老太太已经起床了，整整齐齐地穿戴好了，坐在八仙椅上，“你又要上山？”老太太问她。

“山上出了一点事情，我不放心啊，在家也睡不着了。”张流苏说，“饭菜我已经准备好了，等多儿起来……”

“饭呀菜呀当什么紧？一顿不吃还能饿死了？”老太太摆摆手，不让她说下去，“别说这石料厂不是咱的，就是咱家的，咱也得先过日子不是？妈知道你，谁说你的闲话妈也不当真。可是，咱要过日子啊，今天金贵、金福都要来了，你还上山？”

婆婆的不满是显而易见的。一提闲话张流苏就觉得懊恼，但是她的心被石料厂的事充满了，她不想说这些。“妈，你常说一句话：‘杀人杀死，救人救活。’我也知道一句古话：‘受人之托，终人之事。’我知道石料厂也不是非我干不可，我自己也觉得吃力，这两天我算了算，照这样干下去，每天都要赔几万块钱，我的心里也是难受得紧。”张流苏说得很慢，也很清晰。

“每天都赔？还上了万？这可怎么得了啊？”老太太也吓了一跳，“那你还干个啥劲呀？”

“我也怵了。昨晚一夜没睡，把每一道工序想了一遍，打眼、放炮、勾料、控机……也没想出什么漏洞；把每个干活儿的人都想了一遍，除了几个修机手，就都是油根子峪的老少爷们了，想想谁都很卖力，怎么还会亏损呢？”张流苏说，“我也觉得不能再做下去了。但是既然答应关东了，就不能撂摊子啊，想不干，也该是等他找好了合适的人手啊。”

“你这事做的！天天没白没黑没早没晚忙成这样还能赔钱？这怎么说？”老太太着急了，“这是什么事啊，了解你的人，觉得你赔了，没有功劳有苦劳；不知道你的人，还不……”老太太叹口气，“哎，不知道你的人还不知道要怎么想呢？”

“我不怨别人怎么想，就是我自己也是闷得慌啊。”张流苏说，“我去厂里看看，再想想，要是能找出这个症结，以后我不干了再换个人也是一条经验不是？”

老太太摆摆手，示意她走，嘴里却自言自语说：“孩子们都要来了，孩子们都要来了。”

“我记得，回头我早些回来。”张流苏说。

吃过早饭，王石榴早早地就来了。一见多儿和张流苏都不在，就气不打一处来。老太太不接她的话题，陪着女儿来到大门前，一边让女儿帮自己做些小针线活，一边故意让女儿猜猜：“该是金贵先来还是金福先到家？”王石榴还真猜了起来，答案自然不好选择，猜到最后，老太太下了一个结论：“兴许是兄弟俩结着伴一块进家门呢。”

可是直到中午了也还没个人影。刚刚回到屋里闷闷不乐地端起饭碗，金贵媳妇抱着儿子耀宗来了，进了门老太太都没有意识到，直到听见金贵媳妇喊奶奶，才知道自己日也盼夜也盼的亲人已经来到身边了。老太太惊喜地站起来要去接孩子，女儿王石榴早就接过去了，但孩子哭着反抗，坚决不让抱，于是，她带着满腹遗憾把孩子放在老太太怀里，让老太太揽着。

“大的生分，小的也随着生分！”石榴非常不满，“金贵呢？不是说一块来吗？”

“来了，”金贵媳妇回答，“不仅金贵，金宝也来了。”

“金宝也来了？”老太太喜出望外，想出去看看，抱着孩子又起不了身，“石榴，快出去迎迎孩子啊。”

听说金宝也回来了，王石榴脸上滑过一抹不易觉察的喜悦。但她嘴里却说：“有本事一辈子别回来，我还去迎迎？他还有功劳了？”眼睛也不住地朝大门口瞟去。

“这就应了老人的俗话了：‘真亲不恼百日，大风刮不多时。’”老太太说，“咦，怎么还没进来？”

“在公路上干活儿呢，”金贵媳妇这才解释道，“到了工地上，就忙开了，光着膀子，还真有那么点意思。”

“什么？”王石榴眼睛瞪得圆圆的，“在公路上干活？谁让他们干的？是不是你妈在那里？自己那么大本领，还要带累孩子干啥？还是啊，不是从自己肚子里爬出来的就不会心疼！”王石榴悻悻地说，她认为这是张流苏的馊主意。

“没看见她啊，多儿倒是在。”金贵媳妇说。

“吃饱了撑的？”王石榴拔腿就往外跑，“看我不去把他们揪回来？！”

张流苏在石料场忙碌了一上午，机器仍是轰轰隆隆地转动，工人也仍是大汗淋漓地忙活。但是她的心却犹如被露水打湿的小草，湿漉漉的，轻松不起来。亏损的原因没有找到，过去在她听来生机无限的机鸣此刻听起来好像雷鸣般震耳，她仿佛看到一打一打的金钱随着这些声音溜走了。她为此而焦急。自从开业，杨关东好几天都没来过，他怎么就这么放心呢？她心里抱怨。他越是放心她就越是焦急：不行，一定要向他报告了。她想。

于是，她安排好手头的事情，上公路施工现场去了。

工地上，劈山工程已接近尾声，铺水泥的工作也已经同步开展。金贵、金宝兄弟正混在工人中间出大力、流大汗。多儿给他们端来绿豆汤：“哥，歇歇吧。”

“还不累。”两个人抬抬头，金贵接过豆汤喝了几口，金宝又抡起镐头刨了下去。

“怎么样？咱村变化大不大？要不是亲眼看看，谁能相信？”多儿说。“从小就听说‘人定胜天’‘敢教日月换新天’，这回，我是亲身经历了。”多儿从心里感到豪迈，“收到村里发出去的捐款倡议书了吗？”

“收到了。”金贵说，又要抡起镐头。

“你知道谁写的？我！”多儿更高兴了。

“什么？你写的？也是你发的吧？”金宝也住了手。

“正是。”多儿更高兴了，“还算有点水平吧！”

“你写的，怎么不给我发一张？”金宝问，“我也是游子啊。要是别人发的我倒还好理解，你怎么也把我忘了？”

“你不是在逃难中嘛。”多儿解释，但是，话一出口，就有点后悔了，“也不是，我……”她一时想不起怎么说才好，语塞了。

“这样的大事，竟然瞒了我！”金宝说，“不是吹，劈山修路、开石料场的主意好几年以前我就有了，这样的事我怎么能不参与？”

“叔叔的主意是你给他出的？”多儿吃了一惊。

“你听他吹牛！”金贵打断了他。

“吹牛？别人说我吹牛我不生气，你这样说就不依。”金宝说，“你回想回想，我这个主意给你说了多少遍了？不过就是没有条件。”

“还是啊。你能这样想，别人就不能？你什么时候给人家杨老板出的主意？恐怕你连认都不认得人家。”

“那是。”金宝的火气小了。

“多儿，咱妈来了。”金贵一回头看见了张流苏，见她一边朝山上走来眼睛一边不住地打量，一副心事重重的样子，便问多儿，“妈怎么来了？是不是来找咱？”

“不会吧。这会子她没有这份闲心。肯定是来找叔叔。”

“她怎么了？为什么没有闲心？”金贵、金宝同时问。

“唉，她这个石料场的临时厂长难当得很哟。”多儿解释道，“开工三天了，昨天算了一笔账，生产一方普通石子的成本竟然高达三十六元钱，还不包括翻斗车的运输费。可是一方石子运到市场价格统共只有三十五元。这样算下来，不仅没有利润，而且一方石子最少要赔三到五元钱。这样下去，十六条生产线一天不得赔几万元？”

“赔钱？我懂啊，我去给他讲。”金宝撂下镐头就去找张流苏。

说话工夫，张流苏已经找到杨关东了，两个人蹲在地上低声交流着什么。金宝想也没想就赶过去。

王石榴顶着日头气喘吁吁地来到山上，一眼看见了金贵和多儿冲了过来：“你不回家在这儿干什么？”

看到姑妈气冲冲的，多儿躲到一边忙去了。

“工程就要竣工了，再不出点力，以后想干也捞不着了。”金贵说。

“吃饱了撑的！你也不算我的孩子了，我不管你。金宝呢？”一边问着，一边到处踅摸。

金贵心里很不舒畅，指了指金宝走的方向："那不，在那边。刚刚过去。"

顺着金贵指的方向，王石榴看见金宝似乎正在朝张流苏走去，她气不打一处来："好小子。"急急慌慌奔过去。

王石榴赶到的时候，金宝刚刚蹲下，叫了声"舅妈"，没等张流苏愣过神来，王石榴就到了。她二话不说，揪起金宝的耳朵就往回走。金宝没防备，仰倒在山上，爬起身，见是母亲吃了一惊："妈，你又怎么了？"

"你这个黑了心肝的东西，有本事一辈子不回来也就算了，回来了连家门也不进，又来给别人装亲生的……我问你，你到底听了谁的好话？受了谁的指使？"说着，朝张流苏瞅了一眼，揪起他的衣服就走。

"还用别人指使？我来山上干活还不应当？"金宝一边趔趄着往后退，一边辩解道，"你也不想想，要是你不来我也不来，以后咱怎么好意思从这里走？"他好不容易挣脱了出来。

王石榴又要来拉他，他左右躲闪着。王石榴逮他不住，气得破口大骂："你这个吃里爬外的王八羔子，还用得着你来说我。我不出工不出钱咋了？人家修的这是流苏路，我出哪门子钱？你又出哪门子力？有本事你也修一条'石榴路'，你娘兴许把命都搭上！"

张流苏本想给他娘俩劝解劝解，可是听石榴的话句句冲着自己，心里又烦乱，又气恼，竟然一句话也说不出来。

"你这算个什么道理？一条路取个什么名字能不是油根子峪的路了？能不是油根子峪人从这里走了？"

看热闹的人源源不断涌过来，金贵披上上衣挤进来，他给金宝使了个眼色："好长时间没见，妈想你了，让你回去你就回去，回去歇息歇息不会下午再来？"

"我想他？死在外面倒好了。"王石榴是越劝越来气，抓起一块石头扔了过去，"我把你这个黑了心肝的……"

金贵抓住了她的手："天也晌午了，咱先回家。"把她拉走了。

"别拉我，别拉我。我得再问问这个黑了心肝的王八羔子。"

“你也别问我，你也别管我，就当是我死在外面了。”金宝赌气说。王石榴那边已经被金贵拉着走远了，似乎嘴里还吵骂不休，但是这边却听不到了。

杨关东目睹了这出闹剧的始末，一句话也没说。由此及彼，他联想起和康佳目睹的王拴住的那一幕，不由得在心里感叹：“可怜的人。”转念又想：她的内忧外患有多少是自己造成的呢？本来听张流苏介绍了石料厂的情况，自己也很不安，可是眼看着张流苏脸都气得变了色，不由得把石料厂的盈亏放到了一边。“那些事你不用挂怀，石料厂的盈亏就好比是兵家胜负。”他从容地说，“现在你只要让它正常运转着，就是了不起的大功。”

“赔本了还有功？”张流苏问。

“这是总结经验啊。”杨关东说，“改日抽出空来，咱组织有关专家开一个论证会，说不定就找着症结了。”

“石料厂？我就是专家啊。”听他们这样说，金宝才从懊恼中摆脱出来，想起自己跑过来的目的，“我从打初中毕业就给人家石料厂打工，石料厂的各种工序我快干了三遍了，除了没当过总经理啥工种都干过。”

“你们赔过本吗？”张流苏问。

“亏过。怎么会不亏？”金宝如数家珍地说，“石料厂有石料厂的学问，它的各种工序环环相扣：要是放炮的缺乏经验，原材料就不够用，勾料的、控机的累死也是捏着眉毛拧鼻涕，用不上力；要是勾料的勾不迭，机器就得空转，不仅没有效率，还得花电费；要是石粉推不出去，磨好的石粉就出不来，一大群人就都干着急没有办法。现在新机器还好，等过一段日子，修机工检修不力，机器要是专门在工作时坏，麻烦就更大了。”

杨关东不住地点头。

“你可知道咱的石料厂亏损是啥原因？”张流苏问。

“现场看看啊，一看不就知道了。”金宝说。

“咱一块去看看？”杨关东对他的说法很满意。

“那再好不过了。”金宝兜头套上T恤衫跟杨关东一边讨论着一边走了。

回到家，王石榴仍然没有从气恼中解脱出来。

“你又怎么了？”老太太见她的样子问，“金宝呢？”

“死在外面了。”王石榴说。

“孩子连家门还没进，就说这样丧气话，你少说两句吧！”老太太劝石榴。

“哼！”石榴扭过头去。

张流苏回来了，她从老太太腿上抱过孩子，觉得湿漉漉的，摸摸屁股说：“妈，耀宗尿了吧！”

“早就尿了，刚抱过来坐在我腿上就尿了。”老太太哆嗦着裤管说，“我没敢吱声，怕一咋呼孩子不让我抱喽。”老太太又问，“金宝呢？”

“和关东去石料厂了，不回来吃了。”她装作若无其事的样子。

王石榴的脸色非常难看，但是没有发作。

过了一会儿，王石榴也想抱抱孩子，但是耀宗不让她抱。老太太又接过耀宗来，并且吩咐张流苏说：“拴住屋里的，帮我把给耀宗绣的花肚兜找出来，试试！”然后低下头指着王石榴对重孙子说，“好耀宗，去找奶奶吧，奶奶想你了。”说着，就往女儿怀里送。

但是孩子抓住老太太的衣服，固执地不肯离开。

“去吧，奶奶好，奶奶喜欢你，老奶奶老了，老奶奶抱不动了。”老太太劝孩子。

“奶奶不好。奶奶不要叔叔也不要凤凰、牡丹妹妹了，她还让爸爸和妈妈打架。”孩子一字一摆地说。

“爸爸和妈妈打架？为什么？”老太太非常纳闷，石榴也感到诧异，她盯着孩子的脸。

“奶奶和爸爸要账，妈妈说，没钱给耀宗买‘好好’了，就抓破了爸爸的脸。”

老太太诧异地看看耀宗，又望望石榴，没想到王石榴却非常气愤地说：“真是有啥样的大人就有啥样的孩子，一窝子自己不懂事还专管别人的闲事！欠账不应该还钱？不还还有理了？孩子都这么大了，好几年的账了，你有孝顺后妈的心，就没有还亲娘账的心？”

她发泄着，眼睛却盯着张流苏的方向，但是张流苏早到厨房忙去了。

时间不长，张流苏拿着肚兜给孩子穿，那个肚兜上绣着蝎子、蜈蚣、蜘蛛、蟾蜍和蛇，其中那条小蛇被高虹剪成了洞，后来老太太在洞上贴了一块绿色调的小花布，望去像是一片绿色的小树叶。

金贵忙活了半晌午，饿坏了，一进门就坐到桌前喝粥。因为惦记着耀宗的话，王石榴想看看金贵的脸是不是真的被媳妇抓伤了。她蹭到金贵身边左看右看，果然脸上划着两三道血印子。

“金贵，你的脸？”石榴走到儿子面前，“怎么，真叫狐狸给抓了？”

“你说谁是狐狸？”金贵媳妇放下饭碗质问婆婆。

“谁虚惊，谁就是！”石榴大叫着。

金贵赶忙起来劝母亲：“妈，这些小事你别掺和了，古人说得好，‘儿孙琐事由他去’！”

“还没王法了？谁家兴开的头，老婆还能打男人？成啥世道了？”石榴摸着儿子的脸。

金贵避开了。石榴兀自嘟念着：“真是不吃好饭食，俺庄里小军子他媳妇叽叽歪歪的多能似的，被小军子挤到旮旯里揍了一顿，啥症候也没有了。”

儿媳妇气得涨红了脸：“你这个老……竟调唆儿子打我？”

张流苏听到了王石榴的话，也觉得王石榴不对。“咋能这样说，你打我，我打你的，你放心？”转脸又对媳妇说，“好媳妇，架以后是不能再打了。你就记得妈一句话，有了委屈告诉妈。好鞋不踩臭狗屎，金贵不对了，你就拿他当摊臭狗屎躲着，行不？”

金贵媳妇忍不住笑了，对金贵做了个鬼脸：“臭狗屎，记住了？！”

王金贵假装没看见，他拿出一沓钱交给生母：“这是那一千块钱。总觉得你没有急用，就没赶着还。你打电话要了才凑了凑。”又从旅行包里拿出两包东西，“这是给你买的豆奶粉，低糖加钙的。”

王石榴接过钱放在怀里，接豆奶粉的手却迟疑着：“你买这个干啥，咋不换成钱呢？要喝豆奶粉我自己还不会买？你多给点钱不就行了？”想了想，她接过了豆奶粉，又说，“你工作这么多年了，一次也没给我钱花，可我跟左邻右舍的都是说，你给我好多钱呢！”

“没钱给就是没钱给，你说假话干吗？”金贵非常不解，拿出两件衣服，转过脸，对养母和奶奶说，“这两件汗衫是媳妇买的，不太好，凑合着穿吧。”

“干啥买衣服？你工资少，还得雇人看孩子，你两个能过得去就行了，干啥还买衣服，退了吧！”张流苏说。

老太太也附和着。

王金贵咧咧嘴，苦笑着，生母王石榴不高兴了，她既不满意于儿媳妇没有给自己买衣服，又觉得张流苏故作姿态：“你看你多会说，自古就是这样，会做的不如会说的，以后，还得跟你学学，我咋说亲的不如后的呢。这衣服你要是真的不想要，要不我就替你穿了？”

“孩子送给谁，就是谁的孩子，还提啥亲的后的？”媳妇揄揶她。

“你说啥？”王石榴气急败坏地号着，孩子吓得哭了。

“哥哥，妈，姑妈，快点啊，”多儿气喘吁吁地跑过来，“金宝哥和关东叔叔都被放炮的石头砸了，快去看看啊！”

“谁被砸了？”老太太问。

金贵和张流苏已经跑出老远了。

“金宝哥和关东叔叔啊。”多儿重复一遍，她问王石榴，“你不去看看？”

“咋样啊？”老太太和王石榴一起问。

“金宝哥砸破了头不过还能走，叔叔光喘气闭着眼睛不说话。”多儿喝了一口水，又跑出去了。

两个人放下心来。

就在这当口，王金福来了。

老太太惊喜地一下子说不出话，姑妈王石榴也赶紧擦擦眼泪。过了许久，老太太才说话：“金福，好孙子。让奶奶看看，又长高了没有？”老太太拉着金福的手。

姑妈也过来扯扯他的衣角："咋这么长时间不回来了呢？快半年了吧？"

"哪？可没有。"

祖孙三个唠着家常，忽然间姑妈想起了什么。

"你媳妇呢？就要娶进门了，我们都没见过呢！"

金福笑笑："本来说好要一块来的，我又考虑着大爹大妈弄不好没处借那么多钱，又让她回家去想想办法了。"

"金福，好孙儿，你真的大了呢，会替大人着想了。正是呢，这几天全家愁坏了，你大爹像霜打的茄子似的一句话也不说了，你大妈跑了二十多家了，统共才借了个五六千块钱，她还忙着修路、建石料厂两摊子事，累得黑干草瘦……你不知道，多儿不懂事，眼见着爹妈都愁成这样了，还……"老太太眼圈又红了，顿了顿又补充道，"那天我听说本来南瓜她们已经准备了两万块钱，多儿这个死丫头非要上大学交学费，你大爹大妈和她商量让她明年再念，她还真上了那倔脾气了……"老太太一口气说了这么多，有点喘不过气来。

"奶奶，不是这样说，大学该念，哪能因为我娶媳妇就不让妹妹念大学了呢？现在是知识经济时代了，这关系到她的一生。"

"啥时代我不懂，一个妮子家的，啥时代咋发展，不都得嫁人？"

金福没接奶奶的话："大爹呢？又去卫生室了？"

"早晨、中午都没回来吃饭，不定又给谁家出诊去了。再说，没钱给你，他也不好意思见你！"

"哎，我妈到哪儿去了？"金福环视整个屋子，问。

"你妈被你小姨接走了。你大妈去接了几次都没让来。你歇一会儿，赶快去把她接来吧？"老太太看着孙儿说。

金福点点头："我这就去！"

"先歇会儿吧？唵？"姑姑王石榴制止她，"你奶奶这人真是老糊涂了，人家给个棒槌她就当针使，真的？假的？你说拴住流苏不想让多儿上大学？骗谁呢，南瓜都上了，她会不让多儿上？咱觉得一伙闺女蛋子家的，没啥稀罕，她可拿着当宝贝呢，上了小学上大学，一天活儿也不让她们干，指靠着中状元呢！没少让人耻笑。亏你信她！谁家上大学一年要两万元学费，她母女俩一唱一和地糊弄你呢，你信？我不信！她说接金福他妈回来高雁不让走，你也信？我倒是听说因为高虹在那里，高雁和长海天天吵架！八成啊，是流苏忙着当厂长，她怕金福妈回来耽误她的事……再说钱，我多少也有些，金福，不是不借给你，我得先看你大妈的态度。”

“可也是，奶奶，多儿考的啥学，怎么那么多学费，去年本科生学费约莫两千来块钱，四年还花不了一万块呢！”王金福插话。

“我说不是，金福也纳闷，这回你明白了吧！”王石榴对母亲说，然后对金福压低了声音，“你还不知道呢，你奶奶总觉得你大妈是好人。啥好人？假装的，你爸出事那年，煤井上给的两万块钱哪儿去了？说是给了你姥爷，谁见了，只有她和你妈，那是你爸的命换来的。但凡有点人肠子，能做这事？”

“石榴！咋能这样和孩子说，这事无凭无据的。不管咋说，流苏疼老的爱小的，吃苦受累的这些年了。”老太太制止女儿。

“是有这么回事。”王金福想起了什么，“那年我姥爷走，摸着我的头告诉我说，大妈悄悄给他放上的钱他看见了，还夸奖大妈心肠好呢。不过，不过……姥爷又说，他不能拿，让我和妈妈好好过日子，好像他没拿走。”

“就是，没拿走在哪儿？不是你大妈还有谁？”听金福这样说，王石榴腰杆一下硬了，“现在你大妈可不是当年了。过去咱谁不赞成她，可是她变了，忽然又冒出来个娘家兄弟，四十好几了还没娶亲。她也不避讳，大清早的两个人就对着脸光着膀子调笑，两个人不清不白，油根子峪里人谁不笑话她？”

“我大妈？！”金福吃惊地问，“她还有这种事？真的吗？”

“金福，你还不知道呢，那年金贵媳妇给你奶奶买的褂子，你大妈也偷给她娘家妈了，我亲眼看见了。连扣子都把黑的换了白的，换成啥的我也认识。”

石榴说得正起劲，张流苏回来了。眼看着杨关东和金宝被救护车拉走了，她怎么也放心不下，想跟着去。但金贵提醒她去医院不要紧，总得拿件换洗衣服、带点东西啊，连只水杯也没有，去了咋办？她觉得金贵说得有道理，便急急忙忙跑回家，没进门就听到王石榴搬弄是非，气得差点瘫在地上。她大声斥责石榴："你怎么能污蔑我？！"

"怎么是污蔑？我说的话都是有根有据的。"王石榴冷笑。

"衣服的事我知道，那年我买了两件衣服，一件给了奶奶，另一件给了姥姥。"金贵媳妇抱着孩子答话了，"别的事，我不敢说，但要说柔姿纱褂子，我最有发言权了。当时我去买衣服，不仅扣子不一样，大小也不一样，奶奶瘦，我买的是'L'号，姥姥胖，是'XL'号，都在标签上标着呢，这还有假？"

"你说不是就不是？那你奶奶那件衣服呢，到哪儿去了？怎么就没有了呢？正是，有一件一模一样的才好浑水摸鱼呢！"王石榴得理不饶人，"就算你说了真话，"王石榴对金贵媳妇说，"你们说瞎话我也当真话。可是，那件事呢，金福他老爷的钱……难道不是你做的？"王石榴朝张流苏竖起眉毛。

"你，你……"张流苏指着王石榴噎得说不上话。

"妈，你倒是快点啊。车还等你呢。叔叔公司又来了一辆车，等着你呢。"金贵来了。张流苏想说说不出，想动又浑身无力，王金贵赶忙搀扶着她出去了。

"我不说谎吧？"王石榴说，"一听杨关东出事了，她都不会走路了。这是多么关心啊。就是你大爹病了她都未必那么着急。"王石榴对金福说。但是，金福不见了。刚才，他就趁着混乱去找母亲了。

高雁和姐姐正在山坡上放羊，远远望见金福，高雁扯扯姐姐的衣服。

"姐，你看谁来了？"

"哪里？"高虹用手遮住头顶的太阳，极目张望。看了好久，才认出来，"是留住，留住要来买羊呢！"

然后她把双手放在嘴上做成喇叭状扯着嗓子大声喊："留住，我在这里！"

"留住，留住，你就忘不了死鬼留住！"高雁急了，她恼恨自己的努力没起一点作用，使劲扯着姐姐的衣服，大声呵斥她。

“你又咒他？”高虹流着眼泪说。

“妈！”金福也过来了。爹出事时候他还是一个不谙世事的小孩，这些年来，他长大了，常常看见母亲以一种异样的眼神端详自己，他知道自己越来越像父亲了，可能母亲也说不明白她是在端详现实中的儿子还是在回忆记忆中的丈夫。他是药材公司的业务员，整天不着家，睡梦中常常梦见父亲又活过来了，梦见母亲的病好了，醒来的时候才发现泪水打湿了枕头。算算好几个月没回家了，好不容易回来了，看见母亲这副疯疯癫癫的样子，不禁流出了凄楚的泪水。看到他哭，高雁的泪水更是开了闸门的洪水一般不可遏制。看到他们都哭，高虹反倒不哭了，她瞅瞅这个，又瞅瞅那个：“好端端的你们哭什么？留住买了咱的羊你心疼了？”她埋怨高雁。

听了她的话，金福的眼泪涌得更猛了。

高雁看着母子俩的情景，强力忍住伤感大声说道：“这是金福！快娶媳妇了，不想想给孩子做点啥，净瞎说八道。”

“是，是，是金福，是娶媳妇了，做点啥？做棉被呗！那边流苏姐种了那么多棉花呢！”高虹一只手摆弄着红纱巾，另一只手甩着鞭带着羊群，朝张流苏的棉田去了。

王金福和高雁在山坡上坐下说家常，高雁问：“啥时候娶？”

“还没定。随便哪一天吧，等房子装修好了！”

“哎，房子还缺不少钱吧？这几天，我还没和你长海叔商量，等晚上……”

“小姨，我知道大妈……她们嫌我妈碍事，等我收拾好了，就把母亲接走。”

“你媳妇同意吗？”

“说好了。所以，我得买个大房子。”

“还差多少钱？”

“哎，对了。”金福没有接小姨的话，“那年，我爸爸和舅舅出事，煤井上赔了钱，姥爷要了吗？”

“不是很清楚。当时我怀着小宝，快临盆了，笨得很，许多事都是你大妈陪你妈去办的。听说她俩悄悄给你姥爷放上了。”

“结果呢？”

“结果……你姥爷走的时候怕我伤心，就没让我知道就走了。不过事后他让人捎信来，意思好像是说他又放下了。”

“这就对了。”金福点点头。

“对了什么了？”

“姑妈告诉我，钱，姥爷根本没拿，应该在我大妈那儿。”

“不会，流苏姐不是那样的人。”高雁坚决不信。

“你还不知道呢，姑妈说，她还把我奶奶的褂子偷偷地给了她娘家妈！姑妈亲眼看见的。”

“有这回事？”

“小姨，我跑销售常年天南地北的，啥样的人都见过。对什么人都不能轻信。”

高雁低着头不说话。

“今晚别让我妈回去了，一家子都回来了，吵得乌眼鸡似的。”王金福说，他的话提醒了高雁。

“哎，你妈呢？”

两个人开始四处寻找。

不远处，层层叠叠的棉花田里，高虹的羊群正在疯狂地啃着地里的每一点绿色。

“不好了，金福，羊惹祸了！棉花，你大妈种的棉花！还有她看得命根子一样宝贵的油根子苗……”高雁一边喊着，一边朝着羊群跑去。但是跑到近前一看，好几块地的棉花啃得只剩下半截子棉杆了，那些长了大半人高的流苏树连皮都被啃光了。

高雁像是泄了气的皮球，一下子瘫倒在山坡上。

18

下午，天阴了，太阳悄悄地躲了起来。渐渐地，天越来越黑，云越压越低，低得让人觉得好似抬头就能碰到云彩。雾霭凝重，一如生锈的铅饼，明明是刚过正午，却带给人一种行将日暮的错觉。忽然，一道夺目的闪电当空划过，紧跟着一个闷雷炸响在油根子峪的上空，时候不长，飒飒的北风又起，越刮越烈，铺天盖地而来，把房屋、树木、黄土、尘沙全部卷入自己的魔爪，在肆意地摇摆、摔打中，给油根子峪带来一股浓浓的膻腥气息。不知过了多久，风小了，如注的暴雨从天而降，涤荡着油根子峪的每一个角落，洗尽了大地的尘埃，也冲走了庄稼树木赖以生存的厚土，形成一道道浊浪，在油根子峪的大街小巷翻滚、汹涌、流淌。

县城里，同样暴雨如注。

杨关东的伤势并不严重。当时，杨关东只觉得一个像铁饼一样的利器呼啸着朝自己飞来，眼看就要劈到头上了，自己惊得忘了躲，幸好金宝拉了自己一下，但还是晚了。石头在眉头边蹭了一下，紧接着血从伤口处涌出来，像虫子从脸上爬过一样痒痒的，淌到嘴里，让人惊恐。他简直吓蒙了，不敢睁眼，也不敢张嘴，就这样又疼又怕地休克了。

金宝也是钻心的疼痛，浑身都好像被强大的爆破气流打得散了架，但是，他忍住了。自从毕业后开始到石料厂打工，这样的惊吓记不清有多少次了，唯独这次，他感到责任重大。一切都怪自己太性急了，他想。

晌午，他陪杨关东在石料厂转了一圈，几乎每一个环节都有漏洞，他粗略地算了一下，要是把这些环节都把握好了，至少能提高四分之一的产量。并且，他又大胆地猜测放炮那个环节肯定也有问题。他解释道："你看产量这么低，勾料的工人还这么累，只有一个原因：爆炸不彻底。爆炸为什么不彻底呢？两个原因，不是炸药放的位置不合适，就是炸药量不足。"说到这里，正好工人要歇工了，山头好几个位置同时传出轰轰隆隆的爆炸声。杨关东半信半疑地看了他一眼。他说："你若不信，我领你到爆炸现场看一看。"杨关东没说话，但是步子却紧紧跟着他。一个放炮工人挡住他们："万一有哑炮，怎么办？还是等下午上班了再说吧。"金宝说："哑炮？不怕，排除哑炮我最在行。"两个人继续走，没走出多远，一管炸药炸了，飞沙走石，他条件反射地拉着杨关东就地倒下。眼看着杨关东趴在地上一动不动，满脸都是血，他吓坏了，忘记了自己的伤痛，挣扎着走过去，使劲喊他、推他、抱他、摇他，紧接着好多人跑过来，他还想起摸出杨关东的手机打急救电话，然后，他自己也昏迷了。

金宝醒来的时候，已经躺在医院的床上了。头顶上挂着的液体正在有节奏地滴着。舅妈端个小碗，正在用纱布一点一点清理自己头上的血污。"舅妈，杨经理呢？他怎样了？"

"嘘——"张流苏指指他对面的那张张病床，"又睡着了。"

"他怎样了？"金宝这才看见了杨关东，他头上缠着厚厚的绷带，也和自己一样打着点滴，他一骨碌坐起来。

"刚才医院给你们做了 CT，拍了片子，都没有大碍。不过，关东的眉骨骨折了。"

他自责道："都怪我，太心急，太莽撞了。"他又躺回去。

"自责也没用，关键是要吸取教训。"张流苏说，"和石头、炸药打交道，不小心怎么行？"

金宝又坐起来："舅妈，护士呢，你给我找她们来。"

"干啥？"

"我要起针。"金宝下了地，他的嗓门又大起来，"我要出院。"

"为什么？"张流苏着急，"医生说要观察啊，外面还下着大雨。"

“我必须马上回去。你不给我喊护士，我自己去找她们。”他端着右手，左手举起瓶子就要往外走，“石料厂没人怎么得了？再说，刚才我已经想过来了，工人装炮药的操作不规范，肯定的。我现在回去，下午放炮前还能给他们纠正一下。”

“下着雨怎么放炮？还是等你的伤好了再说吧。”张流苏劝他。

“正好趁这个机会给他们大伙讲讲。”金宝仍然固执地往外走，“再说了，‘夏天的天气孩儿脸’，说不定我回去雨就不下喽。”

吵吵嚷嚷地，医生来了。不让他走，争执起来。

“怎么了？”杨关东闭着眼睛问。

张流苏把金宝的想法简要说了一遍。

“不可心急。要听医生的话。不行石料厂停产几天吧？”杨关东缓缓地说。

“停产几天？那可不行，一停就停没了士气。”金宝不同意。

“你的伤口在危险三角区，大夏天的换药不及时就怕感染了。”医生提醒。

“危险四角区也不怕，我舅舅就是医生，还能换药不及时？”

他执意要走，护士给他起了针。

“……”杨关东似乎说了什么，同时抬起手指指窗外。

张流苏没有听见他的话，看看窗外什么也没有发现，疑惑极了。金宝说：“杨经理是告诉我说他的车在外面，你甭管了，我出去一问就知道了。”

杨关东静静地躺着，公司员工一拨一拨地来看他，张流苏忍不住想：那个最该来的为什么还不来呢？

当然，她心中这个最该来的人是康佳。

“忘记给小康打个电话了吧？”她轻轻问杨关东。杨关东似乎又睡着了。她也不再问。想了想，她还是摸出杨关东的手机，翻了一下通讯录，还真出现了康佳的名字，她顺着这个名字拨过去。

暴雨一直持续到晚上。

王长海这天是冒着雨回到油根子峪的，因为下雨，下班格外早，他知道今天金福要来，按照原计划，他该把高虹接走了，羊群也撵走了，一想到这些，心里有说不出的清净和舒畅。没想到冒雨经过母亲门口的时候，母亲在过道里拦住了他："俗话说：'不听老人言，吃亏在眼前'，好好的一群羊，不让娘放，这回好了，总算闹出事了！"

"啥事？"王长海不以为然地问。

"高虹撵着那群羊把张流苏的棉花全吃光了，这回你总该服气了吧。"娘晃着眉毛说，"拴住家里的还不知道，一知道还不得心疼得晕过去？咱油根子峪人谁不说她张流苏可怜，那么一个好人，要相貌有相貌，要心机有心机，偏偏时运不济，嫁了王拴住这个甩手大爷，里里外外啥都是她的，早年孩子多，现在老的老，病的病，她没白没黑地忙活，就是翻不过那个穷运气来。俗话说，'收花不收花，须看正月二十八'，今年的正月二十八是啥天气？又是风又是雨的，可她还是把全部的地都种上了棉花。为啥？还不是为了多挣俩钱？就是为了这，她伺候那几亩棉花比侍候孩子都精心，这回可好……看你咋办？"

王长海听着母亲的唠叨嫌烦，又不好不听，好不容易等娘说完了，说："不管那档子事！算我运气，我早就把羊给她了，今天金福该是连羊带人都领回去了。"王长海推车要走，又补充道，"疯婆子放羊吃自己的庄稼，有咱啥事？"

"疯婆子？原是！你媳妇也跟着呢，敢情也疯了？"长海娘着急地提高了声音，也许因为常常唱戏的缘故，嗓音在雨幕中传出很远。

一听这话，王长海三步两步就闯进家里，高雁和疯姐姐全在屋檐下面，高雁正对着淋着雨的羊群愣神呢。

"高雁！你做的好事！"他恨恨地说，"你说话怎么不算话？"王长海摇晃着她的身子。

"你打我？打吧。"高雁的声音很低，眼睛仍然怔怔地。

"打你？没的脏了我的手。"王长海收住了手，"不想活就死，上吊也行，喝药也行，我才不动你呢！"顿了顿，"要是想活，就跟你疯姐姐过，我是不回来了。"说着推着车走了。

一出门，正迎着儿子小宝。“爸爸，你上哪儿去？我跟你！”

“你爸和你妈吵架了，跟奶奶去吧。”母亲不知从哪儿钻了出来，拉着小宝回自己家了。

病房里很安静。杨关东的药打完了，但他仍然闭着眼睛，发出均匀的呼吸。张流苏不放心，问了好几遍医生，医生解释说没问题，病人嗜睡不光是疼痛，肯定是还有劳累，当然，用的药里也有镇静作用。张流苏心想：是的，他是该歇歇了，这些日子，就算铁人也累坏了。

一只苍蝇落在杨关东的脸上，他条件反射地抬手去打，张流苏急忙抓住了他的手，她发现，给她搬箱时的那双细腻得像小姑娘一样的手已经粗糙不堪。她不经意地摸索着。过了一小会儿，杨关东翻个身，用自己的两只手把她的两只手攥在手里。她红了脸，看看杨关东，还好，他仍是睡着，于是轻轻抽了出来。就在这时，康佳来了，张流苏站起来，尴尬地手足无措。

“对不起。”她说。

“对不起？”康佳不明白。

“实在是意外，一个小伙子毛手毛脚地带关东去检查炸药，正赶上一个炸药炸响……就这样让关东受伤了，真是对不起。”她站在地上絮絮叨叨，“人慌无智，来到医院又忘了及时告诉你……”

康佳笑了笑，她明白了，张流苏给自己定错位了。她走到杨关东的身边看了看。

“做了 CT，拍了片子，都没有大碍。”张流苏赶忙介绍，“不过，关东的眉骨骨折了，恐怕要受些罪了。”

“这个杨老板啊，也不知怎么了，平日里架子大得连县长都未必放在眼里，一进了油根子峪倒像是中了邪一样。”康佳轻描淡写地说，“也把我们这些朋友忘了，都揣测他被油根子峪什么人或者什么事迷住了呢。”

“朋友？你不是他……”张流苏更尴尬了。

“不是。”康佳微微地笑着。

“你知道他媳妇在哪儿吗？”张流苏非常意外。

康佳摇摇头。

“怎么和她联系呢？咱得赶快告诉她啊。”张流苏有些慌乱。

康佳专注地看着张流苏说道：“他没有结婚。你不知道？”

“没结婚？关东他……”张流苏又想起王石榴对自己的诬陷。难道她的话竟是真的？

杨关东在床上翻了个身，康佳做出“嘘——”的手势，再看看他，确定他真的仍在睡，拉起张流苏的手悄悄地出了病房，在走廊的连椅上坐下。

“既然你不知道，我给你讲一个故事——”康佳说。

窗外，雨仍然不停地下。

也许因为天气的缘故，过把瘾大酒店里一个客人都没有，三个东北女人一边躲在吧台上悄悄地说着家乡话，一边透过门上的玻璃领略油根子峪这场几十年未遇的风雨。王大伟自然也在其中，他哼着一首磁带上经常有的流行小调，畅想着风雨后即将来临的喧嚣和兴隆：离家到异乡，相思长又长。为了谋生活，不怕风雨不怕霜。做衣裳，办好嫁妆，当个新嫁娘。

一辆吉普车从雨幕中缓缓驶来，停在过把瘾大酒店的门前，车门开了，一个人从车里钻出来，一刻也不停顿地冲进过把瘾大酒店，身上的水淋淋漓漓地滴在地上。

“还真有‘不怕风雨不怕霜’的！”王大伟在心里说了一声，马上站起身打招呼，“这样的天气，咳，真是辛苦了，这位朋友想消费点什么？”

“不辛苦能找到这里来？！”

这声音王大伟好像听到过，走到近前，愣了：“是你？”

“是我！还认识？认识就好说。”

说话的工夫，不仅王大伟，三位东北女人也认出了天仙配酒楼的卷毛红脸老板。江双双和李丹丹不约而同地起身往卧室走，卷毛红脸老板一个箭步抢到前面挡住了俩人的退路：“别走，要走，就到车上去。”说着指指门外。

“怎么，还要我动手背你们上车？”见服务员不动，卷毛老板质问道。

“有话好好说，要不先喝壶酒？”王大伟明显底气不足。

“好好说？行！兄弟，这两个女人是我‘天仙配’的人，私自逃离工作现场，把我的客人全得罪光了。我暂且啥都不追究，是不是应该让她们先回去再说？”

“不是逃离，我们不愿在你那干了。”江双双说。

“我们有人身自由。”李丹丹补充道。

“对，没错。是有人身自由。可是你们还卷走了我的若干现金。这就得好好说说了吧？”

“哪有？你凭空捏造。”一个说。

“你血口喷人。”另一个说。

“你们可以这样说。哪有罪犯自己承认自己犯罪的？可以理解，先回去再说吧。”说着伸手就要抓人。

“这是在油根子峪村的‘过把瘾’，你看明白点？”王大伟挡住他的手。

“我不管油根子峪还是南瓜洼，罪犯携巨款逃跑，先带回去再说。”

“看来老兄和我差不多，我的钱都是她掌管着。”说着朝小贾努努嘴，“不过她是我的女人，这两个女人都掌管着你的‘巨款’？”

“不，是偷的。连锁都起了，要不你一块去看看？”说着又要拉人。

“那更好说，人，我给你看着，你赶快去报案，什么时候派出所下传票，我马上送他们归案。”王大伟又一次抓住他的双手，并示意二人快躲。

没想到，卷毛老板以迅雷不及掩耳之势把王大伟骑到了地上。

“快来人呀。”小贾一边咋呼着一边跑过来。

正在这时，王长海来了。“长海，快救大伟啊。”小贾说。王长海上前就把卷毛老板从王大伟身上揪了下来。

小贾趁机揪住了他的一头卷毛，本来已经躲到卧室的江双双和李丹丹也跑了出来，一个揪住耳朵狠踢一脚，一个在背上捶了一拳：“叫你再欺负人。”

王大伟一下子有了喘息的机会，很快把卷毛老板摁在地上。

卷毛老板经过几次拼搏反扑，终究双手不敌八拳，三位东北女人又尤其以用长长的指甲挖人为长项。于是，时候不长，他的脸上手上都渗出了血。

“别打了。”王长海说。

“别打了。”出租车司机也赶忙进来劝解，费了好大劲把他往车上拉。

“你就是王长海？”卷毛老板问。

“是的，大丈夫行不改名，坐不改姓。”王长海说，“怎么，给你劝架还有错？”

“偷我服务员的就是你？”卷毛老板恶狠狠地说，“等着，不让我活，你们都别想活，一个也跑不了。”

卷毛老板骂骂咧咧地上了车。

“长海，喝酒，不醉不行！不醉不够哥们。”王大伟大获全胜。眼看着卷毛老板坐车走了，高兴极了，“多谢诸位，人们常说‘南瓜多了也拌骨碌’，还真是有些道理。”大伟嬉皮笑脸地对三位女人说说。

“明天说不定还会来。”小贾说，“多找几个人，不来最好，来了有好果子给他吃。”

听了小贾的话，王大伟即兴唱了起来：“……朋友来了有好酒，若是那豺狼来了迎接他的有猎枪……”唱完了端起酒杯，“在座的，我们是朋友，喝！”

雨渐渐停了。

时候已经是末伏了，刚刚下过雨的夜风中吹出阵阵凉意，高雁打了个冷战。她感到格外的孤独和凄凉。这天晚上，她和姐姐没有吃饭，也没有开灯，坐在当院里，闷闷地对着羊群，谁都没有说话，只有那群羊，不时地打个响鼻，或者咩咩地叫一声。不知道过了多久，高虹趴在腿上睡着了，也不知做了什么样的美梦，以至于让她高兴地发出甜畅的笑声。她的笑声却让高雁感到更加凄凉，更加触动了她层层叠叠的心事，她想起了位于大草原的家，想起了失去的亲人和失去了的欢乐，想起了自己和王长海的爱情，想起了王长海和那两个年轻得一塌糊涂的服务员嘻嘻笑笑闹闹的样子，也想起了姐姐的不幸，同时，她也想起了金福的婚事，想起了张流苏昧下的两万块钱。在她的眼里，张流苏一直亲切得就像自己的姐姐，她不相信她会是那样的人，但是，金福的提醒，让她思前想后，除此也不好有别的解释……越想越觉得生命悲哀无助，越想越觉得人情龌龊炎凉，想一阵哭一阵。

夜深了，王长海还没有回来。高雁想，与其无聊无趣地闷着，倒不如亲自去看个究竟。

不知什么时候，高虹醒了，左盼右顾地找不见高雁，一腔怒火又燃着了："肯定又去找死不了的海子了，非逮你个正着，看你怎么说。"她在每个房间找了找，没有高雁的影子，就也蹑手蹑脚地出了门。

刚刚下过雨的青石板街上到处都是泥巴湾子，高虹穿着塑料凉鞋的脚从水湾里蹚过，痒痒的，发出噗哒噗哒的声响，她觉得好玩极了。边走边玩，把寻找高雁的目标忘到了脑后，走到高兴处，她还像个孩子一样使劲地跳起脚，然后落到水湾里，任凭水花溅到身上、脸上，她为此快乐得一塌糊涂。

不知什么时候，一辆汽车停在她身边，鬼鬼祟祟走下两个人，问她知不知道王长海的家。

"找王长海？你可找对人了。跟我走，我带你去他家。"高雁兴致勃勃地说，她边说便领着两个男人走。

"你是王长海的什么人？"其中一个问道。

"我是我妹妹的姐姐啊。"高虹说。

"你妹妹是王长海的什么人？"另一个声音问。

"真笨死了，当然是长海的老婆啊。"高虹说，"一枝鲜花插在了牛粪上。"

"你妹妹很漂亮吗？"

"那还用说？油根子峪人谁不说她漂亮？"

"你呢？你漂亮还是她漂亮？"那个人觉察出不太对劲，调戏她道。

"留住说还是我好看些。到底谁更漂亮很难讲哟。"

听她这样讲，两个人停住脚，不知悄悄说了些什么。

"怎么不走了？"高虹问。

"咱到地里去，你敢吗？"一个问。

"我们给你看样东西。"另一个补充说。

“有什么不敢的？”高虹不以为然，“走。”

到了一块山地里，两个人一左一右同时扑向高虹。高虹叫了一声：“你们干什么逮我？”

“干什么？”一个人搂住她，“让你快活快活。”

高虹还没反应过来：“不是找长海吗，抱住我干什么？”

“王长海弄走了我们的女人，你就陪我们耍耍吧。”

王大伟的酒店灯火通明，江双双和李丹丹一左一右陪在王长海身边嬉笑连连。高雁烦闷极了，想进去，没有勇气；想回去，又觉得不甘。她就那么站在外面，任凭难以名状的失落感弥漫在全身每一个角落。时间悄悄过去，她觉得自己的思维停滞了，生命似乎也要停滞了，身体也正在凝滞为塑像。

过了好久，她忽然想起了姐姐，才又挪动双脚闷闷不乐地走了。

走出一段距离，她隐隐约约听到一些稀奇古怪的动静，这些动静里似乎还夹杂着姐姐的声音，她犹犹豫豫地朝着那边走去。

夜色很暗，但是天上朦朦胧胧透出一轮月牙弯弯的轮廓。高雁走到近前，惊呆了：两个恶棍正在一块地瓜地里赤身裸体地趴在一个女人身上，不用看脸，听她哼哼唧唧的声音，她就知道是高虹。她的脑袋一下子大了，想找块石头，看着明晃晃的伸手去抓，却是一个水洼，她就手捧起一捧泥巴，向那两个恶棍冲过去，嘴里恶狠狠地骂着：“恶棍，流氓！”

听到她的声音两个坏蛋吓了一跳，一个动作快一些，抱着衣服就跑，另一个刚站起身还没提上裤子就被她的泥巴涂了一脸，连眼睛都糊住了，想跑，却又被地瓜秧子绊倒了。高雁终于摸到了一块大石头，使出吃奶的力气朝他砸过去。说时迟，那时快，高虹站起身，抱住了她，眼看着恶人从她眼皮底下溜走了。高雁气恼不打一处来，挥起手狠狠打了高虹两巴掌。

“你打我？”高虹摸着打痛了的脸颊，“真是喂不熟的小狼。对你多么好也白搭。”高虹生气了，“你喜欢海子去找他就是了，打我干吗？”越说越生气。

高雁给她穿上裤子，高虹却不买账：“又来充什么好人？我问你，刚才你干吗抱着那块大石头去砸你留住哥？你把他打到哪里去了？”高虹摇晃着高雁质问她。

完了，完了，这个世界快要烂掉了。高雁绝望地想，刚才她也亲耳听着疯癫的姐姐在如此奇耻大辱面前犹自发出快活的呻吟，此刻又亲眼看到她是非不分黑白颠倒地做出这副痴傻嘴脸，一股又一股的凉意蔓延了全身，活在这样丑陋的世上还有什么意义呢？

她摆脱了高虹的纠缠，像鬼一样飘荡着回到家。

王长海早已踉踉跄跄地回到家，打着酒嗝，斜着眼睛躺到床上，不多久就打起鼾声。

“海哥，海哥。”

高雁站在床前，喊他，他不应。

“我走后，你把那个服务员娶过来吧？！”

“唔。”

“小宝，你要多疼他。”

“唔。”

“海哥，你厌倦我了，是吗？”

王长海处于半睡半醒之间。高雁推推丈夫，丈夫睁睁眼又闭上了。

“你还再看看我吗？”她又推推丈夫。

“唔。”丈夫翻过身又睡着了。

这一刻，高雁感到寒冷彻骨。

她屈辱，她伤心，她绝望。良久良久，她看看丈夫再没有动静，就拿起灭蚊子剩下的那半瓶敌敌畏，狠狠心喝了下去。

不知道睡了多久，王长海醒来下床，被高雁绊倒了，一下子清醒了大半，他抱起她摇摇晃晃，然后歇斯底里喊了起来：“救命呀！”

这一声，回荡在油根子峪的上空，恐怖得令人不寒而栗。

左邻右舍来了，乡亲们抬着担架来了，他们七手八脚抬起病人就走，王长海号啕大哭着跟着担架跑。

高虹孤零零地留在地瓜地里，似乎仍然沉浸在渐渐消逝的快感中。“留住，留住，你真好！做女人真好！”她自言自语，然后她又自问，“留住往哪里去了呢？”她站起身，将两只手卷成喇叭状放到嘴上大声呼喊留住的名字。但是，除了大山的回音什么都没有。她喊累了，又闷闷地坐了下来。忽然，猫头鹰的叫声传来，她吓得浑身打了个冷战，手下意识地扶了一下，却摸到了一块冰凉的石头，仔细一看是墓碑。她摸摸碑上的字，怎么摸怎么像是“高天”两个字。“高天不是自己兄弟吗？”她害怕极了，站起身，又向旁边看看，还有一块墓碑，却是王留住的名字。她的脑袋迅速转动，似乎遇到了什么障碍，撞的她生疼生疼的，有些眩晕，她抱住自己的头，走了。

漫无目的地走了一阵，忽然迎头碰上一群人抬着一副担架急匆匆跑着，王长海跟在旁边哭喊着：“雁子，雁子，你可要挺住啊——”

“雁子？雁子怎么了？”她机械地问。

“喝敌敌畏了。”不知是谁随口说了一句。

“喝敌敌畏了？”高虹重复道，她大脑的转动好像得到了一股强大的助力，一下子把阻止运转的障碍撞碎了。她努力地从记忆中搜寻，天地在她眼前旋转着，旋转着。眼前的这个场面她感到似曾相识，这是什么呢？

终于她想起来了。那年，她最亲爱的丈夫不就这样被人抬着飞奔吗？

想起来了，一切都想起来了。

她疯狂地奔跑，跑到丈夫和弟弟比邻而居的墓地，摸着丈夫的墓碑哭一阵，摸着弟弟的墓碑哭一阵。

哭够了，她发疯般地跑回家。大门上了栓，她敲了两下，就坐在地上继续哭。

这天晚上，多儿的心灵也充满了痛苦。下午，政法大学学生处一位老师打来电话，告诉她，学校里最新规定，四年的学费八万元需要一次交清。听到这个消息，她几乎蒙了，她知道，自己上大学的希望也离她越来越远了。直到夜深了，一家人进入了梦乡，她一想到八万元的学费要一次交清，便犹如从天上掉进了深渊，压抑、无望。于是她来到院子里，就那么一直静静坐着。

听到大门响，打开门看看，原来是婶婶。多儿疑惑极了，发生什么事情让婶婶一个人深更半夜地回来了？还没等问，高虹喊了一声“多儿”就踉跄着进了家。

她踢开关闭多年的小屋，拿起王留住出事时穿的那身沾满血污的衣服，大声痛哭。

听见响声，老太太过来了，全家人都走了过来。

高虹扑过来，一手搂住婆婆，一手搂住儿子，失声痛哭：“妈，金福，我想起来了，全想起来了。”

“奶奶，你看，柔姿纱褂子！”金贵媳妇眼尖，一眼看见了婶子床角的褂子，顺手去拿。觉得被单下面鼓溜溜地，伸进手去，拿出两叠整整齐齐的百元大钞。

一家人惊呆了。

医院的病房里，康佳故事讲了半夜。张流苏一言不发，像是听一段神话。

“这是杨关东讲给我听的。”康佳讲完以后补充说，“如果没有猜错，故事中的女主人应该就是你吧？”

张流苏坐在那里像是一尊雕像一动不动。种种揣测一旦变成现实，她实在没法接受。

“这些年，他不结婚，可又不缺女人，好女人避之唯恐不及，连朋友都觉得他是游戏人生，如果不是亲耳听他讲了这段情感历程，谁会相信看上去那么粗枝大叶的一个男人竟然有如此深刻细腻的爱情体验？”康佳进一步说，“那天，我曾经说，如果我是你，如果我拥有这么一份了不起的感情，我会义无反顾地投向他的怀抱。”

“可是，你不是我啊。”张流苏也在想这个问题，无疑，杨关东是值得爱的，但是，她知道自己不能，自言自语道，“很多时候人不能为自己活着，也没法子为自己活着啊。”

“不为自己活着，你是为油根子峪那位赤脚医生活着吗？”康佳问她。

“我和他结婚二十多年了，他虽然没有什么大本领，可也是你敬我爱的，从来没红过脸……”张流苏回顾自己的生活。

“‘没红过脸’就能算是‘你敬我爱’？”康佳反问。

“一个家庭，又是农村的家庭，多少琐碎事呵，能做到二三十年不红脸的也不多。并且，家里还上有老，下有小……”张流苏絮絮叨叨，像是解释给康佳听，也像是在说服自己。

“他怎么值得你给他上管老、下管小？”康佳忍无可忍，描述了那天她看见的王拴住的行为，简述了王拴住和王迎春的对话。

“不会。他不是那样的人！”张流苏下意识地站了起来，她想否定，但是条件反射地想起若干往事：那一次，她无意中听到王长海跟高雁说悄悄话去找他，结果卫生室却没人，她跟杨关东在卫生室坐到天明，说是大伟的孩子病了，守了一夜却又说病得并不重；那一次，家里只剩下她和老太太了，他还是执意要到卫生室去住，可她早上去棉花地，天还没亮他卫生室的门却锁着；那一次她去山上找多儿，深更半夜地却看着他倒背着手走了；多儿也告诉自己说那天她知道高考分数等不到天明去告诉爸爸，卫生室却锁着门……并且，无论是去还是来，王拴住的目标方位似乎都是王大伟的家。“也许康佳说的是真的？！”她的脑海里迅速闪过这样一个念头，同时她觉得全身紧张起来，肌肉也僵硬起来，机械地坐到连椅上，“也许是一场误会？也许是康佳在跟自己开玩笑？”她又想，但是绞尽脑汁也无法为王拴住的行为想出一个合理的解释。按说，自己早就应该注意到这些了，可是，这些年，自己实在是没有多余的精力。她摇摇头。

康佳看着她愣愣的表情，一会儿点头，一会儿摇头，一会儿又自言自语，就跟她打赌，让她连夜回油根子峪，只要是王拴住不在卫生室，就坐在王迎春的家门前等着。张流苏未置可否，康佳打电话叫了一辆出租车，把魂不守舍的张流苏推上汽车。

夜越来越深。不知道什么时候，“轰”的一声巨响，把人们从甜美的梦乡惊醒。

随着这一声巨响，王大伟的过把瘾大酒店坍塌了，王大伟和小贾赤身裸体地躺在血泊中，江双双和李丹丹也倒在血泊中。

救护车来了。

警车也来了。

他们呼啸着，划破山村的宁静。

“大家分头行动，就地寻找线索！”对讲机里，派出所所长指挥若定。

干警分散开来。

“有血！快看！”一名警察大喊。

“有血？有血就跑不远！”所长断定。

但是找遍了四周也没有新发现。

“去卫生室，肇事者肯定要去卫生室包扎。”所长说。

但是卫生室却是铁将军把门。他们又去家里找，也没找到王拴住。所长把同志们召集起来，秘密安排着什么。

天渐渐地亮了。王拴住一走近卫生室就被警察捉住了。

“肇事者呢？藏哪儿去了？”所长问。

“……”王拴住说不出话，吓得尿了裤子。

“你到哪儿去了？”

“……”

“问你话呢！”

“我……我，去王大伟家了……”

“王大伟，就是过把瘾大酒店的主人。”一位治安联防队员悄悄告诉所长。

“哦？”所长觉得这条线索很有价值，“你和王大伟什么关系？”

“没，没有……”王拴住也不知道发生什么事了，浑身吓得像是筛糠。

所长在一个警察耳边说了些什么，那位警察就走了。

“没有关系你去他家做什么？”所长继续问。

“我……没，没干什么。”

“刚才你听没听见雷管爆炸的声音？”

"听见了。"

"是你放的？！"所长威吓她。

"不，不是。"他头上的头发都竖起来了。

"那么是谁呢？"

"我……不知道。"王拴住抖得更厉害了。

所长派出去的警察回来了："报告所长，经过检查，王大伟家没有病人，也没有可疑人物，也没有发现爆炸物品。"

所长脸上划过一道疑惑不解的神情："你到王大伟家干什么？"

"找……找王迎春……"

"王迎春是谁？"

"是，是……"

"是谁？"

"是大伟的媳妇。"

"大伟的媳妇？"所长更纳闷了，"找她干什么？"

王拴住吞吞吐吐，警察看了一眼所长。

"带走！"所长斩钉截铁地说。

张流苏回到油根子峪，还没来得及下车，就看见王拴住从村东走过来了。她目睹了警察审讯王拴住的全过程。王拴住跟着呼啸的警车走了，张流苏却愣在了那里。

天渐渐亮了，层层叠叠的雾霭把油根子峪仍旧包裹在一个童话般的朦朦胧胧的境界中。

经过一番风与雨的洗礼，油根子峪的街街巷巷冲刷出一道道水沟，许多遒劲的树根开始裸露出地面。但是，碧绿碧绿的大树依旧挺拔，青岱青岱的高山伟岸如昔。晨风吹来，使油根子峪重又荡溢出淳朴、清新的气息。

高虹和金福跑过来了，后面金贵、多儿也气喘吁吁地跟过来。

他们同时发现了停在路口的一辆红色出租车，金贵跑过去问："师傅，能不能带我们去医院，我们急着看一位病人。”

司机没说话，指指在卫生室门前发呆的张流苏。

“大妈！”金福喊道，奔过去，“你什么时候回来的？”

张流苏没有说话。

“妈！”多儿看见了她，金贵也过来了，两个人扶着她。“妈，你见了咱们家的棉花了？”金贵问。

“棉花？”张流苏机械地重复道。

“叔叔怎样？”多儿看母亲的样子联想起杨关东的伤势。

“还好。”她这才清醒过来，转脸问金贵，“你说棉花怎么了？”

“流苏姐，好嫂子——”高虹喊着，扑倒在张流苏的怀里哭了，“我带着雁子那群羊把咱家的棉花啃光了。”

“啃光了？那些树苗呢？”这一夜发生的事让张流苏猝不及防，她的大脑好像转得慢了，她重复道。她把头缓缓转到棉花地的方向，层层叠叠的梯田里，碧绿碧绿的叶子没了，红的、黄的、白的花也没了，只有高高低低的剥了皮的光杆杆白花花的在晨风中抖动着。

“流苏姐，原谅我吧。我们对不起你，雁子都喝药了，被人抬到医院里，还不知道能不能好过来？”

“大妈，别伤心了，我不懂事，房子，我不买了。”金福哽咽了。

一群人都感觉得到张流苏沉浸在痛苦中，但是，谁也不知道到底为了什么。

“咦，你好了？你真的好了？”张流苏渐渐反应过来，她摸起高虹的头，端详着，“我不心疼，不心疼！我常觉得女人生活在山里，就成了嫁接桂花的流苏，再也找不到自己……你好了，就好比你又成了真正的‘流苏’……治好了你的病，比种多少流苏苗子都好啊。”高虹不太明白流苏的话，但是她听懂了她的心，妯娌俩紧紧搂在一起，哭了又哭，“雁子，你刚才说雁子怎么了？”不知道过了多久，张流苏又想起一桩事，抬起了头，“快去看雁子呀。”说完，一群人钻进了出租车。

19

油根子峪是封闭的，层层叠叠的山岭阻隔了它与外界的交流和融合；油根子峪又是开放的，任何的消息在这里都是共享资源。大到小门小户的婚丧嫁娶，小到柴米夫妻的寻常口角，都是油根子峪人津津乐道的话题。不仅口口相传，而且善于加工，这似乎已经成为油根子峪人沿袭已久的生活习性，仿佛正是这个过程，丰富了油根子峪人单调的生活。

昨夜的雷管，虽然是在过把瘾大酒店爆炸，却好像在每个人的心中炸响，几乎是同时，这件事便成为家喻户晓的谈资。酒店虽然仅仅炸掉了一个角，但是经过传播过程中想象功能的不断发挥，在油根子峪人的心中大酒店几乎已经夷为平地了。幸好还有“遗址”可见，人们听过了，说过了，往往忍不住到现场看看。实景虽然与想象差距甚远，但是睹物伤情，注意力自然转移到感慨中来，这种差距，则又可以忽略不计了。

“大伟这孩子，唉……”老人们的感慨往往从这里开始，那声叹息包含了类似于“古往今来”一样厚重和深远的内容。

“人精无好事，兔子精神了也不免熬一锅汤。”中年人也做出一副“悟了”的姿态。

“听说被救护车拉走的时候，他是光着屁股的，还和那个女人搂在一块。”几个半大孩子神秘兮兮地咬耳朵。

王大伟和他的大酒店又一次成为油根子峪人的热点话题。许多女人说，也该出事了，大酒店要是继续开下去，还不知多少人家遭殃呢。说到这里，自然又扯到了高雁喝农药的事，有人摆出事实：因为搞上了酒店的服务员，王长海早就不回家了。有人感叹：大酒店简直就是败坏油根子峪的“老鼠屎”，他们的推断也很有逻辑性：王长海那么老实，对老婆多么好，要不是这个酒店招来这几个狐媚子女人，怎能做出这种事呢？

喋喋不休之中，话题自然又延伸到另外一个领域。

“是谁放的雷管呢？吃了豹子胆了？”有人问。

“肯定是大伟盖房子摔伤的那个小工。”有人用很自以为是的语气说，“那个小工来找他的时候我在场，一看就不是善茬。”

“这是哪辈子的事了，这件事早处理好了。”这话听来有些局内人的感觉。

“到底是谁干的？”于是，大家就把疑问集中过来。

“许是那几个服务员的家人？”说到实质，却同样充满了疑惑。

很快有人附和：“有道理。谁家的老婆或者妹妹甘心被人拐到这里来？要是换了我，也会拼命。”

“扯远了，”局内人制止，半含半露地说，“放雷管的人，就是咱村的。”

“谁？”几乎是同时，大家的神经处于高度紧张状态。

局内人似乎无意揭露真实，没有说话，只是抬眼朝对面的卫生室瞟了一眼，“这么晚了还不开门，你们不觉得奇怪吗？”

“他？！”许多人摇头。

“不信？”局内人从众人的摇头中感到轻视，又从轻视中体会到侮辱。想走开，抬脚走出几步，又怕就此被人认定自己果真是什么都不知道的胡言乱语，就又走回来，压低了声音说，“实话告诉你们，我今日清晨亲眼看见，他在这里被警察审讯了一通，然后被警车带走了。”他说完了，目光从每一个人脸上瞟了一圈，才趾高气扬地离开了。

人群短暂地安静了一下。这个答案有些天外来石的感觉，让人猝不及防。但是油根子峪人就是有这样的本领，不仅会由原因推断出可能要有的结果，而且也善于从结果想象出缘由，再稀奇不过的问题也能从答案中找出起因来，至于真假对错似乎都不必认真计较了。

“也许是他，”猜测还在继续，“除了他家，谁家有现成的雷管？”

“要不是有人亲眼见到，真是难以置信。”联想起王拴住平日的言行，有人感慨。

“那是为什么呢？”仍然有人不相信。

“说到底，还是大酒店惹的祸呀。”也有人很快就为“王拴住炸大酒店”的事端找到充分理由，“王大伟不开酒店，就不会有这些邪魔外道的人来咱油根子峪；要是这些人不来咱油根子峪……唉，咱油根子峪谁不夸张流苏，要模样有模样，要人品有人品，都说王拴住有福气，谁知道到头来也栽到这种事上。”语气中不免感慨。

“张流苏怎么了？炸大酒店还与她有关？”一个人纳闷。

“你不知道她怎么了？说这话要么明知故问，要不压根就不是油根子峪人！”感慨者不满，“她怎么了？她和那个杨老板明铺夜盖的，早早晚晚哪分开过？要不是实在咽不下这口气，王拴住那么四平八稳一个人，怎么能做出这种事情？办出这种血案？”

话说到这里已经再明白不过了，这件事也就足以把事情的前因后果连接起来。于是，很多人点头。

这些议论也隐隐约约传到了王迎春那里。雷管炸响的时候，王拴住还没有从王迎春家离开，当时两个人都以为是石料厂的炮声。王迎春早上一出门听到的第一个消息就是过把瘾大酒店爆炸、王大伟等人入院，紧接着，就听说王拴住炸大酒店并被警察带走了。俗话说：危难中见真情，一点不假。这些日子，她伤心透了，曾不止一次地诅咒王大伟，窃以为他就是死了自己也不会为他流眼泪了。但是，等到意外发生了，她又觉得自己的诅咒不是真心的，她从心里不想让王大伟死，她要他活着，即便再多搞几个女人仍然要他活着。甚至，她还从心里为他开脱责任：男人嘛，搞几个女人还不正常？就是规矩得像王拴住，不也和自己……再说，王大伟再怎么胡搞，不是也没有把自己和孩子放下吗？这些年，自己也不用像张流苏这些女人一样忙里忙外的，不管家务活儿还是田间活儿，自己想做就做，不想做拉倒；而吃的、穿的、用的，自己想买什么就买什么，大伟从来不加约束……

王迎春怎么想都觉得王大伟对自己好，越想越觉得王大伟是个好男人。于是她心急火燎地赶到医院，看到王大伟打着点滴，头上、胳膊、腿上好几处缠着绷带，连眼睛也捂得严严实实，忍不住心疼得拉住他的一只手。王大伟眼睛看不见，但头脑并不迷糊，感到一个女人正在为自己伤心，下意识地想到了小贾，不由得用自己另一只缠了绷带的手把她的手握住，安慰道："不用为我难过，医生说了，腿断了，别处没事。不过受些皮肉之苦，反倒是你……哎，跟着我，这些年让你受委屈了。"

王迎春好长时间没有跟大伟这样亲近过了，也好长时间没有听大伟这样柔声细气地跟自己说话了，听他这样说，只道是他还挂念自己，种种往事、种种感动、种种委屈……一股脑地涌上心来，她说不出话，只是眼泪吧嗒吧嗒落到王大伟的手上。

"丹丹和双双怎么样？"王大伟问。

王迎春说不出话，仍是哭。

"别哭，这么大了，还哭鼻子？"王大伟举起缠了绷带的手摸索着试图给她擦眼泪，但是，胳膊举不起来，抬起一点点，又放下了。王迎春仍旧轻轻攥着，"我问过医生，医生说她俩受的伤重一些，重到啥程度，他们不说，我也不知道。我问你，你也不说，那肯定是很重了？！那么，是活着还是死了？"

"我……"王迎春很想给大伟一个乐观的答案，好让他安心地养伤。但是，她不了解情况，不知道怎么说。

"我也不问了。祸福无常，全凭个人的造化了。只要你还好，我也就该知足了。"王大伟说，"只是那个'卷毛老板'，你放心，我饶不了他。"

"别再和人争竞了，经过这一场，还不收收心？"王迎春终于止住了哭。

"是，也该收收心了。"王迎春的声音和小贾远不一样，但是，一是王大伟先入为主地认定了小贾，二来猝然受伤，虽是不很严重，身心受创，并且耳朵、眼睛都捂得严严实实，听力自然不那么灵敏了，所以，硬是没有分辨出来，"等我出院以后，我就给你一个说法。我知道，这些年你跟着我不容易，一想起你因为我被油根子峪人看不起，我的心也不安。"

“过去的事了，还提它干啥？”王迎春一厢情愿地认为王大伟在对自己忏悔。

“我要提。今早上我一醒过来，就问医生你怎么样，医生说你在我身体下面几乎没受伤，我就放心了。当时我就想，要是你伤重了，我得后悔一辈子。好在老天爷给了我机会，我一定不辜负老天爷的眷顾，一出院我就和她商量离婚的事，然后马上娶你。”

“你……你要离婚？”王迎春吃惊极了。

“是的，这次不再是骗你了，我一定给你应有的名分，咱俩也好趁着年轻生个儿子。”王大伟裹满绷带的头动了动，像是点点头。

“你真要离婚？”王迎春进一步问，仔细回味刚才的话，这才明白，大伟的这些温柔不是对自己，他把自己当成小贾了，又是懊恼，又是愤怒。

“你不是小贾？！你是谁？”王大伟也警觉起来，迅速把手抽出来。

“你这个被狗吃了良心的东西！我还能是谁？”王迎春哭着骂道。

“你？！”王大伟听清楚了是王迎春的声音，不禁觉得尴尬，“你来这里干什么？我还没死，也死不了，你快走吧。”他冷冷地说。

“好，我走，我这就走，回家就去给老天爷烧香去。”王迎春一字一句地说。

“给老天爷烧香？”王大伟丈二和尚摸不着头脑。

“是的，我给老天爷烧香，谢谢他老人家没有砸死你们这对狗男女。同时，也求他保佑……”

“你别，这事和你没关系，烧了，我也不领情。”王大伟插嘴道。

“求老天爷保护，保佑再炸一次房子，好炸得你这一对奸夫淫妇尸骨无存，炸到十八层地狱里……”王迎春捂着脸跑了。

“真是歹毒不过妇人心。”王大伟啐了一口。

急救室里，高雁正在全面接受医生救治。随着洗胃机轰隆轰隆地转动，高雁胃里的食物一点一点被吸入玻璃容器中，随后是黏糊糊的胃液，混合到容器中仍是泡沫状的，在日光灯的照射下闪着亮晶晶的光，等胃液基本吸尽，从洗胃机里流出来的就是血水了。医生做这些工作的时候，高雁并不清醒，但是，躯体的条件反射还有，全身不停地扭动，脸上也显示出一种难以名状的痛苦表情。王长海冲过去，两只手摩挲着她的脸，使劲地叫她的名字："雁子，雁子。你忍住啊，就当是替我受的罪，我下半辈子当牛做马报答你！"看着高雁仍是那样，他又要喊，医生助手往外拉他，他却钉在那里一样一动不动。医生冷冰冰地说道："这样大呼小叫不配合我们的抢救，是要病人死还是盼她活？"

"她不能死，你们不能让她死！"他咆哮道。医生的话，像是一把利刃插在他的心上。

"那你就赶快出去！"

医生的话有一种不怒自威的味道，他听话地走了，但是到了门口，就停下了，走也不敢走，留也不敢留，双手捂住脸蹲到了地上，泪水从指缝间溢出来。

长海娘过来了，拿了一件红 T 恤衫，兜头给儿子披上。

"你？干啥？"王长海瞪着母亲。

"披上衣服。你媳妇不知死活，医生说不保命，人都说，要是女人咽气那当口披件红衣服，日后好找媳妇。"

王长海扯下 T 恤，扔出窗外，指着母亲："你，你……让我说你什么好呢？"他颓废地坐到了地上。

"我还用得着你说？不为你操心我就知足了！"长海娘跺着小脚走了。

洗胃结束了，高雁的病床车被护士缓缓地推着出来了。王长海神经质地冲过去，拉着高雁的手喊她："雁子，雁子。"高雁没有反应，他又转身问护士，"她怎样了，怎么还不说话？"

"轻点拽，轻点，你看针头都拔出来了。"护士说。果然，液体不滴了，血通过针头渗到输液器中，护士有些恼火一边重新给她扎针一边批评，"你还盼她说话？就你这副样子……好人也气死了。"

王长海钉在原地不动了，嘴里喃喃地说："是啊，都是我气得你，都怪我啊。"他挥起巴掌抽了自己两下，"都是你这个混蛋，都是你这个混蛋！"

就在这时，高虹、王金福、多儿他们都来了，张流苏也木呆呆地夹杂在他们中间，但是，大家的全部心思都集中在高雁的病情上，谁也没有注意到她的异常。大家看到王长海那幅神经质的样子，都吓坏了："你这是做什么？"

"雁子呢？她在哪儿？她怎样了？"高虹问着，哭出了声，"雁子，雁子，姐姐对不起你，姐姐对不起你啊，要是你再有个三长两短，我可怎么过下去啊？"

"你……"王长海疑惑地看着高虹。

"叔叔，我妈好了。"金福哽咽着说，"我小姨怎样了？"

"好了？！快去告诉你小姨啊！"长海说，这才发现护士早已把高雁推到病房里去了。他跑到高雁床前，使劲摇她，"雁子，快睁开眼看看啊，姐姐好了，姐姐的病好了！"

高虹也扑过去："雁子，雁子，姐姐想起来了，姐姐一切都想起来了！流苏姐也不怪咱的羊啃了棉花，她还说棉花和羊都有功劳呢！"高虹说到这里，转脸看看张流苏，张流苏含着眼泪点头，高虹又说，"雁子，流苏姐也来看你了，你可一定要挺住、要坚强呀。"高虹大声呼喊。

高雁渐渐地睁开眼睛。

医生和护士长长地舒了一口气。

病房里的人也舒出一口气。

高虹的久病初愈，使一家人充满喜悦。王石榴对老太太说："这个人好过来，你以后的日子就好过了。"

老太太说："我是黄土埋到脖子的人了，好过不好过还能过几天？关键是拴住屋里的和金福啊，金福虽是有娘的孩子，但打十来岁也和没娘的孩子一样啊。她生病的这十年，啥也不从头上来，谁都拿她没办法，拴住屋里的陪着她是一个啥折腾法啊……"

老太太絮絮叨叨，王石榴则撇起嘴巴："无非是说几句不着调的话，做几件不对头的事，她又不打人不骂人，还能有啥折腾法？"

"说着容易做着难，这是十年啊，不是一天两天。"老太太又感慨道，"长海屋里的雁子才陪了她几天，这不……"老太太的眼圈又红了，她将双手合拢在胸前，虔诚地念道，"老天爷，你保佑雁子活下来呀，要是雁子再有个三长两短，留住屋里的可怎么办？还不又得疯喽？"

听老太太这样说王石榴也就不再说话。

当然，她们娘俩都不知道：张流苏和王拴住失踪了。

从高雁的病房出来，大家就发现张流苏不见了。大家在病房里看着高雁睁开眼睛，有的哭，有的笑，王长海则拉着她的手又哭又笑："好雁子，都是我气得你，都怪我啊。你饶过我这一次，我下半辈子当牛做马报答你，不饶我也行，你罚我做什么都行啊，只要你快点好起来……"护士嫌吵，提醒大家病人需要休息，一时安静不下来，就下了逐客令：这里只能留一个陪人，其他人都回家等着。高虹和金福都极力想陪着高雁，但是王长海说什么也不肯走，大家只好依了他。

一行人恋恋不舍地从病房里退出来，多儿提出让大家先回家，自己要顺便跟妈妈一起去看看住院的叔叔，再找张流苏，就发现她不见了。大家也没有在意，都以为她肯定是去看望杨关东了，多儿也这样认为。多儿费了好多周折找到杨关东的病房里，但是，张流苏根本没来。

多儿推门进去的时候，康佳还在，静静地坐在杨关东的旁边。刚刚康佳已经把自己跟张流苏的谈话内容告诉了杨关东，杨关东没有说话，他正在眯缝着眼睛盯着天花板出神。听到门响，他侧过身子："多儿，你怎么来了？"

杨关东的头上缠了绷带，脸上的肌肉肿胀起来，本来就细长的眼睛只剩下一条缝了，要是不说话，多儿简直认不出来。

"叔叔。"多儿喊着奔过去。

不知是因为大学梦的破灭让她伤心还是看着杨关东的样子让她心痛，竟然鼻子一酸，落下了眼泪。其实与昨日相比，杨关东的状态已经好多了。自从油根子峪的工程铺开，他已经好久没有完整的睡眠了，经过近二十个小时的睡眠，他的精力恢复很好，疼痛也渐渐轻了。甚至他在想：疼痛这种感觉就和苦苦乐乐等任何生命体验一样，只要习以为常了，也就不以为意了。

杨关东攥住她的两只小手，跟她开玩笑："坐下。都是自称'包公'的人了，还能哭鼻子？叔叔这不挺好吗？是不是看着叔叔的样子太丑，吓着了？"

多儿又破涕为笑了："还开玩笑？昨日，你差点把我吓傻了。"说完抽出手，擦了一下眼泪。

康佳递给她一杯水，多儿接过来。"你是康佳？是的，是康佳，我经常在电视上看见你，"多儿很兴奋，"你给我签个名好吧？我这是第一次从生活中见到电视上的主持人。"说完了又想起自己什么都没带，满屋寻找，发现了杨关东的病历，"叔叔，借给我用用吧？"拿起来就送到康佳面前。

康佳微微笑着接过来，说："一个县级电视台的小破节目主持人还用得着签名？你什么时候想见我就到台里去找我，签名就免了吧，别让我出乖露丑了。"她又把病历轻轻放回床头柜上。

"你的声音真好听，比在电视上说得好听。又好听又亲切。"多儿由衷地说，"县级台怎么了？我们那些同学常常评价，你们台上的那些播音员数你最好，不仅人长得好，气质好，而且有内涵。"

"你在哪儿上学？"康佳笑了。

"不上学，毕业了。"多儿回答。

"就要上大学了，"杨关东补充介绍道，"还喜欢'丽达'呢，想当律师，志愿报的政法大学。"又转过脸问多儿，"快开学了吧？"

"今年的大学可不好上，"康佳接着问，"你报的哪所大学？"

"我报考的大学？"多儿又想起了自己的烦恼，"每年交两万元学费。这也不要紧，我姐姐都给我准备好了，它又下通知让把四年的全部学费八万块钱一次交清。"

"家里还让你上吗？"康佳问。

"让上如何？不让上又如何？反正一样上不起！"多儿又想起一件最

懊恼的事，对杨关东说，“我妈还曾想着让我跟爸爸学医生，打死我也不干！”多儿赌气说，“叔叔，我到你的公司去打工，不过我不上石料厂，上你县城的公司。行吧？”

“不上大学了？那天在我的车上你亲口告诉我说最盼的就是上大学，读完了大学还要再考研究生。这才几天工夫，说不上就不上了？真是小孩子没有常性！”杨关东装出一本正经的样子故意挤对她。

“谁说不上？我先赚钱，后读书。杂志上这样的例子多着呢。”

“好！有思想。上我的公司行是行，可是你准备干点啥呢？砌砖、抹墙皮？还是学木匠搞装修？”杨关东仍旧板着脸惹她。

“干啥都行，反正我不能跟爸爸学医生。”多儿的情绪低落下来。

“跟你爸学医生？你爸是医生？”康佳问道。

多儿点点头：“是啊，过去是中医，后来又参加过县里统一培训，算是中西医结合了吧，可村里人还是习惯把他的职业叫作‘赤脚’医生。”

杨关东补充说：“忘了介绍了，多儿是张流苏的女儿。”

“你妈呢？没跟你来？”康佳问。

“我妈？她没到这里来吗？”多儿反问。

“来了，连夜又回去了。你没见她？”康佳说。

“见了。”多儿说，“昨天家里发生了好多想不到的事：叔叔又受了伤；姑妈跟妈妈吵架；婶子的羊又把妈妈伺候了一个春天一个夏天的棉花啃光了，她那些从育种开始培植了好几年的流苏树苗也被啃没了；我的一个小姨又喝下敌敌畏住进了医院……这么多事都赶在一块了，今天早上看到妈妈在村口失魂落魄地站着……”

“然后呢？”康佳问。

“我们一块来到医院，看了小姨，小姨在重症监护室，医生怕干扰病人撵我们走，之后就没看见妈妈。我还以为她到这里来了。”她的目光下意识地在房间里扫了一圈，“她没来吗？兴许是回家了。”

康佳和杨关东对视了一眼，谁也没有说话。

但是，张流苏没有回家。

多儿以为她在家里，家里人以为她仍然在医院陪着杨关东。直到多儿回到家，这些猜测都落空了，到处都没有张流苏的影子，大家才慌了。高虹担心她是去看棉花了，跑到一片狼藉的棉花地里，墙角堰根地到处找遍了，也没有她；多儿认为她可能去石料厂了，忙得满头大汗的金宝说是没来，公路上也没有，大家更是纳起闷来。多儿想起早上妈妈失魂落魄的表情难免生出不祥的预感，赶忙给姐姐打了电话，结果却失望得很。又给杨关东打电话，也没有张流苏的消息。金福又自告奋勇地返回县城医院去找，多儿则满腹狐疑地在全村所有可能的地方去找。

时候已经是下午了，仍然音信皆无。大家又望眼欲穿地盼望金福回来，盼望他带来张流苏的消息。

金福终于回来了，从他一进门就左顾右盼的表情大家就感受到了失望。他说，不仅是医院，连医院附近的商店也找了，还坐着出租车在大街小巷转了一遍，可到处都没有大妈的影子。失望之后，金贵问他见到高雁了没有，金福说："小姨已经能说几句话了，但是我没敢告诉她找不到大妈的事。"

老太太的心放下一半，又提起一半。

谁也想不出张流苏做什么去了，谁也猜不出她为什么不见了。一家人坐在屋里愣着。王石榴说："她也应该藏几天了。"金贵问为什么，她冷冷地说，"和杨关东的事败露了不是？现在全油根子峪谁不知道她心疼他？"金贵说："你这样想就不对了，别说是对咱村对咱家都有帮助的亲人，就是一个不相干的街坊受伤了照顾一下还不应该？昨天你说她偷了奶奶的褂子，又说她私藏了金福姥爷留下的两万块钱，结果怎样？不能老是带着成见看人。"王石榴恼了，面对金贵冷笑道："你装什么亲生的？难道我还不如你了解她？"高虹也一个劲地说："流苏姐不是那样的人，油根子峪人谁不说她贤德？我可是从来没怀疑过她。"老太太也附和着指责她。王石榴说："就算你们说得对，那也只能说明她太贪财了，不就是几亩棉花吗，羊啃了就能心疼得不回家了？人家王长海还要把那群羊给她呢，这群羊不比棉花值钱？"老太太说："不能这样说，她辛辛苦苦掌管那些棉花就像精心拉扯孩子，又盼着收了棉花给金福做棉被娶媳妇，又盼着年成丰收了给大家换新衣服，还指望着卖俩钱供多儿上大学……这事搁在谁身上不心疼？”

大家七嘴八舌议论的时候，耀宗在金贵媳妇的怀里东张西望，谁说话就看谁的嘴，看完了还挤眉弄眼地笑笑，一副想惹大家高兴的样子。可是这个时候谁也顾不上他了，他就不愿待在屋里，一脸委屈地拽着金贵媳妇的衣服往外走，还吱吱咛咛地闹腾。金贵媳妇在他屁股上轻轻打了一巴掌：“找不到奶奶了，你还闹？安静会儿！”他就哭了起来。多儿本来不在场，她去找张流苏没回来，说到最后，她回来了，听了老太太的话，想起妈妈这些年的艰辛号啕大哭起来：“妈呀，你到底到哪里去了？”本来大家就沉不住气，多儿哭得每一个人心里都潮乎乎的。耀宗看到多儿哭了，反倒不识时务地笑了。金贵指责媳妇说：“一家人都快急死了，你不出个正经主意也就罢了，还和孩子捣乱？”也许是因为他的表情太严肃了，媳妇一下子觉得面子磨不开，就没好气地说：“一家人都急，难道我不急？”金贵说：“知道着急就管好孩子别让孩子添乱！”金贵媳妇说：“你有本事倒是管管试试！”金贵说：“试试就试试。有什么大不了的？管个孩子你还有功了？”说着把耀宗从媳妇手里抢过来。耀宗大概从来没见过爸爸这么皱着眉头凶巴巴的样子，看看爸爸又看看妈妈，吓得哭了。媳妇心疼地跟过去给耀宗抹眼泪，耀宗朝妈妈伸着小手，金贵把媳妇推到一边，“不管就不管吧，又来招惹他？！”他这一推不要紧，把媳妇推到了地上。孩子哭得更厉害了。媳妇想起昨天王石榴说的话，抹着眼泪说：“好，你学得真快，师傅昨天刚教给你打老婆，今天就学会了？要是妈在家，也该评评这个理了。”多儿本来已经不哭了，听她说到张流苏，忍不住又流出眼泪。听媳妇这样数落自己，王石榴觉得婆婆的尊严受到了冒犯，忽地站起来，指着媳妇的鼻子大叫道：“你看你这副泼辣样子，难道不该挨打？就该挨打，还用我教？依我看呢，还是打得轻了！”媳妇也忽地站起来：“你打打试试？！”一边向王石榴凑过去。高虹把金贵媳妇拉到一边：“你妈年纪大了，别跟她一般见识。再说了，说好说孬，她终归是你的妈啊。”金贵媳妇坐到马扎上，仍是愤愤难平：“我妈？我妈正找不见让人着急呢。

为什么找不见，还不是被她欺负的？相处得好，喊她一声妈也行，相处得不好，我就喊她姑姑，也没有叫错她。”气得王石榴伸出手指指着她却说不出话，过了好久才恶狠狠地从牙缝里挤出几句话：“我欺负了你的‘好妈’？有本事你过来给她报仇啊，杀了我？！砍了我？！再不就让公安局逮了我？！”停了停，又冷笑道，“还不愿喊我‘妈’？想喊我还不稀罕呢？我也不是没有儿子，我也不缺媳妇，只是金贵还吃了我几年奶，只要你把那几年的奶钱算了还我，谁也别理睬谁！”她说着，想起金宝两口子的不争气，不由得悲从中来，呜呜地哭出了声。

金贵觉得媳妇过分了，就抱着耀宗凑到媳妇跟前：“摔了碟说碟，摔了碗说碗，你对我有意见就冲我来，东扯葫芦西扯瓢的做什么……”他想教育教育媳妇，还没说完，媳妇就先站起身。他以为媳妇要接孩子，没想到伸出手就咣咣地抽了他两个耳光，虽然不是很疼，但是却很响。众目睽睽之下，金贵觉得无地自容，想要打还她，放下耀宗扬起手，却被金福拉住了：“好男不和女斗，你这是干啥？”说话工夫，金贵媳妇又打了他两下：“你还要打我？妈为什么走了？还不是你们欺负的？这三十年她过的什么日子？过去你不是也常说她几乎就像在‘活死人墓’里一样，今天可倒好，见了你师傅就想把‘活死人墓’变成‘阎王殿’了？阎王殿我也不怕，大不了就像妈一样出去逃活命！”金贵媳妇像是好斗的小公鸡，昂着头叫道。金贵的特殊身份，使他从小习惯于在生母和养母之间保持一团和气。那次读完了金庸的《神雕侠侣》，确实曾经感慨万千，说养母的生命像是成长在‘活死人墓’里，虽然他同情养母张流苏的生活，但是，听媳妇这样公然把自己在私房里的观点嚷嚷出来，即使她的语速很快，老太太和高虹她们听得未必很明白，但在这样的场合公然叫嚣，他有些始料不及。他又羞又恼，脸上青一阵紫一阵，抬起脚就朝她踢去。金福看这架势，拉着哥哥就向院子里走，正好金贵的脚刚抬起来，拉了他一个趔趄，站立不稳，差点倒在地上，金福连拉带拖把他“劫持”到院子里。王石榴也没有听明白，但是，“活死人墓”“阎王殿”她听见了，料定了媳妇说的不是好话，她跳着脚地叫道：“金福，别拉你哥，让你哥还过来，给我打，简直成了‘打骨头’

了，昨天我就看到金贵的脸被她的猫爪子抓破了，饶了你算了吧，真是不吃好饭食。金贵，你要是还算个男人就给我打还她。咱油根子峪的男人还有挨打的？还反了你了？！”她语无伦次地叫嚣，也不知道到底冲谁。一边叫嚷着，一边就要出去拉金贵。高虹劝也劝不住，金贵媳妇也大喊大叫着往她跟前凑，耀宗看着大家的样子吓得大哭。高虹急得不知怎么办才好。金贵真就想挣脱金福要往屋里去，金福死死拉住他：“同志，注意一点风度！”金贵大声喊：“还谈什么风度？这就已经闹到不可收拾了，放开我，你要再拉我，我可恼了。”正在这时，老太太拿起拐杖在八仙桌上咚咚地敲了几下：“还嫌乱得不够！”屋里静了下来，王石榴和金贵媳妇都站在原地。老太太说，“石榴，你坐下。金贵屋里的，你也坐下。”金贵媳妇乖乖坐好了，高虹马上把耀宗塞到她怀里。石榴不服：“真是虎老不伤人了。别说咱家，就是全油根子峪，哪有挨打的男人？”老太太没接她的话，说：“金贵媳妇说得没错，拴住屋里的这些年是受苦了。”说这话的时候，她的声音竟然带着浓重的鼻音，“别的不说，只要她在家，什么事情能闹到这种程度？”王石榴哼了一声也坐回到马扎上。

多儿听了金贵媳妇的话，越想越觉得她说得有道理，金庸的《神雕侠侣》她也看过，“活死人墓”的一切还记忆犹新，这些年妈过的日子可不就像是在“活死人墓”里一样？“活死人墓”里还有爱情，妈的环境还不如活死人墓呢！想着想着眼泪就像断了线的珠子，又听了老太太的话，眼泪更是止不住地流。

“哭啥？你妈丢不了，你看看屋里这些人，她能丢得下哪一个？”老太太说。多儿想想也是，就擦擦眼泪，站起来又出去找。

“石榴，你也出去找找！”老太太眼看着王石榴。

“我？”王石榴正在气头上，听老太太竟然点了自己的将，忍不住说道，“你真是老糊涂了还是怎么的？你怎么也跟着他们起哄？我怎么着她了，她藏起来大家就把火撒到我身上？难道是我把她弄丢的？她那些事都是我替她做下的？”

“石榴！”老太太大声喊道，“你也扪着心窝子想想，自打流苏娶过门，二十多年哪点对不起你？重活儿脏活儿她都包揽，好吃的好穿的都让给你；她结婚时的新衣服你觉得好看，她不是当天晚上就脱给你？我的年纪大了，不管糊涂不糊涂，但我不护短。那些年金宝小，金宝他爹不在家，你分了庄稼秸秆弄不回来愁得哭，连你亲哥哥亲兄弟都不愿意去干这些活啊，哪一年哪一次不是她帮你用独轮车推回来？成天只记着那些鸡毛蒜皮，这些事你可也想想？反过来，她啥时候说过你坏话？做人起码要把这儿放正当啊。”老太太比画着自己心脏的位置说。一口气说了这么多话，老太太忍不住有些哆嗦，“你要是觉得还是我的女儿，就去找找她，看见她了给她赔个不是，把她领回家。”

“还赔个不是？”王石榴不解。

“你昨天上午说的那些话，哪一句不该赔不是？”老太太果断地说。

王石榴看了母亲一眼，讪讪地出门了。

大门口，金贵的表情仍然僵硬着，呼吸也很粗重。

一阵风吹来，一些白色的花瓣落了一身。他抓起一看：“油根子花？！咱家的油根子怎么开花了？”

金福也抓起一瓣：“这个季节开的什么花？！”

多儿回来，大吃一惊：“真的，妈的流苏树开花了！”看看树冠，果真是密密麻麻一树的白色的素雅的花。她大喊，“妈呀，你在哪里？你快来啊，你盼了半辈子的这棵树开花了——”

金贵金福愣了：“这不是油根子树吗？”

多儿哽咽着说：“它的学名叫‘流苏’！”

金贵和金福面面相觑：“流苏？！”

“金贵，去卫生室喊你爸回来。”兄弟俩正嚷嚷，老太太发话了，“从昨天他就没回家，留住屋里的病好了可能都还不知道呢。这个一家之主当的……”

金贵答应着。正要往外走，一阵急促的脚步声由远及近，明明知道不是张流苏的动静，但是，仍旧免不掉心存幻想。金贵金福兄弟俩支棱起耳朵盼着奇迹发生，盼着张流苏突然出现在他们面前。大门开了，是金宝。

他头上的伤口缠着厚厚的绷带，天太热，石料场里的事情又让他着急，身上不停地出汗，这些绷带被汗洇透了又晒干了，晒干了再洇透了，已经湿湿干干好几遭了。趁着中间工人歇工，他想找舅舅重新包一下。

“你伤得咋样？今天到了医院才知道你昨天就回来了，这么急干什么？”金贵和金福问。

“过来让姥姥看看。”老太太赶忙过来，起得急了，有些站立不稳，高虹赶忙扶住她。

“没事，没事，就是挂了一点幌子，我找舅舅就是想让他给除了去。”金宝也赶忙凑了过来，“舅舅没在家？”

“没在卫生室？”

“没有啊。他不在家？”金宝问。

金贵点点头。

金宝转身就走了，嘴里还自言自语着：“能到哪里去了呢？”他又到家里经常有病号的人家去找，仍然没找到。没有办法，他去村委让村干部在大喇叭里咋呼了几遍，让王拴住听到广播速回卫生室。咋呼完了就回卫生室等，可是，等了好久也没见人影，于是他又来到家里找，看看还没有，只好又回到石料场了。

这样一折腾，家里人更纳闷了：这个生活节奏规律得像钟摆一样的人到哪去了呢。

每个人的心里都画满了问号。屋里静极了，只有不知从哪棵树上发出的高高低低的蝉鸣声不间断地传送过来，使一家人更是焦躁不安。多儿一遍遍地走出家门，所有她能够想到的地方都找遍了。金贵、金福也不断地进进出出。

王石榴回来了，一进门就咋呼：“我哥出事了，你们知道吗？”

“什么？”大家几乎同时问道。

“街上好几个地方都有人三个一伙五个一群地指指画画议论什么，我问议论什么还支支吾吾的，问了好几个人才听明白，原来王大伟的酒店是我哥炸的，派出所都把他带走了。这可怎么办？”

“真的？”好几个人问。

“不会是真的，”唯独老太太摇头，“绝不是拴住，我自己生的孩子我知道他，树上落个叶子他都唯恐砸到头上，他能给人家放炸药？”

大家觉得老太太的话也有道理，就不再说话。一家人正纳闷呢，村支书来了，说是派出所打来电话，让村干部陪王拴住的家人一起到派出所领王拴住。一家人吃惊到简直不相信自己的耳朵。他到派出所干什么去了？难道真是他炸了酒店？老太太的心里禁不住嘀咕。

支书也没解释，催着家人快去。找不到张流苏，王金贵只好去了。

一来到派出所，王金贵就惊奇地发现，不仅王拴住，王迎春和卷毛男人都在。

原来，高雁一清醒过来，就给长海说了昨夜亲眼看见一个卷毛男人欺负高虹的事，让长海去报案。长海大吃一惊，联想起昨晚卷毛老板在过把瘾大酒店说的话，似乎一切都明白了。“雁子，都怪我啊，这些事是我惹出来的。”长海自责。高雁听不明白，只是让他报案。长海不舍得离开高雁的病房，但是又不敢不听高雁的话，于是急中生智，给派出所打电话，派出所根据王长海提供的情况，马上报告公安局，并很快从天仙配酒楼抓住了卷毛老板。正在这时，王迎春来了。她悲愤地从王大伟病房离开，忧从中来，恨从中来，哭一阵，骂一阵，哭够了，骂够了，忽然想起清早听说的王拴住被当作炸大酒店的罪犯让人带到派出所的事情。她知道，如果有一个人可以证明王拴住的无辜，那么这个人只能是自己，因为雷管炸响的时候，他们俩还紧紧地搂抱在一起。她想自己应该去派出所说明白。到了派出所门口又犹豫了。她想，如果她去给王拴住做证，势必提到两个人的尴尬事，一个女人做那种事多么不光彩啊。于是，她又想放弃。可是，一转过身来，就又想到王拴住对自己的好，再想想王大伟的无情，不由自言自语：“豁出去吧，反正他也不要我了，我还为谁守身如玉？为谁保持好名声？”于是整整衣角进了派出所。

起初，派出所认定王拴住就是作案嫌疑人，但是，王长海的电话却给派出所的干警带来了新思路。带来卷毛一问，这个平淡无奇的爆炸案就水落石出了。正要让王拴住回家呢，没想到王迎春又来做人证，还竟然牵扯出这样一桩严重违反社会治安管理规定的事情，真是案中有案。看王拴住年纪也不小了，人又胆小如鼠，王迎春也羞答答得不好意思，只好批评教育一顿了事。

王拴住做梦也没想到自己与王迎春这段公案会是这样了结。怎么回油根子峪，又怎么面对张流苏呢？与其颜面扫地，还不如一死了之。但是，王金贵和支书陪伴左右，他既不能逗留，又不能不回油根子峪。强打精神回到油根子峪，就把自己关在卫生室里，任凭谁叫也不开门。

这件事真是出乎大家意料，王石榴张开大嘴忘记了合上。老太太也傻了，说什么也不相信儿子能做出这样的事情。高虹不说话，联想起昨晚自己的遭遇，羞得涨红了脸。多儿二话没说，跑到卫生室门口抬脚就踹门。但是什么反应也没有。王拴住正在撕开一床被单，一条一条接起来，想用这种方式结束自己的羞辱，任凭多儿踹得脚都疼了也不应声。

“你装死啊？”多儿急了，大声骂道，“死也没有人拉住你，我是问你见到我妈了没有？谁也找不到她，她到底到哪儿去了？”

王拴住结绳的手停住了：“流苏不见了？”他吃惊极了，恍恍惚惚记起早晨的人群中似乎有她的影子，“莫非她……”他不敢往下想。

“你倒是吭一声啊。”多儿仍在骂。

王拴住打开门，活像一具行尸走肉出现在多儿面前，他说：“早上我……好像看见她了。快去找她啊。”这一刻，他不想死了，他想，自己应该活着，就是死也应该在见到张流苏，当面向她忏悔了以后再死。

多儿恨恨地跑了。

到处都没有张流苏的消息。杨关东不停地拨打张流苏的手机，但是张流苏好像一下子蒸发了。康佳已经在电视台做了寻人启事。她后悔自己做得太过了，自责之余，把自己与张流苏的交谈内容全盘告诉多儿。多儿哭了，谁能想到她在一夜间能面临这些多困扰，这是多么大的心理压力啊。哭过了，又安慰康佳，她说叔叔的事自己早就提醒过妈了，只是她不肯相信。至于爸爸，说好听点是甩手掌柜的，实际上，他们的关系一点都不像夫妻，如果说妈妈是老妈子，他简直就是老爷，或者是少爷，衣来伸手，饭来张口，大事小情，什么样的责任都可以不负，也不必负。多儿说："你是不知道妈她每天的生活是怎样的，如果说她的生命也是一条河流，那么，奶奶、爸爸和婶婶就是她的河床，只能沿着他们规定好的河道流淌。叔叔这档子事不光是不肯相信，她也不敢啊。"多儿又哭了。

康佳眼圈也红了："多儿，对不起。"

"有什么对不起的？要是我也会这样做。"多儿的语气非常坚定，"在我们家，她过的什么日子啊，她谁都要顾忌，为了任何一个人，却永远不能为了自己，哪怕一件最小的小事！反过来，却是每个人谁也能跟她发脾气，甚至污蔑她……她怜惜流苏树不能开自己的花，她连流苏树也不如啊。要是我，早就在这个家待不了了……"她又想起了姑妈，"除非再找不到妈了，找到她我非让她跟我爸离婚不可。"多儿下定决心。

时间一天一天过去，张流苏仍然没有出现。一家人的生活秩序混乱极了。

杨关东早就出了院，到处没有张流苏的消息，他的心情一天比一天沉重。开着车到处转悠，有时候康佳也陪他一起。哪里都好像有张流苏的影子，但看看哪里也不是。

这天，他正开着车漫无目的地在路上走，手机响了。他懒懒地接起来，是多儿沉闷的声音。"说吧。"他有气无力地说。

"我想起一个地方，"多儿说，"你有杏花峪开发区的电话吗？妈妈跟我提起过好几次，她说等我参加工作了，我婶子的病也好了，她再也没有非干不可的活络，没有非面对不可的烦心事，她就到你开发的那个杏花峪风景区，当个水饺工也行。"

杨关东也想起了他带支书和张流苏到风景区考察的情景。他的心一动说："我知道了。"挂了电话，他驱车朝风景区驰去。

20

张流苏确实在杏花峪旅游度假区，但是没有在别墅区当水饺工。

那天，各种突如其来的变故接踵而至，简直把她击倒了，就是死她都觉得不得其所。眼看着高虹好了，高雁也脱离了危险，她的心又欣慰又痛楚。尾随着大家走出高雁的病房，眼前老是浮现清早的那一幕，浮现出她亲耳听到王拴住告诉派出所所长自己到王大伟家找王迎春，又亲眼见到王拴住被派出所所长带走的情景。一切都是真的，一切又都像是在做梦，她不知道自己应该怎么做，也不知道应该做什么，就像梦游一样漫无目的地走着。不经意地走出医院，走过一条大街，又走过一条大街，走着走着，遇到一辆开往桂花峪的客车，她想，好长时间没见过母亲了，也该回去看看了，就坐了上去。一路上不知行驶了多长时间，也不知到了哪里，她又想，为什么要回娘家呢，母亲也是七十多岁的人了，不能孝敬她让她幸福也就罢了，为什么还要让她为自己操心呢？于是，她又慌慌张张下了车。下来一看，车正好到了杏花峪。

杏花峪旅游观光度假区依山傍水，是一个集观光度假、文化娱乐、生态农业与环境保护于一体的多功能综合性的现代旅游景区，它的建设以生态为主题，以生态保护、生态娱乐、生态休闲和生态农业为主体内容，共分为山涧湖景观区、运动游乐区、别墅观光区、松柏密林区和生态园艺广场五大功能区。其中，园艺广场位于杏花峪旅游观光度假区的最里面，占用山地总面积四百平方千米，项目规划建设主要包括新植物园、世界城、游乐园、花卉苗木公司四大主题景区。通过山势水道等自然地形将四个园区加以分隔，又利用园林造景手法使它们互相联系，在园林景观、服务功能、自然布局等方面采取有分有合、有同有异等办法进行人为的区分，使整个景区错落有致，妙趣横生。

夏季正是园艺工程的黄金季节，要育苗、培植新株，同时还要给花圃土壤除虫、培土换盆……工程多了，也就显得人手少了，于是，园艺广场在杏花峪好几个地方张贴了季节性园艺工人的招工启事。启事是大红纸黑墨字写成的，一进杏花峪张流苏就看到了，只不过她心事重重的没有注意到，只是满山满峪地胡乱走着。不知不觉地就走进了生态广场。于是，她看见了桃园、枣园、葡萄园、石榴园……那一片一片或栽植在平川，或镶嵌在沟坡山涧的郁郁葱葱的果园，田间小道纵横，园边篱笆环绕，置身其中，使人仿佛走进了花果山，只觉得神清气爽，心旷神怡，那些憋闷在心间的烦恼也暂时抛在了脑后。再往前走，她走到镶嵌在山坡上的花卉分类园，一大片一大片的杜鹃，一大片一大片的风信子，一大片一大片的蔷薇花……

信步其中，张流苏仿佛又退回到过去的时空，她仿佛又成了无忧无虑的少女，尽情观赏起来，大自然为她提供了一个从来没有过的舒缓开敞的空间，她看到花朵的芬芳灿烂，不由地露出会心的微笑；看到花朵的萎缩和凋落，又不由得感到由衷的惋惜。她想，自己要有这么一片花园多好啊，能够在这么美的环境中劳动，就是累死了心灵也是快乐的。她又想，多年来，她何尝不想在自家自留地里种上一小片花，不用名贵品种，哪怕是指甲桃子花她也喜欢，可惜，家里总也不富裕，那些土地都种上庄稼还收不了多少粮食卖不了几个钱，在地头堰角种上几棵花已经是很奢侈了。想到这里，她又想起让她侍弄了一个春天又一个夏天、让她寄予了无限丰收希望到头来却让一群羊啃得干干净净的棉花，想起了费了九牛二虎之力培植的那些流苏苗，想起了萦绕在心头三四十年的那个“让流苏盛开自己的花”的梦想……于是，心里不由得感到灰心。她也想起了高虹，虹妹子的病果真好了。难道冥冥之中，是那片流苏让她重新活回了自己？倘若如此，不光不能难过，真该培育更多的流苏让它们满山开花，以感谢流苏，也庆祝高虹旧病新愈。这些年，为了高虹的病，大家费了多少心思啊，老太太、王拴住、高雁……想到大家，她又想起杨关东，想起康佳跟她说的话，她也想起了王拴住，想起早晨她亲眼看到的情景。他已经背叛了自己，也背叛了家，自己该怎么办呢？怎么办呢？一想起这些，暂时抛到脑后的烦恼又一股脑地涌上心头，她的心绪又乱糟糟了，这样一来，满山的景致虽然美妙，却再也入不了她的眼，也入不了她的心了。于是她又觉得憋闷起来，游览的快感顿时烟消云散，脚步也迈不动了，只好在路旁的石桌旁坐了下来。这时候，她又觉得嗓子干得像是要冒烟，肚子也开始咕噜咕噜响，她这才想起来，自己从昨天上午就没有吃过东西了。昨天自己一上山，就见石榴和金宝纠缠不清，一回到家就听到杨关东和金宝被炸药炸伤的消息，紧接着就是石榴对自己的污蔑……这一切就像套连环一样把自己捆扎得密不透风，连好好想一想的工夫都没有，哪里还有心情吃饭？她想，还是回家吧。她站起来，却又坐下了。是啊，那个家还是她的家吗？王拴住走了，即便是回来了又怎样？反正他的心里已经有了别的女人了；王石榴和老太太又那样看待自己；要说牵挂多儿吧，可自己连多儿上大学的愿望也不能满足，怎么好意思面对孩子……她左思右想，怎么想都觉得那个家已经没有自己的位置了。于是她又颓废地坐了下来。可是，家的念头一旦涌起，肚子饿得更厉害了，嗓子干得连唾沫也吐不出了，想买瓶水喝，可是摸摸口袋却只剩下几枚角币了。怎么办呢，难道就在这里等着饿死？这里景色秀美，确实是个好地方，但是要是说到死，张流苏却仍有不甘，满腹的心事没有着落，就是变成了鬼，也不会开心。忽然，她想起杏花峪的水库，想起水库后面的山泉，似乎听到了咕咕的泉涌，于是，爬起身，朝泉眼的位置找去。

喝了一肚子清冽的泉水，张流苏觉得浑身舒爽，虽然仍是饿，但是却有了精神，脑子也灵活了。她想起陪着村支书和杨关东来别墅区考察的情景，想起当时自己面对招收水饺工的启事产生的感慨。要不自己真的去应聘吧？也许这是自己最好的结局了。于是，她辨辨方位，朝别墅区找去。经过几年的开发，杏花峪已经不是她记忆中的样子了，她在这里转悠来转悠去，试着找了好几个方向都没有走出生态广场，朝哪看看都是一望无际的。在距离她不远的地方，有一片空阔的土地，里面一群工人蹲在地上忙着什么。她想，还是找个人问问吧，就朝那群工人走去。

“剪短一点，再短一点……好，就这样插，对，对。”走到近前，张流苏还没开口，就听到一个戴眼镜的中年男人操着南方口音在说话，原来，是园艺师在指导工人做桂花扦插工作。

土地已经灌溉过了，一堆一堆地放着从桂花树上剪下来的枝条，他指导工人剪成一小段一小段的，一垄一垄地插到地上，然后在附近插上一条柏树枝，为新插枝的桂花遮挡太阳。一位园艺师指导着七八位工人，他们做得很精心，时间不长，已经插下一小片了，但是，桂花枝太小，柏树枝又太大，所以，看上去只看得见柏树看不见桂花，就好像在地里密密麻麻地栽满了小柏树。这些活儿，张流苏多么熟悉啊，她几乎从小就会做，在培植的过程中又不断地改进技术，现在她培植的桂花当年就能开花，花期还格外长，看到这些工人还在用最原始的培植方法，忍不住感叹：“太小了，这么小的小牙牙，什么时候才能长成桂花树啊？”

听她这样说，园艺师抬眼看看她，没有搭理。一位快嘴快舌的中年妇女忍不住说：“这位大姐，什么东西不是从小长起，越长越大的？”

“‘从小长起，越长越大’是不假，要是这样扦插五年都不一定能开花。”张流苏说，“再说了，桂花怕冻，到冬天下一场雪这些小牙牙不都得冻死？”

“我们这是新品种，叫作中华龙……桂？瞧我这记性！是叫什么桂来？”快嘴女人求援似的看着园艺师。

“中华龙速生桂，三年就能长到一米高。听说过这个品种吗？”园艺师问张流苏，不等张流苏回答，又说道，“你放心，这些小牙牙冻不死。扦插完了我们马上就盖花棚，把这些花用玻璃罩起来。”

张流苏摇摇头：“啥品种不都是桂花？咱这些山上，有一种植物老百姓叫它‘油根子’，要是把桂花嫁接到它上面，当年就开花，植株长得还高大，并且又耐寒，又耐旱，不用盖花棚，野地里就能安全越冬。”

“‘油根子’？我怎么没听说过？”园艺师说。

“我们山里人这么叫它，它的学名叫流苏。”张流苏说。

“流苏？流苏比桂花还贵重呢！你们村里有？”园艺师惊喜。

“是啊！我们那个村子叫油根子峪，早些年漫山遍野都是油根子，一到春天，落花就像下雪一样。可是现在……”张流苏苦笑，“油根子确实比桂花都少了。”张流苏这样说的时候，油根子峪的山峦岗岭仿佛都从她眼前掠过。

“是啊，流苏越来越少。油根子峪距离这里有多远？”园艺师摇摇头。

“二三十里地吧，估摸的，没有准数。”

“那么，这里有流苏吗？我是说咱生态广场这个位置，或者说，附近的山上。”园艺师扬起手，指指身边这片山。

“有，”张流苏肯定地点点头，“我娘家是距离这里不远的桂花峪，我从小就知道那里有，长得也很好；年轻时来这里出过工，也在这里找到过，不过，哪里也不如油根子峪的流苏长得好。”张流苏说得很认真。

“为什么呢？”园艺师扶扶镜架，眼睛里闪过一道疑惑的光，“这些山峦都属于泰莱山脉，应该是同样的地质构造啊？”

“油根子峪的山格外高。”张流苏也闹不明白，她也曾经纳闷过，但是从来没有深究过，听园艺师问，她忽然想起油根子峪不同于其他山村的特点，“层层叠叠的，人就好像生活在葫芦里。也许是流苏更最适合在深山上生长？再不就是因为山高所以遭受的破坏少？反正，我天天上坡下地，天天摸索这些个花草我拿得准。”

“你能不能带我们去看看？”园艺师对这些很感兴趣。

“不，不……”张流苏慌忙拒绝，一提到油根子峪，种种烦恼又涌上心头，她说什么也不想再回油根子峪了。听园艺师这么说，她真怕园艺师缠着自己去油根子峪看流苏，就慌忙要走。

“喂，大姐，你干什么去？难道你不是来打工的？”园艺师看她走了，有些着急。

“打工？是呀，你怎么知道？”张流苏站住了。

“那你就别走啊，我们贴了那么多招工启事，也招来了好多工人。你看，这些人都是我们聘来干活儿的。别人来了还要面试，然后还要试工，我看你挺内行的，这些手续都免了，你直接加入跟他们一起干活儿吧？！”园艺师极力挽留她。

“你们这里也招工？”张流苏只知道别墅区招收水饺工，有点不大相信自己的耳朵。

“是呀，就是我们这里招季节性园艺工人。”园艺师说，“每天三十元钱，管吃管住。室外作业，虽然累一点，但是我们每天按时发放工资，每天工作时间也不长，就是八小时，需要加班时还有加班费。来吧来吧！啊？”

张流苏从小喜欢花花草草，又成年累月跟泥土打交道，她只是盼着有一天生活能允许她种许多许多的花草，但是从来没有想过作自己喜欢做的工作还能有这么高的工资。她情不自禁地说："三十块钱？在这里种这些花花草草？”

“是的。我也觉得有点少，可是这是我们苗圃的规定。我们这个苗圃还是创业阶段，经费有点紧张。”园艺师推推鼻梁上的眼镜，显然有些难为情，“不过，特殊人才要是技艺特别好的话还可以商量。不过，这样的话就不是我能做主的了，要找经理。”

“不，不，不……”张流苏知道园艺师会错意了，连忙打断了他的话。

“对了，你会嫁接桂花，懂嫁接技术，是吗？这也算是人才了。正好要做冬枣嫁接，需要招聘一名技术员专门培训工人，好长时间了也没找到。走，我们去找经理商量一下吧。”

“我不是这意思。我是说……”张流苏想解释一下，她想说自己喜欢做这件事，不是觉得工资少，而是觉得多了。但是，没有找到合适的话，就语塞了。

园艺师一时没有弄明白张流苏的意思，正纳闷呢，听见有人叫他的名字，回头一看，经理急急匆匆地从坡地间穿插过来。

“小查，小查——”经理有点胖，走到田边，竟有点气喘。

“什么事？胡经理。”园艺师马上从田间走出来。

“我刚才接了一个电话，吉林一个苗木园艺公司向我们订购两百万株一米高的花椒树苗，一年半的时间。他们要在后年的植树节以前出售。”胡经理说。“这个工程咱能接吗？”

“一米高？后年植树节？”园艺师一边重复，一边摇摇头。

“我也觉得咱这里的苗木基地可能容纳不了了，咱的冬枣、牛心柿、薄皮核桃……都得占用土地，两百万株花椒苗不是又得占用五十亩地？”胡经理着急地陈说利害，“可是，他们出的价高，五毛钱一株，咱要是不接不就等于白白扔掉了一百万？”

园艺师没说话，他好像在沉思什么。

“你倒是快点说话，那边马上就打电话过来，还等着咱回话呢。”

“你还是辞了他们吧。”

“你看这样行吗，这批树苗咱不在苗圃里培育，租用一片农田，好歹把这个活儿干了，咱宁可少赚点，以后也好继续合作。你看行不？”胡经理眼巴巴地看着园艺师。

“土地好说，租不到农田咱租一片山也行，找农户代培也行。”园艺师慢吞吞地说。

“这不就行了嘛！”胡经理如释重负，“我赶快去给他们回电话。”说着就要往回走。

“不，你听我说完。”园艺师说。

胡经理果然止住了脚步，说：“还有什么难处？”

“咱没有培育花椒的技术。”园艺师摊开双手。

“培育花椒还需要什么高深技术？我知道，花椒再泼辣不过了。这个你不用担心。”胡经理转身又要走。

“泼辣归泼辣，但是它出苗晚啊，现在播下种子，明年春天还不一定出苗。就是春天能出苗的话，管理得再好到秋天恐怕连半米也长不到，怎能让它到来年植树节长到一米高？”园艺师摇摇头。

“为什么？花椒为什么出苗这么慢呢？”胡经理有些着急。

“花椒种子油性大，就和蓖麻差不多。我们这里种花椒，都是把花椒种子封在泥巴里一段时间，主要就是为了去去它的油性。蓖麻也是出苗慢，春天种下很难出苗，所以，我们都是在冬天种，在数九寒天种下。”听他们说来说去，张流苏忍不住插嘴道。

“数九天种下出苗就快吗？”园艺师问。

“是呀，不仅快，而且苗子格外出息，结果还早。”张流苏说。

“这又是什么道理？”园艺师摇着头自言自语。

胡经理看看园艺师又看看张流苏，他这才注意到身边还有一位陌生的中年妇女：“你是谁？你也是来应聘的吗？”

“我是……”

张流苏刚想说，园艺师忽然拍拍巴掌打断了她：“我想明白了。这是靠低温冷冻来缩短种子的休眠期。”他点点头，“肯定是这样的，油性大的种子休眠期长，冰冻可以使它们迅速度过休眠期。”言语间园艺师不由得喜上眉梢。

“对，对，对。去年春上我家生了小孙子，忙里忙外的，忘了数九天种蓖麻的事了，我一看来不及了，就把种子放在儿子家的冰箱里几天，结果，种下不到一个星期，就出苗了，长得还挺好。”提起那一搭子事，张流苏仍旧很高兴。

“走，大姐，我们去找些种子试试去。”园艺师越听越觉得有道理，回头就走。

“喂，小查，慢点走，你告诉我，咱可怎么给人家回话啊？”胡经理在后面有些着急地问。

“按这个大姐的做法，要是两周内能出苗，这个活我就有把握。”园艺师回头说的时候并不停下脚步。

杨关东在驱车到杏花峪开发区的路上就开始与每个区域的老板联系，探询张流苏的消息，但是，结果却失望得很，老板们查遍了用工登记，任何一个地方都没有一个名叫张流苏的中年妇女。他还不甘心，下了车，一个区域一个区域地转悠。幸好不是旅游旺季，景区里人不多，张流苏在他的心里又有特殊的位置，所以，他不用细细分辨，一眼望去就知道她不在人群中。他仍不死心，又怕是张流苏故意不让人找到用假名登记，于是到每个工作点把工人检视了一遍，尤其是度假村的水饺城，他甚至连茅厕都派人找寻过了，唯恐漏掉了一个人，但是结果仍然是失望。

驱车转遍了整个开发区，已经是傍晚了，太阳像是一个火红的圆球一点一点滑到山的那一面，绽放出一大片橘红色的晚霞。他点着了一根烟，在山石上坐下，眼看着远处近处的花随着日暮一点点在视野中模糊，他想，人生，是多么短暂啊。他叹了一口气，掐灭了烟蒂，怅怅地开车走了。

苗木基地里，张流苏正忙得不亦乐乎。

园艺师让她回忆当时把蓖麻种子放冰箱的情景，她说，就是裹了一个小塑料袋，胡乱扔在冰箱里的。园艺师问她用什么样的塑料袋，她说就是买菜用的那种，红红绿绿的，当时只是怕蓖麻给冰箱的食物串了味道，顺手找了一个塑料袋套上的。园艺师有点失望，又问她冰箱温度是多少，她说自己也没用过冰箱，只是在儿子家见识了这东西，知道菜和肉放里面不会变质，还从来不知道冰箱里有温度控制。园艺师不由得有些着急，问她道："那么，那包种子你是冷藏的还是冷冻的？这个你总该知道吧？"

"冷藏？冷冻？"张流苏机械地重复着，"你别说，我还真不知道这个。"

园艺师摇摇头，他甚至开始怀疑张流苏是不是真的曾经用冷冻种子的方法迅速催生蓖麻苗子。正在懊恼呢，又听张流苏说道："不过那个过程我还记得。当时，我把它们放在盛菜的箱子里，想了想，过了一会儿，我想想平时种蓖麻的时候坡地里还经常上冻呢，就觉得温度可能不够低，就把它们挪到放鱼放肉的地方。打开冰箱要放，我又怕把它们冻坏喽，想起来儿子的冰箱里有一个箱子专门放准备吃的鱼和肉，那个箱子啊，挺奇怪的，说它冻吧，里面的肉拿出来也不用解冻马上就能切；说它不冻吧，鱼和肉一拿出来硬邦邦的还真就冻着……"

"零下七度！"不等张流苏说完，园艺师高兴地说道，"那是智能冰箱，有一个低温冷冻设置。"

"对啊对啊，就是这样。冰箱是媳妇娘家陪送的，经常听儿子和媳妇说'智能'两个字。"张流苏证实道。

"好，咱马上也用方便袋装上花椒种，也放在零下七度的冷冻箱里，一个星期后播种。"园艺师说。

"花椒种子没有蓖麻种子油性大，别的我不知道，家里榨油的时候有个经验，五斤花椒种子出一斤油，蓖麻籽二斤半最多三斤种子就能榨一斤。"张流苏又想起一搭子事。

"是不是油性越大出苗越慢？"园艺师问。

"我也说不好，反正，两样东西都难出苗，花椒好像更难一些。除了油性，也许还有别的原因。"张流苏也拿不准了。

"这样，"园艺师迅速下定了决心，"咱在不同温度的冰冻箱里分别放上一包种子，一个星期后分别播种，咱试试到底哪个温度更适合。"

说做就做，张流苏在园艺师的指导下，把种子放在十二个不同的低温环境里，从零摄氏度，零下二摄氏度一直到零下二十摄氏度每隔两个数字都设置成种子的冷冻温度，还专门设置了零下七摄氏度冷冻箱，张流苏在每包种子上都细心地贴了标签，做了记号。接下来的工作就是整理试验田，张流苏翻耕了一块山地，荡平了，开辟成十二个种苗畦子……做好这些琐事，一个星期也就过去了，她又挑起沟子，一垄一垄地细心把种子撒下。看看有不合适的地方，顺手又把里面的坷垃一点点捏碎。

做这些事的时候，园艺师都在旁边，看着张流苏一丝不苟的样子，由衷地赞叹："大姐，你是真仔细啊。"

"'苗子不怕草，就怕坷垃咬'。这些小坷垃不捏碎了就是出了苗也不出息。"张流苏并不停下手中的活儿。

"这件事要是成功了，你可是立了大功。"园艺师真诚地说，"到时候不光给你发奖金，我跟经理讲，让他给你一份提成。"

"提成？我不要。"张流苏笑着摇摇头，"我喜欢这个环境，让我长期在这种环境中打工就很知足了。"

"你的家乡，就是那个叫什么油根子峪的地方，环境不好吗？"

"也好。"张流苏说。神情明显地黯淡下来，那些事情显然仍在困扰着她，剪不断，又理不出头绪，于是不再应声，专心做地里的活计。

园艺师不懂她的苦衷，仍是不断地跟她说话："长期在这里打工？你的要求太简单了。花椒催苗要是成功了，马上就要租赁土地大面积播种，这个活儿肯定要你领头干吧？"园艺师说，"还有，大面积冬枣嫁接马上就要开始，刚刚招了三十名工人，培训工人的事，恐怕还要落到你的头上，别说你想在这里干，你想走，都未必走得成。"

"嫁接冬枣？冬枣也是枣树吧？我怎么没看见苗圃里有枣树呢？"张流苏问，"还有，我们这里嫁接枣树一般都在春天，夏秋之际接枣树，我不光没干过，听都没听过。这个活儿，我可没有把握。"

"呵？"园艺师笑着解释道，"是这样的，我们苗圃不同于生态乐园的其他区域，虽然也要美化空间，但更重要的还是要追求利润。自己培育枣树苗子来不及；买了枣树再嫁接冬枣，不划算。我们想尝试着从附近的山上把野生的山枣树移栽过来，然后在山枣树上嫁接冬枣。"

"山枣？我们当地人都叫它酸枣。还用移栽？山山岭岭的不是到处都是？也不用说别处，就是咱园艺场这片山……"张流苏从田间站起身子，她想指给园艺师看，可是，她满目望去，却一棵也没找见，"咦，这满山满峪的酸枣树都到哪里去了？我年轻时在这里出过工，歇工的时候逮些蚂蚱、山石牛，也摘山枣，朝哪里走一步不都得碰到好几棵酸枣？刺还特别多，又硬又尖，不是挂住裤子就是扯住褂子。我是领教过了。"

"过去山上很多？"园艺师来的时间不长，没有见过这片山被开发前的原始风貌，"那肯定是在开发的过程中刨走了，可惜了。要是当初不破坏原始风貌，把那些山枣都嫁接上冬枣，在花坛、苗木间不时就有一棵，春天闻花香，秋冬季随手可摘枣，可有多好？"园艺师感叹，他看了张流苏一眼，"山枣树上嫁接冬枣，你听说过吗？"

"我们村里好像还没有人嫁接过。"张流苏又开始蹲在地里做活儿，她并不抬头说，"不过，我平常上山的时候，看着一片一片、一墩一墩的酸枣树，也曾感叹过，觉得要是这些酸枣都是枣树该有多好，最少也能给老百姓增加些收入吧？"

"你们那里酸枣也挺多？不是盛产油根子吗？"园艺师惊奇地问道。

“酸枣更多，这几年油根子越来越少了。”张流苏说，“我们村的山有两种，一种是青石山，再一种就是沙石山，都很高，但是植被就不一样，青石山上连草都长得不旺相，虽然零零星星地也有几株酸枣，但是长在悬崖峭壁间的石头缝里，摘酸枣都够不着，更别说是嫁接枝条了。沙石山上不一样，我家自留地那片山就全是沙石山，不仅植被茂密，还有滴滴答答的泉水。除了酸枣、流苏，还有一种叫荆蒿的植物，它的根扎得特别深，并且根茎蜷曲得很漂亮，要是挖出来做盆景漂亮极了。”

“真的？照你这样说，那不成了一座宝山？”园艺师说。

“不是一座，是一片。那里呵，山连着山，起起伏伏的，是不是宝山我不敢说，但是，我说的这些植物可都是真的。”

“你带我去看看可好？我去看看那里到底什么样。我想象不出来，距离这里仅三十里路就有这么大的差别？再说当初在这里建造生态乐园的时候，经理也是充分考察以后才做出的决定。”园艺师仍旧半信半疑。

“要是我是经理的话也会选择这里。”张流苏说。

“那又是为什么？”

“这里地势平缓，视野开阔，土地一片一片的，适合大面积栽培植物；而那里，山势陡峭，不多的土地也都是梯田，一小摞一小摞的，统共几十亩地，能栽几棵植物？”

“有道理。”园艺师缓缓点点头，“可是，如果真像你说的那样，尽管规模有限，要是建设一个小型植物园的话，也是浑然天成、独具魅力呵。”园艺师不无遗憾地说。

张流苏离开生活了二十多年的家已经好几天了。在油根子峪，她的失踪也曾引起不大不小的震动，但是，如同其他消息一样，人们先是窃窃私语，接下来公开讨论，然后充分展开想象做各种合情合理的猜测和设想……整个程序运行完了，一切也就归于安静了。唯一不安静的地方是王拴住的家。找不见张流苏，老太太像是被掐了心尖子一样。一开始，她还觉得张流苏是因为石榴的冷言恶语生气，因为侍弄了一个春天又一个夏天的棉花被羊啃光了伤心，她觉得也在情理之中，认定了张流苏在某个角落待几天，散散心也就回来了。虽然多儿她们急得像是热锅上的蚂蚁，她却很冷静，并没有很在意。及至知道了王拴住的事情，老太太坐不住了，她也是女人，也曾经年轻过，风风雨雨中度过了大半个世纪，她知道什么事情是最戳女人心窝子的。要不是亲耳听金贵提起，又逼着金贵把前因后果都讲给自己听了，她是说什么都不相信她亲眼看着长大的、从小就老成持重的儿子王拴住能做出这种事情，她从心里发出感叹："还真就是没有不吃腥的猫！"

找不到张流苏，在孩子们心里这个家就像塌了天一样。金贵、金福恹恹地坐在角落里默不作声，连耀宗都好像懂事了似的，不再大声吵闹。只有金宝英雄有了用武之地，两耳不闻场外事，一心只有石料场。老太太让他们都回家，各人上各人的班、各人忙各人的事去，可是谁也不愿意在这个时候离开。

"都给我走！"老太太敲着拐杖发话了，"要是想让她早点回来，趁早给我走，该干啥干啥去！"

金贵金福不知道老太太到底是啥意思，留也不是，走又不安心。看看老人家真的着急了，握着拐杖的手都颤抖着，就只好走了。多儿也走了，她要找妈妈，一定要找到妈妈。

家里看上去又恢复了宁静，但是一家人的生活却偏离了原来的轨道。高虹大梦初醒，过去的岁月因为病着，因为神志不清，生命中好些巨大的痛楚都被她含混而过了。她清醒了，那些粘连得一塌糊涂的岁月又一幕幕揭开，那些片片断断的痛楚重又聚拢来，遥远的家乡、遥远的往事……一点一点幽幽婉婉地扼住她的心。

一连串发生的事情对每一位家庭成员来说都是始料未及的，王石榴前想想后想想，像是掉进了迷糊阵摸不着头脑，但是有一点可以肯定，那就是自己错了，但是，到底哪里错了？她也搞不清楚。老太太则每天早上一睁开眼睛就坐到门口的流苏树下等，任凭落花落在身上，吃饭也不回屋，直到天黑得实在看不见了再怅怅回家。回到家里也睡不着，什么动静都能让她听成大门响，让她觉得是张流苏回来了，结果总是失望。一晚上也不知道要这样一惊一乍地折腾几次才能入睡，睡着了也总是梦见张流苏回来了，要不就是张流苏对着她哭，让老太太心里很不是滋味。

“妈，你也躺到床上歇歇，你天天坐在这里就能把流苏盼来了吗？”她明知道劝也没有用，还是这样劝老太太，“好几天了，流苏走了好几天了，拴住也没回家……”王石榴试探着说。

“不回家就对了，回家来他好意思见谁？”老太太说，“哎，四五十岁的人了，谁能料到他能给咱唱出这出戏来？！”说到这里，不由得摇头叹气。

“可是，他在卫生室里怎么吃饭？吃什么呢？”王石榴说出自己的担心，“我去看了好几趟，别人找他看病他也给看，谁家让他去吃饭他都不去，问问他总是说不饿。”

“我去给他送些吃的。”高虹主动为老太太分忧。

“不去！”老太太咋呼，“他啥大功劳？还给他送饭？”

老太太的声音很高，吵得高虹一激灵，高虹不再说话，又坐到一边想心事去了。王石榴吞吞吐吐地说：“人总是不吃饭怎么能行呢？时间长了那还了得？”

老太太想想也是，一下子站起身：“我去看看他！”说着就往外走，拐杖敲在石板路上发出梆梆的响声。两个人有好几秒钟没有反应过来，迟钝了一下，马上赶上去一左一右搀起老太太的胳膊。来到卫生室，门正虚掩着，老太太抬起拐杖咣的一声就把门打开，把坐在八仙椅上愣神的王拴住吓了一跳。

“妈！你这是……你怎么来了？”王拴住条件反射地站起身，脸上带着掩饰不住的赧色。

“我怎么来了？”老太太重复道，“你说我怎么来了？”

王拴住低着头默不作声。高虹怕王拴住不好意思，始终不敢正面看他，王石榴则不住地拽老太太的衣角提醒她小声点。

“不要拽我的衣服，还能不让我说话喽？”老太太不满意了，对王石榴说。转过脸又对王拴住说，“你问我怎么来了？是啊，你从小用功，我们都不打扰你，我不能来，你媳妇更不敢来。你问我怎么来了，我来看你啊！”

老太太越说火气越大，高虹忍不住试图小声阻止她："妈，你坐下歇歇。"

老太太好像没听见，继续大声说道："为什么来看你啊，因为你立了大功了，做了大官了。我问你，你立了多大的功？你做了多大的官？还自己不回家吃饭？等着你媳妇做好了来给你送？从今以后你就绝了这门心思吧。"

"流苏她……还没有消息吗？"王拴住说。

"你还知道问她的消息？！我告诉你，你媳妇走了，什么样的人能不被你气走？"

王拴住坐也不是，站也不是，脸上红一阵紫一阵。但是老太太不理会他的表情，继续说道："你从小就是衣来伸手，饭来张口，你可知道我和你媳妇每天都做什么活儿？你可知道我们辛辛苦苦为的啥？还不是为了让你干事业、长出息？你看你今天做的这些事多么出息！多么给祖宗争光！"

王拴住背过脸低下了头。

"你倒是有闲心在这里洋寻思，既有这份闲心，怎么就不能替你媳妇做点活儿？山坡上那一摞田地，费了她多少力气？从这以后，你也别光在这里闷着，省得闷出更大的毛病来，你也到山上改造改造吧！"

说完了，老太太敲着拐杖带着高虹和石榴走了。

花椒种子已经播下，这些天，胡经理和园艺师每天上班第一件事就是去试验田看看，希冀着会有奇迹突然发生，但是，播下的种子毫无动静。

一周过去了，按照张流苏的估计，应该是发芽的时候了。一大早，胡经理和园艺师就不约而同地来到这里，他们俩东看看西看看，一个苗畦子一个苗畦子地看过去，黄土地上毫无变化。他们两个分头蹲在田角地头，趴得很低，脸几乎快要贴到黄土上了。微风拂过，细细的黄土扑到他们脸上，也吹灭了他们的希望。

"别看了，走吧走吧。"胡经理招呼园艺师，"我给人家回电话吧，咱没有金刚钻，就不揽那瓷器活了。"

"我再看看。"园艺师仍是心有不甘。他站起身来，微风吹动黄土让他迷了眼，他摘下眼镜举起手使劲揉搓，揉搓得几乎流出眼泪来。

“还看啥？”胡经理有些不耐烦，“俗话说得好，‘要是屎壳郎能酿蜜，养蜜蜂何用’？要是连一个农民都能育苗，我们还用得着高薪聘你吗？”

“主意虽然是大姐出的，可是，我也是觉得符合育苗规律。”园艺师一边把眼镜戴上一边慢条斯理地说，“种子都有一个休眠期，出苗晚的原因主要是种子的休眠期长，通过冷冻、破壳等手段缩短种子的休眠期都是可行的。”

这天早上，张流苏也在试验田。甚至她来得比他们都早，辛辛苦苦地侍弄了两个星期，撒下的那些种子已经如同是她的孩子一样让她牵肠挂肚。她渴望着种子尽快发芽，一大早看着试验田里静悄悄的，一点发芽的迹象也没有，心里马上就被一种灰色情调的东西占据了。她还不放心，一点一点地找，希望在试验田的某一个角落能找到刚露头的绿色，哪怕一棵也好啊，但是，她还是失望了。他们说这些话的时候，她就蹲在地上，但是，她几乎没有听见，因为她在想育苗的前因后果。早年她也曾经培育过花椒苗，不过不是用的这种方法，她按照油根子峪世代相传的方法，把花椒种子封在和好的黄泥巴里，过了一段日子，再把黄泥巴敲开，撒在地里，出苗的日子她也记得，齐刷刷的、绿绿的小牙带着黑黑的壳，就像新生的婴儿戴了一顶遮阳帽，可爱得让她不能自已。可是，这次是怎么了？为什么一颗苗子也没有呢？她又把育苗前后的过程回想了一遍，仍旧不明白问题到底出在哪里。

张流苏下意识地将手伸进脚下的土垄，手从黄土中拔出来的时候，她发现手里有半根植物嫩茎，她的心忽然充满了欣喜，一点一点仔细地扒开土垄。奇迹出现了，一个个乳白色的小牙子已经冲破黑黑的壳。“快来看呀，发芽了，种子已经发芽了！”她兴奋极了，大声喊道，她一边喊一边一个苗畦子一个苗畦子地继续扒开土垄。胡经理和园艺师也凑了过来，在每个苗畦子里都有快要顶出地面的小牙牙，有的疏，有的密，有的长，有的短，即便还没有破壳的种子，也都已经苏醒，黑黑的、圆圆的种子已经变大拉长，就像是刚刚睡醒的婴儿打个舒身的样子。其中，零下十二摄氏度低温冷冻过的种子长的牙牙最整齐。

“成功了？”胡经理拿起一个小牙牙，兴奋得手都哆嗦了。

“成功了！”园艺师也拿起一个小牙牙，将小牙牙凑到眼前，像是观赏一件稀世珍宝。

“快走啊。”胡经理捧着小牙牙从试验田拔腿就走。

张流苏和园艺师丈二和尚摸不着头脑，疑惑地对视了一眼，异口同声地问道：“干什么去呀？”

“干什么？”胡经理不屑地重复了一句，继续往外走，“去给吉林的苗木园艺公司回电话呀，并且，咱还得赶快去找地方租赁土地，别耽误了苗期呀。”

“不用了。”园艺师说。

“为什么？”胡经理吃了一惊，脸上迅速写满失望，问道，“还是不成功吗？”

“不，”园艺师仍是慢条斯理地说，“这些天我跟大姐聊了很多，咱不用租用土地了，她的村里有一片沙土山，更适合花椒树生长，并且山上还有足够多的酸枣树，咱也不用移植了，直接在上面嫁接冬枣，既省工又能缩短冬枣结果周期……”

“这是真的？”胡经理看着张流苏问。

张流苏笑着点了点头，还没等回答，园艺师继续说道：“还不止这些呢，这位大姐的村里还特别适合流苏生长。现在流苏树苗多么珍贵啊，咱可以就地繁殖：育苗、扦插……然后全国销售，也可以做成高品质桂花……这样一来，可以增长多少利润啊？这件事我思考了好几天了。”

“有这么好的事？”胡经理觉得有些不对劲，他搔搔头皮，“人家村里的山，租块地方育苗还勉强可以，那些酸枣、流苏树资源能给咱用？咱嫁接好了还是长在人家的山上，产权能归咱？不行，不行。你想的这事就好比是‘做梦娶媳妇——净想好事’，想来想去都是‘盲人点灯——白费蜡’。”

“你会说这么多歇后语？怎么忘了还有‘借鸡生蛋’的故事？”园艺师笑了，“我们可以在那里建个园艺苗木分公司，聘请这位大姐当经理兼技术指导。现在关键是马上去考察一下实际情况，看是不是真像大姐说得那样。”

“到那里开分公司？”胡经理重复道。

“一片山荒着也是荒着，咱们在那里建公司又能给村里创造利润，又能安置劳动力，还能绿化美化村庄环境，这么好的事村里怎会不同意？”园艺师继续说。

“同意，肯定同意。”张流苏听了园艺师的主意，兴奋极了，插嘴道，“我们村支书想招商引资都想得入迷了，前几天还千方百计请关东到那里投资建厂呢！”

“关东？哪个关东？”胡经理问。

“杨关东啊，他在杏花峪开发区也有项目。”

“你认识杨关东？”胡经理很诧异。

“怎会不认识？他是我的一个兄弟，还在我们村里修了马路、开了石料场。”张流苏点点头，提起杨关东，张流苏感到很温馨。

“你是油根子峪人？！怎么不早说，有杨老板在那里我们还怕什么？我们苗木公司的贷款项目还是他给我们做的担保呢？”胡经理说着，忽然又想起一档子事，神色凝重地问，“你叫什么名字？是不是叫张流苏？”

“是呀。”张流苏又点点头。

“哎呀，你怎么不早说？”胡经理埋怨道，“杨老板打了多少次电话问这里有没有一个打工者叫张流苏。我总是说没有。你看这事……”他懊恼地转脸对园艺师说，“这事我也多次问过你，你怎么也不提醒我？”

“你问的是打工人员，大姐可是咱的技术顾问！再说，自从大姐来到苗木公司，我们光搞实验了，哪曾问过她的名字？”园艺师解释道。

胡经理不耐烦地摆摆手，掏出手机三下五除二拨通了杨关东的电话。

知道杨关东要来，张流苏的心里涌起一种夹杂着喜悦的伤感。

离开油根子峪好久了，静静地坐在树山花海里，她常常会不经意地想起那些事，她想杨关东的深情，想她跟王拴住的婚姻，想整个家庭的悲欢得失。当然这些悲欢得失里面也包括自己四十多年的生活，四十多年的喜怒哀乐……她也想起了多儿，想起了她渴望上学的目光和大学梦濒于破灭的绝望。连女儿上学的愿望都不能满足，难道不是做母亲的悲哀？想到这一节，其他的爱恨情仇都淡化了：杨关东的深情固然让人感动，但是，毕竟一切都过去了，四十年的光阴悄悄流过，不同生活环境已经把他们改变的太多，谁能让历史重写？康佳跟关东倒是很合适，改日一定要跟他们谈谈。她又想：王拴住的背叛虽然难过，但是既然他心里已经没有爱了，不背叛又如何？王石榴的刻薄固然让人痛心，芸芸众生谁能保证自己会得到所有人的理解……想起王拴住、王石榴，她不可避免地想到了老太太，二十多年了，她始终跟老太太生活在一起，照顾老太太已经是她生活中的重要内容。别说跟老太太长久分开了，就是这几天不见，还夜夜梦见她呢。跟王拴住离婚的时候，一定要让老太太跟自己生活，她想。

应该说，杏花峪园艺广场的恬淡舒适开阔了她的心胸，就这样想来想去，她也渐渐地释然了。人就是这样，生活在某种生活习惯里也许一辈子未必会改变，而有时候可能一个偶然的际遇却能改变整个人生轨迹。

“我还以为这辈子再也见不到你了呢。”终于在园艺场的一株硕大的美人蕉旁看到了张流苏，杨关东的眼圈红了。

知道了张流苏的消息，杨关东一刻也没停留地驱车赶去，直到见到张流苏了，才忽然想起来通知多儿和康佳。这些天，康佳在电视台不知播出了多少条寻人启事，多儿就守在电视台等待观众回报妈妈的消息。接到杨关东的电话，两个人简直不相信自己的耳朵，让杨关东重复了好几遍，才扔下电话打车赶去。

园艺场里，张流苏和杨关东坐在那株硕大的美人蕉旁亲切交谈着。多儿想喊，却被康佳捂住了嘴巴。两个人轻轻悄悄地走过去。

“咱移栽的那棵流苏终于开花了。”杨关东说。

“你家屋顶上那棵？真的？”张流苏兴奋了。

杨关东点头：“多儿告诉我的。虽然错过了时令，但毕竟是开了。就像咱俩，虽然老了，也可以重新开始……”他专注地看着张流苏的脸。

张流苏的神色黯淡下来，她摇了摇头：“回不去了。”

杨关东急切地问她：“为什么？”

“你带给我的是我四十多年来感觉最珍贵的也是最珍惜的，但是，谁能让时光倒流？这些年我们改变了多少啊。”

“我们可以重新找回自己，像那棵流苏树一样。”

“二十多年的不同生活环境把我们改变了多少？我的空间只有庄稼、肥料，你进来了会窒息；你的世界无边无际，我进去了就会迷失。还是做我的好弟弟吧。”

“可是，一想到没有你，我就觉得生活索然无味。”杨关东黯然神伤。

“生活，就像剥洋葱，不知什么时候总会有一片不小心让人呛得流出眼泪。”

多儿和康佳对视一眼，朝他们走过去。

21

流苏苗木园艺基地正式挂牌了，这真是油根子峪发展史上了不起的大事。

“不光是石头，连山上的枝枝草草也要卖钱了？”油根子峪人总会用最朴实的语言去表达自己内心深处的疑惑。虽然还看不太清楚，想不太明白，但是，效益却已经是立竿见影了：张流苏回到油根子峪以后，先是以每亩山坡地每年一千元的价格把沙石山的全部土地承包过来，“不用费力气就能有这么多钱？要是种粮食累死累活一年到头也得不了三五百元钱？！”老百姓的心情简直像是得了聚宝盆似的。紧接着，又以每斤花椒种子三元钱的高价向父老乡亲敞开收购。他们做梦也没有想到，因为榨油嫌苦而只好做庄稼肥料的花椒种子竟然能带来这样可观的经济效益。新的种子还没收获，于是，家家户户都开始把往年剩下的那些种子翻腾出来。有些头脑灵活的小青年甚至开始走出油根子峪，走村串巷地做起收购花椒种子的生意。

王迎春也把自己的土地承包出去了，仅有的一点种子也送到了山上的收购现场。

“高雁，咱这是碰上什么好运气了？”王迎春高兴得拿钱的手都有些哆嗦，碰见高雁时忍不住这么说。

“咳，你什么大钱没见过？还说这样的话？”高雁的手里也攥着钱。

“不一样，这是我自己赚的钱。”王迎春说，“这些年我孩子小，没好好种地，收成不好，没卖过粮食，这么大岁数了，这是我第一次自己挣钱。”

王迎春感慨万千。

“这是刚开头，刚才我见到流苏姐了，园艺场还招收工人呢。反正土地也租出去了，在家闲着也没事，咱到山上当工人，不就天天都能赚到钱了吗？”高雁说。

“……”王迎春没言语，眉眼间掠过一丝赧色。

“你不想来？连我姐都要来了，他家老太太一个劲地撺掇着让我姐上山帮流苏姐，怕我姐放心不下她，说是连她自己都要拄着拐杖上山来助威。”高雁说，“你也来吧？”

“我……”王迎春嗫嚅着说，“我能来吗？”

“怎么不能？刚才流苏姐还说让我统计统计来着，她说，山上有的是事情做，只要是不怕辛苦的都可以来报名。”高雁说着，想起另外一件事，“唉，对了，大伟哥的伤怎么样了？”

“他残了，小贾也跑了，江双双和李丹丹成了重伤，他连上砸锅卖铁的钱还不够支付她们俩的医疗费，真是报应……”王迎春重重地说，说到这里，忽然意识到什么，“还提他干什么！我已经起诉离婚了。”

“离婚？”高雁不相信自己的耳朵，重复道。

“是啊。他的心早就不在我身上了，过去，我们娘仨靠他养活，不敢离婚，现在我也能自食其力了，光山坡地就有三四千块钱的收入。还怕啥？”王迎春解释道，“要是我想上山打工，不知道……流苏她……能同意吧？”她说完，低下了头。

“你放心，流苏姐不是那样的人。”高雁说，“我这就给你写上名字。”

王拴住家，老太太又在门楼下抹眼泪了。

张流苏重新回到油根子峪，让她深感欣慰。那一天，张流苏一走进胡同，守在门口的老太太就看见她了。因为迎着太阳眼睛看不清楚，老太太看了又看，简直不敢相信自己的眼睛，她像是问别人又像自言自语：“是流苏吗？”不知为什么，她不再称呼“拴住屋里的”，自然而然地叫出了她的名字，还唯恐看错了，招呼高虹和石榴道，“快看，是不是流苏回来了？”

“妈——”没等高虹和石榴出声，张流苏就跑了过来，边跑边抹眼泪，跑到近前就钻进了老太太的怀抱。

“我就知道你会回来，这全家的人你舍得下谁呀？”老太太搂着张流苏，“这不终于把你盼来了。”听着老太太的话，娘几个哭作一团。

老太太让高虹端来一个笸箩，里面满满地装着流苏花。高虹说：“姐啊，这是这棵树上第一次开出来的花，娘说，是你让它开的花……你不在家，娘怕等你回来就落光了看不到了让我把落花都捡起来，留给你看。”

张流苏看看笸箩里的花，又看看那棵陪了她几十年的流苏树。在她们的头顶上，流苏树的花渐渐稀了，正在结成密密的、蓝莹莹的小果子。张流苏的眼泪又不由自主地涌出来，珠光泪影中，似乎看到了千千万万棵流苏树正在她的山上成长：一树、一片、一山地蔓延，油根子峪又成为四月飞雪的花海。

老太太不哭了，吩咐道：“石榴，快去告诉你哥一声，他恐怕还在担惊受怕呢。”又一边抚摸着张流苏的脊梁一边对她说，“妈知道，拴住对不起你，这些年，都是咱娘俩把他惯坏了，衣来伸手，饭来张口，油瓶倒了也不扶……妈不护短，妈为你主持公道，我让他劳动改造，那片自留地我让他去耕种了……”

“妈，我回来还有事，带回来几个人来村里看看，准备在山上开个园艺场，就是专门种花种草的，我想去应付客人。”一听老太太提到王拴住，张流苏不哭了，从老太太怀抱里抽出身子。

“拴住他……”老太太拉起张流苏的手，“你那么宽厚的人，可要原谅他啊。”

张流苏没接话茬，整理整理头发说：“妈，我先走了。”

“老天爷真是公平得紧！这样一个好人，有这样一个结果也不枉了她大半辈子养花育草的辛苦了。”老太太望着张流苏的背影心里感叹，但是一想起张流苏对王拴住的态度，心里却是不放心。

油根子峪的公路终于竣工了。

这天傍晚，油根子峪宽阔平坦的公路上驶来一辆手扶拖拉机，拖拉机载着几位男男女女的农民敲锣打鼓地来到了村里，老奎的母亲手举着一张大红纸，眼中笑得流出了泪滴。这是油根子峪不多见的热闹景象，吸引了全村的男女老少都来看个究竟。

“感谢恩人王玉多。”一个学生看着老奎妈手中的红纸念出声来。

“王玉多是我的恩人，她不光是救了我的儿子老奎，她是救了我全家呀。”老奎妈逢人就说。

弄明白了事情原委，全村人都啧啧赞叹。

“多儿，还真行了？真有你的。”王石榴也在人群中。

“她姑妈，也谢谢你，谢谢你给我们推荐了这么个好侄女。心肠又好，又有本事。”

王石榴说：“是我推荐的？我怎么不记得？”转脸对多儿说：“多儿，你还真有两下子？！”

“丫头片子，啥用处？”多儿学着姑妈和奶奶的腔调。

“不光她侄女能，她的儿子也当了石料厂的厂长了，干得可好了。”一位村妇指着王石榴对老奎的妈说。

“她姑妈，别迷糊了，有志不在年高，有志也不在男女，别管是男是女，有真本事就是好样的。”老奎妈说，“你那一对孙女，说不定比她姑姑还能呢！”

“丫头片子家的，我姑妈可不屑要她们。是吗，姑妈？”多儿看着姑妈的脸说。

“死妮子，又挤对我，你怎知道我的心，姑妈正后悔呢。”

“真的？那我明天替你把她娘儿仨接回来？”

“她们还记恨我不？”

“昨天我还去看了她们，淑芳嫂子就盼着你照看着凤凰、牡丹，她好去石料厂去给金宝哥搭把手呢！”

王石榴流出了眼泪。

“你怎么哭了？不愿意？”多儿问。

“好多儿，姑妈心里高兴呢。”王石榴说。

又是新的一天。

按照入学通知书的要求，这个清新得几乎透明的日子应该是多儿大学生涯的第一天。八万元的学费，犹如一座大山，压抑在多儿心头，她退缩了。但是，丽达，她一直崇拜的那个正义、善良、智慧的化身闪着理想的光芒不停地朝她招手。无数次的失望，又无数次鼓起新生活的勇气。这些天，家里变故迭出，让她变得成熟。尤其是母亲的故事，更是感染着她，也激励着她，让她度过了一个又一个心情激荡的不眠之夜。经过许许多多的思索，她下定决心：像妈妈期盼的流苏树一样做真实的自己，美丽的自己！于是，在一声又一声沉重的叹息之后，她选择了通往梦想的另一条途径：自学。她要用孜孜的追求敲开心中那座神圣的殿堂。

“多儿，快起床啊。”奶奶在窗外喊，“别耽误了上学。”

“哎，就来。”她清脆地答应着。有了清晰的目标，一时间她的心情豁然开朗。她一骨碌爬起床。

“奶奶，我不念了。”

“为什么？”老太太问道。

“我想好了，条条大道通罗马，自学也能成材。八万元的学费还是省了吧。”

“好孙女，不用担心了，钱，金福都捎回来了，连他的旅行包都给你捎来了。”

“金福说了，砸锅卖铁也要让你上完大学。”奶奶拿着包得整整齐齐的一个包。

正说着呢，康佳来了，带来了杨关东公司的支票。“多儿，你叔叔给你准备的学费。”康佳说，“但是，不能白用呵，叔叔说，你就算他公司的委培生，毕业了要给他公司服务哟？！”

多儿犹豫着不知怎么做才好，康佳催促道：“快点啊，车在外面等你呢！”

屋里响起了急促的电话铃声。

“喂——”多儿拿起了听筒。

“多儿，好消息，学校高价收费被取消了。”南瓜兴高采烈地说。

“现在是白天，我不是在做梦，对吧？”多儿看看家里每一个人。

“当然，教育部通报批评了这种做法，都下发到我们学校了。”南瓜继续说。

多儿握着听筒的手松开了，听筒掉在了地上。

“奶奶——”多儿扑到老太太的怀里哭了。

大门开了。呼呼隆隆进来一大群人，金宝媳妇带来了为多儿做的新衣服，老奎媳妇提了一篮子鸡蛋，老奎在一边嘿嘿地笑着，老奎妈使劲拉着多儿的手，嘴唇无声地翕动着，一句话也说不出来。只有王石榴，大声咋呼着：“大喜事呢，一桩接一桩的，都要高兴啊。”她一手抱着凤凰、一手抱着牡丹说，“多儿，你要走了，让这俩小千金看看姑姑，可好长大了跟着姑姑学习。”她看看凤凰又看看牡丹，“好凤凰、好牡丹，姑姑可是真正的山里凤凰、山里牡丹呢。”说这些话的时候，王石榴的脸上带着喜悦的光。

告别了亲人，多儿的眼又一次湿润了。

在油根子峪的一道山梁上，张流苏的一片狼藉的棉花不见了，取而代之的是一座新开辟的园艺场。此刻，张流苏正在带领一群妇女在里面辛勤劳作。

园艺场建在层层叠叠的山岗上，虽然还是初创阶段，仍然裸露着一大片一大片的黄色地皮，但是，高大的银杏、羞涩的玫瑰、坚毅的小叶女贞都已显示出勃勃的生机。仔细望去，黄色的地皮上，一层嫩的发黄的小苗也正在破土而出，露出尖尖的脑袋，是流苏苗！这群妇女中，王迎春也正在一大片荒芜的土地上一把一把撒下希望的种子。

听见汽车的喇叭声，张流苏从辛勤的劳作中抬起头，远远地看着杨关东的车载着多儿和康佳从公路上驶过。她挥动着手臂，在山峦岗陵中奔跑着，热泪，又一次涌出眼睑，滑过她端庄而沧桑的脸。但是，在她的脸上闪耀出久违了的欣慰和喜悦。

载着多儿的汽车渐渐驶出她的视线，但她的心却像涌动的海潮难以平静。走过自家责任田，不由得想起许多往昔岁月，满怀眷恋地坐了下来。偶尔一低头，她惊奇地看到自家地里整整齐齐地长出了许多小苗苗。她诧异极了，一块地一块地地看去，结果每一块地都有一样的绿油油的小苗苗。

仔细看看，好像还不是庄稼，而是一些花草。园艺场的育苗工作刚开始，这里应该还荒芜着，这是谁种下这些花花草草？她朝四周巡视一番，一道高堰下，王拴住佝偻着身子正在拔草。张流苏不禁出了声："是你？！"

"……"王拴住抬头看看张流苏，张了张嘴却没说话，仍旧低下了头。

"你什么时候种了这些花？"张流苏疑惑地问道。

"妈让我学着替你干农活儿。我到山上一看，棉花是不行了，问问别人，再种其他庄稼又不到季节，就种了这些花花草草，原是盼着你看着高兴的，谁知道这里竟然真成了花园？！"说着此话，王拴住仍是面有赧色。

天上，太阳正在冲破厚厚的阴霾，喷射出万道霞光，可以肯定：油根子峪的好日子就要开始了。

山脚下的梦（代后记）

山，层层叠叠的山，密密麻麻的山，高高低低的山，远远近近的山……

是的，群山深处，山的罅隙处那个压抑得几乎喘不过气的空间，曾经是我的世界。在那里，我产生的第一个愿望就是想爬到最高的山顶上，去感觉一下用手摸天的成就感。

那时候，我三岁还是四岁？记不清了。但是，我记得家里很穷，需要父母和姐姐们不断地劳作才能维持生计。我也记得山很神奇，在我之上年龄呈阶梯状分布的六个姐姐各自都有大山赋予她们的不同的职责：大的扛着锄镰锨镬耕耘山改变山；中的砍柴割草收获山；小的在山的怀抱里享受山。我还记得自己很寂寞，常常跟着上山的姐姐出门，然后被她们寄放在山脚处稍微平缓的地带……我想爬上山顶摸摸天的冲动就是这时候萌生出来的：孤零零地或躺或坐在那里，看着姐姐们在我的视线里渐渐变小、渐渐模糊，总是觉得自己渺小得不如草丛里踽踽独行的小虫子，总觉得自己惆落怅寞得不如窄狭的空中偶尔掠过的一只孤雁，总想突破山的阻碍融入姐姐的世界，也总想知道自己无法融入的姐姐的世界到底多么精彩……

终于有一天，姐姐又要走出我视线的时候，我大声地呼喊，我告诉姐姐我要跟她一起上山，多么高也不怕。姐姐走回到我身边，我拉住她粗糙的手又说了一遍。姐姐舍不得，在她看来：我，小小的孩童，稚嫩的肩上还没有生活的责任；软乎乎的小腿也还不能绕过山上任何一丛荆棘的阻碍……上山太危险了。我勇敢地告诉她：一切都不怕，因为我要站在山顶上摸摸天！

摸摸天？姐姐怜惜的目光忽然变得疑惑：站在山顶怎能摸到天？

站在山顶当然能够摸到天！这是我从山脚看着姐姐上山的时候观察好多次得出的结论。

姐姐摇头：你还小……

我信誓旦旦：我个子小不要紧，要是我够不着天，你可以抱着我，只要你抱我一小会儿，我只要摸一下天就行。

我早已不记得姐姐是怎样拒绝我的了，但是，我知道那种失望和伤心是心灵上萦绕多年的一道阴影。无论她怎样解释都无法改变我想摸一下天的愿望。因为我明明看到天空就是搭在山顶的大幕布，神奇的、多变的幕布。

不知过了多少年，等我到了不用经过姐姐允许也能上山的年纪，有了不用姐姐带领也能上山的能力，我终于爬到山顶却没有实现那个小小的执着的愿望：山顶上真的够不着天。但是，那时候，我仍然不服气，总觉得站在山顶够不到天是因为远处有比我站的山还高的山，是那些更高的山把天挂住了……

……

人事更迭。当年想摸天的孩子已经人到中年，当年构成我的世界的那些山早已远离我的生活，摸摸天的愿望也早已成为留给孩子们的笑谈。但是关于山和山里人的一切却在生命里永生。就是为了这些永生，我始终尝试着用文字表达。

《流苏》就是一些这样的表达。

当然，这样琐碎的表达，还将继续下去。

对于《流苏》来说，2021年是了不起的，这是因为在大家的关心帮助下，《流苏》终于可以与读者见面了。为此，真诚地感谢各位朋友，因为你们的关爱，赋予了《流苏》崭新的生命。谢谢你们。

韩飞　辛丑年冬月